파리의 노트르담 1

Notre-Dame de Paris

세계문학전집 113

파리의 노트르담 1

Notre-Dame de Paris

빅토르 위고

정기수 옮김

민음사

일러두기

1 이 책의 번역에 사용한 저본은 작품 해설에 밝혀 두었다.
2 본문의 각주는 모두 옮긴이 주이다.

차례

서문

몇 년 전에 노트르담 성당을 '구경했다'기보다는 더 저절히 말해 '샅샅이 뒤졌'을 때, 이 책의 저자는 한쪽 탑의 캄캄한 구석에서 벽에 손으로 새긴 다음과 같은 낱말을 발견하였다.

ΑΝΑΓΚΗ[1]

돌 속에 꽤 깊이 파인 채 오랜 세월로 인해 새카매진 이 그리스어 대문자. 마치 거기에 그 글자를 쓴 것이 중세의 어떤 사람의 손이었음을 나타내 주기라도 하듯 글자의 모양과 생김새가 풍기는 고딕체 특유의 어떤 표정 같은 것, 그리고 특히

---

[1] Ananke, '숙명'이라는 뜻의 그리스어.

그것이 지닌 불길하고 숙명적인 뜻이 저자에게 깊은 감명을 주었다.

낡은 성당의 정면에 이런 죄악 또는 불행의 자취를 남기지 않은 채로는 이승을 떠나기를 원치 않았던, 고통받은 넋은 어떤 사람이었을까, 저자는 생각해 보았고 짐작해 보려고 애썼다.

그 후 벽을 새로 칠했는지 긁어 지웠는지는 몰라도 글자는 사라져버렸다. 근 200년 전부터 중세의 놀라운 성당들은 이런 대접을 받아왔다. 성당에 대한 훼손은 내부와 외부를 가릴 것 없이 도처에서 가해지고 있다. 신부들이 성당을 새로 칠하는가 하면 건축가들은 긁어내고, 그다음에는 또 민중이 와서 파괴하는 것이다.

그리하여 노트르담 성당의 어두운 탑 속에 새겨진 그 신비로운 낱말에 관해서는, 그 낱말 속에 그토록 우울하게 요약되어 있는 알 수 없는 운명에 관해서는, 이 책의 저자가 여기서 그에 바치고 있는 미약한 추억을 제외하고는 오늘날 아무것도 남아 있지 않다. 그 벽에 그 낱말을 쓴 사람은 수백 년 전에 중생들 사이에서 사라졌고, 그 말 또한 성당의 벽에서 사라졌으며, 성당 자체도 머지않아 지상에서 사라지고 말 것이다.

이 낱말에 입각하여 저자는 이 책을 만들었다.

1831년 2월[2]

---

2) 초판본과 1832년 판본에는 '1831년 3월'로 되어 있다. 집필 자체는 3부 2장 「파리의 조감」을 제외하고는 1831년 1월 15일에 끝났고, 서문은 3월 9일에야 출판사에 넘겨졌다.

결정판(1832년)에 덧붙인 글

이 판본이 몇 개의 새로운 장(章)[3]에 의해 증보될 예정이라고 예고한 것은 잘못이다. 아직 발표되지 않은 장이라고 했어야 했다. 사실 '새로운'이라는 말이 '새로이 만든'이라는 뜻이라면, 이 판에 덧붙인 장들은 새로운 것이 아니다. 그것들은 이 작품의 다른 부분들과 동시에 쓰인 것으로서, 똑같은 시기에 똑같은 사상에서 나왔으며, 항상 『파리의 노트르담』 원고의 일부분을 이루어왔다. 뿐만 아니라 저자는 사람들이 이러한 종류의 작품에 뒤늦게 새로운 말을 덧붙이는 것을 납득할 수가 없다. 그러한 일은 마음대로 되는 것이 아니다. 저자의 생각으로는, 하나의 소설은 말하자면 필연적으로 그 모든 장과

---

3) 4부 6장과 5부 1, 2장을 가리킨다.

더불어 태어나는 것이며, 하나의 희곡은 그 모든 장면과 더불어 태어나는 것이다. 당신이 희곡이니 소설이니 부르는 그 총체, 그 신비로운 소우주를 구성하는 부분의 수효에 조금이라도 임의적인 것이 있다고는 생각하지 마라. 접목이나 용접은 이런 성질의 작품에서는 잘 이루어지지 않으며, 그러한 작품은 한꺼번에 솟아나서 그냥 그대로 머물러 있지 않으면 안 되는 것이다. 일단 그것이 만들어졌으면 생각을 고쳐서는 안 되고, 더 이상 거기에 손을 대서도 안 된다. 한번 책이 출판되었으면, 남성적이든 아니든 간에 한번 작품의 성(性)이 정해지고 선포되었으면, 한번 아기가 고고(呱呱)의 소리를 질렀으면, 그는 태어나 거기에 있고 그렇게 만들어진 것이며, 아버지나 어머니가 할 수 있는 일은 아무것도 없고, 그는 공기와 태양의 것인즉, 그대로 살든 죽든 그냥 내버려 두어야 한다. 당신의 책이 미흡한가? 그래도 할 수 없다. 미흡한 책에 새로운 장을 덧붙이지 마라. 당신의 책이 불완전한가? 지어낼 때 완전하게 만들었어야 했다. 당신의 나무가 구루병에 걸렸는가? 그렇지만 당신은 그것을 바로잡지 못할 것이다. 당신의 소설이 폐결핵에 걸렸는가? 당신의 소설이 자라지 못하는가? 그러나 당신은 그것에 부족한 숨결을 불어넣어 줄 수 없을 것이다. 당신의 희곡이 절름발이로 태어났는가? 그렇다고 그것에 나무 다리를 덧붙이지 마라.

그러므로 저자는, 여기에 덧붙인 장들이 이 재판을 위하여 일부러 만든 것이 아니라는 점을 독자가 잘 알아주는 데 특별한 가치를 부여하는 바이다. 이 장들이 이 책의 이전 판본에 발표되지 않은 것은 매우 난순한 이유에서였다. 『파리의 노트르담』이 처음으로 인쇄되던 때 이 세 개의 장이 들어 있던 서류 다발이 분실되었다. 그러므로 다시 쓰거나 그것 없이 낼 수밖에 없었다. 그중 오직 두 개의 장만이 그것이 미치는 영향의 폭으로 말미암아 어느 정도 중요성을 가지는 것으로서, 극적 사건과 소설의 내용에는 조금도 손상을 주지 않는, 예술과 역사에 관한 장들이므로 독자는 그것이 없어진 것을 알아채지 못할 것이며, 오직 저자 혼자만이 그 결함의 비밀을 알 따름이라고 생각하였다. 그래서 저자는 그것을 무시해 버리기로 마음먹었다. 뿐만 아니라, 모두 솔직히 털어놓자면, 저자는 게으른 탓에 분실된 세 개의 장을 다시 쓰는 노력 앞에서 주춤해 버렸다. 차라리 소설 한 권을 새로 짓는 편이 더 거뜬하겠다고 생각했던 것이다.

오늘날 그 장들이 다시 발견되었으므로, 저자는 첫 기회를 잡아 그것들을 제자리에 갖다 놓는다.

그러므로 이제 저자는 좋든 나쁘든, 견고하든 취약하든 간에 몽상하여 지은 대로의, 그러나 본인이 바라는 대로의 완전한 작품을 여기에 내놓는다.

물론 이 발견된 장들이 『파리의 노트르담』에서 극적 사건 외에는, '소설' 외에는 찾지 않는 사람들(하기야 이들도 매우 현명한 사람들이지만)의 눈에는 별로 가치가 없을지도 모른다. 그러나 이 책 속에 숨겨진 미학과 철학 사상을 연구하는 것이 무익하다고 생각하지 않은 다른 독자들, 『파리의 노트르담』을 읽으면서 소설 아래서 소설과는 다른 것을 분간해 내고, 시인의 평범한 창조를 통하여 역사가의 체계와 예술가의 목적을 (저자의 이러한 조금은 야심찬 표현을 용서해 주기 바란다.) 추구하는 데서 기쁨을 느끼고자 한 다른 독자들도 아마 있을 것이다.

『파리의 노트르담』을 보충할 가치가 있다고 가정한다면, 이 판에 덧붙여진 장들로 『파리의 노트르담』을 보충하는 것은 특히 그러한 독자들을 위해서일 것이다.

저자는 이 장들 중 하나에서 건축술의 현대적 쇠퇴와, (이것은 저자의 생각이지만) 오늘날 거의 불가피한 이 으뜸가는 예술의 죽음에 관해 불행하게도 저자에게 깊이 뿌리박힌, 심사숙고한 결과의 의견을 표명하고 부연하였다. 그러나 저자는 언젠가 장래에 가서는 본인의 의견이 그릇된 것이 되기를 열망하고 있음을 여기서 말해 둘 필요성을 느낀다. 예술은 어떤 형태든 새로운 세대로부터 모든 것을 기대할 수 있다는 것을 저자는 잘 알고 있으며, 우리의 작업실에서 아직은 싹에 지나지 않은 천재가 새로운 세대에서 솟아나기를 사람들은 바라고 있는 터이다. 씨앗은 밭고랑에 뿌려져 있으니, 수확은 틀림없이 풍작일 것이다. 독자는 그 까닭을 이 판의 2권에서 볼 수 있을 것이거니와, 저자는 다만 그토록 수세기 동안 예술의 최선의 지반이 되어왔던 이 건축술의 낡은 땅에서 정기가 빠져나가 버리지나 않았을까 두려워하고 있을 뿐이다.

그러나 오늘날 젊은 예술가들에게는 그토록 넘치는 활기와 힘, 말하자면 일종의 숙명 같은 것이 있고, 특히 우리 건축 학교에서는, 현재, 교수들이(그들은 혐오스러운 자들이거니와) 단지 자신들도 모르는 사이에 그럴 뿐만 아니라 또한 심지어 전혀 본의 아니게 우수한 제자들을 만들어내고 있다. 호라티우스가 말하는, 항아리를 만들려다 솥을 만들어내곤 했다는 저 옹기장이와는 완전히 반대다. Courrit rota, urceus exit.[4]

그러나 어떤 일이 있더라도, 건축술의 장래가 어떻든, 우리의 젊은 건축가들이 훗날 그들의 예술 문제를 어떻게 해결하든 간에, 새로운 건축물이 세워질 때까지는 옛 건축물을 보존하자. 가능하다면, 국민에게 국민적 건축물에 대한 사랑을 불어넣어 주자. 저자는 언명하거니와, 이것은 바로 이 책의 주된 목적이자 본인의 일생의 주된 목적 중 하나이다.

『파리의 노트르담』은 현재까지 어떤 사람들에게는 알려져 있지 않았거나, 그보다 더 나쁜 것은, 또 다른 사람들에게는 그 진가를 인정받지도 못하고 있었던 저 놀라운 중세 예술에 대하여 얼마간 참다운 시야를 열어주었을지도 모른다. 그러나 저자는 자진해서 몸소 짊어지고 나섰던 과업을 완수했다고는 조금도 생각지 않는다. 저자는 이미 여러 경우에 우리 옛 건축술을 위해 변호하였으며, 이미 수많은 신성모독과 수많은 파괴와 수많은 불경한 행위를 높은 목소리로 고발한 바 있다. 저자는 지치지 않으리라. 수시로 이 문제로 되돌아올 것을 약속했고, 또 그렇게 할 것이다. 저자는 우리의 역사적 건물을 옹호하는 데 있어 마치 우리의 학교와 학회의 성화상(聖畵像)

---

4) 호라티우스의 「시론」 21~22행 "Amphora coepit innstitui: currente rota, cur urceus exit?(항아리 하나를 만들기 시작했다. 녹로(轆轤)가 돌아가는데 왜 단지가 나오는가?)"에서 따온 표현이다.

파괴자들이 공격에 열중하듯 지칠 줄 모르리라. 왜냐하면 중세의 건축물이 어떤 사람들의 손안에 떨어졌으며, 현재의 석고상 파괴자들이 이 위대한 예술의 폐허를 어떻게 취급하는지를 보는 것은 가슴 아픈 일이기 때문이다. 지성인인 우리가 그들이 하는 짓을 보면서 야유하는 것만으로 만족한다는 것은 수치스러운 일이기도 하다. 그리고 여기서 이야기하는 것은 시골에서 일어나고 있는 일뿐 아니라 파리에서, 우리의 문 앞에서, 우리의 창 앞에서, 이 대도시 안에서, 이 유식한 도시에서, 이 출판과 언론과 사상의 도시에서 행해지고 있는 일까지도 포함한다. 저자는 이 글을 끝마치면서 우리의 눈 아래서, 파리의 예술적 대중의 눈 아래서, 그 뻔뻔스러움에 당황하는 사람들로부터 비난을 받으면서도 날마다 기도되고 논의되고 시작되고 계속되고 조용히 수행되고 있는 저 예술 문화의 파괴 행위 몇 가지를 지적할 필요성을 억제할 수가 없다. 최근에 대주교관[5]을 파괴했는데, 그것은 시시한 양식의 건물이므로 그 해는 크지 않다. 그러나 대주교관과 더불어 주교관도 한꺼번에 부숴버렸는데, 14세기의 희귀한 잔존물이었는데도 파괴를 좋아하는 건축가는 그것을 다른 것들과 구별할 줄 몰랐던 것이다. 그는 독보리와 함께 이삭까지 뽑아버린 것인데, 그런 건 아무래도 상관없었던 것이다. 그 돌들을 가지고 무슨 요새인가를 만들기 위해 뱅센의 그 훌륭한 예배당을 무너뜨린다

---

5) 현재의 아르슈베셰('대주교관'이라는 뜻) 공원 자리에 1697년에 파리 대주교 노아유 추기경에 의해 건축되었던 이 건물은 1831년 2월 15일의 소요로 파괴되었다.

는 이야기가 있다. 그러나 도메닐6)은 그러한 요새가 필요 없었던 것이다. 저 허름한 부르봉 궁은 큰 비용을 들여 수리하고 복구하는 한편, 생트샤펠7)의 화려한 스테인드글라스는 추분의 강풍에 부서지게 내버려 두고 있다. 며칠 전부터 생자크 드 라부슈리의 탑 위에 비계가 걸려 있다. 또 며칠 안 가서 거기에 곡괭이질이 시작될 것이다. 재판소의 거룩한 탑들 사이에 조그만 집 한 채를 짓기 위한 석공 한 명이 있었다. 세 개의 종각이 붙은 봉건적인 수도원 생제르맹 데 프레의 일부분을 끊어내기 위한 또 다른 석공이 있었다. 언젠가는 또 생제르맹 록세루아 성당8)을 무너뜨리기 위해 또 다른 석공이 나타나리란 것은 의심할 여지가 없다. 이 모든 석공들은 건축가를 자칭하고 있고, 도청 또는 영세민들로부터 급료를 받고 있고, 초록빛 옷을 입고 있다. 가짜 양식이 진짜 양식에 대해 할 수 있는 모든 악을 그들은 저지르고 있다. 저자가 글을 쓰고 있는 이 시간에도, 실로 한심스러운 광경이거니와, 그들 중 한 사람은 튈

6) Pierre Daumesnil, 1776~1832. 1809~1814년과 '백일천하' 시절 및 1830~1832년에는 뱅센 요새의 사령관으로서, 1814년과 1815년에는 연합군에 맞서, 1830년에는 요새에 감금된 샤를 10세의 옛 대신들의 인도를 요구하는 군중에 맞서 모두 세 차례 요새를 방어했다. 1814년 항복을 권유받자 "내 다리를 돌려주면 뱅센을 돌려주겠다."라고 대답했다. 그는 바그람 전투에서 한쪽 다리를 잃었었다.
7) 루이 9세 때 파리 재판소 옆에 지은 예배당으로, 고딕 건축의 걸작이다. 1부 1장에 자세한 묘사가 나온다.
8) 이 성당은 1831년 2월 14일 교권 반대주의자들의 폭동 때 약탈당한 뒤로 닫혀 있었다.

르리 궁을 마음대로 처분하고 있고, 또 한 사람은 필리베르 들로름[9]의 얼굴 한복판에 칼자국을 내고 있는데, 이 양반의 어설픈 건축법이 르네상스 건축물의 가장 섬세한 정면 중 하나 앞에 와서 얼마나 뻔뻔스럽게 놀라고 있는지를 보는 것은 확실히 우리 시대의 시시한 스캔들 중 하나가 아니다![10]

1832년 10월 20일 파리에서

---

9) Philibert Delorme, 1510 혹은 1515~1570. 프랑스의 위대한 르네상스 건축가. 튈르리 궁, 퐁텐블로 궁 등을 세웠다.

10) 이 모든 '석공들', 즉 건축가들의 악행을 위고는 끈질지게 고발한다. 파리 재판소를 망가뜨린 페이르, 생제르맹 데 프레 성당을 '잘라내고', 후에 사실상 생제르맹 록세루아 성당을 훼손한 고드, 그리고 튈르리 궁의 복원자인 저 유명한 퐁텐 등이 비난을 받았다.

1부

1장

대광실

　시테섬[1]과 대학과 장안으로 이루어진 삼중의 성내에서 모든 종들이 요란스럽게 울려퍼지는 소리에 파리 사람들이 잠을 깬 지가 오늘로 꼭 348년하고도 6개월 19일이 되었다.[2]

　그러나 이 1482년 1월 6일은 역사가 기억해야 할 만한 날은 아니다. 그처럼 아침 일찍부터 파리의 종과 시민 들을 뒤흔들고 있던 사건 속에는 아무것도 괄목할 만한 일은 없었다. 피카르디인들이나 부르고뉴인들[3]이 쳐들어온 것도 아니고, 성골

---

1) 센강 가운데에 있는 섬. 파리의 요람. 이 섬 안에 파리의 노트르담 성당, 재판소, 생트샤펠, 경시청, 시립병원 등이 있다.
2) 이 계산에 의하면 빅토르 위고는 1830년 7월 25일에 이 소설을 쓰기 시작한 것이 된다.
3) 루이 11세(1461~1483년 재위)가 필리프 르 봉과 샤를 르 테메레르에 맞

함 행렬이 거행된 것도 아니고, 라스의 포도밭⁴⁾에서 학생들이 폭동을 일으킨 것도 아니고, '황공무지하옵신 국왕 폐하'께서 성내에 드신 것도 아니고, 심지어 파리 재판소에서 도둑놈들과 도둑년들을 보기 좋게 교수형에 처한 것도 아니다. 또한 15세기에 매우 빈번했던, 호화찬란하게 장식하고 깃털을 단 무슨 사절단이 예기치 않게 들어온 것도 아니다. 그러한 종류의 기마행렬로 말하자면 고작 이틀 전에 프랑스의 황태자와 플랑드르의 마르그리트 공주의 혼인⁵⁾을 맺어주는 임무를 띤 플랑드르 사신들의 기마행렬이 파리 장안에 입성했었는데,⁶⁾ 이 때문에 부르봉 추기경님⁷⁾이 매우 난처한 입장에 빠졌으니, 추기경님은 국왕의 환심을 사기 위해 플랑드르의 그 모든 시골뜨기 시장들 무리에게 상냥한 얼굴로 대하지 않으면 안 되

서 오랜 전쟁을 하는 동안, 피카르디 사람들을 포함한 부르고뉴 공의 군대가 파리를 위협하였다. 1477년에 샤를 르 테메레르가 사망함으로써 프랑스 국왕은 결정적인 승리를 거두었다.

4) 대학에 속한 땅. 여기서 1548년 7월에 고전학자 라뮈스의 부추김에 의해 학생들이 폭동을 일으켰다. 라뮈스가 생제르맹 데 프레의 신부들이 이 땅을 가로챘다고 단언했던 것이다.

5) 후일 샤를 8세가 되는 프랑스 황태자는 당시 열두 살, 샤를 르 테메레르의 손녀이자 막시밀리안과 마리 드 부르고뉴의 딸인 플랑드르의(또는 오스트리아) 마르그리트 공주는 세 살이었다. 부르고뉴의 왕위 계승 문제 해결을 위하여 루이 11세가 1442년 12월 23일 막시밀리안 황제와 아라스 조약을 체결함으로써 프랑스 황태자는 마르그리트 공주와 결혼하기로 하였으나, 1493년에 샤를 8세는 이 결혼을 포기한다.

6) 역사적 사실에 의하면 1482년 1월이 아니라 1483년 1월이다.

7) Cardinal de Bourbon, 1435~1488. 리옹의 대주교이자 갈리아 지방의 수석 대주교. 왕가와 인척간이었다.

었고, 그의 부르봉관에서 억수같이 쏟아지는 비가 문에 친 화려한 휘장을 함빡 적시는 동안 심히 아름다운 '우의극과 풍자극과 소극[8]'으로 그들을 기쁘게 해주어야 했었다.

1월 6일, 장 드 트루아[9]의 말마따나 "파리의 온 민중을 흔들어놓고 있었던" 것은 아득한 옛날부터 한데 합쳐진 이중의 축제, 공현절과 광인절[10]이었다.

이날 그레브 광장[11]에서는 기쁨의 불놀이가, 브라크 예배당[12]에서는 5월의 식목 행사가, 그리고 재판소에서는 연극[13]이 있기로 되어 있었다. 이 사실은 그 전날 커다란 흰 십자가를 가슴에 달고 굵은 양털로 짠 자줏빛의 아름다운 병정복을 입은, 파리 시장 나리의 부하들이 네거리에서 나팔 소리로 공고한 터였다.

그래서 남녀 시민들은 집도 가게도 다 닫아놓고, 아침 일찍

---

8) 15세기 희극의 전통적인 3대 장르. 흔히 이 세 가지 극을 한 번에 차례로 연출하곤 했다.
9) Jean de Troyes. 『루이 11세 연대기』의 저자로 추정된다.
10) 중세의 전통적인 축제로, 처음에는 하급 성직자들이 꾸몄으며, 그들이 교황을 선출하여 예배 의식을 풍자적으로 흉내 냈다. 나중(1445년)에는 성당 안에서는 금지되어 일반 민중의 놀이가 되었는데, 12월 26일에서 1월 14일 사이에 거행되었다.
11) 센강 우안에 있는 광장으로, 현재의 시청 근처이다.
12) 그레브 광장 부근에 위치했다. 전통적으로 5월이면 새봄을 축하하기 위해 성스러운 곳에 묘목을 심었다고 한다. 1월 6일에 5월의 식목 행사를 한다는 것이 사실 같지 않으나, 위고는 이 똑같은 날에 중세 특유의 모든 행사를 집중시켜 놓으려고 한 것 같다.
13) 원어는 'mystère'인데 이 말은 본래 성사극(聖史劇)을 뜻하였으나 여기서는 광의의 연극 상연을 뜻한다.

부터 도처에서 떼를 지어, 지정된 세 곳 중 한 곳을 향해 몰려가고 있었다. 제각기 갈 데를 정하여, 어떤 사람은 기쁨의 불놀이로, 어떤 사람은 5월의 식목 행사로, 또 어떤 사람은 연극으로 가고 있었다. 옛 파리 구경꾼들의 슬기를 칭찬할 겸 한마디 해두자면, 이 군중의 대부분은 제철에 꼭 알맞은 기쁨의 불놀이나, 잘 가려지고 닫혀 있는 재판소의 대광실(大廣室)에서 상연될 연극을 향해 가고 있었고, 서로 의논이라도 한 듯이, 꽃도 제대로 피지 않은 그 가엾은 5월의 나무는 브라크 예배당의 묘지에서 1월의 하늘 아래 홀로 떨게 내버려 두었다.

민중은 특히 재판소 거리로 몰려가고 있었는데, 그도 그럴 것이, 전전날 도착한 플랑드르의 사신들이 연극 상연과, 역시 대광실에서 거행될 광인 교황의 선출에 참석할 계획이라는 것을 알고 있었기 때문이다.

이 대광실은 당시 세계에서 가장 큰 방이라는 명성을 떨치고 있었음에도 불구하고, 이날 거기에 들어간다는 것은 쉬운 일이 아니었다.(사실 소발[14]은 이때까지 몽타르지 성의 대광실을 재어보지 않은 상태였다.) 사람들로 붐비는 재판소 광장은 창문의 구경꾼들에게 바다 같은 광경을 보여주고 있었는데, 이 바다 속으로 대여섯 개의 거리가 마치 대여섯 개의 하구처럼, 시시각각 새로운 사람들의 물결을 쏟아내고 있었다. 끊임없이 불어나는 이 군중의 물결은 광장의 고르지 못한 유역 여기저

---

14) Sauval, 1620∼1670. 『파리의 고미술에 관한 역사 및 조사 연구』의 저자. 이 책은 이후 'Sauval 권수, 페이지'로 표기한다.

기에, 마치 곶처럼 불거져 나와 있는 집들의 모서리에 부딪히고 있었다. 재판소의 높다란 고딕[15]식 정면 중앙의 커다란 계단에는 두 개의 흐름이 끊이지 않고 오르내리는데, 그 물결은 중간 층계 아래에서 끊어진 후, 양쪽 측면의 비탈 위로 커다란 파도처럼 흩어지곤 했다. 그리하여 그 큰 계단은 마치 호수에 떨어지는 폭포처럼, 끊임없이 광장을 넘쳐흐르게 하고 있었다. 고함 소리며, 웃음소리, 수천 명의 발 구르는 소리가 엄청난 소음과 시끄러운 법석을 만들어내고 있었다. 때때로 그 법석과 소음은 더욱 요란스러워졌고, 그 모든 군중을 큰 계단 쪽으로 밀어 올리는 흐름이 역류하고 혼란스러워지고 소용돌이쳤다. 질서를 바로잡기 위해 이따금 경찰관이 개머리판으로 한 방 먹이는가 하면, 경시청 순경의 말이 뒷발질을 했다. 이 훌륭한 전통을 경시청은 군법회의에게 물려주고, 군법회의는 기마경찰대에게 물려주고, 기마경찰대는 오늘날의 파리 헌병대에게 물려주었다.[16]

문 앞에서, 창가에서, 채광창에서, 지붕 위에서는, 침착하고 어엿하고 착한 수천 시민의 얼굴들이 득실거리며 재판소를 바라보고 떠들썩한 군중을 바라보고 있을 뿐, 더는 바라지 않

---

15) 일반적으로 사용하는 '고딕'이라는 낱말은 전혀 적절하지 못한 표현이지만, 관용상 완전히 인정받고 있다. 그러므로 나도 반원형이 그 모체인 중세 초기 건축양식의 뒤를 이어 첨두형을 원칙으로 삼는 중세 후반기의 건축양식을 특징짓기 위하여, 다른 사람들과 마찬가지로 이 단어를 그대로 받아들여 쓰겠다.(원주)
16) '군법회의'의 원어는 'connétablie'인바, 원수(元帥)를 재판장으로 하는 순수한 군인 재판권밖에 없으니, 위고의 고찰은 의심스럽다.

고 있었다. 이는 파리에서는 많은 사람들이 구경꾼들의 구경
거리만으로 만족하기 때문인데, 반면 우리는 벌써 벽 뒤에서
일어나고 있는 일이 무엇인지가 매우 궁금하다.

만약에 우리들 1830년대의 사람들이 생각 속에서 이 15세
기의 파리 사람들 속에 섞여 들어, 1482년 1월 6일 그렇게도
비좁은 재판소의 그 거대한 광실 안으로 그들과 함께 밀치락
달치락 팔꿈치로 떼밀고 곤두박질치면서 들어갈 수가 있다면,
구경거리는 재미나 매력이 없지 않을 것이고, 우리들 주위에
는 아주 케케묵은 것들밖에 없을 것이므로 그것들이 무척 신
기해 보일 것이다.

독자가 동의한다면, 겉옷이며 병정복이며 장옷을 걸친 군
중의 틈바구니에서 그 대광실 문턱에 들어섰을 때 독자가 나
와 함께 느꼈을 인상을 머릿속에 다시 한 번 떠올려 보겠다.

맨 먼저 귀가 먹먹해지고 눈이 아찔해진다. 우리의 머리 위
에는 새김질한 나무 벽판을 붙이고, 하늘빛으로 색칠을 하고,
금빛의 나리꽃 장식을 한 이중의 첨두형 궁륭. 우리의 발아래
는 희고 검은 대리석을 번갈아 깔아놓은 타일 바닥. 우리들한
테서 몇 걸음 떨어진 곳에는 하나의 거대한 기둥, 그다음에 또
하나의 기둥, 그다음에 또 다른 기둥, 모두 일곱 개의 기둥이
실내에 세로로 늘어서서, 이중의 홍예 짐을 홍예의 너비 한가
운데서 떠받치고 있다. 처음 네 기둥의 주위에는, 유리와 싸구
려 금속 장식품들로 번쩍거리는, 장사치들의 판매점. 마지막
세 기둥의 주위에는 소송인들의 짧은 바지와 소송 대리인들의
법복 때문에 닳아서 반들반들해진 떡갈나무 벤치. 실내의 둘

레에는 높다란 벽을 따라, 문과 문, 창과 창, 기둥과 기둥 사이로 파라몽[17]을 비롯한 프랑스 역대 왕의 조상(彫像)들이 즐비하게 늘어서 있다. 나태한 왕들은 팔을 늘어뜨리고 눈길을 떨어뜨리고 있고, 용감하고 호전적인 왕들은 머리와 손을 씩씩하게 하늘로 쳐들고 있다. 그다음으로 기다란 첨두형 창에는 천 가지 빛깔의 스테인드글라스. 방의 널따란 출구에는 섬세하게 조각된 화려한 문들. 그리고 이 모든 것들, 궁륭, 기둥, 벽, 창틀, 벽판, 문, 조상, 이 모두가 위에서 아래까지 파란빛과 금빛의 찬란한 색채로 덮여 있었는데, 우리가 보고 있는 이 시대에도 이미 조금 퇴색해 있었지만, 1549년에는 먼지와 거미줄 아래로 색채가 거의 완전히 사라져버리고 없었음에도 불구하고, 뒤 브뢸[18]은 그해에도 여전히 그 빛깔을 찬탄하였다.

1월의 어슴푸레한 햇빛이 비쳐 들어 벽을 따라 내려가고, 일곱 기둥의 주위에서 맴도는 얼룩덜룩하고 요란스러운 군중이 밀려 들어와 있는 이 길쭉하고 거대한 방을 이제 상상해 보라. 그러면 내가 지금부터 그 이상야릇한 세부를 더 명확히 묘사해 보려고 하는 장면 전체에 관해서 독자는 벌써 어렴풋이나마 하나의 개념을 갖게 되리라.

만약 라바야크[19]가 앙리 4세를 암살하지 않았다면 재판소

---

17) Pharamond. 전설에 따르면 메로빙거 왕조의 조상이며 프랑스의 초대 왕이라고 한다.
18) Du Breul, 1528~1614. 『파리의 연대기와 고미술품』의 저자. 이후 이 책은 'Du Breul, 페이지'로 표기한다.
19) François Ravaillac, 1578~1610. 암살죄로 능지처참을 당했다.

의 기록 보관소에 라바야크의 소송 기록이 보존되어 있었을 리 만무하고, 그 기록을 소멸시키려 한 공범도 있었을 리 만무하다는 것은 확실하다. 따라서 궁여지책으로, 기록을 태우기 위해 기록 보관소를 태우고, 기록 보관소를 태우기 위해 재판소를 태울 수밖에 없었던 방화범들이 있었을 리 만무할 것이다. 그러므로 결국 1618년[20]의 화재는 있었을 리 만무할 것이다. 그랬더라면 그 낡은 재판소는 낡은 대광실과 함께 아직도 서 있을 것이다. 나는 독자에게, 가서 보시오, 라고 말할 수도 있을 것이고, 그리하여 우리는 양쪽 모두 재판소에 관한 어떤 묘사도 피할 수 있을 것인즉, 나는 묘사를 하지 않아도 되고, 독자는 읽지 않아도 될 것이다. 이는 아래와 같은 새로운 진리를 증명해 준다. '큰 사건들은 헤아릴 수 없는 결과를 낳는다.'

사실, 라바야크에게 공범자가 없었으리라는 것, 설혹 있었다 하더라도 그들이 1618년의 화재와는 아무 관련도 없었을 가능성은 매우 높다. 이에 관해서는 그 밖에도 아주 그럴듯한 두 가지 설명이 있다.[21] 첫째로, 누구나 알다시피, 3월 7일 밤 자정 넘어서 하늘에서 재판소로 떨어진, 너비는 한 자가량이나 되고 길이는 팔꿈치에서 손가락 끝까지만 한, 불타는 커다란 별. 둘째로는 테오필의 사행시.

정녕, 그것은 서글픈 놀이,

---

20) 1618년 3월 7일.
21) 이 세 가지 설명은 소발의 저서에서 가져왔다.

파리에서 정의의 여신 마님이,

뇌물을 너무 많이 먹은 나머지,

재판소 전체를 불살랐을 때……[22]

  1618년에 일어났던 파리 재판소 화재에 관한 정치적, 물리학적, 시적인 이 세 가지 설명을 사람들이 어떻게 생각하든지 간에, 불행히도 확실한 사실은 그것이 화재였다는 것이다. 이 재난의 덕택으로, 특히 그 재난이 피해 갔던 것마저 없애버린 여러 가지 계속된 복원 공사[23]의 덕택으로, 오늘날에는 남아 있는 게 거의 없다. 프랑스 역대 왕의 시초의 궁전이요, 루브르 궁보다도 먼저 생긴 이 궁궐에 남아 있는 것이라고는 거의 없다. 그것은 필리프 르 벨[24]의 시대부터 이미 퍽 낡아서, 사람들은 그곳에서 로베르 왕에 의해 세워지고 엘갈뒤스에 의해 묘사된 굉장한 건물들[25]의 흔적을 찾았었지만, 지금은 거의 전부가 사라져버렸다. 성 루이 왕[26]이 "침소에 드시던"[27] 그

---

22) 소발의 저서에서 인용한 시다.

23) 1618년과 1776년의 화재에 이어 복원 공사가 계속되었는데, 루이 16세식 양식의 반대자인 위고는 여기서 특히 데메종(Desmaisons)과 앙투안(Antoine)에 의하여 시공된 1783~1786년의 복원 공사 및 1825년부터 다시 시작된 확충 계획을 비난하고 있는 것이 틀림없다.

24) Philippe le Bel. 1271~1285년에 재위한 프랑스 왕.

25) 소발의 저서는 로베르 왕(996~1031의 프랑스 왕)과 엘갈뒤스를 인용하여 '그 굉장함'을 찬양하고 있다.(Sauval II, 3)

26) 루이 9세, 1226~1270년에 재위한 프랑스 왕.

27) Sauval II, 3.

사무실 겸용 침실은 어찌 되었는가? "굵은 양털 상의에, 소매
없는 면모 교직(交織) 나사 겉옷과 검은 샌들에 망토를 걸치
고, 양탄자 위에 드러누워 주앵빌과 함께"[28] 그가 재판을 하
던 정원은? 지기스문트 황제[29]의 침실은 어디에 있는가? 카를
4세의 침실은? 장 상 테르[30]의 침실은? 카를 6세가 특사령을
선포한 계단은 어디 있는가? 마르셀이 프랑스 황태자 앞에서
로베르 드 클레르몽과 샹파뉴 원수를 참살한 방바닥은? 참칭
교황 베네딕트의 교서를 찢어버린 쪽문은?[31] 그리고 그 교서
를 가져온 자들이 제의와 주교관(冠)에 대한 조롱을 당하며
온 파리 장안을 돌면서 공공연히 사과하고 떠나갔던 그 쪽문
은? 그리고 그 금박과 하늘빛, 첨두홍예, 조상, 기둥, 조각으로
온통 들쭉날쭉한 거창한 궁륭이 있는 대광실은? 그리고 금칠
한 침실은? 그리고 솔로몬 옥좌의 사자들처럼, 정의 앞에서 힘
에 어울리는 공순한 태도로, 머리를 수그리고, 꼬리를 다리 사
이에 넣고, 문 앞에 서 있던 돌사자는? 그리고 그 아름다운
문들은? 그리고 그 아름다운 스테인드글라스 창들은? 그리고

---

28) Sauval II, 5. 주앵빌(Jean Joinville, 1224~1317)은 프랑스의 연대기 작가
로, 성 루이 왕의 고문으로 재직했다. 그의『회상록』은 성 루이 왕과 십자군
전쟁에 관한 역사를 기술하고 있다.

29) Sigismund, 1368~1437. 카를 4세의 아들. 헝가리 왕, 신성로마제국 황
제, 보헤미아 왕.

30) Jean Sans Terre. 영국 왕 헨리 2세의 다섯째 아들 존 왕(John Lackland,
1167~1217의 프랑스어 표기다.

31) 카를 4세, 6세, 마르셀, 클레르몽, 샹파뉴 원수, 참칭 교황 베네딕트의 이
름들을, 위고는 소발의 저서에서 따왔다.(Sauval II, 5)

비스코르네트[32]를 맥 빠지게 하던 끌로 새긴 철물은? 그리고 뒤 앙시[33]의 섬세한 목공 세공품들은……? 이 희한한 것들을 세월은 어떻게 하였는가, 사람들은 어떻게 하였는가, 이 모든 것 대신에, 이 모든 갈리아[34]의 역사 대신에, 이 모든 고딕 예술 대신에, 사람들은 우리에게 무엇을 주었는가? 저 생제르베 성당의 정면 현관을 만든 서툰 건축가 드 브로스[35] 씨의 둔중한 편원(扁圓) 궁륭, 이것이 소위 예술이라는 것이다. 그리고 역사로 말하자면, 파트뤼[36] 같은 사람들의 지껄임으로 아직도 우렁우렁 울리고 있는 그 굵은 기둥의 수다스러운 추억들을 우리는 가지고 있다.

그것은 대수로운 일이 아니다. 진정한 고궁[37]의 진정한 대광실로 돌아가자.

이 거대한 평행사변형의 양 끝 중 한쪽에는 그 굉장한 대리석 탁자가 놓여 있었는데, 어찌나 길고 넓고 두꺼웠던지, 옛

---

32) 유명한 철물 제조인이다.(원주)

33) 소발에 따르면 루이 12세 때의 유명한 목수다.

34) 프랑스의 옛 이름.

35) Salon de Brosse, 1517?~1626. 프랑스의 건축가. 뤽상부르 궁을 지었으며, 1618년에 불에 탄 파리 재판소의 대광실을 지었는데, 그것은 1871년에 코뮌으로 다시 타버렸다. 오늘날 복구된 것은 파페르뒤실(室)로 불린다. 생제르베 성당의 정면은 1616~1621년에 드 브로스가 아니라 클레망 메트조(Clément Métezeau)가 건축한 것이다.

36) Olivier Patru, 1604~1681. 프랑스의 위대한 변호사이자 시인인 니콜라 부알로의 스승. 아카데미에서 한 그의 감사 연설이 대단한 찬사를 받았는지라, 그 후 모든 신입 회원에게 그 같은 연설을 요구하게 되었다.

37) 파리 재판소를 가리킨다.

기록들은 가르강튀아[38])에게 식욕을 돋웠음직한 그런 문체로, "세상에 이러한 대리석 조각"[39])은 결코 본 일이 없다고 말하고 있다. 또 한쪽 끝은 예배당이 차지하고 있었는데, 거기에는 루이 11세가 성모마리아 앞에 무릎을 꿇고 있는 자기 모습을 조각해 놓게 하였으며, 역대 왕들의 조상들이 늘어서 있는 가운데 두 개의 빈 벽감(壁龕)을 남겨놓는 데 개의치 않고, 샤를마뉴와 성 루이 왕의 조상을 거기에 옮겨놓게 하였는데, 이는 그가 이 두 성자를 프랑스의 왕으로서 하늘에서 매우 신임받는 인물로 생각하고 있었기 때문이다. 이 예배당은 세워진 지가 겨우 6년쯤 되었을까 말까 하는 아직 새 건물로서, 프랑스 고딕 시대의 말기를 보여주고 르네상스의 꿈 같은 환상 속에서 16세기 중엽까지 지속되는 양식, 세련된 건축법과 경이로운 조각술, 섬세하고도 심오한 조각 장식을 가진 저 매혹적인 양식과 완전히 부합하고 있었다. 정면 현관 위에 뚫린 조그맣고 투명한 원화형(圓花形)의 창은 특히 미묘하고 우아한 걸작이었다. 마치 레이스로 된 별과도 같았다.

플랑드르의 사신들과 연극 공연에 초대된 다른 거물들을 위해, 방 한가운데 큰 문 맞은편 벽에 기대어 연단 하나를 세

---

38) 라블레의 동명의 소설 속 주인공. 어마어마한 식욕을 가진 거인이다.
39) 지금도 파리 재판소의 콩시에르주리 박물관에 가면 이 대리석 탁자의 한 조각을 볼 수 있다. 소발에 따르면 "이 탁자는 게다가 어떻게나 길고 넓고 두꺼웠던지, 이보다 더 두껍고 더 넓고 더 긴 대리석 조각은 여태껏 없었다고 사람들은 생각하고 있다." 소발은 '왕의 연회'와 서기단의 '소극'에 이 탁자가 사용되었다고 하였지만, 연극에 사용하도록 허가한 것은 루이 12세였다.

위 금빛 수단(繡緞)을 드리워 놓았으며, 금실(金室)의 복도 창을 이용하여 그 단상에 특별한 출입구를 내놓았다.

관례에 따라, 연극은 대리석 탁자 위에서 상연되었다. 그러기 위해 탁자는 아침 일찍부터 준비되었다. 재판소 서기단[40]이 발뒤꿈치로 온통 줄을 그어놓은 화려한 대리석 판 위에 꽤 높은 뼈대를 짜 올려놓고, 온 방 안 사람들의 시선이 닿을 수 있는 윗면을 무대로 사용하고, 휘장으로 가린 내부는 무대에 등장하는 인물들의 탈의실 구실을 하게 되어 있었다. 그 바깥에 순박하게 걸쳐놓은 하나의 사다리는 무대와 탈의실 사이의 통로가 되고, 그 가파른 가로장은 무대를 드나드는 데 쓰이도록 되어 있어, 이 사다리로 올라가지 않아도 될 어떠한 뜻밖의 인물도, 운명의 급변도, 사건의 극적 변화도 있을 수 없었다. 예술과 무대장치의 순진하고도 존경할 만한 요람기!

축제의 날이나 형 집행일에 한결같이 민중의 모든 즐거움을 지켜주는 데 필요 불가결한, 법원장의 네 집달리가 대리석 탁자 네 모퉁이에 서 있었다.

연극이 시작되려면 재판소의 큰 시계가 정오의 12시를 쳐야만 했다. 연극을 상연하기에는 너무 늦은 시간이었는지도 모른다. 그러나 사절들의 시간에 맞추지 않으면 안 되었던 것이다.

그런데 이 모든 군중은 아침부터 기다리고 있었다. 이 수많

---

40) 15세기에 이들은 연극, 특히 희극을 제작·상연하고 민중의 오락을 만들어냈으며, 파리 재판소의 대리석 탁자 위에서 연출할 수 있는 특권을 지니고 있었다.

은 고지식한 구경꾼들은 꼭두새벽부터 재판소의 큰 계단 앞에서 추위에 떨고 있었다. 어떤 사람들은 확실히 맨 먼저 들어가려고 큰 문 앞을 가로막고서 밤을 새웠노라고 단언까지 하고 있었다. 군중은 시시각각 빽빽해져, 마치 수위를 초과하는 물처럼 벽을 따라 불어 오르고, 기둥들 주위로 불어나고, 엔타블레처 위에, 코니스[41] 위에, 창문턱 위에, 건물의 모든 돌출부 위에, 조각품의 모든 돋을새김 위에 넘쳐흐르기 시작했다. 그리하여 옹색함과 초조함, 지루함, 뻔뻔스러움과 터무니없는 짓을 하는 하루의 자유, 팔꿈치가 뾰족하다고 해서, 혹은 구두에 징이 박혔다고 해서 툭하면 벌어지는 옥신각신, 오랜 기다림에서 오는 피로, 이러한 것들이 벌써 사절들의 도착 예정 시각보다도 훨씬 전에, 이 갇히고, 겹쳐지고, 짓눌리고, 으깨지고, 숨이 막힌 군중의 아우성에 귀청을 찢는 듯한 지독한 어조를 빚어내고 있었다. 들리는 것이라고는 오직 플랑드르인들에 대한, 시장에 대한, 부르봉 추기경에 대한, 법원장에 대한, 오스트리아의 마르그리트 공주에 대한, 회초리를 든 집달리에 대한, 추위에 대한, 더위에 대한, 궂은 날씨에 대한, 파리의 주교[42]에 대한, 광인 교황에 대한, 기둥에 대한, 조상에 대한, 닫힌 문에 대한, 열린 문에 대한 불평과 저주뿐이었다. 이 모든 것도 군중 속에 흩어져 있는 학생과 하인 패거리에게는 무척 재미난 것이어서, 그들은 이 모든 불만에다 짓궂

---

41) 원기둥의 머리 부분을 엔타블레처라고 하는데, 코니스, 프리즈, 아키트레이브의 세 부분으로 구성된다.
42) 파리에 대주교좌가 설치된 것은 16세기다.

은 야유와 장난을 섞어 넣고, 말하자면 바늘로 꼭꼭 찌르듯이 온 방 안에 가득 찬 짜증을 자극하고 있었다.

여러 패거리 중에서도 특히 신나게 떠드는 한 무리의 장난꾸러기들이 있었으니, 그들은 유리창 하나를 박살 낸 뒤 배짱 좋게도 엔타블레처 위에 걸터앉아 안팎을, 실내의 군중과 광장의 군중을 번갈아 보면서 농담을 던지고 있었다. 그들의 풍자적인 몸짓이며 폭소 소리, 실내의 이쪽 끝에서 저쪽 끝으로 친구들과 서로 주거니 받거니 빈정거리는 수작을 보면, 이 젊은 신학생들은 다른 회중처럼 권태와 피로를 느끼지 않고, 그들만의 즐거움을 위해, 그들의 눈 아래 있는 것에서, 다른 구경거리를 진득하게 기다릴 수 있게 해주는 어떤 구경거리를 끌어낼 줄을 아주 잘 알고 있는 것이라고 쉽사리 판단되었다.

"아니 누군가 했더니, 넌 '요안네스 프롤로 데 몰렌디노'[43]가 아니냐!" 그들 중 하나가 원기둥 꼭대기의 아칸서스 잎 장식에 매달려 있는, 귀엽고 심술궂은 얼굴을 한 갈색 머리의 악동 같은 아이에게 외쳤다. "장 뒤 물랭이란 네 이름은 참 잘 지어 붙였어. 네 두 팔과 두 다리는 바람에 돌아가는 네 날개 같으니 말이야. 언제부터 여기 와서 기다리고 있었던 게지?"

"젠장맞을." '요안네스 프롤로'는 대답했다. "4시간도 더 됐어. 내가 연옥에 가서 치러야 할 시간에서 이 시간만큼은 제발 제해졌으면 좋겠는데. 난 생트샤펠에서 시칠리아 왕[44]의

---

43) Joannes Frollo de Molendino. 장 프롤로 뒤 물랭의 라틴어식 이름. 장 뒤 물랭은 '풍차의 장'이라는 뜻으로, 기둥 꼭대기에 매달린 그의 팔다리가 풍차의 네 날개 같다는 재담이다.

여덟 성가대원이 대미사의 첫 번째 절을 노래하는 것도 들었으니까."

"참 아름다운 성가대원들이지." 상대방이 다시 말했다. "그네들 목소리는 그들의 모자보다도 더 뾰족하거든! 성 요한 나리께 미사를 바치기 전에, 임금님은 성 요한 나리께서 시골 말투로 라틴어를 읊조리는 것을 좋아하는지 어떤지 미리 알아봤어야만 했어."

"임금님이 그런 미사를 드린 건 그 시칠리아의 망할 놈의 성가대원들을 부려먹기 위해서라오!" 창 아래 군중 속에서 한 노파가 따끔하게 외쳤다. "생각 좀 해보라고! 미사 한 번 드리는 데 파리 주화 1,000리브르를 쓰다니 글쎄. 게다가 그것도 파리 시장에서 생선 판 돈을 거두어서 말이야, 세상에 원!"

"그런 말 마오! 할멈." 생선 장수 노파 옆에서 코를 막고 있던 뚱뚱하고 점잖은 남자가 입을 열었다. "마땅히 미사를 바쳐야만 했죠. 할멈은 임금님이 다시 병환에 걸리길 바라지 않았소?"

"말씀 한번 잘 하셨소, 왕실 피복 모피 상인 나리, 질 르코르뉘[45] 씨!" 기둥 꼭대기에 매달린 어린 학생이 외쳤다.

가엾은 왕실 피복 모피 상인의 이름은 운 나쁘게도 모든 학

---

44) '착한 왕 르네'라고도 불리는 시칠리아 왕 르네 당주는 1480년 7월 10일 죽었고, 그의 조카 샤를 당주는 1482년 12월 11일에 죽게 된다. 이 미사와 성가대원에 관한 이야기는 위고가 장 드 트루아의 저서에서 따왔다.

45) '질'은 사투리로 '어릿광대', '르코르뉘'는 '뿔 난 사람'으로, 합치면 '뿔 난 어릿광대'라는 뜻이 된다.

생들의 폭소를 자아냈다.

"르코르뉘! 질 르코르뉘!" 어떤 사람들이 말했다.

"Cornutus et hirsutus.(뿔 난 털북숭이.)"[46] 또 한 사람이 외쳤다.

"좋아! 그럴지도 모르지." 기둥 꼭대기의 어린 장난꾸러기는 계속했다. "하지만 뭐가 그렇게들 우습다지? 믿음직한 사나이 질 르코르뉘는 궁정 재판장 장 르코르뉘 나리의 아우요, 뱅센의 수석 숲지기 마예 르코르뉘 나리의 아들로서, 모두가 파리의 시민이요, 모두가 자자손손 결혼하신 양반이신데!"

즐거움은 한층 더해졌다. 뚱보 모피 상인은 한마디도 응수하지 못하고, 사방에서 쏟아지는 시선에서 도망치려고 애썼으나, 공연히 땀만 뻘뻘 흘리고 숨만 헐떡거릴 뿐이었다. 나무 속에 박혀 들어가는 쐐기처럼, 그가 그렇게 애를 쓰면 쓸수록 원한과 분노로 새빨갛게 떨리는 그 넓적한 얼굴은 옆 사람들의 어깨들 틈바구니로 더욱더 단단히 끼어 들어갈 뿐이었다.

이윽고 그와 마찬가지로 뚱뚱하고 땅딸막하고 존경할 만한, 그들 중의 한 사람이 나서서 그를 거들었다.

"망측한 일이로다! 학생들이 시민에게 그런 말을 하다니! 내 소싯적이었다면 한 다발의 회초리로 그들을 때려준 뒤에 그 회초리로 태워 죽여버렸을 텐데."

그들 무리가 모두 아우성쳤다.

---

46) 'cornutus'는 '뿔이 난', 'hirsutus'는 '털투성이의, 털이 많은'이라는 뜻의 라틴어. 질 르코르뉘는 모피 상인이므로 'hirsutus'라는 말을 덧붙인 것이다.

"어럽쇼! 누가 호통을 치신다지? 이 재수 없는 부엉이는 대체 뭐야?"

"옳지, 알겠다." 하고 한 사람이 말했다. "앙드리 뮈스니에 나리야."

"저 양반은 대학의 선서 서적상[47] 넷 중 한 분이지!" 또 한 사람이 말했다.

"그 상점에서는 모든 것이 넷씩 돼 있단 말이야." 세 번째 학생이 외쳤다. "네 나라[48]에, 학부 넷, 축제일 넷, 소송대리인 넷, 선거인 넷, 책 장수 넷."

"자," 하고 장 프롤로가 말을 이었다. "그들에게 법석을 떨어 줘야겠다."

"뮈스니에, 우리는 당신 책들을 불사르겠다."

"뮈스니에, 우리는 당신 하인을 갈겨주겠다."

"뮈스니에, 우리는 당신 여편네를 겁탈하겠다."

"착한 뚱보 아가씨 우다르드도."

"아가씨는 과부처럼 싱싱하고 명랑하거든."

"망할 녀석 같으니!" 앙드리 뮈스니에 나리가 으르렁거렸다.

"앙드리 나리." 장은 여전히 그 기둥 꼭대기에 매달린 채 말을 이었다. "입 다무셔. 그렇지 않으면 당신 머리 위에 떨어질 테니!"

앙드리 나리는 눈을 들어, 잠시 기둥의 높이와 개구쟁이의

---

47) 선서하고 동업조합에 가입한 서적상을 말한다.

48) 파리 대학의 학생들은 프랑스, 피카르디, 노르망디, 독일 이렇게 네 국적으로 나뉘어 있었다.(원주)

중력을 재어보고 머릿속으로 그 중력을 속도의 제곱으로 곱해 보는 것 같더니 잠자코 있었다.

난장판의 지휘자인 장은 의기양양하여 계속했다.

"비록 내가 부주교의 아우지만 그렇게 할 거란 말이야!"

"우리 대학의 어르신네들은 참 훌륭한 양반들이라니까! 오늘 같은 날 우리의 특권만이라도 지키게 해주지 않았으니 원! 결국 보면, 장안에는 5월의 식목과 기쁨의 불놀이가 있고, 시테섬에는 연극과 광인 교황과 플랑드르의 사신들이 있는데, 대학에는 아무것도 없지 않은가!"

"그러나 모베르 광장은 충분히 넓은데 말이야!" 창가의 탁자 위에 자리를 차지하고 있는 신학생들 중 하나가 말했다.

"총장과 선거인들과 소송대리인들을 타도하라!" 요안네스가 외쳤다.

"오늘 저녁 샹가야르에서." 또 하나가 말을 받았다. "앙드리 나리의 책들로 기쁨의 불놀이를 할까 보다."

"그리고 서기들의 책상으로!" 하고 그 옆의 학생이 말했다.

"그리고 교회지기들의 권표장(權標杖)[49]으로!"

"그리고 학장들의 타구(唾具)로!"

"그리고 소송대리인들의 식탁으로!"

"그리고 선거인들의 궤짝으로!"

"그리고 총장의 의자로!"

---

49) 원어는 les verges des bedeaux. Bedeau는 옛날의 교회지기, verge는 권위의 표지(權標)를 뜻한다.

"타도하라!"라고 어린 장이 성가를 부르듯 외쳤다. "타도하라, 앙드리 나리를, 교회지기들과 서기들을, 신학자들을, 의사와 교회법 박사들을, 소송대리인들을, 선거인들과 총장을!"

"이러니 원 말세로구먼!" 앙드리 나리는 귀를 막으면서 중얼거렸다.

"마침 총장이 오신다! 총장이 광장을 지나가고 있지 않은가!" 창가에 있던 사람들 중 하나가 외쳤다.

너도나도 앞다투어 광장 쪽을 돌아보았다.

"그게 정말 우리의 존경할 만한 총장 티보 선생이냐?" 장 프롤로 뒤 물랭은 방 안 기둥에 매달려 있어 바깥에서 일어나는 일을 볼 수가 없었으므로 그렇게 물었다.

"그래그래." 다른 사람들이 모두 대답했다. "틀림없어, 틀림없이 총장 티보 선생이야."

아닌 게 아니라, 총장과 대학의 모든 고관들이 열을 지어 사절단을 맞이하러 가느라, 마침 재판소의 광장을 가로지르고 있었다. 학생들은 창가로 몰려가서, 그들이 지나가는 길목에 대고 빈정거림과 비꼬는 찬사를 던졌다. 일행의 선두에서 걸어가고 있던 총장이 최초의 일제사격을 받았다. 그것은 가혹했다.

"안녕하시오, 총장 나리! 어이! 안녕하시냐니까!"

"어떻게 저 늙은 노름꾼이 여기에 오셨을까? 그러고 보니 궐자(厥者)는 주사위 노름을 집어치운 모양이지?"

"나귀 타고 종종걸음 치는 꼴 좀 봐! 나귀의 귀때기가 저자의 귀보다도 더 짧군그래."

"어이! 티보 총장님, 안녕하시오! Tybalde aleator(주사위 노름꾼 티보)! 늙은 바보! 늙다리 노름꾼!"

"하느님이 그대를 지켜주시길! 간밤에는 여러 번 쌍륙 놀이를 하셨는가!"

"아! 노름과 주사위에 빠져 푸르뎅뎅한 납빛이 된 저 초췌하고 노쇠한 얼굴!"

"어딜 그렇게 가시나, Tybalde ad dados(오 티보, 주사위 노름 하러 가시나)[50], 대학에는 등돌리고, 장안을 향해 종종걸음 치면서?"

"궐자는 아마 티보토데 거리로 잠자리를 찾으러 가시나 보지." 장 뒤 물랭이 외쳤다.

그 무리들은 모두 미친 듯이 손뼉을 치면서 우레 같은 목소리로 야유를 되풀이했다.

"그대는 티보토데 거리로 잠자리를 찾으러 가는 것 아냐, 악마 노름판의 노름꾼 총장 나리?"

그다음에는 다른 고관들의 차례였다.

"교회지기들을 타도하라! 회계원들을 타도하라!"

"이봐, 로뱅 푸스팽, 저 사람은 대관절 뭐지?"

"오툉 성직단의 총무 질베르 드 쉬이야. Gilbertus de Soliaco.(길베르투스 데 솔리아코.)"

"옜다, 내 신짝 받아라. 넌 나보다 좋은 자리에 있으니까. 이

---

50) dado는 이탈리아어로 '주사위'이며, 프랑스어로는 데(dé)라고 한다. 이어지는 장 뒤 물랭의 대구에 나오는 티보토데라는 거리의 이름은 '티보'와 '데'를 합친 재담이다.

걸 저 녀석 낯짝에 집어던져."

"Saturnalitias mittimus ecce nuces.(보라, 나는 그대에게 보내노라, 사투르누스 축제의 호두 알을.)"[51]

"저 흰 중백의(中白衣)[52]를 입은 여섯 신학자를 타도하라!"

"저기 가는 게 신학자들이냐? 난 로니의 봉토를 위해 생트주느비에브가 시(市)에 내려준 여섯 마리의 흰 거위인 줄 알았는데.[53]"

"의사들을 타도하라!"

"저 왈가왈부하는 기본 토론회를 타도하라!"

"내 모자나 받아라, 생트주느비에브의 총무야! 넌 나보다도 아랫놈을 먼저 승진시켰겠다. 이건 정말이야! 저치는 이탈리아 놈이라서 노르망디국(國)에서의 내 자리를, 부르주 지방 출신 젊은이 아스카니오 팔자스파다에게 줬단 말이야."

"그건 부정이다." 모든 학생들은 말했다. "생트주느비에브의 총무를 타도하라!"

"어이! 조아생 드 라드오르 나리! 어이! 루이 다위유! 이봐! 랑베르 옥트망!"

"악마가 저 독일국 소송대리인의 숨통을 눌러줬으면 좋겠다!"

"그리고 생트샤펠 예배당의 전속 신부들도, 그 회색 제의(祭

---

51) 로마 시인 마르티알리스(Marcus Valerius Martialis, 서기 41?~104?)의 「풍자시」에서 인용한 것. 로마의 사투르누스 때 사람들은 서로에게 호두 알을 던지는 놀이를 했다.
52) 성직자가 법의 위에 입는 겉옷.
53) 소발의 저서에서 따온 내용이다.

衣)와 함께! Cum tunicis grisis!(그들의 회색 제의와 함께!)"

"Seu de pellibus grisis fourratis!(또는 회색 모피로 안을 댄!)"

"저것 봐! 문학사 나리들이다! 저 모든 아름다운 검정 법의들을 봐라! 저 모든 아름다운 빨강 법의들을 봐라!"

"저것들이 총장 나리의 아름다운 꼬리를 이루고 있군."

"마치 바다의 혼례식에 행차하시는 베네치아의 도제와도 같구나."[54]

"어이, 장! 생트주느비에브 성당의 참사원들이다!"

"참사원 같은 건 뒈져버리라지!"

"클로드 쇼아르 신부다! 클로드 쇼아르 박사다! 그대는 마리 라 지파르드를 찾고 있나?"

"그녀는 글라티니 거리에 있는데."

"그녀는 민병대장의 잠자리를 차리고 있는데."

"그녀는 4드니에[55]를 치르고 있는데. Quatuor denarios.(4드니에를.)"

"Aut unum bombum.(아니면 난장판을 벌이고 있는데.)"

"그대는 그녀가 면전에서 버젓이 돈을 치르길 바라는가?"

"친구들! 피카르디의 선거인 시몽 상갱 나리가 말 궁둥이에 여편네를 태우고 간다."

---

54) 해마다 예수승천일에 베네치아의 도제(Doge, 제후)는 아드리아해에 결혼반지를 던짐으로써 상징적으로 바다와 결혼했다. 그 비유는 뒤 브뢸의 저서에서 암시를 받은 것으로 위고는 학생들이 지적한 복장과 같은 것을 거기서 발견했음에 틀림없다.
55) 프랑스의 옛 화폐단위. 1드니에는 1수의 12분의 1에 해당한다.

"Post equitem sedet atra cura.(말 탄 사람 뒤에 어두운 근심이 앉아 있군.)"56)

"대담하신 시몽 나리!"

"안녕하시오, 선거인 나리!"

"저 애들은 모두 볼 수 있어서 얼마나 좋을까." 요안네스 데 몰렌디노는 여전히 기둥 꼭대기의 잎사귀 틈에 앉아 한숨을 쉬면서 말했다.

그동안에 대학의 선서 서적상 앙드리 뮈스니에는 왕실 피복 모피 상인 질 르코르뉘 나리의 귀 쪽으로 몸을 기울이고 있었다.

"분명히 말해 두지만, 나리, 이건 말세입니다. 이렇게 학생놈들이 방자하게 구는 꼴은 여태껏 본 적이 없었죠. 이 시대의 빌어먹을 발명품들이 모든 걸 망쳐놓고 있다 이겁니다. 대포며 세르팡틴 포57)며 구포(臼砲), 그리고 특히 저 독일에서 온 또 하나의 가증스러운 발명품인 인쇄술58) 같은 것 말이지요. 이젠 수사본도 없어지고 서적도 없어졌소! 인쇄술이 서점을 죽이고 있어요. 말세가 왔어요, 말세가."

"나도 비로드 옷감의 발달에서 그걸 절감하고 있소이다." 모피 상인이 말했다.

그때 정오가 울렸다.

"와!" 모든 군중이 이구동성으로 외쳤다. 학생들은 입을 다

---

56) 호라티우스의 『송가』에서 따왔다.

57) 옛날 대포의 일종이다.

58) 1450년에 독일의 구텐베르크가 발명했다.

물었다. 이어서 대이동이 시작되고, 발과 머리 들이 마구 움직이고, 온 방 안에 기침 소리와 손수건 소리가 요란했다. 저마다 준비를 갖추고, 제자리를 잡고, 끼리끼리 무리를 이루었다. 그런 뒤에는 쥐 죽은 듯한 고요. 모든 사람들이 목을 빼고, 입을 벌리고, 대리석 탁자 쪽으로 눈길을 돌리고 있었다. 거기에는 아무것도 나타나지 않았다. 법원장의 네 집달리는 여전히 거기에 물감을 칠한 네 개의 조상처럼 까딱도 않고 뻣뻣이 서 있었다. 모든 사람들의 눈길이 플랑드르의 사신들이 앉을 단 쪽으로 쏠렸다. 문은 여전히 닫혀 있고, 단은 비어 있었다. 이 군중은 아침부터 세 가지를 기다리고 있었다. 정오, 플랑드르 사절단, 연극. 그런데 정오만이 제시간에 와 있었던 것이다.

이번에야말로 너무 심했다.

1분, 2분, 3분, 5분, 15분을 기다렸으나, 아무것도 오지 않았다. 단은 여전히 텅 비어 있고 무대는 잠잠했다. 그러는 동안 안타까움에 이어 분노가 일었다. 여전히 나지막한 소리인 것은 사실이었지만, 성난 말소리가 돌고 있었다. 연극을 시작하라! 연극을 시작하라! 사람들은 나직이 웅성거리고 있었다. 사람들의 머리는 술렁였다. 아직 우르르 울리고만 있는 폭풍우가 이 군중 위에 떠돌고 있었다. 거기서 맨 먼저 섬광을 끌어낸 것은 장 뒤 물랭이었다.

"연극을 시작하라. 그리고 플랑드르 놈들은 뒈져버려라!" 그는 기둥 꼭대기의 주위에서 뱀처럼 몸을 비틀면서, 힘껏 소리 질렀다.

군중은 박수갈채를 보냈다.

"연극을 시작하라." 군중은 되풀이했다. "그리고 플랑드르는 꺼져버려라!"

"우리는 당장 연극이 필요하다." 학생은 다시 외쳤다. "그게 아니라면 내 의견으론, 희극과 우의극 대신에 법원장의 모가지를 매다는 게 마땅하다고 생각한다."

"말 잘 했다." 군중이 외쳤다. "그러면 우선 놈의 네 집달리의 목부터 매달자."

요란스러운 갈채가 뒤를 이었다. 그 네 명의 가련한 사내들은 얼굴이 새파래져서 서로를 바라다보았다. 군중은 그들을 향해 움직이고 있었으며, 그들과 군중 사이를 가로막고 있는 가냘픈 나무 난간이 벌써 군중의 압력 아래 구부정하게 휘는 것이 그들 눈에 보였다.

위태로운 순간이었다.

"잡아 죽여라! 잡아 죽여라!" 사람들은 사방에서 외치고 있었다.

그 순간, 위에서 내가 묘사한 탈의실의 휘장이 오르고 한 인물이 걸어 나왔다. 그것을 보자 군중은 갑자기 멈칫했고, 마술에 걸린 듯이 군중의 분노는 호기심으로 일변했다.

"조용히! 조용히!"

그 인물은 매우 불안한 듯이 사지를 떨고 꾸뻑꾸뻑 절을 하면서 대리석 탁자의 가장자리까지 나왔는데, 다가올수록 더욱더 깊이 허리를 구부려서 무릎을 꿇는가 싶을 지경이었다.

그사이에 장내는 차츰 고요해졌다. 이제는 으레 군중의 침묵에서 솟아오르게 마련인 저 가벼운 소음밖에는 남아 있지 않았다.

"남녀 시민 여러분." 하고 그는 말했다. "저희들은 추기경 각하 앞에서 '성모마리아의 훌륭하신 심판'이라는 제목의 썩 아름다운 우의극을 낭독하고 상연하게 된 것을 영광으로 생각하는 바입니다. 제우스 신의 역할은 제가 맡았습니다. 추기경 각하께서는 지금 오스트리아 공(公)의 고귀하신 사절단을 동반하고 계시온데, 사절단은 이 시각 현재 보데 성문[59]에서 대학 총장님의 환영사를 듣느라 지체하고 있습니다. 추기경 각하께서 도착하시는 대로 저희들은 시작하겠습니다."

법원장의 불쌍한 네 집달리의 목숨을 구하기 위해서는 정녕 제우스의 개입이 필요했다. 설령 이 매우 진실한 이야기를 꾸며낸 것이 다행히 나이고 따라서 '심판자'이신 '성모마리아' 앞에서 내가 그 책임을 진다 하더라도, 이때 사람들은 'Nec deus intersit.(그 어떤 신도 개입하지 말지어다.)'[60]라는 저 옛날부터의 계율을 내게 내세울 수는 없을 것이다. 하지만 제우스 신의 의상이 무척 아름다워서 군중의 주의를 끎으로써 군중을 진정시키는 데 적잖이 이바지했다. 제우스는 검은 비로드로 덮고 금빛 못이 박힌 쇠사슬 갑옷에, 도금한 은 단추가 달린 두건을 쓰고 있었는데, 만약 그의 얼굴을 절반씩 덮고 있는 연지와 커다란 수염이 없었다면, 예리한 눈이라면 그

---

59) 필리프 오귀스트의 성문으로, 현재의 보두아 광장 자리에 있었다.

60) 호라티우스의 『시학』에 나오는 시구 "Nec deus intersit, nisi dignus vindice nodus Incideriit.(그와 같은 보증인에 어울리는 매듭이 나타나지 않는다면, 신도 개입하지 말지어다.)"에서 따왔다.

것이 벼락이라는 것을 쉽사리 알아볼 수 있는, 걸쇠가 박힌
데다 번득거리는 쇠붙이가 비스듬히 길쭉길쭉 돋아 있는 금빛
마분지 원통을 손에 들고 있지 않았다면, 그리스식으로 리본
을 감아 올린 그 살색 발이 없었다면, 그 엄격한 옷차림으로
말미암아, 그가 베리 전하의 브르타뉴 부대의 사수(射手)를
닮았다고도 할 수 있었으리라.[61]

---

61) 이 묘사는 장 드 트루아의 저서에서 보이는 브르타뉴 사수들의 복장
묘사를 위고가 인용한 것이다.

2장

피에르 그랭구아르

그러나 그가 연설하는 동안 그의 복장에 의해 만장일치로 유발된 만족과 탄복은 그의 말을 들으면서 사그라져가다가, 그가 불행하게도 '추기경 각하께서 도착하시는 대로 저희들은 시작하겠습니다.'라는 결론에 도달했을 때, 그의 목소리는 우레 같은 야유 속에 묻혀버렸다.

"즉시 시작하라! 연극을! 당장 연극을!" 하고 군중은 고함을 질렀다. 그리고 모든 사람들의 목소리 중에서도 요안네스 데 몰렌디노의 목소리가 유독 두드러지게 들렸는데 그것은 마치 님(Nimes) 축제의 소란 속 피리 소리처럼 소음을 꿰뚫고 있었다.

"즉시 시작하라!"라고 이 학생은 날카롭게 외치는 것이었다.

"제우스와 부르봉 추기경을 타도하라!" 로뱅 푸스팽과 창가에 앉아 있던 다른 신학생들은 고래고래 소리를 질렀다.

"즉시 우의극을 시작하라!" 군중은 되풀이했다. "당장 시작하라! 즉시 시작하라! 배우들과 추기경을 잡아서 노끈으로 매달아라!"

가엾게도 제우스는 눈이 휘둥그레지고 겁에 질려 연지 바른 얼굴이 새파래져서는, 들고 있던 벼락을 떨어뜨리고 두건을 손에 벗어 들었다. 그러고는 꾸벅꾸벅 절을 하고 달달 떨면서 더듬거렸다. "추기경 각하께서…… 사절단이…… 플랑드르의 마르그리트 공주께옵서……." 그는 뭐라고 말을 해야 좋을지 몰랐다. 내심 목을 매달릴까 봐 겁먹고 있었던 것이다.

기다리다간 천민들에게 목을 매달릴 것이고, 기다리지 않았다간 추기경에게 목을 매달릴 것인즉, 그는 양쪽에 하나의 구렁텅이, 즉 하나의 교수대밖에 보이지 않았던 것이다.

다행히 누군가가 나와서 그를 곤경에서 구해 주고 책임을 졌다.

난간 이쪽 편으로, 대리석 탁자 주위의 비어 있는 공간에 한 사내가 서 있었지만 아직 아무의 눈에도 띄지 않고 있었던 것인데, 그만큼 그의 길고도 가느다란 몸은 그가 기대고 있는 원기둥의 직경에 의해 시선에서 완전히 가려져 있었던 것이다. 그런데 이 사나이가, 키 크고, 빼빼 마르고, 얼굴은 창백하고, 머리털은 금빛이고, 이마와 뺨에는 벌써 주름살이 잡혔지만 아직은 젊고, 눈은 반짝반짝 빛나고, 입에는 미소를 머금고, 오래 입어서 해지고 반들반들해진 검은 세루 옷을 입은 이 사나이가 대리석 탁자 옆으로 걸어 나와 가련한 수형자에게 손짓을 했다. 그러나 상대방은 얼이 빠져서 보지 못하고 있었다. 이 새로 나타난 사나이는 한 걸음 더 걸어 나아갔다. "제우스!" 그는 말했다. "이봐요, 제우스 씨!"

상대방은 전혀 듣지 못했다.

마침내 금발의 키다리는 안달이 되어, 그의 코앞에 대고 외쳤다.

"미셸 지보른!"

"누가 날 불렀지?" 제우스는 소스라쳐 잠에서 깨어나듯 말했다.

"나요." 검은 옷을 입은 인물이 대답했다.

"아!" 제우스가 말했다.

"즉시 시작하시오." 상대방은 말을 이었다. "군중을 만족시켜 주시오. 법원장님은 내가 책임지고 무마할 테니까. 추기경은 법원장님이 무마하실 테고."

제우스는 숨을 쉬었다.

"시민 여러분," 그는 계속해서 자기에게 아우성치고 있는 군중에게 목청껏 고함을 질렀다.

"즉시 시작하겠습니다."

"Evoe, Juppiter! Plaudite, cives!(좋을시고, 제우스여! 박수를 보내라, 시민들아!)" 학생들이 외쳤다.

"좋구나 좋아!" 군중이 외쳤다.

귀청을 찢을 듯이 박수가 터졌으며, 제우스는 이미 휘장 뒤로 다시 들어가 버리고 없는데도, 방 안은 여전히 박수갈채에 떨리고 있었다.

내 사랑하는 저 늙은 코르네유의 말마따나, 그렇게 요술이라도 부린 듯이, "폭풍우를 잠잠하게"[62] 만들어놓은 그 알 수 없는 사나이는 어느새 기둥 뒤 어두컴컴한 곳으로 다소곳이 되돌아가 있었는데, 구경꾼들의 맨 첫 줄에 있다가, 제우스 역인 미셸 지보른과 그가 대화하는 것을 본 두 젊은 여인에게 끌려 나오지 않았던들, 그는 틀림없이 전과 같이 그곳에서 사람 눈에 띄지 않은 채 말없이 가만히 서 있었을 것이다.

"신부님." 그 여자들 중 하나가 그에게 가까이 오라는 손짓을 하면서 말했다.

"얘, 잠자코 있어, 리에나르드." 그 옆에 있던 어여쁘고 발랄한 여자가 나들이옷을 잘 차려입은 데 힘입어 용기를 내어 말했다. "저이는 성직자가 아니라 속인이야. 그러니까 신부님이 아니라 선생님이라고 해야 하는 거야."

"선생님." 리에나르드가 말했다.

미지의 사나이는 난간으로 다가왔다.

"왜 그러시죠, 아가씨들?" 그는 정중하게 물었다.

"아! 아무것도 아니에요." 리에나르드는 몹시 당황하여 말했다. "제 옆에 있는 지스케트 라 장시엔이 선생님께 이야기하고 싶은 거예요."

"그렇지 않아요." 지스케트가 얼굴이 새빨개지면서 말을 이었다. "리에나르드가 당신에게 신부님이라고 했어요. 그래서

---

62) 코르네유의 희극 「거짓말쟁이」에서 도랑트는 말한다. "단 한마디로 나는 폭풍우를 잠잠하게 만들었다."

제가 '선생님'이라고 말하는 거라고 일러준 거예요."

두 처녀는 눈길을 내리깔고 있었다. 대화를 나누게 된 것을 무척 반긴 그는 그 여자들을 빙긋이 웃으면서 바라보았다.

"그럼 제게 하실 말씀이 아무것도 없으신가요, 아가씨들?"

"예, 없어요." 지스케트가 대답했다.

"아무것도 없어요." 리에나르드도 말했다.

금발의 젊은 키다리는 물러가려고 한 발을 내디뎠다. 그러나 두 구경꾼 여자들은 놓아주고 싶은 생각이 없었다.

"선생님." 지스케트는 터지는 수문과 같이, 또는 결단을 내린 여인과 같이, 격렬한 어조로 재빨리 말했다. "그럼 선생님은 연극에서 성모마리아 역할을 맡은 그 병정을 아시나요?"

"제우스 역을 하는 사람 말씀이죠?" 이름 모를 사나이가 말했다.

"예, 그래요!" 리에나르드가 말했다. "얘도 참 바보라니까! 그래 제우스를 아시나요?"

"미셸 지보른 말이죠?" 미지의 사나이는 대답했다. "예, 압니다, 아가씨."

"그는 수염이 멋지더군요!" 리에나르드가 말했다.

"그들이 저 위에서 하게 될 말이 아름다울까요?" 지스케트가 수줍은 듯이 말했다.

"매우 아름답지요, 아가씨." 이름 모를 사나이는 조금도 주저하지 않고 대답했다.

"그게 뭘까요?" 리에나르드가 말했다.

"「성모마리아의 훌륭하신 심판」이라는 우의극입니다, 아가씨."

"아! 그럼 다른 것이네요." 리에나르드는 말을 이었다.

잠시 침묵이 이어졌다. 미지의 사나이가 침묵을 깼다.

"전혀 새로운 우의극이죠. 아직 한 번도 상연되지 않은 겁니다."

"그러니까 이틀 전 교황 특사[63]가 입성하던 날에 상연한 것과는 다른 것이군요. 그때는 등장인물로 세 명의 아리따운 아가씨가 있었는데……."

"세이렌들이었죠." 리에나르드는 말했다.

"모두 발가벗은 아가씨들이었고요." 젊은이는 덧붙였다.

리에나르드는 다소곳이 눈을 내리깔았다. 지스케트는 그녀를 보고 자기도 그렇게 했다. 그는 빙그레 웃으면서 계속했다.

"보기에 퍽 재미있는 거였죠. 오늘은 플랑드르의 공주님을 위해 특별히 만든 우의극입니다."

"목가도 부르나요?" 지스케트가 물었다.

"체!" 미지의 사나이는 말했다. "우의극에서 그런 걸 불러요? 장르를 혼동해선 안 되지요. 풍자극이라면 물론 그런 것도 좋겠지만."

"그렇다면 섭섭한 일이군요." 지스케트가 말을 이었다. "그날 퐁소의 분수에는 미개인 남녀들이 있어서 서로 싸우기도

---

63) 교황 식스토 4세의 특사 쥘리앵 드 라 로브레 추기경이 파리에 입성한 것은 1480년 9월 4일이다. 한편, 위고가 참고한 장 드 트루아의 저서에 기술된 사실에 의하면, 아름다운 아가씨들이 벌거벗고 나타난 것은 루이 11세의 파리 입성 때였다.

하고, 작은 단시(短詩)와 목가를 부르면서 여러 가지 거동을 했었는데."

"교황 특사에겐 알맞은 것도 공주님에겐 어울리지 않을 수 있는 거요." 미지의 사나이는 꽤 무뚝뚝하게 말했다.

"그리고 그들 옆에선 여러 악기가 나직이 가락을 다투듯 아름다운 선율을 내고 있었어요." 리에나르드가 말을 이었다.

"그리고 행인들의 목을 축이기 위한 분수가 세 개의 입으로 포도주와 우유와 계피술[64]을 내뿜어, 원하는 사람은 그걸 마시고 있었고요." 지스케트는 계속했다.

"그리고 퐁소 조금 아래, 트리니테 병원에서는 등장인물들이 무언의 예수 수난극을 공연하고 있었고요." 리에나르드가 말을 이었다.

"그래, 지금도 생각난다!" 지스케트는 외쳤다. "예수님은 십자가에 박히고, 두 도둑놈은 좌우에 서 있었지!"

여기서 그 수다스러운 두 아가씨는 교황 특사가 입성하던 때의 추억에 흥분하여 한꺼번에 지껄이기 시작했다.

"그리고 그보다 더 전에, 포르 토 팽트르 문에는 매우 호화롭게 차려입고 나온 다른 인물들이 있었지."

"그리고 생티노상 분수에서는 사냥꾼이 사냥개와 사냥 나팔로 떠들썩하게 암사슴 한 마리를 몰고 있었고."

"그리고 파리의 푸줏간에는 디에프 요새를 그린 무대가 있

---

64) 원어 'hypocras'는 계피를 비롯하여 바닐라, 정향 등 여러 가지 향료를 넣은 포도주.

었어!"

"그리고 교황 특사가 지나갈 때, 너도 알다시피, 지스케트, 공격이 벌어지고 영국군은 모두 모가지가 잘렸어."

"그리고 샤틀레 요새 문에는 퍽 아름다운 인물들이 있었지!"

"그리고 그 위로 휘장을 둘러친 퐁 토 상주 다리 위에도!"

"그리고 교황 특사가 지나갈 때 212마리도 더 되는 온갖 종류의 새들을 다리 위로 날려 보냈지. 참으로 아름다웠어, 리에나르드."

"오늘은 더 아름다울 것이오." 마침내 그녀들의 이야기를 안타깝게 듣고 있는 듯했던 상대방 사나이가 다시 말을 시작했다.

"이 연극이 아름다울 거라고 장담하실 수 있나요?" 지스케트가 말했다.

"그럼요." 그는 대답했다. 그런 뒤에 힘주어 덧붙였다. "제가 오늘 연극의 작자거든요, 아가씨들."

"정말이에요?" 아가씨들은 깜짝 놀라 말했다.

"정말이지요!" 시인은 약간 뻐기면서 대답했다. "다시 말해서 두 사람이 만든 건데, 장 마르샹은 널빤지를 톱으로 켜서 무대장치의 뼈대와 모든 판자를 세웠고, 저는 희곡을 지었지요. 제 이름은 피에르 그랭구아르[65]라고 합니다."

「르 시드」의 작자도 이보다 더 자랑스럽게 '내 이름은 피에

---

[65] Pierre Gringoire, 1475~1638. 성사극과 소극을 지은 극시인으로, 실제로는 1482년에 일곱 살밖에 되지 않았다. 위고는 그의 나이를 실제보다 열아홉 살 더 높여서 등장시킨 것이다.

르 코르네유요.'라고 말하지는 않았으리라.

제우스가 휘장 뒤로 되돌아간 때부터, 이 새로운 우의극의 작자가 이처럼 불쑥 지스케트와 리에나르드의 순진한 감탄 앞에 이름을 밝힌 순간까지 벌써 꽤 시간이 흘렀음을 독자는 짐작할 수 있으리라. 주목할 만한 일은, 조금 전까지만 해도 그토록 법석을 떨던 모든 군중이 지금은 배우의 말을 믿고 너 그렇게 기다리고 있었다는 점이다. 이것은 우리들의 극장에서 여전히 날마다 느낄 수 있는 영원한 진리, 즉 관객으로 하여금 참을성 있게 기다리게 하는 최선의 방법은 곧 시작한다고 관객에게 단언하는 것이라는, 저 영원한 진리를 증명해 주는 것이다.

그러나 학생 요안네스는 잠들어 버리지 않았다.

"여봐라!" 그는 소란 뒤에 계속된 조용한 기다림 속에 느닷없이 외쳤다. "제우스, 성모마리아, 악마의 곡예사들아! 사람을 조롱하는 거냐? 연극을 시작하라! 연극을! 너희들이 시작하지 않으면 우리들이 다시 시작하겠다!"

그 이상은 필요치 않았다.

높고 낮은 악기들의 음악 소리가 무대장치 안쪽에서 들려왔다. 휘장이 올라갔다. 요란스럽게 분장하고 화장한 네 인물은 휘장 뒤에서 나와 무대의 가파른 사다리를 기어올라 단 위에 오른 다음, 관객들 앞에 늘어서서 깊이 허리를 숙여 절을 하였다. 그러자 교향악이 뚝 멎었다. 이제 연극이 시작되는 것이었다.

네 등장인물은 그들의 인사에 대한 대가로 박수갈채를 아

낌없이 받고 나서, 종교적인 정적 속에 서시를 지껄이기 시작
했는데, 이에 관해서는 독자에게 더 말하지 않겠다. 이것은 오
늘날에도 볼 수 있는 일이거니와, 관중은 배우들이 지껄이는
사설보다도 그들이 입고 있는 복장에 더 마음이 쏠려 있었던
것인데, 사실 당연한 일이었다. 그들 네 명 모두 반반씩 노랗
고 흰 두 부분으로 된 긴 옷을 입고 있었는데, 옷감의 질 말고
는 그 옷들 사이에 차이가 없었다. 첫 번째 사람의 옷은 금사
와 은사를 섞어 짠 수단(繡緞)으로 두 번째는 명주로, 세 번째
는 양털로, 네 번째는 무명베로 되어 있었다. 첫 번째 인물은
오른손에 칼을, 두 번째는 두 개의 금 열쇠를, 세 번째는 저울
을, 네 번째는 삽을 각각 가지고 있었는데, 이러한 명백한 상
징을 똑똑히 알아보지 못할 사람들의 둔한 이해력을 돕기 위
해 덧붙이자면, 수단 옷 아래에는 '내 이름은 귀족이다', 명주
옷 아래에는 '내 이름은 성직이다', 양털 옷 아래에는 '내 이름
은 상품이다', 무명베 옷 아래에는 '내 이름은 농사다'라는 커
다란 검은 글자가 수놓인 것을 읽을 수 있었다. 두 남성명사[66]
의 우의(寓意)의 성(性)은 좀 덜 긴 옷과 머리에 쓰고 있는 크
라미뇰[67]에 의해서 누구나 판단력 있는 구경꾼에게는 뚜렷이
드러나 있는 반면, 두 여성명사[68]의 우의는 더 긴 옷을 입고
있고 샤프롱[69]을 쓴 모습으로 알아볼 수가 있었다.

---

66) '성직'과 '농사'를 가리킨다.
67) 차양이 쳐들린 남자 모자.
68) '귀족'과 '상품'을 가리킨다.
69) 어깨까지 내려오는 여자 두건.

그리고 또 많은 악의가 있는 것이 아니라면, 서시를 통하여, '농사'는 '상품'과 결혼하고 '성직'은 '귀족'과 결혼했다는 것을, 그리고 이 행복한 두 쌍의 부부는 썩 훌륭한 황금 돌고래[70] 하나를 공동으로 가지고 있으면서 이 세상 최고의 미인에게밖에는 그것을 주지 않는다고 말하고 있는 것을 이해할 수 있을 것이다. 그리하여 그들은 그 미녀를 찾아 세계를 돌아다니고 있었던 것인데, 골콩드[71]의 여왕도, 트라브존[72]의 공주도, 타타르 대한(大汗)의 딸도, 그 밖의 미인들도 모두 차례차례로 거절하고 난 뒤에 '농사'와 '성직', '귀족'과 '상품'은 파리 재판소의 대리석 탁자 위에 와서 쉬면서, 당시 문학사들이 문학사의 모자를 얻는, 대학 문학부[73]에서의 궤변이나 논문 발표, 삼단논법, 공개 토론과 같은 시험에서나 사용할 법한 숱한 격언과 잠언을 정직한 청중들 앞에서 늘어놓고 있었던 것이다.

이 모든 것은 사실 매우 아름다웠다.

그러는 동안, 네 명의 '우의'가 서로 뒤질세라 은유의 물결을 군중 위에 쏟아놓고 있었는데, 이 군중 속에는, 조금 전 두어여쁜 아가씨에게 제 이름을 말하는 기쁨을 억제하지 못하던 작자의, 시인의, 저 착한 피에르 그랭구아르의 눈과 귀와

---

70) '돌고래'의 원어는 'dauphin'인데, 이 말에는 '프랑스 황태자'라는 의미도 있다.
71) 옛 인도 왕국.
72) 튀르키예 남동부의 도시다.
73) 당시 파리 대학은 네 학부로 구성되어 있는데, 문학부를 거친 후 의학부, 신학부로 들어갔다.

목과 가슴보다도 더 유심히 듣고 있는 귀는, 더 두근거리는 가슴은, 더 뚫어지게 바라보는 눈은, 더 긴장한 목은 하나도 없었다. 그는 그 여자들에게서 몇 걸음 떨어진 기둥 뒤로 되돌아가, 귀를 기울이고 바라보면서 음미하고 있었다. 그의 서시의 시작을 맞아준 호의적인 박수갈채는 여전히 그의 마음속에서 울리고 있었으며, 작자가 수많은 청중의 침묵 속에 배우의 입에서 자기의 사상이 하나씩 하나씩 떨어지는 것을 볼 때 갖는 저 황홀한 명상 같은 것 속에 그는 완전히 빠져 있었다.

이런 말을 하는 것은 가슴 아프지만, 이 최초의 황홀은 이내 깨지고 말았다. 그랭구아르가 희열과 승리로 취하게 하는 술잔에 채 입술을 갖다 대기도 전에, 한 방울의 쓴맛이 섞여든 것이다.

누더기를 걸친 거지 하나가 군중 속에 파묻혀 재미를 보지 못하고, 옆 사람들의 호주머니 속에서 아마도 충분한 보상금을 발견하지 못한 탓인지, 사람들의 주목을 끌고 동냥을 얻기 위해 눈에 잘 띄는 곳에 걸터앉을 마음을 먹었다. 그래서 그는 서시의 첫 줄을 읊조리는 사이에, 비어 있는 단의 기둥을 이용하여 단 아래 난간 가까이 있는 코니스까지 기어 올라가, 거기에 앉아서 그 누더기와 오른팔을 덮고 있는 끔찍한 상처를 내보이면서, 그러나 말은 한마디도 하지 않으며 대중의 주의와 동정을 구하고 있었다.

그가 지키고 있는 침묵은 아무 지장 없이 서시를 진행하게 했는데, 만약 불행히도 학생 요안네스가 기둥 위에서 이 거지와 그의 거동을 보지 않았던들 이렇다 할 아무런 혼란도 닥쳐

오지 않았으리라. 그러나 거지의 꼴을 본 젊은 장난꾸러기는 미친 듯이 웃어대면서, 연극을 중단시키고 모든 관객의 명상을 깨뜨리든 말든 그런 것에는 아랑곳없이 유쾌하게 외쳤다.

"저것 봐! 저 동냥아치가 적선을 구하고 있네!"

개구리들이 있는 늪 속에 돌멩이 하나를 던져보았거나 새들이 떼 지어 있는 가운데 총 한 방을 쏘아본 사람이라면 누구나, 모든 관객이 주의를 집중하고 있는 판국에 그런 괴상망측한 말을 던짐으로써 빚어놓은 효과가 어떤 것이었을지 상상할 수 있을 것이다. 그랭구아르는 전기 충격이라도 받은 것처럼 떨었다. 서시는 뚝 중단되고, 모든 사람들의 머리는 소란스럽게 거지 쪽을 돌아보았으나, 거지는 당황하기는커녕 도리어 이런 사건으로 말미암아 돈푼이나 거둬들일 좋은 기회가 왔다고 생각하고, 짐짓 처량한 몰골을 하고서 눈을 반쯤 감으면서 말하기 시작했다. "제발 적선합쇼!"

"아니, 난 누구라고." 요안네스는 말을 이었다. "클로팽 트루유푸 아니야! 어이! 친구, 그 상처 때문에 다리까지 불편한 모양인데, 다리를 팔 위에 올려놓고 있는 걸 보니?"

그렇게 말하면서 그는 거지가 그 아픈 팔로 내밀고 있는 기름 묻은 펠트 모자 속에 작은 흰 동전 한 닢을 원숭이처럼 능란하게 던지는 것이었다. 거지는 태연스레 그 적선과 야유를 받고는 구슬픈 소리로 계속했다. "제발 적선합쇼!"

이 대화는 청중의 기분을 적잖이 전환시켜 주었으며, 로뱅 푸스팽과 모든 신학생들을 비롯한 수많은 구경꾼들은, 서시를 한창 읊조릴 때 학생이 날카로운 목소리로, 그리고 거지가 태연하고 단조로운 어조로 즉석에서 꾸며낸 그 기이한 이중곡에 즐겁게 갈채를 보내고 있었다.

그랭구아르는 자못 불만스러웠다. 처음에 어리둥절했다가 제정신으로 돌아온 그는 두 방해꾼에게 감히 경멸의 시선을 보내지도 못하고, 무대의 네 인물에게 "계속해요! 제기랄, 계속해!"라고 힘껏 외쳤다.

그때 그는 누가 자기의 외투 자락을 잡아당기는 것을 느꼈다. 기분이 좀 나빴지만, 뒤를 돌아보고 애써 미소를 지었다. 그럴 수밖에 없었다. 지스케트 라 장시엔이 그 아리따운 팔을 난간 너머로 뻗쳐 그렇게 그의 주의를 끌고 있었던 것이다.

"아저씨, 계속하게 되나요?" 아가씨는 말했다.

"물론이죠." 그랭구아르는 그 질문에 꽤 성이 나서 대답했다.

"그렇다면," 그녀는 말을 이었다. "그렇다면 좀 설명을 해주셨으면 고맙겠는데요……."

"그들이 말할 대사 말인가요?" 그랭구아르는 상대방의 말을 가로막았다. "그건 들어보시구려!"

"그게 아니라, 그들이 지금까지 말한 걸 말이에요." 지스케트가 말했다.

그랭구아르는 마치 생살이 드러난 상처에 누가 손을 대기라도 한 것처럼 펄쩍 뛰어올랐다.

"이런 바보 천치 같은 계집애가 있나!" 그는 입속말로 투덜거렸다.

이 순간부터 지스케트는 그의 머릿속에서 사라져버렸다.

그러는 동안 배우들은 그의 명령에 복종하였고, 관객도 그들이 다시 말하기 시작한 것을 보고 다시 귀를 기울이기 시작했으나, 그처럼 느닷없이 중단된 희곡의 두 부분 사이에 이루어진 일종의 연결 속에 숱한 아름다움을 잃어버리지 않은 것은 아니었다.

그것은 사실 퍽 아름다운 작품이었는데, 내가 보기엔, 오늘날에도 조금만 손을 본다면 썩 잘 이용해 먹을 수도 있을 것 같다. 도입부가 조금 장황하고 흥미롭지 못하기는 했지만 그것은 규칙에 따른 것으로서 단순하였으며, 그랭구아르는 자신의 순진하고도 신성한 양심의 밑바닥에서 이 도입부의 명료한 구성에 스스로 감탄하고 있었다. 독자도 짐작하겠지만, 우의의 네 인물은 그들의 황금 돌고래를 줘버릴 만한 적절한 사람을 찾아내지 못한 채 세계 삼대주(三大州)를 쏘다닌 나머지 조금 피로하였다. 그러자 그들은, 당시 앙부아즈[74]에 매우 우울하게 칩거하면서, '농사'와 '성직' 그리고 '귀족'과 '상품'이 자기를 위해 세계를 일주하고 있는 줄도 모르고 있는, 플랑드르의 마르그리트 공주의 젊은 약혼자[75]를 가지가지로 미묘하게 암시하면서 이 희한한 물고기에 대해 찬사를 늘어놓고 있었다. 그러므로 위에서 말한 돌고래는 젊고, 아름답고, 힘이 셌으며, 특히 (이것은 왕으로서 모든 미덕의 훌륭한 근원이다!) 프랑스의 사자의 아들이었던 것이다. 나는 이 대담한 은유가 감탄할

---

74) 루이 11세는 황태자 샤를(미래의 샤를 8세)을 앙부아즈 성 안에 가두어 놓고 있었는데, 그것은 황태자를 질병과 반란의 기도 또는 악영향으로부터 보호하기 위해서였다.

75) 황태자, 즉 미래의 샤를 8세는 이때 12세였다.

만한 것이고, 우의와 왕자의 결혼 축가의 날에, 무대의 박물학은 사자의 돌고래 아들에 조금도 놀라지 않는다는 걸 단언하는 바이다. 바로 이와 같은 진기한 핀다로스풍의 혼합이 관중의 열광을 증명해 주는 것이다. 그러나 비평도 고려한다면, 시인은 이 아름다운 생각을 200줄 미만의 시구로 능히 표현할 수 있었을 것이다. 하지만 파리 시장의 명령에 의해 연극은 정오부터 4시까지 계속되어야만 했고, 무엇이든 지껄이지 않으면 안 되었던 것 또한 사실이다. 게다가 사람들은 진득이 듣고 있었다.

그런데 갑자기 '상품' 아가씨와 '귀족' 마님이 한창 옥신각신하고 있을 때, '농사' 아저씨가 다음과 같은 놀라운 시구를 읊조리고 있을 때,

숲속에서 이보다 더 의기양양한 짐승은 일찍이 본 적이 없었도다.

여태껏 그토록 때에 맞지 않게 닫혀 있던 비어 있는 단의 문이 더욱 때에 맞지 않게 열리고, 수위의 우렁찬 목소리가 느닷없이 부르봉 추기경 각하의 도착을 알렸다.

3장

추기경 각하

가엾은 그랭구아르! 생장의 그 모든 커다란 쌍겹 폭죽의 폭음도, 스무 자루의 갈고리 화승총의 발포도, 1465년 9월 29일 일요일의 파리 포위전 때 한꺼번에 일곱 명의 부르고뉴 병사를 죽인 비 탑의 저 유명한 세르팡틴 포의 포성도, 탕플 성문의 창고에 저장해 놓은 모든 탄약의 폭음도,[76] 이 엄숙하고 극적인 순간에 수위의 입에서 떨어진 그 짤막한 말, "부르봉 추기경 각하"라는 말보다는 덜 가혹하게 그의 귀를 찢었으리라.

그것은 피에르 그랭구아르가 추기경을 무서워하거나 경멸

---

76) 1464년에 봉건 영주들은 루이 11세에 대항하여 '공익동맹'을 결성하였다. 이 '공익동맹' 전쟁이 벌어지던 1465년 8~9월에 파리가 포위되었다. 비 탑의 세르팡틴 포와 탕플 성문의 탄약에 관한 기록은 장 드 트루아의 저서에서 인용한 것이다.

하고 있었기 때문이 아니다. 그는 그렇게 비겁하지도 거만하지도 않았다. 오늘날 같으면 진정한 절충주의자라고 할 수 있을 그랭구아르는 언제나 모든 것의 한가운데에 몸을 둘(stare in dimidio rerum)[77] 줄 알고 있고, 추기경들을 존경하면서도 이성과 자유로운 철학으로 가득 차 있고, 고매하고도 확고하고, 온건하고 침착한 그러한 정신의 소유자들 중 한 사람이었다. 슬기가 마치 또 하나의 아리아드네[78]처럼 그들에게 한 꾸리의 실을 주어서 그들은 이 세상이 시작된 이래 인간사의 미로를 지나면서 실을 풀며 가는, 결코 끊어지지 않는 귀중한 철학자들이라는 족속. 이런 철학자들은 어느 시대에나 볼 수 있고, 언제나 변함이 없다. 다시 말해서 언제나 모든 시대에 알맞게 처신하는 것이다. 그리고 만약에 내가 피에르 그랭구아르를 유명하게 만드는 데 성공한다면, 그는 그렇게 될 만한 가치가 있거니와, 15세기의 그러한 철학자들의 대표자가 될 터인데, 우리의 그랭구아르 말고도, 16세기에 뒤 브륄 신부가 모든 시대에 어울리는 저 고지식하게도 숭고한 말을 했을 때 그는 확실히 그러한 철학자들의 정신에 자극을 받았던 것이다. '나는 국민으로서는 파리지앵(parisien)이고, 말하는 것으로는 파리지앙(parrhisian)이다. 그리스어로 '파리지아(parrhisia)'가 '말하는 자유'라는 뜻이기 때문인데, 나는 콩티 공의 아저씨이자

---

77) '중용을 지켜라'라는 뜻의 라틴어.
78) 그리스신화의 미노스와 파시파에의 딸. 우두인신(牛頭人身)의 괴물 미노타우로스와 싸우기 위해 크레타에 온 테세우스에게 실을 주어, 테세우스가 괴물을 죽인 뒤에 그 실을 이용하여 미궁에서 나올 수 있게 하였다.

형제인 추기경 각하들에게까지도 말하는 자유를 행사해 왔으나, 그렇다고 해서 그들의 위대함에 대해 경의를 저버리거나 그들의 수많은 시종들에게 무례한 짓을 하지는 않았다.'[79]

그러므로 추기경의 참석이 피에르 그랭구아르에게 일으킨 불쾌한 인상 속에는 추기경에 대한 증오심이 있었던 것이 아니고, 그의 참석에 대한 경멸이 있었던 것도 아니다. 도리어 그와는 반대로, 우리의 시인은 너무 많은 양식(良識)과 너무 해진 누더기 옷을 입고 있었으므로, 자기 서시 속의 숱한 암시, 특히 프랑스 사자의 돌고래 아들에 대한 찬미가 추기경의 귀에 들어가는 것에 특별한 가치를 부여하고 있었다. 그러나 시인들의 고상한 기질 속에 우위를 차지하고 있는 것은 이기심이 아니다. 나는 시인의 실체를 10이라는 수로 나타낼 수 있다고 가정하는데, 화학자는 그것을 분석하고 라블레의 말마따나 '성분 분해'함으로써, 그것이 10분의 9의 자존심과 10분의 1의 이기심으로 구성되어 있는 것을 발견할 것이 틀림없다. 그런데 추기경을 위해 문이 열렸을 때, 대중의 감탄의 숨결에 부풀고 부어오른 그랭구아르의 10분의 9의 자존심은 비상하게 확장된 상태였으므로, 그러한 상태에서 내가 방금 식별한 시인들의 구성 요소 속의 그 극미한 이기심의 분자는 숨이 막힌 듯이 사라져버리고 없었다. 그것은 실로 귀중한 성분이요, 그것 없이는 시인들이 땅에 발을 댈 수 없는, 현실과 인류

---

79) 뒤 브륄의 책 서문 '독자에게'에서 인용한 것. 그의 저서는 콩티 공에게 바쳐졌다.

의 바닥짐[80]인 것이다. 그랭구아르는 만장(滿場)의 관객들이 (물론 천민들이기는 하지만 그게 무슨 대수랴.) 그가 만든 축혼가의 모든 부분에서 끊임없이 솟아오르는 끝없는 장광설 앞에 어리둥절해서 화석처럼 굳어지고 질식하는 듯한 모습을 느끼고, 보고, 말하자면 손으로 만져보며 즐거워하고 있었다. 나는 단언하거니와, 그는 몸소 회중의 기쁨을 함께하고 있었고, 라퐁텐이 그의 희극 「피렌체 사람」[81]을 상연했을 때 "이따위 광시(狂詩)를 지은 건달은 어떤 놈이냐?"라고 물었던 것과는 반대로, 그랭구아르는 옆에 있는 사람에게 "이 걸작은 누가 만든 것이오?"라고 기꺼이 물었으리라. 그러니 이제 추기경의 때 아닌 갑작스러운 왕림이 그에게 어떤 감명을 주었는지 독자는 판단할 수 있을 것이다.

그가 두려워할 수 있었던 것은 너무도 분명한 현실이 되었다. 추기경의 입장은 청중을 혼란에 빠뜨렸다. 모든 사람들의 머리가 단 쪽으로 돌아갔다. 이젠 말소리도 제대로 들리지 않을 지경이었다. "추기경이다! 추기경이다!" 하고 모두가 이구동성으로 되풀이했다. 불행한 서시는 두 번째로 중단되었다.

추기경은 단으로 들어오는 문 앞에서 잠깐 걸음을 멈추었다. 그가 청중을 꽤 무관심한 시선으로 한번 둘러보는 동안, 장내는 더욱 떠들썩해졌다. 저마다 그를 더 잘 보려고 했다.

---

80) 배의 균형을 잡기 위해 배 바닥에 싣는 짐.

81) 샹메슬레(Champmeslé, 1642~1701)의 희곡으로, 1685년 7월 23일 처음으로 상연되었다. 당시 사람들과 마찬가지로 19세기 사람들도 그것을 라퐁텐이 지은 것으로 알고 있었다.

서로 앞다투어 자기 옆 사람의 어깨 위에 머리를 올려놓았다.

사실 그는 높은 사람이었고, 그를 구경한다는 것은 다른 어떠한 희극 관람 못지않았다. 부르봉 추기경이자 리옹의 대주교 겸 백작, 갈리아의 수석 대주교인 샤를[82]은 국왕의 장녀와 결혼한 그의 형인 보죄의 영주 피에르로 말미암아 루이 11세와 인척간인 동시에, 그의 어머니인 아녜스 드 부르고뉴로 말미암아 샤를 르 테메레르하고도 친척 간이었다. 그런데 갈리아의 수석 대주교의 성격의 지배적인 특색은, 뚜렷하게 두드러진 특색은 조신의 정신이요 권세가에 대한 헌신이었다. 이러한 이중의 친척 관계가 그에게 빚어준 무수한 곤경이, 그리고 그의 정신적인 배가 느무르 공작과 생폴[83] 원수를 집어삼킨[84] 저 카립디스와 스킬라[85]인 루이한테도 샤를한테도 부서지지 않기 위해 바람 부는 대로 항해를 해야만 했던 그 모든 현세의 암초들이 어떠했을지 독자는 판단할 수 있을 것이다.[86] 하늘이 도와 그는 어려운 항해를 꽤 잘 마치고 무사히 로마에

---

82) 샤를 드 부르봉은 아홉 살이던 1446년에 리옹의 대주교, 1465년에 아비뇽 주재 교황 특사, 1477년에 추기경이 되었다. 그는 종교적이기보다는 정치적인, 부패한 고위 성직자였다.

83) 샤요(Chaillot).(원주)

84) 느무르 공작 자크 다르마냐크(Jacques d'Armagnac)는 1476년 8월 4일에, 프랑스 원수이자 생폴 백작이었던 루이 드 뤽상부르(Louis de Luxembourg)는 1475년 12월 19일에 파리에서 각각 참수되었다.

85) 메시나 해협의 유명한 소용돌이와 암초로, 옛 항해자들의 공포의 대상이었다. 하나의 곤경에서 벗어났는가 하면 또다시 더 고약한 곤경에 빠지는 것을 빗대어 '카립디스에서 스킬라로 빠지다.'라는 속담이 생겼다.

86) 루이 11세와 샤를 르 테메레르는 오랫동안 적대 관계였다.

도착했었다. 그러나 그가 항구에 들어와 있긴 했지만, 그리고 바로 항구에 들어와 있었던 까닭에, 그토록 오랫동안 불안하고 고되었던 그의 정치 인생의 갖가지 기회를 불안한 마음 없이는 결코 회상할 수가 없었다. 그래서 그는 1476년이 그에게 '검고도 흰' 해였다고 입버릇처럼 말했는데, 그게 무슨 뜻인가 하면, 그는 그해에, 어머니인 부르보네 공작 부인과 사촌인 부르고뉴 공을 잃었으니, 하나의 초상이 또 하나의 초상을 위로해 주었다는 말이다.

게다가 그는 호인이었다. 그는 즐거운 추기경 생활을 영위하면서, 샬뤼오산(産)의 왕가 특주를 가지고 흥겹게 지내고, 리샤르드 라 가르무아즈와 토마스 라 사야르드를 미워하지 않고, 늙은 여자들보다는 오히려 예쁜 아가씨들에게 보시를 했는데, 이러한 모든 이유에서 파리의 서민에게는 매우 기분 좋은 사람이었다. 그는 걸어다닐 때에는 으레, 여자에게 극진하고 음탕하며 필요할 때엔 잔치도 벌이는 지체 높은 주교와 사제 들로 구성된 소수의 측근자들에게 둘러싸여 있었으며, 생제르맹 독세르의 착한 여신도들은 저녁에 부르봉 대주교관의 환히 밝혀진 창 아래를 지나가다가, 그날 낮에 자기들에게 만과(晚課)를 외던 그 목소리들이, 교황의 삼중 관에 네 번째 관을 덧붙인 저 교황 베네딕토 12세에 얽힌 음주 속담 'Bibamus papaliter.(교황답게 마시자.)'[87]를 술잔 소리와 함께 읊조리는

---

87) 베네딕토 12세인 자크 푸르니에(Jacques Fournier, 1285~1342)는 아비뇽 교황청 시절의 프랑스 출신 교황이다. 시토회 수도원장이었던 그는 엄격한 행정가였으나, 이탈리아의 역사가들은 그를 부유한 향락자, 호식·호주가로

것을 듣고 눈살을 찌푸린 적이 한두 번이 아니었다.

　조금 전까지만 해도 그토록 불만스러웠고, 이제 바야흐로 교황을 선출하려고 하는 이날에도, 추기경을 조금도 존경할 마음이 없는 이 군중이 추기경이 들어올 때 냉대하지 않은 것은 아마도 이렇게 정당하게 얻어진 그의 인기 덕택이었을지도 모른다. 파리 사람들은 별로 앙심을 품지 않는다. 게다가 독단적으로 연극을 시작하게 함으로써 착한 시민들은 추기경을 이겨냈으니, 이러한 승리만으로도 그들에게는 충분했던 것이다. 그뿐 아니라 부르봉 추기경은 잘생긴 데다가 매우 아름다운 붉은 법의를 멋들어지게 차려입고 있었는데, 그것은 모든 여성들이, 따라서 청중 중 최선의 반수가 그의 편이었다는 말이 된다. 추기경이 미남인 데다가 그 붉은 법의를 잘 차려입고 있는데도, 그가 구경꾼들을 기다리게 했다고 해서 그에게 야유를 던진다는 것은 확실히 부당하고 나쁜 취미일 것이다.

　그리하여 그는 들어와서, 서민에 대한 저 대귀족의 세습적인 미소를 지어 회중에게 인사하고, 전혀 다른 것을 생각하는 듯한 표정으로, 주홍빛 비로드 안락의자를 향해 천천히 걸어갔다. 오늘날 같으면 그의 막료라고도 부름 직한 주교와 사제들의 수행단이 뒤따라 단으로 들어오자, 아래의 관람석에서는 법석과 호기심이 더욱 북돋워졌다. 모두들 서로 앞을 다투어 그들을 가리키면서 이름을 말하고, 적어도 그들 중 하나쯤은 알은체하는 것이었다. 내 기억이 틀림없다면, 저것은 마르

기록하고 있다. 이러한 데서 위고가 인용한 라틴어 속담이 생겼다.

세유의 주교 알로데다, 저 사람은 생드니의 참사회장이다, 저 이는 루이 11세 첩의 방탕한 아우인 생제르맹 데 프레의 사제 로베르 드 레스피나스다, 하며. 그 모든 것에는 많은 멸시의 말과 귀에 거슬리는 소리들이 담겨 있었다. 학생들로 말하자면, 욕설을 퍼붓고 있었다. 이날은 그들의 날이요, 그들의 광인절이요, 그들의 잔치요, 서기단과 학교의 연례 축제였다. 이날은 어떠한 난잡한 언동도 당당한 권리가 있고 신성한 일이었다. 게다가 군중 속에는 시몬 카트르리브르, 아녜스 라 가딘, 로빈 피에드부와 같은 미친 듯이 수다스러운 여자들도 있었다. 이렇게 좋은 날에, 이렇게 훌륭한 성직자들과 매춘부들이 동석한 자리에서는 마음껏 욕을 하고 하느님의 이름을 좀 저주한들 아무것도 아니지 않은가? 그러므로 그들은 그것을 삼가지 않았으며, 와글와글 떠드는 법석 속에서, 제멋대로 놀리는 그 모든 혀에서 떨어지는 소음은, 일 년 중 다른 날에는 성 루이 왕의 단근질이 무서워 참고 있었던 신학생과 학생 들의 혀에서 떨어지는 그 소음은 신성모독과 해괴망측한 말들의 소음이었다. 가엾은 성 루이, 그 자신의 재판소 안에서 그들은 그를 얼마나 멸시하고 있었던가! 그들은 단 위에 새로 들어온 사람들 중에서 제각기 검은색이나 회색, 흰색, 자줏빛 법의를 공격했다. 요안네스 프롤로 데 몰렌디노로 말하자면, 그는 부주교의 아우라는 자격으로 대담하게 붉은 법의를 공격했는데, 추기경을 뻔뻔스러운 눈으로 쏘아보면서 목청이 째지도록 'Cappa repelta mero!(포도주로 가득 찬 망토!)'[89]를 노래하고 있었다.

독자에게 알리기 위해 내가 여기에 적나라하게 드러내놓는 이 모든 자질구레한 사실들은 장내에 가득 찬 소음으로 완전히 덮여서 귀빈석인 단까지 이르기 전에 사라져버렸다. 그뿐만 아니라, 추기경은 그런 것들에는 별로 놀라지 않았다. 그만큼 이날의 방종은 풍속화해 있었던 것이다. 게다가 그의 표정에도 역력하였거니와, 그에게는 그의 뒤를 바짝 따라다니는 다른 걱정거리 하나가 있었는데 그것도 그와 거의 동시에 단으로 들어왔다. 바로 플랑드르의 사절단이었다.

그것은 그가 심원한 정치가여서가 아니고, 조카딸인 마르그리트 드 부르고뉴 공주와 조카인 빈의 황태자 샤를의 결혼에서 빚어질지 모르는 결과를 염려해서도 아니었다. 오스트리아 공작과 프랑스 국왕의 표면상의 우호 관계가 얼마나 지속될 것인가, 영국 왕이 자기 딸에 대한 이 면시를 어떻게 생각할 것인가[89] 하는 것은 그에게 별로 걱정되지 않았으며, 저녁마다 샤요의 왕가 특산 포도주를 즐기면서도, 그는 루이 11세가 에드워드 4세에게 정답게 증정한 이 똑같은 포도주 몇 병이 (의사 쿠악티에가 조금 손을 본 것은 사실이지만) 어느 날 아침 루이 11세에게서 에드워드 4세[90]를 제거하게 될 줄은 꿈에도

---

88) 추기경의 망토를 가리킨다.

89) 프랑스의 황태자 샤를은 이전에 영국 왕 에드워드 4세의 딸 엘리자베스 공주와 약혼했었다.

90) 1441년에 태어난 에드워드 4세는 1483년에 죽었다. 그의 죽음에 대한 위고의 해석은 아마 장 드 트루아의 저서에서 온 것 같다. 이러한 해석은 샤를 르 테메레르와 인척 관계에 있는 요크가의 왕에 대항하여 워윅과 랭커스터 왕가를 지지하고 있던 루이 11세의 적의를 설명해 주는 것이다.

생각지 못하고 있었다. '오스트리아 공의 고귀한 사절단'은 추기경에게 그러한 걱정은 조금도 주지 않았으나, 다른 면에서 그를 귀찮게 했다. 내가 이 책 1장의 두 번째 페이지에서 이미 한마디 해둔 바 있지만, 샤를 드 부르봉인 그가 뭔지 모를 그 시민들을, 추기경인 그가 그 시리(市吏)들을, 향연을 즐기는 프랑스인인 그가 맥주꾼인 플랑드르인들을, 그것도 공중 앞에서 환영하고 환대하지 않으면 안 된다는 것은 아닌 게 아니라 조금 가혹한 일이었다. 그것이야말로 확실히, 임금님을 즐겁게 해드리기 위해 그가 여태까지 마음에도 없이 짐짓 꾸며 보여야 했던 표정 중에서도 가장 하기 싫은 표정 중 하나였던 것이다.

그러므로 수위가 우렁찬 목소리로 오스트리아 공의 사절단 여러분의 도착을 알렸을 때, 그는 비길 데 없이 우아한 표정으로(그만큼 그는 그것에 정신을 쏟고 있었던 것이다.) 문 쪽을 돌아보았다. 만장의 관객들 역시 그렇게 한 것은 말할 나위도 없다.

그때 오스트리아의 막시밀리안[91]의 사신 48명이 샤를 드 부르봉의 활기찬 성직자 수행원들과는 대조적인 엄숙한 태도로 둘씩 짝을 지어 들어왔는데, 그 선두에는 투아종 도르 훈위국 총무이자 생베르탱의 사제인 장 신부와, 강[92]의 대법원

---

91) 신성로마제국 황제 막시밀리안 1세(Maximilian I, 1459~1519, 재위 1492~1519). 1479년에 루이 11세에 맞서 기네가트 전투를 시작했으며, 아라스 조약으로 루이 11세에게 피카르디와 부르고뉴를 넘겨주었다. 그는 샤를 테메레르의 후계자가 되는 딸 마리 드 부르고뉴와 결혼했다.

장인 도비 공(公) 자크 드 구아가 있었다. 이 인사들이 제각기 자기의 그 괴상망측한 성명과 시민의 칭호를 수위에게 태연스레 일러주면, 수위가 그 성명과 칭호를 뒤죽박죽 섞어서 엉터리로 발음하여 군중 속에 던지는 것을 회중은 억지로 웃음을 죽이면서 쥐 죽은 듯이 조용히 듣고 있었다. 루뱅(Louvain)의 부시장 루아 루알로프 나리, 브뤼셀의 부시장 클레 데튀엘드 씨, 플랑드르의 의장인 부아르미젤 공(公) 폴 드 바에우스트 씨, 안트베르펜의 시장 얀 콜레겐스 나리, 강의 제1부시장 조르주 드 라 무아르 나리, 강의 제2부시장 겔돌프 반 데르 하게 씨, 그리고 비에르베크 공, 그리고 얀 피노크, 그리고 얀 디마에르젤 등등, 등등, 등등. 법원장, 부시장, 시장. 시장, 부시장, 법원장. 모두들 꼿꼿하고, 점잖고, 뻣뻣하고, 비로드와 능라 옷을 입고, 키프로스산(産)의 금실로 만든 커다란 술이 달린 검은 비로드 크라미뇰 모자를 쓰고 있었다. 요컨대 모두들 플랑드르의 착한 얼굴들, 렘브란트가 「밤의 원무」의 검은 배경 위에 그토록 힘차고 장엄하게 솟아오르게 했던 족속에 속하는 그런 의젓하고 엄격한 얼굴들, 모두들 오스트리아의 막시밀리안이 그의 선언문에서 말한 바와 같이, '그들의 판단력과 용기와 경험과 충성과 정직을 전폭적으로 신뢰하는' 것은 당연하다는 말을 이마에 쓰고 다니는 그런 인물들이었다.

그러나 한 사람 예외가 있었다. 그것은 꾀바르고 총명하고

---

92) Gand. 오늘날 지명은 겐트(Ghent)로, 벨기에의 동(東)플랑드르주의 주도다.

교활한 얼굴, 일종의 원숭이 같은 낯짝과 외교관다운 얼굴로
서, 추기경이 그의 앞으로 세 걸음을 걸어 나아가 깊이 절을
하였는데, 그 이름은 '강의 참의원 겸 연금 수급자 기욤 랭[93]'
이라고 불릴 뿐이었다.

그 당시 기욤 랭이 어떤 사람인지 알고 있는 사람은 거의
없었다. 혁명 때 같으면 사건의 표면에 혁혁하게 드러날 수도
있었겠지만, 15세기에는 지하 음모에 일관하고, 생시몽 공의
말마따나, '대호(對壕) 속에서 사는 것으로 그친 희귀한 천재'
였다. 그리하여 그는 유럽의 제일가는 '대호 파는 공병'에게
진가를 인정받아, 루이 11세와 더불어 친히 음모를 꾸미고, 국
왕의 비밀 작업에 흔히 손을 댔던 것이다. 이러한 모든 것을
군중은 전혀 모르고 있었으므로, 추기경이 이 플랑드르의 빼
빼 마른 대법관에게 공손히 인사하는 것을 보고 깜짝 놀라고
있었다.

---

93) Guillaume Rym. 1476년에 부시장, 1483년에 참의원이 되었는데, 그해
8월 8일에 장터에서 처형되었다.

4장

자크 코프놀 나리

강의 연금 수급자와 추기경이 서로 매우 허리를 낮추어 절을 하고 목소리는 한결 더 낮추어 몇 마디 말을 주고받는 사이, 키가 후리후리하고 얼굴이 넓적하고 어깨가 건장한 사나이 하나가 나타나 기욤 랭과 나란히 들어오려고 했다. 흡사 여우 옆에 불도그가 걸어오는 것 같았다. 그의 펠트 벙거지와 가죽 저고리는 그를 둘러싸고 있는 비로드와 명주 옷들과는 어울리지 않았다. 어떤 마부가 길을 잘못 들어오는 줄 알고 수위가 그를 제지했다.

"이봐, 친구! 못 들어가요."

가죽 저고리를 입은 사나이는 그를 어깨로 밀어냈다.

"이 작자가 어쩌자는 거야?" 사나이가 우렁찬 목소리로 말하는 바람에 만장의 청중이 그 괴상한 대화에 귀를 기울였다.

"내가 일행이라는 걸 몰라보겠느냐?"

"성함은?" 수위가 물었다.

"자크 코프놀."

"신분은요?"

"강에서 '트루아 셰네트'라는 간판을 내걸고 있는 옷 장수 일세."

수위는 머뭇거렸다. 부시장과 시장이 온 것을 알리는 거라면 좋다. 그러나 옷 장수는 곤란했다. 추기경은 조마조마했다. 모든 관중이 듣고 있고, 보고 있었다. 이틀 전부터 추기경이 이 플랑드르의 무례한 곰들을 대중 앞에 좀 더 떳떳이 내놓을 수 있도록 손질하느라 애써 왔는데도, 그들은 여간 버르장머리 없는 것이 아니었다. 그러는 동안에 기욤 랭이 교활한 미소를 지으며 수위에게 다가갔다.

"강의 부시장의 서기 자크 코프놀 나리의 성함을 고하구려." 그는 나직히 소곤거렸다.

"수위," 추기경이 큰 소리로 말했다. "고명한 도시 강의 부시장의 서기 자크 코프놀 나리의 성함을 알리시오."

그것은 실수였다. 기욤 랭 혼자서 이 난처한 상황을 얼버무려 버렸을 것을. 그러나 코프놀은 추기경의 말을 들었던 것이다.

"아니야, 젠장맞을!" 그는 벼락 같은 목소리로 외쳤다. "옷 장수 자크 코프놀이라고 그래. 알아들었느냐, 수위? 더 붙이지도 더 빼지도 말아. 젠장맞을! 옷 장수만으로도 충분히 훌륭한 거란 말이야. 대공 전하94)께서는 우리 집 옷 중에서 장

갑을 구해 가신 적이 한두 번이 아니었어."

웃음과 박수갈채가 터졌다. 야유는 파리에서는 이내 이해되며, 따라서 언제나 칭찬받는다.

한마디 덧붙여 두거니와, 코프놀은 서민이고 그를 둘러싼 관객들도 서민이었다. 그래서 그들과 그 사이의 전달은 신속하고 전격적이었고, 말하자면 문제가 없었다. 플랑드르 옷 장수의 거만하고도 엉뚱한 수작은 조신들에게 모욕을 줌으로써, 모든 하층민들의 마음속에, 15세기에는 아직 막연하고 분명치 않았던 그 어떤 고결한 감정을 휘저어 놓은 것이다. '지금 막 추기경에게 정면으로 대항한 이 옷 장수도 동등한 인간이다!'라는 생각은 추기경의 옷자락을 받드는 생트주느비에브 수도원장의 대법관의 집달리의 하인들에 대한 존경과 복종에 길들어 있는 불쌍한 천민들에게는 퍽 기분 좋은 것이었다.

코프놀이 오만한 태도로 추기경에게 인사를 하자, 추기경은 루이 11세가 두려워하는 이 절대적 권력을 가진 시민에게 답례를 했다. 그런 뒤에, 필리프 드 코민의 말대로 '심술궂은 현인'[95] 기욤 랭이 조롱과 우월감이 섞인 미소를 지으면서 그 두 사람을 지켜보고 있는 가운데, 그들은 제각기 자기 자리로 갔다. 추기경은 퍽 당황하고 걱정에 잠겨서, 코프놀은 침착하고 거만하게. 아마 코프놀은 이런 생각을 하고 있었을지 모른다. '뭐니 뭐니 해도 나의 옷 장수라는 칭호는 다른 칭호

---

94) 막시밀리안 1세를 가리킨다.
95) 코민(Philippe de Comines, 1447~1511)의 『회상록』에서 인용했다.

에 못지않다. 나 코프놀이 오늘 혼인을 맺어주는 저 마르그리
트 공주의 어머니인 마리 드 부르고뉴는 내가 추기경이었던들
옷 장수로서의 나보다도 덜 무서워했을 것이다. 왜냐하면, 샤
를 르 테메레르의 딸[96]의 총신들에 대항하여 강의 시민들이
일어서게끔 선동한 것은 추기경이 아니었고, 플랑드르의 왕비
가 교수대 아래까지 와서 그들을 위해 민중에게 애원했을 때
그녀의 눈물과 애원에 반대하여 한마디 말로써 군중의 용기
를 북돋운 것은 추기경이 아니었는데, 한편 옷 장수인 나는
고명하신 대감들, 기 댕베르쿠르와 서기관 기욤 위고네[97]여!
그대 두 사람의 머리를 떨어뜨리기 위해서 나는 이 가죽 팔꿈
치를 들어올리기만 하면 되었던 것이니까!'

　그러나 가엾은 추기경으로서는 모두 끝난 것이 아니어서,
그는 이러한 고약한 사람들과 자리를 같이하는 고난을 끝까
지 참고 견뎌내지 않으면 안 되었다.

　독자는 아마, 서시가 시작되었을 때부터 이미 주단(主壇)의
가장자리에 와서 매달려 있었던 그 뻔뻔스러운 거지를 잊어버
리지 않았으리라. 고명하신 내빈들이 도착했는데도 그는 조금
도 자리를 내놓지 않았으며, 고위 성직자들과 사신들이 단 위
의 특별석에 진짜 플랑드르의 청어들처럼 빽빽이 들어차는 동

---

96) 마리 드 부르고뉴를 가리킨다.
97) 앵베르쿠르(Hymbercourt) 공(公) 기 드 브리뫼와 부르고뉴의 서기관 기
　욤 위고네는 1477년 4월 3일 강에서 처형되었다. 마리 드 부르고뉴가 이들
　을 위하여 구명운동을 한 것은 3월 31일, 즉 사흘 전이었다. 이러한 위고의
　오류는 코민의 『회상록』을 그대로 따랐기 때문이다.

안, 그는 마음 놓고 앉아서, 용감하게도 대륙 위에 두 다리를 엊걸고 있었다. 무엄하기 짝이 없었으나, 사람들은 딴 데 정신이 팔려 있었으므로, 처음에는 아무도 그것을 깨닫지 못했다. 그 자신도 실내에서 무슨 일이 일어나고 있는지 전혀 깨닫지 못하고, 나폴리 사람처럼 태평하게 머리를 흔들면서 시끌벅적한 법석 속에서 이따금, 마치 무의식적인 습관처럼 "제발 적선합쇼!"라고 되풀이하고 있었다. 그리고 확실히 모든 회중 가운데서 오직 그만이 코프놀과 수위의 말다툼에 머리를 돌리지 않았을 것이다. 그런데 공교롭게도, 벌써 군중이 열렬한 호감을 품었고 모든 사람들의 시선이 쏠리고 있는 그 강의 옷 장수 나리가 단상의 첫 줄, 바로 그 거지 위에 와서 앉게 되었다. 그리고 이 플랑드르의 사신이 자기 눈 아래 자리잡고 있는 건달을 살펴보고 나더니, 누더기를 걸친 그 어깨를 정답게 툭툭 두드리는 것을 보고 사람들은 적잖이 놀랐다. 거지는 돌아보았다. 깜짝 놀라고, 서로 알아보고, 두 사람의 얼굴이 환해지고 등등. 그런 뒤에 관객들에게는 전혀 아랑곳없이, 옷 장수와 동냥아치는 손에 손을 마주 잡고 나직한 목소리로 이야기하기 시작했는데, 그때 단에 드리운 금빛 수단 위에 펼쳐진 클로팽 트루유푸의 누더기는 오렌지 위의 송충이 같은 인상을 주었다.

이런 신기하고도 해괴한 장면을 보고, 장내의 사람들이 어찌나 미친 듯이 흥겨워하며 떠들어대는지, 이윽고 추기경도 그것을 알아채기에 이르렀다. 그는 반쯤 몸을 기울였으나, 그가 있는 자리에서는 트루유푸의 추잡스러운 외투가 제대로 보이지 않아, 당연히 거지가 적선을 구하고 있는 줄로 알고 그러한 뻔뻔스러움에 격분하여 "법원장, 저 건달을 강에 던져버리시오!"라고 외쳤다.

"세상에나! 추기경 각하," 코프놀은 클로팽의 손을 놓지 않고 말했다. "이 사람은 제 친구입니다."

"얼씨구절씨구!" 군중은 외쳤다. 그때부터 코프놀 나리는 강에서와 마찬가지로, 파리에서도 필리프 드 코민의 말에 따르면, '민중에게 큰 신임을 얻었다. 그렇게 허우대 좋은 사람들은 그처럼 엉뚱한 행동을 할 때에는 민중에게 신뢰를 얻기 때문이다.'[98]

추기경은 입술을 깨물었다. 그는 옆에 있는 생트주느비에브의 사제 쪽으로 몸을 기울이고 나지막한 소리로 말했다.

"마르그리트 공주가 오시는 걸 알리기 위해 대공 전하께서 참 별난 사신들을 보냈단 말이야!"

"각하께선," 하고 사제는 대답했다. "저 플랑드르의 돼지 코빼기들하고 공연히 좋은 말씀만 귀양 보내십니다. Margaritas ante porcos(돼지 앞에 마르그리트)[99]지요."

"차라리," 하고 추기경은 빙그레 웃으면서 대꾸했다. "Porcos ante Margaritam(마르그리트 앞에 돼지)라고 하게나."

법의를 입은 소수의 측근자들은 모두 이 재담에 경탄했다.

---

98) 코민의 『회상록』에서 인용했다.
99) 라틴어에서 'Margarita'는 '진주'라는 뜻으로, 여기서 '진주'는 예절 바른 말, 행동을 뜻한다. 성서에 "돼지에게 진주를 던지지 마라."(마태복음 7장 6절)라는 말이 있다.

추기경은 마음이 조금 가벼워짐을 느꼈다. 그는 코프놀에게 진 것도 이긴 것도 아니었다. 그의 야유 또한 갈채를 받았으므로.

이제, 오늘날의 화법으로 말해서, 하나의 영상과 하나의 관념을 개괄하는 능력이 있는 나의 독자들은, 내가 그들의 주의를 끄는 이 순간에, 재판소의 널따란 평행사변형의 대광실이 제공하는 광경을 그들이 뚜렷이 상상할 수 있는지 어떤지 그들에게 묻는 것을 허락해 주기 바란다. 방 한가운데 서쪽 벽에 기대어, 커다랗고 화려하게 꾸며놓은 금빛 수단의 단, 그 안으로 조그만 첨두형의 문을 통하여 점잖은 양반들이 줄을 지어 들어오면, 수위의 새된 목소리가 차례차례로 그들의 이름을 알린다. 처음 몇 개의 벤치 위에는 흰담비 모피와 비로드와 주홍빛 피륙으로 된 모자를 쓴, 매우 존경할 만한 면면들이 벌써 앉아 있다. 여전히 조용하고 위엄을 갖춘 단 주위에는, 아래에도, 맞은바라기에도, 도처 어디에고 엄청난 군중과 엄청난 소음. 단상의 얼굴 하나하나를 바라보는 수천 관중의 눈, 이름 하나하나마다 수군거리는 수천의 소리. 구경거리는 확실히 진기했고 충분히 구경꾼들의 주의를 끌 만했다. 그런데 저 아래, 맨 끝 쪽으로, 위에는 울긋불긋한 옷을 입은 네 개의 꼭두각시가 있고 아래에도 또 다른 네 개의 꼭두각시가 있는 저 연예대(演藝臺) 같은 것은 도대체 무엇인가? 연예대 옆에, 남루한 검은 옷을 입고 창백한 얼굴을 하고 있는 저 사나이는 도대체 무엇인가? 아, 슬픈 일이로다! 친애하는 독자여, 그것은 피에르 그랭구아르와 그의 서시였다.

우리는 모두 그를 완전히 잊어버리고 있었다.

그것이 바로 그가 두려워하던 것이었는데.

추기경이 들어왔을 때부터 그랭구아르는 자신의 서시를 살리기 위해 줄곧 움직였다. 그는 먼저 엉거주춤하고 있는 배우들에게 계속하라고, 목소리를 높이라고 명령한 뒤에 아무도 듣지 않는 것을 보고 그들을 중지시켰는데, 중단이 계속되는 근 15분 전부터 그는 발을 동동 구르고 이리저리 날뛰면서, 지스케트와 리에나르드에게 말을 걸고, 옆에 있는 사람들에게 서시를 계속 듣도록 독려하기를 그치지 않았다. 그러나 모든 것이 허사였다. 이 널따란 시야의 유일한 중심점인 추기경과 사절단과 단상에서는 아무도 움직이지 않았다. 그리고 또, 이 말은 마지못해 하거니와, 추기경이 거기에 그렇게 끔찍스럽게 기분 전환을 하러 왔을 때부터 서시가 청중을 약간 거북하게 하기 시작했다고 믿지 않을 수 없다. 요컨대, 단상에서도 대리석 탁자 위에서와 마찬가지로, 언제나 똑같은 구경거리, '농사'와 '성직', '귀족'과 '상품'의 갈등이었다. 그리고 많은 사람들은 그것들이 화장하고, 치장하고, 시로 말하고, 그랭구아르가 괴상망측하게 입혀놓은 그 노랗고 흰 긴 옷 아래, 말하자면 박제되어 있는 것을 보기보다, 그것들을 실제로 보는 것을, 저 플랑드르의 사신들 속에, 저 주교의 측근자들 속에, 추기경의 법의 아래, 코프놀의 저고리 아래서 살아 숨쉬고, 움직이고, 서로 피부가 맞닿는 것을 실제로 보는 것을 더 좋아하고 있었다.

그러나 우리의 시인은 다시 조금 잠잠해진 것을 보았을 때, 모든 것을 수습할 수 있을 계략을 궁리해 냈다.

"여보시오." 그는 참을성 있는 얼굴을 하고 있는, 뚱뚱하고 정직해 보이는 사람 하나를 돌아보면서 말했다. "다시 시작하면 어떨까요?"

"뭘요?" 옆 사람이 말했다.

"아! 연극 말이오." 그랭구아르는 말했다.

"좋을 대로." 옆 사람이 대꾸했다.

이런 반승낙만으로도 충분했으므로, 그랭구아르는 제 실속을 위해, 되도록 군중과 함께 뒤섞여서 고함을 지르기 시작했다. "다시 연극을 시작하시오! 다시 시작하시오!"

"제기랄!" 하고 요안네스 데 몰렌디노가 말했다. "대관절 저기 저 끝에서 뭐라고들 하는 거야? (그랭구아르가 몹시 시끄럽게 떠들어대고 있었으니까.) 이봐, 친구들! 연극이 끝나지 않았나? 저치들이 다시 시작하고 싶어 하는데. 그럴 수야 있나."

"안 돼! 안 돼!" 모든 학생들이 외쳤다. "연극은 집어치워라! 집어치워!"

그러나 그랭구아르는 일인다역(一人多役)을 하듯이 더욱더 힘차게 외칠 뿐이었다. "다시 시작하시오! 다시 시작하시오!"

이렇게 떠들어대는 소리는 추기경의 주의를 끌었다.

"법원장," 그는 자기한테서 몇 걸음 떨어진 곳에 있는 키가 큰 시커먼 사람에게 말했다. "저 악마들은 성수반(聖水盤) 속에 빠졌소, 저렇게 지옥 같은 소리를 지르고 있게?"

법원장은 쥐와 새, 판사와 군인의 성질을 동시에 갖고 있는 일종의 이중인격의 관리, 사법계의 박쥐 같은 것이었다.

그는 추기경에게 다가가서, 그가 불만을 터뜨릴 것을 무척 두려워하면서, 군중의 무례함을 더듬더듬 그에게 설명했다. 추기경 각하가 오기 전에 정오가 되어 배우들은 부득이 각하를 기다리지 못하고 시작할 수밖에 없었다고.

추기경은 웃음을 터뜨렸다.

"틀림없이 대학 총장 선생도 이런 경우엔 그렇게 했을 것이야. 기욤 랭 선생은 어떻게 생각하시오?"

"각하," 기욤 랭은 대답했다. "희곡의 절반을 못 보게 된 걸 다행으로 여깁시다. 그만큼 이득을 본 셈이니까요."

"저 악당들이 저렇게 장난을 계속해도 괜찮겠습니까?" 법원장이 물었다.

"계속하시오, 어서 계속해요." 추기경은 대답했다. "난 아무래도 상관없어. 그동안 성무일과서나 읽겠소."

법원장은 단 가장자리로 나아가, 손을 흔들어 조용히 시킨 뒤에 외쳤다.

"시민들, 평민들, 그리고 주민들이여, 다시 시작하기를 바라는 사람들과 그만 끝내기를 바라는 사람들을 다 같이 만족시키기 위하여, 추기경 각하께서 계속하라고 명하십니다."

양측 모두 체념할 수밖에 없었다. 그러나 작자도 관객도 이로 말미암아 오랫동안 추기경에게 원망을 품었다.

그리하여 무대의 인물들은 주석을 다시 시작하였고, 그랭구아르는 적어도 자기 작품의 나머지만은 들어주기를 희망했다. 그러나 그런 희망은 그의 다른 환상과 마찬가지로 이내 어긋나고 말았다. 사실 청중 속에 정숙은 이럭저럭 회복되었으나, 그랭구아르는 추기경이 계속하라는 명령을 내렸을 때, 단상이 아직 가득 차지 않았고, 플랑드르의 사신들 뒤로 행렬의 일부분을 이룬 새로운 인사들이 들어온 것을 보지 못했지만, 그들의 이름과 칭호가 수위의 간헐적인 고함으로 그의 대화 속에 던져져 대사를 엉망으로 만들어놓고 있었던 것이다. 연극이 한창일 때, 수위의 새된 외침 소리가 두 개의 운(韻), 때로는 두 개의 반구(半句) 사이에 다음과 같은 삽입구를 던지는 것을 실제로 상상해 보라.

교회 법정 검사, 자크 샤르몰뤼 나리!

파리 시의 야경대장 사무실 근위병, 시종, 장 드 아를레!

근위 포병대장, 브뤼사크의 영주, 기사, 갈리오 드 주누알라크 씨!

프랑스국, 샹파뉴 및 브리의 국왕 산림 조사관, 드뢰라기에 나리!

기사, 국왕 고문 및 시종, 프랑스 원수, 뱅센 숲의 관리원, 루이 드 그라빌 씨!

파리의 맹인원(盲人院) 관리인, 드니 르 메르시에! 등등, 등등, 등등.

더 이상 견딜 수가 없게 되었다.

이 이상한 반주는 연극을 계속하기 어렵게 만들고 있었는데, 그로 인해 그랭구아르가 더욱더 분개할 수밖에 없었던 것이, 그는 이 연극에 대한 관심이 줄곧 커져가고 있으므로 그의 작품에 필요한 것은 들어주는 청중뿐이라는 것을 인정하지 않을 수 없었기 때문이다. 서시의 네 인물이 심히 난처한 형편에 빠져서 한탄하고 있을 때, 아프로디테의 화신이 'vera incessa patuit dea'[100] 파리의 배(船) 모양 문장(紋章)으로 장식된 아름다운 옷을 입고 나타났다. 그녀 자신이 이 세상에서 가장 아름다운 여인에게 약속되어 있는 그 돌고래를 요구하러 온 것이다. 탈의실 안에서 천둥소리를 울리고 있는 제우스가 아프로디테를 지지하여 바야흐로 여신이 이기려 하는데, 즉 수식 없이 말해서, 돌고래 도련님과 결혼하려 하는데, 이때에 흰 능라 옷을 입고 손에 하나의 진주(플랑드르 공주의 반투명한 화신)를 든 계집아이 하나가 와서 아프로디테와 싸웠다. 극적 변화이자 대단원이다. 논쟁 끝에 아프로디테와 마르그리트와 무대 뒤에서는 그것을 성모마리아의 훌륭하신 심판에 맡기기로 합의를 보았다. 그리고 또 하나의 아름다운 역할, 돈 페드르의 메소포타미아 왕 역할도 있었다. 그러나 그토록 수 없이 중단되는 것들 가운데서 그것이 무슨 소용인지 분간하기 어려웠다. 그 모든 것은 사다리로 올라왔다.

그러나 이제 볼 장 다 봤다. 그 아름다움을 느끼거나 이해해 주는 사람은 하나도 없었다. 추기경이 들어왔을 때, 마치 눈에 보이지 않는 마술의 실 한 가닥이 갑자기 모든 사람들의 시선을 대리석 탁자에서 단으로, 대광실의 남쪽 끝에서 서쪽으로 끌어당겨 놓은 것 같았다. 아무것도 청중을 마술에서 풀어줄 수 없었다. 모든 사람의 눈이 거기에 못 박혀 있었으며, 새로 들어오는 사람들이며 그들의 저주스러운 이름이며 그들

---

100) '맵시가 영락없는 여신의 모습이라.' 베르길리우스의 『아이네이스』 1권 405행에서 인용했다.

의 얼굴이며 그들의 옷차림은 계속적인 구경거리였다. 한심스러운 일이었다. 그랭구아르가 소매를 잡아당길 때면 때때로 돌아다보는 지스케트와 리에나르드를 제외하고는, 참을성 있는 얼굴을 하고 있는 옆의 뚱보를 제외하고는, 그 버림받은 가없은 우의극을 아무도 듣지 않았다. 이제 그랭구아르의 눈에 보이는 것이라고는 사람들의 옆모습뿐이었다.

그는 얼마나 고통스러운 마음으로 자기가 쌓아 올린 모든 영광과 시의 더미가 한 조각 한 조각 허물어져가는 것을 보고 있었을까! 이 민중이 조금 전에는 그의 작품을 듣고 싶어 못 견딘 나머지 법원장에 맞서 반란까지 일으키려 했었으니 더욱 놀라운 일이 아닌가! 그것을 듣게 된 지금 사람들은 그따위는 염두에도 두지 않고 있다. 그토록 만장의 박수갈채로 시작되었던 바로 그 연극을! 민중의 인기의 영원한 밀물과 썰물! 하마터면 법원장의 집달리들을 교수형에 처할 뻔까지 하지 않았던가! 또다시 그처럼 꿈과 같은 시간을 얻기 위해서라면 그가 이 세상에 무엇을 아꼈으리오!

그러나 수위의 거친 독백은 그쳤다. 모두가 도착했고, 그랭구아르는 한숨을 내쉬었다. 배우들은 씩씩하게 계속하고 있었다. 그런데 별안간 옷 장수 코프놀 나리가 일어서더니, 만장의 청중이 바짝 귀 기울이고 있는 가운데 다음과 같이 가증스러운 사설을 늘어놓는 것이 그랭구아르에게 들리는 것이 아닌가!

"파리의 시민, 양반 여러분, 우리들이 지금 여기서 뭘 하고 있는지 나는, 젠장맞을, 알 수가 없소. 저기 저 구석 연예대 위에서 사람들이 싸우려는 것 같아 보이는데, 바로 저것이 여러분의 소위 '연극'이라고 하는 것인지 나는 모르지만, 재미가 없소. 저들은 혓바닥으로 싸우고 있는데, 그 이상은 아무것도 없소. 벌써 15분 전부터 이제나 저제나 구타가 시작되기를 기다리고 있지만, 아무 일도 일어나지 않는군요. 욕설만 가지고 서로 뜯고 할퀴는 자는 비겁한 놈들이오. 런던이나 로테르담에서 씨름꾼들이라도 불러올걸 그랬소. 그랬더라면, 정말이지, 저 광장까지도 소리가 들리는 주먹질을 여러분은 보셨을 것이오. 하지만 저치들은 불쌍하오. 저치들이, 다른 것은 몰라도, 무어식 춤이나 무슨 가장무도라도 보여주면 좋을 텐데! 이건 내가 들은 얘기하곤 다릅니다. 사람들이 내게 약속한 건 교황을 선출하는 광인절이었소. 강에서도 우리의 광인 교황이라는 게 있는데, 이것에선 우리도 결코 남들에게 뒤지지 않는단 말이오, 젠장맞을! 우리는 그걸 이렇게 한다오. 지금 여기서처럼 대중이 모입니다. 그런 뒤에 각자 차례로 구멍으로 대가리를 내놓고 남들에게 상을 찌푸려 보이는 거요. 가장 추악하게 찡그린 낯바닥을 하는 자가 만인의 갈채를 받아 교황으로 뽑히는 것이오. 아시겠소? 무척 재미있지요. 여러분, 우리 나라 식으로 교황을 뽑아보지 않겠습니까? 어쨌든 저 수다를 듣는 것보다는 덜 지루할 거요. 저들도 채광창에 와서 낯짝을 찌푸리고 싶다면 놀이에 참가해도 좋겠지요. 어떻게 생각하십니까, 시민 여러분? 여기 충분히 기괴망측한 남녀의 견본이 있으니 모두들 플랑드르식으로 웃을 수 있을 것이고, 우리는 모두 아름다운 찌푸린 상을 기대하기에 족할 만큼 추악한 얼굴들을 하고 있소."

그랭구아르는 대답하고 싶었다. 그러나 어리둥절하고 분노하고 격분한 나머지 말이 나오지 않았다. 게다가 인기 좋은 옷 장수의 발의를, '양반들'이라고 불린 것을 기쁘게 여긴 이 시민들이 어찌나 열광적으로 반기는지, 어떠한 저항도 소용없었다. 그랭구아르는 불행히도 티만테스[101]의 아가멤논[102]처럼 얼굴을 가릴 외투가 없어, 두 손으로 얼굴을 감추었다.

---

101) Timanthes. 기원전 4세기의 그리스 화가. 그의 작품 「이피게네이아의 희생」에서 아가멤논은 얼굴을 가리고 있다.
102) 그리스신화의 미케네 왕. 트로이를 포위한 그리스군의 대장. 아르테미스의 노여움을 가라앉히고 역풍을 멈추기 위해 자신의 딸 이피게네이아를 제물로 바쳤다. 트로이에서 돌아와 아내에게 암살당했다.

5장

카지모도

눈 깜짝할 사이에 코프놀의 생각을 실천에 옮기기 위해 만반의 준비가 갖추어졌다. 시민들과 학생들 그리고 서기단은 작업에 착수했다. 대리석 탁자의 맞은편에 자리하고 있는 작은 예배당이 얼굴 찌푸리기의 무대로 선정되었다. 예배당 문 위의 고운 원화형의 창유리를 깨뜨려 동그란 구멍을 내고 그리로 경쟁자들이 머리를 내밀기로 정해졌다. 거기에 키가 닿으려면, 어디선가 통 두 개를 가져와 그럭저럭 포개놓고 그 위로 올라가기만 하면 되었다. 각 후보자는 남자든 여자든(여자 교황도 만들어낼 수 있는 일이었으므로) 제각기, 찌푸린 얼굴의 인상을 순수하고 완전한 것이 되게 하기 위해, 모습을 나타낼 때까지는 얼굴을 가리고 예배당 안에 숨어 있도록 규정해 놓았다. 순식간에 예배당은 경쟁자들로 가득 차고 문이 닫혔다.

코프놀은 그의 자리에서 모든 것을 명령하고, 모든 것을 지도하고, 모든 것을 조정하고 있었다. 그렇게 장내가 시끌벅적한 와중에, 추기경은 그랭구아르 못지않게 당황하여 용무와 만종기도를 핑계 삼아 자기의 모든 수행원들과 함께 물러가 버렸는데, 그가 당도했을 때는 그렇게도 법석을 떨던 군중이 그가 떠날 적에는 조금도 동요하지 않았다. 추기경 각하의 패주를 눈여겨본 것은 오직 기욤 랭 한 사람뿐이었다. 민중의 주의도, 태양의 운행처럼 제 운행을 좇고 있었던 것이다. 실내의 한쪽 끝에서 출발하여 잠시 한복판에서 멎었다가, 지금 그것은 반대쪽 끝으로 가 있었다. 대리석 탁자와 금빛 수단의 때는 지나가고, 이제는 루이 11세의 예배당 차례였다. 이제 장내는 온갖 미친 짓이 벌어질 판이었다. 이제 남아 있는 것이라고는 플랑드르 사람들과 천민들뿐이었다.

얼굴 찌푸리기가 시작되었다. 채광창에 처음으로 나타난 상판은 눈꺼풀을 뻘겋게 뒤집어 까고, 아가리를 떡 벌리고, 이마는 제국 시대 경기병의 승마용 장화처럼 쪼글쪼글 주름이 잡혀서, 어찌나 그칠 줄 모르는 웃음을 터뜨리게 했던지, 호메로스가 그 자리에 있었다면 그 모든 평민들을 신들로 알았을지 모른다.[103] 그러나 이 대광실은 결코 올림포스산이 아니었고, 그랭구아르의 가련한 제우스는 누구보다도 그것을 잘 알고 있었다. 두 번째, 세 번째의 찌푸린 상이 계속해서 나타나고, 뒤

---

[103] 『일리아스』 1권 598~600행에서 신들이 추남에 절름발이인 불의 신 헤파이스토스를 보고 폭소하는 장면을 지칭한 표현이다.

이어 또 하나의 얼굴이, 그런 뒤에 또 다른 얼굴이 연해연방
나타나, 줄곧 웃어대는 소리와 기뻐서 발 동동 구르는 소리가
더욱 요란스러워지고 있었다. 이 광경에는 무엇인지 알 수 없
는 현기증 같은 것이, 무엇인지 알 수 없는 거센 도취와 매혹
이 깃들어 있어, 현대와 우리 살롱들의 독자에게 그것을 설명
하기란 어렵겠다. 세모꼴에서 사다리꼴에 이르기까지, 원뿔에
서 다면체에 이르기까지, 갖가지 기하학적 형태들을 차례로
나타내는 일련의 얼굴들을 상상해 보시라. 분노에서 음란에
이르기까지 인간의 온갖 표정들을. 갓난아이의 주름살에서부
터 죽어가는 노파의 주름살에 이르기까지 온갖 연령들을. 파
우누스[104]에서부터 바알세붑[105]에 이르기까지 온갖 종교적
인 환상들을. 짐승의 주둥이에서 부리에 이르기까지, 대가리
에서 코빼기에 이르기까지, 온갖 동물의 낯짝들을. 퐁 뇌프 다
리[106]의 온갖 괴인면(怪人面)들을, 살아서 숨 쉬는 듯 차례차
례로 여러분 앞에 와서 그 이글거리는 눈으로 똑바로 마주 바
라보는, 제르맹 필롱[107]의 손으로 화석이 된 그 불쾌한 상들
을 머릿속에 그려보시라. 여러분의 오페라글라스에 계속 나타
나는 베네치아 사육제의 온갖 가면들을. 일언이폐지하여, 인

---

104) 로마신화에 나오는 들판의 신. 그리스신화의 판에 해당하며, 이리로부
터 양 떼를 보호한다고 한다.
105) Baal-Zebub. 구약성경에서 블레셋(팔레스타인) 사람들이 섬기는 신으
로 언급되는데, 신약성경에서는 '파리 떼의 왕', 즉 악마로 묘사된다.
106) 1578~1607년 사이에 건축된, 파리에서 가장 낡은 다리 중 하나. 교호
(橋弧) 위에 제르맹 필롱이 새긴 괴상한 괴인면(怪人面)이 있다.
107) Germain Pilon, 1535~1590. 프랑스의 조각가.

류의 만화경을.

　향연은 더욱더 플랑드르식이 되어가고 있었다. 테니르스[108] 라 하더라도 이에 관해선 매우 불완전한 개념밖에는 주지 못할 것이다. 독자는 소란 속에 살바토르 로사[109]의 싸움을 상상해 보시라. 이젠 학생도 사절도 시민도 남자도 여자도 없었다. 클로팽 트루유푸도, 질 르코르뉘도, 마리 카트르리브르도, 로뱅 푸스팽도 없었다. 모든 것이 한 타령이 되어 제멋대로들 떠들어대고 있었다. 대광실은 이제 뻔뻔스러움과 쾌활함의 거대한 도가니에 불과해서, 그 속에서는 입마다 고함이요, 눈마다 번갯불이요, 얼굴마다 찌푸린 상이요, 사람마다 별난 자세였다. 장내가 온통 고함 소리요 아우성이었다. 차례차례로 원화창에 와서 이를 가는 괴상망측한 얼굴들은 모두가 마치 잉걸불 속에 짚단을 던져 넣은 듯한 효과를 빚어내는 것이었다. 그리고 그 모든 들끓는 군중으로부터, 마치 도가니에서 올라오는 수증기처럼, 각다귀의 날개같이 왱왱 쉿소리가 나는, 귀에 거슬리는 날카로운 소음이 솟아오르고 있었다.

　"아이고! 망측해라!"

　"저 낯짝 좀 봐!"

　"저건 신통치 않네."

　"또 다른 놈 나와라!"

　"기유메트 모주르퓌, 저 황소 대가리 좀 봐. 모자라는 건 뿔

---

108) David Teniers, 1610~1690. 플랑드르의 사실주의 화가. 민중 풍속화에 능했다.
109) Salvator Rosa, 1615~1673. 이탈리아의 화가, 시인, 음악가.

뿐이구나. 저건 네 남편 아니야?"

"또 다른 놈 나와라!"

"세상에! 무슨 낯짝이 저래?"

"야! 저건 속임수다. 얼굴만 내놓아야 하는데."

"저런 흉측한 페레트 칼보트를 봤나! 저 계집애가 저럴 수 있을까."

"멋지다! 멋져!"

"숨이 막히는군!"

"저건 귀가 빠져나오질 않네!"

등등, 등등.

그러나 우리의 친구 장의 훌륭한 점도 인정해 주지 않으면 안 되겠다. 이 야단법석에도 그가 여전히, 마치 중간 돛에 매달린 꼬마 선원처럼, 기둥 꼭대기에 매달려 있는 것을 사람들은 볼 수 있었다. 그는 미친 듯이 날뛰고 있었다. 입을 크게 벌리고 고함을 지르고 있었으나, 무슨 소리인지 들리지는 않았다. 아무리 장내의 소음이 요란스러웠다 할지라도, 그 소음에 덮여서 들리지 않는 것이 아니라, 그의 고함 소리가 아마도 들을 수 있는 새된 소리의 한계인, 소뵈르[110]의 12,000회의 진동수 또는 비오[111]의 8,000회의 진동수에 달하고 있었기 때문이리라.

---

110) Joseph Sauveur, 1653~1716. 프랑스의 수학자, 물리학자. 귀머거리임에도 불구하고 음향학의 창시자였다.

111) Jean-Baptiste Biot, 1774~1862. 프랑스의 물리학자. 전자학, 소리의 전파, 편광 등의 연구에 관한 저서를 남겼다.

그랭구아르로 말하자면, 낙심의 첫 충격을 겪고 난 뒤에 침착성을 되찾고 이 역경에 대항하여 꿋꿋이 싸웠다. 그는 "계속하시오!" 하고 세 번째로, 말하는 기계인 배우들에게 말했다. 그런 뒤에 대리석 탁자 앞을 성큼성큼 거닐면서, 비록 그것이 배은망덕한 민중에게 얼굴을 찌푸려 보이는 즐거움을 맛보기 위해서일 뿐이라 할지라도, 자기도 예배당의 채광창에 가서 얼굴을 내보여 볼까 하는 생각이 들었다. "아니다, 그건 나로서 떳떳한 일이 못 돼. 복수는 그만두자! 끝까지 싸우자." 하고 그는 되뇌었다. "시는 민중에게 큰 힘을 갖는다. 나는 그들을 다시 끌어오리라. 찌푸린 얼굴들이 이기느냐 예술이 이기느냐, 어느 것이 이기는지 보자꾸나."

　그러나 아, 슬픈 일이로다! 그만이 그의 희곡의 유일한 구경꾼이었다.

　조금 전보다도 더 나쁜 상황이었다. 그에게는 사람들의 등밖에 보이지 않았다.

　아니, 나의 착각이다. 그가 이미 위태로운 순간에 의논을 했었던, 그 참을성 있는 뚱보는 여전히 무대 쪽으로 돌아서 있었다. 지스케트와 리에나르드로 말하자면 벌써 오래전에 달아나 버리고 없었다.

　그랭구아르는 마음속으로 그 유일한 구경꾼의 성실성에 감동했다. 그랭구아르는 그에게 다가가서 그의 팔을 가볍게 흔들면서 말을 걸었다. 이 착한 사나이는 난간에 몸을 기대고 살짝 잠들어 있었던 것이다.

　"여보시오, 고맙습니다." 그랭구아르는 말했다.

"아니, 왜 그러시오?" 뚱보는 하품을 하면서 대답했다.

"당신이 왜 싫증이 나셨는지 저는 알고 있지요." 시인은 말을 이었다. "저 시끄러운 소리 때문에 마음대로 들으실 수가 없겠지요. 하지만 안심하십시오. 당신 이름은 후세에 전해질 테니까요. 실례지만 성함이?"

"르노 샤토요. 파리 샤틀레 감옥의 간수요."

"당신은 여기서 시의 여신들의 유일한 대표자입니다." 그랭구아르는 말했다.

"과분하게 친절하십니다그려." 샤틀레의 간수는 대답했다.

"오직 당신만이," 하고 그랭구아르는 말을 이었다. "적당히 연극을 들으셨습니다. 이것을 어떻게 생각하십니까?"

"좋아요! 좋아!" 이 뚱뚱보 관리는 반쯤 잠에서 깨어나 대답했다. "사실 꽤 유쾌한 극이외다."

그랭구아르는 이 칭찬만으로 만족하지 않을 수 없었다. 왜냐하면 비상한 갈채와 함께 우레 같은 박수가 터져 나와 그들의 대화를 중단시켜 버렸기 때문이다. 광인 교황이 뽑힌 것이다.

"좋구나! 좋다! 좋아!" 민중은 사방에서 외쳐댔다.

과연 그것은 희한한 찌푸린 상이었다, 그때 원화창의 구멍에서 빛나고 있었던 것은. 저 채광창에 오각형, 육각형의 기괴한 상판들이 차례로 나타났으나 모두들 법석 잔치로 들뜬 상상력 속에서 꾸며낸 저 기괴망측한 꼴의 이상을 실현하지 못한 뒤에, 동의 표를 얻기 위해서는 바로, 회중을 눈부시게 만든 저 숭고한 찌푸린 상만이 필요했던 것이다. 코프놀 나리 자신도 박수갈채를 보냈고, 경쟁에 참가했던 클로팽 트루유푸도 (그의 얼굴이 얼마나 고도의 추악함에 도달할 수 있었는지는 하느님이 아신다.) 패배를 자인했다. 나 역시 그러하리라. 사면체의 코, 말발굽 같은 입, 오른쪽 눈은 하나의 커다란 무사마귀 아래 완전히 사라져버린 반면, 텁수룩한 붉은 눈썹에 가로막힌 조그만 왼쪽 눈, 요새의 총안처럼 여기저기 빠진 고르지 못한 이빨, 그 이들 중 하나가 코끼리의 어금니처럼 뻗어 나온 굳어진 입술, 두 갈래로 갈라진 턱, 그리고 특히 그 모든 것 위에 번져 있는 표정, 심술과 놀라움과 슬픔의 그 혼합, 그 모든 것들에 관해서 나는 독자에게 설명을 시도할 생각은 없다. 할 수 있다면, 그 전체를 상상해 보라.

만장에 박수갈채가 터졌다. 사람들은 예배당 쪽으로 몰려들었다. 거기서 행복한 광인 교황을 의기양양하게 끌어냈다. 그러나 놀라움과 감탄이 절정에 달한 것은 바로 그때였다. 그 찌푸린 상은 바로 그의 얼굴이었던 것이다.

아니, 오히려 그의 몸 전체가 찌푸린 상이라 하겠다. 붉은 머리털이 곤두선 커다란 대갈통, 그 반동이 앞에서도 느껴지는 두 어깨 사이의 어마어마한 곱사등, 이상야릇하게 뒤틀려서 무릎에서밖에는 서로 닿지 않고 앞에서 보면 자루에서 합쳐진 반원형 낫의 두 반달처럼 생긴 허벅지와 다리의 조직, 커다란 발, 괴물 같은 손, 이 모든 기형과 더불어, 무엇인지 알 수 없는, 힘세고 날쌔고 씩씩한 걸음걸이, 힘도 아름다움과 마찬가지로 조화에서 생겨나기를 바라는 저 영원한 법칙의 기이한 예외였다. 광인들이 지금 막 떠받든 교황은 바로 그러했다.

마치 부서진 거인을 서투르게 다시 맞추어놓은 것 같았다.

땅딸막하고, 몸집이 거의 키만큼이나 크고, 어느 위인[112]의 말마따나, '밑바닥부터 떡 벌어진' 일종의 외눈박이 거인이 예배당 문 앞에 나타나 꿈쩍 않고 서 있을 때, 반은 붉고 반은 자줏빛인, 은빛 종루 무늬가 들어 있는 그의 외투를 보고, 특히 그의 완전무결한 추악함을 보고, 천민들은 그를 당장 알아보고 이구동성으로 외쳤다.

"종지기 카지모도다! 노트르담의 꼽추 카지모도다! 애꾸눈이 카지모도다! 앙가발이 카지모도다! 얼씨구절씨구!"

보는 바와 같이 이 가련한 녀석은 골라잡을 수 있을 만큼 별명이 여럿이었다.

"아기 밴 여자들 조심하시오!" 학생들이 외쳤다.

"아기 배고 싶은 여자들도 조심해야지." 요안네스가 말을 이었다.

여자들은 실제로 얼굴을 가리고 있었다.

"에구머니! 저렇게 보기 흉한 원숭이가 어디 있담." 한 여자가 말했다.

"못생기기도 했지만 심술도 고약해." 또 한 여자가 말했다.

"저건 악마야." 세 번째 여자가 덧붙였다.

"난 불행히도 노트르담 옆에 살고 있는데, 밤새도록 저 녀석이 처마의 홈통 속을 얼쩡거리는 소리가 들린다니까."

"고양이들하고."

---

112) 나폴레옹을 말한다.

"저 녀석은 늘 우리들 지붕 위에서 산단 말이야."

"저 녀석은 굴뚝으로 우리들에게 주문을 건다고."

"저번 저녁엔 저 녀석이 우리 집 천장에 와서 내게 낯짝을 찌푸려 보였어. 난 그래도 사람인 줄로만 알고 있었지. 어찌나 무서웠는지."

"틀림없이 저 녀석은 악마들의 밤잔치에 갈 거야. 한번은 우리 집 하수반(下水盤)에 빗자루를 놓고 갔더라고."

"에구머니! 참 밥맛 떨어지는 곱사등이 낯짝이네!"

"에그! 흉측한 것 같으니!"

"쯧쯧!"

남자들은 반대로 기뻐하며 갈채를 보내고 있었다.

야단법석의 대상인 카지모도는 여전히 예배당 문 앞에, 침울하고 근엄한 표정을 하고 서서 찬탄하는 대로 내맡기고 있었다.

학생 하나가, 로뱅 푸스팽이라고 생각하는데, 그의 코앞에 와서 얼굴을 바짝 대고 웃었다. 카지모도는 그의 허리띠를 잡아 열 걸음쯤 떨어진 군중 속에 내동댕이쳐 버리는 것만으로 만족했다.

코프놀도 감격하여 그의 옆으로 갔다.

"젠장맞을! 정녕코 너는 내가 난생처음 보는 가장 아름다운 추물이로구나. 너는 파리에서와 마찬가지로 로마에서도 교황이 될 만하겠다."

그는 즐거운 듯이 카지모도의 어깨에 손을 올려놓았다. 카지모도는 움직이지 않았다. 코프놀은 말을 계속했다.

"넌 정말 괴짜다. 너랑 한 상 잘 차려놓고 먹고 싶구나, 비록 수백 드니에의 투르누아[113]가 들더라도 말이야. 넌 어떻게 생각하느냐?"

카지모도는 대답하지 않았다.

"젠장맞을! 귀가 먹었느냐?" 옷 장수가 말했다.

그는 사실 귀머거리였다.

그러는 동안에 그는 코프놀이 하는 짓거리에 짜증이 나기 시작하여, 이를 갈면서 느닷없이 그를 향해 휙 돌아섰는데, 그 모습이 하도 무시무시해서 플랑드르의 거인은 고양이 앞의 불도그처럼 뒷걸음쳤다.

그때 이 기묘한 인물의 주위에는 적어도 정확히 열다섯 걸음의 반경은 되는 공포와 존경의 원이 생겼다. 한 노파가 코프놀 나리에게 카지모도가 귀머거리라는 것을 설명해 주었다.

"귀머거리라고!" 옷 장수는 그의 플랑드르식 너털웃음을 웃었다. "젠장맞을! 이건 완벽한 교황인걸."

"음! 알겠다." 카지모도를 더 가까이서 보기 위해 마침내 기둥머리에서 내려온 장이 외쳤다. "저건 내 형 부주교의 종지기다. 카지모도, 잘 있었느냐!"

"무슨 놈의 사람이 이래!" 밑으로 떨어져서 아직도 얼떨떨한 로뱅 푸스팽이 말했다. "이건 보아하니 꼽추다. 걷는 걸 보면 앙가발이고, 쳐다보는 걸 보면 애꾸눈이고, 얘기를 해보면 귀머거리 아닌가."

---

113) 중세에 투르에서 주조된 주화.

"이봐, 저 혓바닥을 가지고 뭘 하지, 이 폴리페모스[114]는?"

"말하고 싶을 땐 말을 한다우." 노파가 말했다. "종을 치느라 귀머거리가 됐지만, 벙어리는 아니라우."

"그게 빠졌군." 장이 지적했다.

"그리고 눈 하나가 여분으로 있고." 로뱅 푸스팽이 덧붙였다.

"아니야." 장이 정확히 말했다. "애꾸눈이는 장님보다도 더 불완전한 거야. 제게 빠진 것이 뭣인지 저는 알고 있단 말이야."

그동안에 모든 거지들과 모든 하인들과 모든 소매치기들은 학생들과 합류하여 줄을 지어 서기단의 장롱으로 가서, 광인 교황의 마분지 삼중 관과 시시한 법의를 챙겨 왔다. 카지모도는 눈썹 하나 까딱하지 않고 우쭐해하면서도 순순히 그것들을 자기에게 입히게 두었다. 그러고 나서 사람들은 그를 울긋불긋하게 장식한 들것 위에 앉혔다. 광인 극단의 연두 간사가 그것을 어깨에 메었다. 애꾸눈이 거인이 자기의 뒤틀린 발아래, 그 모든 아름답고 곧고 잘생긴 사나이들의 머리를 보았을 때, 일종의 고통스럽고도 경멸적인 기쁨이 그의 우울한 얼굴에 활짝 피어올랐다. 그런 뒤에 요란스러운 누더기의 행렬은 관례에 따라, 한길과 네거리로 나서기 전에, 재판소의 산책용 회랑 안을 돌기 위해 걷기 시작했다.

---

114) 그리스신화에 등장하는 외눈박이 거인. 오디세우스에게 하나밖에 없는 눈을 찔려 장님이 된다.

6장

라 에스메랄다

이 모든 장면이 계속되는 동안에 그랭구아르와 그의 희곡이 잘 버텨주었다는 걸 독자들에게 알리게 되어 나는 몹시 기쁘다. 배우들은 그의 격려를 받아 희곡의 대사를 외는 것을 중단하지 않았고, 그는 듣기를 중단하지 않았다. 그는 그 소란도 팔자소관이라 생각하고 체념하고, 그러다 보면 언젠가는 청중의 주의가 되돌아오는 때도 있으려니 하고 끝까지 해내기로 마음먹었다. 그러한 희망의 빛은, 카지모도와 코프놀과 광인 교황의 소란스러운 행렬이 떠들썩하게 방에서 나가는 것을 보았을 때 되살아났다. 군중은 그들을 뒤따라 허둥지둥 뛰어나갔다. 됐다, 하고 그는 혼자 중얼거렸다. 흐리멍덩한 녀석들은 다 가버리는구나. 그러나 불행히도 그 모든 흐리멍덩한 녀석들이란 바로 청중 모두였던 것이다. 눈 깜짝할 사이에 대광실은 텅 비어버렸다.

사실대로 말하자면, 아직 약간의 구경꾼들은 남아 있었다. 어떤 이들은 흩어져 있고, 또 다른 이들은 기둥 둘레에 모여 있었는데, 여자들과 늙은이들, 또는 어린애들로, 소란스레 떠들고 있었다. 몇몇 학생들은 여기저기 창틀에 걸터앉아서 광장을 바라보고 있었다.

'좋아,' 하고 그랭구아르는 생각했다. '아직 내 연극의 끝 대목을 듣는 데 필요할 만큼의 사람은 있다. 수효는 적지만 우수한 청중, 유식한 청중이다.'

한참 후에, 성모마리아가 나타날 때 가장 큰 효과를 냈어야 할 교향악이 울리지 않았다. 그랭구아르는 광인 교황의 행렬에 그의 악대가 끌려가 버린 것을 알아챘다. "그냥 합시다."라고 그는 꾹 참고 말했다.

그는 자기의 희곡에 관해서 이야기하고 있는 것같이 보이는 한 떼의 시민들 옆으로 다가갔다. 그가 들은 대화 토막은 이러했다.

"느무르 씨의 소유였던 나바르관(館)을 아시죠, 슈느토 나리?"

"예, 브라크 예배당 맞은편에 있지요."

"그런데 그걸 국세청에서 세밀화가[115]인 기욤 알릭상드르에게 요즘 빌려줬지요, 파리 주화 6리브르 8솔[116]의 연간 임대료로."

---

115) 원어는 'historieur'인데, 이는 세밀화 수사본을 장식하는 중세의 예술가를 가리킨다.
116) 리브르는 프랑, 솔은 수의 옛말이다.

"임대료가 무척 올랐군요!"

"괜찮아!" 하고 그랭구아르는 한숨을 쉬면서 혼자 중얼거렸다. "다른 사람들은 듣고 있으니까."

"친구들." 별안간 창가에 있던 젊은 장난꾸러기들 중 하나가 외쳤다. "라 에스메랄다다! 라 에스메랄다가 광장에 있다!"

그 말은 마술 같은 효과를 빚어냈다. 실내에 남아 있던 사람들은 모두 창문으로 뛰어가, 내다보려고 벽을 기어오르면서 되풀이했다. "라 에스메랄다! 라 에스메랄다!"

동시에 바깥에서 요란한 박수갈채 소리가 들려왔다.

"무슨 뜻일까, 라 에스메랄다가?" 그랭구아르는 서글픈 듯이 두 손을 마주 잡으면서 말했다. "원 세상에, 이럴 수가! 이젠 창문 차례인가 보군."

그가 대리석 탁자 쪽을 돌아보니 연극은 중단되어 있었다. 바로 제우스가 벼락을 가지고 나타나야 할 순간이었다. 그런데 제우스는 무대 아래 우두커니 서 있었다.

"미셸 지보른!" 시인은 성이 나서 외쳤다. "거기서 뭘 하는 거요? 당신이 나설 차렌가? 그럼 올라가요!"

"아!" 제우스가 말했다. "학생 하나가 사다리를 가져갔어요."

그랭구아르는 보았다. 그것은 사실이었다. 연극의 절정과 대단원 사이에 모든 연결이 차단되어 버린 것이다.

"고얀 놈 같으니!" 그는 중얼거렸다. "헌데 저 녀석이 왜 사다리를 가져갔지?"

"라 에스메랄다를 보러 가려고." 제우스는 울상이 되어 대답했다. "저 녀석이 '옳지, 쓰지 않는 사다리가 있구나!' 하고 말하면서 가져가 버렸어요."

그것은 치명적인 타격이었다. 그랭구아르는 체념하고 받아들였다.

"다들 꺼져버려!" 그는 배우들에게 말했다. "내가 보수를 받으면 당신들에게도 치러주지."

그리고 그는 퇴각했다. 머리를 수그리고, 그러나 마치 잘 싸우고 난 장수처럼 맨 마지막으로.

그리고 꾸불꾸불한 재판소의 계단을 내려가면서, "멋진 오합지졸이로군, 이 파리 놈들은!" 하고 그는 입속말로 중얼거렸다. "연극을 들으러 와서는 아무것도 듣지 않아! 놈들은 모든 사람들에게 정신이 팔렸어, 클로팽 트루유푸에게, 추기경에게, 코프놀에게, 카지모도에게, 악마에게도! 그러나 성모마리아님에겐 아랑곳도 하지 않았어. 그런 줄 알았더라면 내 너희들에게 성모마리아를 골고루 보여줬을 텐데, 얼빠진 녀석들아! 그런데 나는! 사람들 얼굴을 보러 와서 등밖에 못 보다니! 시인이면서, 약장수의 성공밖에 못 얻다니! 하기야 호메로스는 그리스의 마을을 돌아다니며 구걸을 했고, 나소[117]는 모스크바에서 귀양 살다 죽었것다. 그런데 그들이 말한 라 에스메랄다가 무슨 뜻인지 내가 알고 있다면, 악마가 내 껍질을 벗겨도 좋다! 우선 그 말이 무엇일까? 이집트 말[118]이겠지!'

---

117) 나소, 즉 오비디우스는 모스크바가 아니라 토미스에서 죽었다.
118) 원어는 'l'égyptiaque'인데 현대어로 보통 집시라고 부르는 유랑민들을 '이집트인(Égyptiens 또는 Égyptiaques)'이라고 불렀다.

2부

1장

카립디스에서 스킬라로

1월에는 밤이 일찍 찾아온다. 그랭구아르가 재판소에서 나왔을 때 거리는 이미 어두웠다. 어두워진 밤이 그는 좋았다. 그는 한시라도 빨리 캄캄하고 인적 끊긴 골목길에 이르러 마음껏 명상에 잠기고, 철학자가 시인의 상처를 어서 치료해 줄 수 있게 되기를 바랐다. 뿐만 아니라, 철학은 그의 유일한 휴식처였다. 그가 어디서 묵어야 할지를 몰랐기 때문이다. 연극의 첫 시도가 보기 좋게 실패한 지금 감히 여태껏 묵었던, 그르니에 쉬르 로 거리[1]의 포르 토 푀앵 성문 맞은편에 있는 숙

---

[1] 이 거리는 지금도 바르 거리와 조프루아 라스니에 거리 사이에 존재한다. 이 거리를, 현재의 시청 문 자리를 차지하고 있던 "포르 토 푀앵 성문 맞은편"에 있다고 한 것은 그다지 정확하지 못하다.

소로 돌아갈 수는 없었다. 파리의 마소 통관세[2] 징수 청부인 기욤 두시르 나리에게 여섯 달치 방세를 지불하기 위해, 축혼가를 지어준 대가로 시장에게 받아야 할 돈을 기대하고 있었는데, 그가 빚진 방세가 파리 주화 12솔이나 되는바, 이 금액은 그의 짧은 바지와 내의와 벙거지까지 포함하여, 그가 이 세상에서 소유하고 있는 전 재산의 12배나 됐다. 생트샤펠의 출납관의 집 조그만 쪽문 아래 임시로 몸을 의지하고, 파리의 포도(鋪道)라면 어느 것이나 숙소로 골라잡을 수 있으므로 오늘 저녁은 어느 것으로 정할까 잠시 궁리한 끝에, 지난주에 사바트리 거리에 있는 파리 고등법원 판사의 집 문 앞에서, 나귀에 탈 때 올라서는 디딤돌 하나를 보고, 그 돌이 필요에 따라서는 거지나 시인에게 썩 훌륭한 베개가 될 수 있겠다고 생각했던 기억이 떠올랐다. 그는 이런 좋은 생각을 자기에게 보내주신 신의 섭리에 감사했다. 그러나 그 10층짜리 집들과 함께 오늘날까지도 아직 건재한 거리들, 바리유리 거리, 비에유드라프리 거리, 사바트리 거리, 쥐이브리 거리[3] 등, 어느 것이나 어슷비슷한 모든 낡은 거리들이 꾸불꾸불하게 통하고 있는, 시테섬의 고부라진 미로에 이르기 위해 재판소 앞 광장을 막 건너가려고 할 때, 그랭구아르는 광인 교황의 행렬 역시 재판소에서 나와 횃불을 밝게 켜 들고 그의 악대를 내세워 시끌

---

2) '갈라진 발굽' 동물, 즉 말이나 소와 같은 짐승이 파리에 들어갈 때 지불해야 하는 세금.(원주)

3) 이 거리들은 제2제정 시대의 도시계획 공사로 말미암아 시테섬에서 사라져버렸다.

벅적하게 떠들면서 그가 가는 길 한가운데로 그를 향해 몰려드는 것을 보았다. 그것을 보자 자존심에 입은 상처의 아픔이 새삼 되살아나서, 그는 달아났다. 연극의 실패로 말미암아 슬픔에 빠져 있는 그에게 이날의 축제를 회상하게 하는 것은 무엇이고 그를 격분하게 하고, 그의 상처로 하여금 피를 흘리게 하는 것이었다.

그는 생미셸 다리⁴⁾로 건너가려 했다. 거기에서는 어린애들이 꽃불 심지와 폭죽을 가지고 이리저리 달리고 있었다.

"빌어먹을 놈의 꽃불이 다 뭐람!" 그랭구아르는 그렇게 말하고 퐁 토 샹주 다리⁵⁾ 쪽으로 급히 방향을 바꾸었다. 다리의 첫머리에 있는 집들에는, 국왕과 황태자와 플랑드르의 마르그리트 공주를 상징하는 세 개의 작은 깃발과, 오스트리아 공작과 부르봉 추기경과 보죄 전하와 잔 드 프랑스 공주⁶⁾와 서자인 부르봉 전하와, 그리고 또 누군지 모를 다른 한 분의 초상이 그려져 있는 여섯 개의 작은 깃발들을 달아놓았는데, 이 모든 것들은 횃불로 환히 밝혀져 있었다.⁷⁾ 군중은 탄상(歎賞)하고 있었다.

"장 푸르보는 행복한 그림쟁이로군!" 그랭구아르는 크게 한

---

4) 시테섬과 파리 남쪽을 연결하는 다리.
5) 시테섬과 파리 북쪽을 연결하는, 생미셸 다리의 반대쪽에 있는 다리.
6) 루이 11세의 딸. 1464년에 태어나 1476년에 장래의 루이 12세가 되는 루이 도를레앙과 결혼하였다. 그는 왕이 된 후 왕비를 버렸고, 그녀는 부르주에 아농시아드 수도회를 창설하였다. 1742년 시복(諡福)되었고, 1950년에 성인품에 올랐다.
7) 푸르보의 기에 관한 이와 같은 기록을, 위고는 소발의 저서에서 인용했다.

숨을 쉬면서 그렇게 말하고, 크고 작은 깃발들에 등을 돌려 버렸다. 거리 하나가 그의 앞에 있었다. 무척 캄캄하고 왕래가 없는 길 같아서, 거기서라면, 축제의 모든 불빛에서와 마찬가지로 모든 메아리에서도 벗어날 수 있겠다고 기대했다. 그는 그리로 들어갔다. 한참 걸어가다가 발이 장애물에 부딪히는 바람에, 그는 비틀거리다 쓰러졌다. 그것은 5월 식목의 묘목 다발이었는데, 서기단의 서기들이 아침에 이날의 축제 의식을 위해, 고등법원장의 집 문 앞에 갖다 놓은 것이었다. 그랭구아르는 이 새로운 만남을 씩씩하게 참아냈다. 그는 다시 일어나 강가에 이르렀다. 민사재판소와 형사재판소를 뒤에 두고, 궁궐 정원의 큰 벽을 따라, 진흙이 발목까지 올라오는, 포석을 깔지 않은 모래톱 위를 걸어서, 시테섬의 서쪽 지점에 도착한 그는 청동 말[8]과 퐁 뇌프 다리 아래 사라져버린 파쇠 로 바슈섬[9]을 한참 바라보았다. 그 작은 섬은 어둠 속에서, 그 섬과 그의 사이에 흐르고 있는 희끄무레한 좁은 물줄기 저편에 하나의 검은 덩어리처럼 보였다. 거기에는 암소 뱃사공이 밤에 몸을 의지하는 벌통 모양의 오두막집 같은 것을 조그만 불빛에 알아볼 수 있었다.

'암소 뱃사공은 팔자도 좋지!' 하고 그랭구아르는 생각했다. '너는 영광도 생각지 않고 축혼가도 짓지 않지! 결혼하는 임

---

8) 시테섬의 서쪽 끝, 퐁 뇌프 다리 옆에 서 있는 앙리 4세 동상의 말을 가리킨다.
9) 그 후 시테섬에 합쳐진 두 개의 작은 섬 중 하나로, 현재 위치는 베르 갈랑 공원이다.

금들이며 부르고뉴의 공주들 같은 게 너와 무슨 상관이냐! 너는 4월의 잔디밭이 네 암소들에게 뜯어 먹게 해주는 마르그리트[10] 말고 다른 마르그리트는 모르지! 그런데 시인인 나는 야유당하고, 추위에 떨고, 12솔이나 빚이 있고, 내 신 바닥은 환히 비쳐 보여 네 초롱에 유리로 써먹을 수도 있을 지경이니. 고맙다! 암소 뱃사공아! 네 오막살이는 내 눈에 휴식을 주고, 나로 하여금 파리를 잊게 해주는구나!'

그는 그 행복스러운 오두막집에서 느닷없이 터져나온 생장의 커다란 쌍겹 폭죽에 의해 거의 정열적인 도취경에서 깨어났다. 암소 뱃사공이 이날의 축제에 한몫 끼어 스스로 꽃불을 쏘아올린 것이다.

폭죽 소리에 그랭구아르는 소름이 끼쳤다.

"망할 놈의 축제 같으니!" 그는 외쳤다. "너 어디까지고 날 추격할 셈이냐? 아! 이럴 수가! 암소 뱃사공의 집까지!"

그러고는 발아래 센강을 내려다보았을 때, 그는 무서운 유혹에 사로잡혔다.

"오!" 그는 말했다. "물이 저렇게 차갑지만 않다면 기꺼이 빠져 죽으련만!"

그때 절망적인 결심이 떠올랐다. 그것은 광인 교황에게서도, 장 푸르보의 작은 깃발들에서도, 5월의 식목 다발에서도, 꽃불 심지나 폭죽에서도 벗어날 수가 없으므로, 축제의 한복판에 대담하게 뛰어들어 그레브 광장으로 가자는 것이었다.

---

10) 공주의 이름 '마르그리트'는 '데이지'라는 꽃 이름이기도 하다.

'적어도 거기서라면 기쁨의 화톳불의 깜부기불에 몸을 녹일 수 있을지도 모르고, 시에서 틀림없이 공식적으로 식탁 위에 차려놓았을 설탕으로 된 세 개의 커다란 왕가 문장(紋章)의 부스러기로 저녁밥을 때울 수도 있겠지.' 하고 그는 생각했다.

2장

그레브 광장

    당시의 그레브 광장의 모습은 오늘날 좀처럼 눈에 띄지 않는 하나의 흔적으로밖에는 남아 있지 않다. 그것은 광장의 북쪽 모퉁이에 자리를 차지하고 있는 매혹적인 소(小)탑인데, 벌써 그 조각품들의 선명한 선에 덕지덕지 칠한 야한 물감 칠 아래 파묻혀 있거니와, 아마도 머지않아, 파리의 모든 낡은 건물의 정면을 그토록 빨리 삼켜가는 저 새집들의 범람에 침몰되어 사라져버릴지도 모른다.

    나처럼, 루이 15세 시대의 두 누옥(陋屋) 사이에 목이 졸려 있는 이 가련한 소탑에 연민과 동정의 눈길을 던지지 않고서는 결코 그레브 광장을 지나가지 못하는 사람들이라면, 이 소탑이 속해 있던 건물들 전체를 머릿속에서 쉽사리 재구성할 수 있을 것이고, 거기에서 15세기의 고딕식 낡은 광장을 온전히 재발견할 수 있을 것이다.

그것은 오늘날과 마찬가지로, 한 면은 강둑에 인접하고, 다른 세 면은 높고 비좁고 침침한 일련의 집들로 둘러싸인 반듯하지 못한 사다리꼴이었다. 낮에는 그곳에서 다양한 건물들을 감탄하며 바라볼 수 있었는데, 모두가 돌과 나무로 조각되어 있었으며, 벌써 첨두홍예의 지위를 뺏기 시작한 십자형 유리창에서 첨두홍예에 자리를 빼앗긴 로마식의 반원 홍예에 이르기까지, 15세기에서 11세기로 거슬러 올라가는 중세의 온갖 국내 건축양식의 완전한 견본을 보여주고 있거니와, 로마식 반원 홍예로 말하자면, 아직도 첨두홍예 아래, 타느리 거리 쪽 센강 가의 광장 모서리에 있는 그 투르 롤랑 탑[11]의 고대 가옥의 2층을 그것이 점령하고 있었다. 밤에는 이 건물들 덩어리에서, 광장 주위에 그 예각(銳角)의 사슬을 펼치고 있는 톱니 모양의 검은 지붕들밖에는 분간할 수 없었다. 왜냐하면 당시 도시와 현재 도시의 근본적 차이점 중 하나는, 오늘날은 광장과 거리를 바라보고 있는 것이 건물 정면인 데 반하여 당시는 합각머리였기 때문이다. 2세기 전부터, 집들이 돌아선 것이다.

광장의 동쪽 중앙에 세 채의 집이 나란히 합쳐진 육중한 잡종 건물 하나가 솟아 있었다. 사람들은 그것을 세 가지 이름으로 부르고 있었는데, 이 이름들이 그 건물의 역사와 용도

---

11) 투르 롤랑 탑 집은 소발의 저서에 보이며, 거기에서 위고는 그 정확한 위치를 발견하였다.

와 건축양식을 설명해 주고 있었다. 샤를 5세가 황태자 시절에 그곳에 살았으므로 '동궁'이라고도 부르고, 시청으로 사용되고 있었으므로 '상품'이라고도 부르고, 일련의 굵은 원기둥이 그 세 층을 떠받치고 있었으므로 '기둥 집(domus ad piloria)'이라고도 불렀던 것이다. 도시는 그곳에서 파리와 같은 훌륭한 도시에 필요한 모든 것을 볼 수 있었다. 하느님께 기도드리기 위한 '예배당', 재판을 하고 필요한 경우에는 궁정인들을 혼내주기 위한 '변론실', 그리고 꼭대기에는 대포로 가득 찬 '병기고'. 왜냐하면 파리의 시민들은 도시의 자주권을 위해서는 어떤 경우에도 기도하고 변론하는 것만으로는 충분하지 않다는 것을 알고 있었으므로, 시청 창고에 언제나 훌륭한 녹슨 화승총을 보관해 두고 있었던 것이다.

그레브 광장은, 이 광장이 불러일으키는 끔찍한 생각과, '기둥 집' 대신 들어선 도미니크 보카도르[12]의 음침한 시청으로 말미암아 오늘날까지도 간직하고 있는 저 불길한 모습을 벌써 그 당시부터 지니고 있었다. 한마디 해두거니와, 이 포석 깔린 마당 한복판에 나란히 세워져 있던 상설 교수대와 죄인 공시대, 당시 사람들의 말을 빌리면, 사법과 사다리는, 건강과 생명으로 넘쳐흐르는 수많은 인간들이 죽어간 이 숙명적인 광장——50년 후에 저 '생발리에의 열병'[13], 저 교수대의 공포증, 하느님에게서 오는 것이 아니라 인간에게서 오기 때문에 모든

---

12) Dominique Boccador, 1465?~1549?. 본명 도메니코 다 코르타나(Domenico da Cortana). 프랑스에서 활동한 이탈리아 출신 건축가.
13) Sauval II, 591.

병 중에서도 가장 무서운 병인 그 열병이 태어나게 될——에서 눈을 돌리게 하는 데 적잖이 이바지하고 있었다.

말이 났으니 말이지만, 한 가지 위안이 되는 것은, 사형은 300년 전에는 사제장과 주교, 성당 참사회, 사제, 사법권을 가진 수도원장들의 사다리들 이외에도, 센강에서의 법에 의한 익사형 이외에도, 여전히 그 쇠바퀴며 돌 교수대며 포석 바닥에 상설로 고정시켜 놓은 그 모든 형구들로, 그레브 광장과 중앙 시장, 도핀 광장, 크루아 뒤 트라우아르[14], 마르셰 오 푸르소[15], 저 끔찍한 몽포콩[16], 세르장 성문[17], 플라 소 샤[18], 포르트 생드니, 샹포[19], 포르트 보데, 그리고 포르트 생자크 등을 가득 채워놓고 있었는데, 오늘날 이 봉건사회의 늙은 군주[20]는, 그의 갑옷의 모든 조각들과, 그 넘치는 형벌과, 생각

---

14) 네거리의 이름, 바르브르 세크 거리는 여기에서 끝났고, 생토노레 거리는 여기를 통과하였다. 여기에 건축용 석재로 된 커다랗고 둥근 십자가가 하나 있었다. 소발은 트라우아르가 교수대를 가리킨다고 하였는데(Sauval II, 606), 이에 따라 '크루아 뒤 트라우아르'를 우리말로 옮기면 '교수대의 십자가'라는 말이 되겠다.
15) 이단자를 처형하는 교수대가 있었던 곳, 생로슈 언덕에 있었다. (Sauval II, 606) 우리말로는 '돼지 시장'이라는 뜻.
16) 옛날에 파리 성 밖, 밀레트와 쇼몽 언덕 사이에 있었던 곳으로, 13세기에 세운 유명한 교수대가 있었다.
17) 이곳은 생토노레 거리에 위치하였으며, 현재의 크루아 데 프티 샹 거리쯤에 해당한다.
18) 현재의 부르도네 막다른 골목.
19) 이곳에 생티노상 묘지가 있었던 것으로 간주되며, 여기에서 가축 매매가 행해졌다.
20) 사형을 의미한다.

에 떠오르는 대로 마음 내키는 대로의 형법 제도와, 그랑 샤틀레[21]에서 5년마다 가죽 침대를 고쳐 만들어야만 했던 그 고문을 차례로 잃어버린 뒤에, 우리의 법률과 도시에서 거의 추방되고, 법전에서 법전으로 몰려나고, 광장에서 쫓겨나서, 이제 우리의 광대한 파리에서 그레브의 불명예스러운 한쪽 구석밖에 차지하지 못하고, 현행범으로 잡힐까 봐 늘 두려워하는 듯 보이는, 사람 눈을 피하고 불안스러워하고 부끄러워하는 듯한 하나의 가련한 단두대밖에 가지고 있지 못한 것을 생각하면 위안이 되는데, 이처럼 그는 성공을 거둔 뒤에 재빨리 사라져가고 있는 것이다!

---

21) 그랑 샤틀레와 프티 샤틀레는 파리의 두 요새였는데, 센강 우안에 위치한 전자에는 형사재판소가 있고, 좌안의 후자는 감옥 구실을 하였다.

3장

BESOS PARA GOLPES[22]
구타 대신 키스를

  그레브 광장에 도착했을 때, 피에르 그랭구아르는 얼어 있었다. 그는 퐁 토 샹주 다리의 혼잡과 장 푸르보의 작은 깃발들을 피하기 위해 퐁 토 뫼니에 다리[23]를 지나서 왔으나, 주교의 모든 물방아 바퀴들이 지나가는 그에게 물을 튀기는 바람에 남루한 옷이 젖어 있었다. 뿐만 아니라, 그는 연극의 실패로 말미암아 더욱 추위를 타는 것 같았다. 그래서 그는 광장 한복판에서 훨훨 타오르고 있는 기쁨의 불을 향해 급히 다가

---

22) 스페인어 'Besos Para Golpes'에서 'para'는 원래 'por'라고 해야 하므로 정확한 스페인어라고 할 수 없다.
23) 옛날의 샤를 르 쇼브 다리로, 퐁 토 샹주 다리의 서쪽에 있었으며, 시테 섬과 센강 우안을 연결했었다. '퐁 토 뫼니에(Pont-aux-Meuniers)'의 원뜻은 '방앗간 주인들의 다리'이다.

갔다. 그러나 수많은 군중이 그 주위를 빙 둘러싸고 있었다.

"망할 파리 놈들 같으니라고!" 그는 혼자 중얼거렸다. 그랭구아르는 참다운 극시인답게 독백을 곧잘 즐겼다. "저 녀석들이 불을 가로막고 있구나! 하지만 난 정말 난로 한쪽 구석이 필요한데. 내 신발은 물을 켰고, 저 빌어먹을 물방아들은 모두 내게 눈물을 뿌렸단 말이야! 물방아를 갖고 있는 제기랄 놈의 파리 주교 같으니라고! 도대체 주교가 방앗간을 가지고 뭘 하겠다는 건지 모르겠단 말이야! 방앗간 주교가 되길 바라는 걸까? 그렇게 되기 위해 그에게 필요한 것이 내 저주뿐이라면, 암 저주를 퍼부어 주고말고, 그의 성당에도, 그의 방앗간에도! 그런데 저 놈팡이들이 자리를 비켜줄지 어디 좀 보자! 저 녀석들이 저기서 뭘 하는지 모르겠네! 불을 쬐고 있군. 썩 즐거운 일이렷다! 100다발의 나뭇단이 타고 있는 걸 바라보고 있군. 썩 좋은 구경거리렷다!"

더 가까이 가서 자세히 보니, 빙 둘러서 있는 군중은 모닥불을 쬐기 위해 모인 것보다도 훨씬 더 많은 사람들이었는데, 그렇게 구경꾼들이 몰려 있는 것은 유독 100다발의 나뭇단이 아름답게 타오르는 것에만 끌려온 것이 아니라는 것을 알 수 있었다.

군중과 불 사이에 비어 있는 널따란 공터에서 아가씨 하나가 춤을 추고 있었다.

그 아가씨가 인간인지, 선녀인지, 또는 천사인지, 아무리 그랭구아르가 회의적인 철학자요 아이로니컬한 시인이었다 할지라도, 처음 순간에는 해답을 내릴 수가 없었으니, 그토록 그는 그 눈부신 영상에 매혹되었던 것이다.

그녀는 키가 크지는 않으나 커 보였으니, 그만큼 그녀의 날
씬한 몸매는 우뚝 솟아 있었다. 그녀는 거무스름했는데, 낮이
라면 그녀의 살갗이 저 안달루시아나 로마의 여성들 같은 아
름다운 금빛 광택을 내고 있을 것임에 틀림없으리라는 것을
짐작할 수 있었다. 그녀의 자그마한 발 역시 안달루시아 여성
다웠을 것이, 그 고운 신발 속에서 비좁은 듯하면서도 편안해
보였던 것이다. 그녀는 발아래 아무렇게나 던져놓은 낡은 페
르시아 양탄자 위에서 춤추고, 빙글빙글 돌고, 소용돌이치고
있었으며, 뱅글뱅글 돌면서 그 반짝이는 얼굴이 사람들 앞을
지나갈 때마다 그녀의 커다란 검은 눈은 사람들에게 번갯불
을 던졌다.

그녀의 주위에서 사람들은 모두 입을 헤벌리고 응시하고
있었는데, 아닌 게 아니라 그 포동포동하고 깨끗한 두 팔로 머
리 위로 들어 올린 탬버린을 탕탕 치면서, 날씬하고 가냘프고
말벌처럼 발랄한 자태로 그렇게 춤을 추고 있는 동안, 그 주
름 없는 짧은 금빛 블라우스며, 부풀어오른 울긋불긋한 드레
스, 벗은 어깨, 때때로 치맛자락 밖으로 드러나는 섬섬한 다
리, 검은 머리털, 그리고 불길이 타오르는 두 눈과 더불어 그
녀는 초자연적인 피조물이었다.

'정말,' 그랭구아르는 생각했다. '저건 불도마뱀[24]이다. 님프
다, 여신이다, 마이날로산[25]에 사는 바쿠스 신의 무녀다!'

---

24) 전설 속의 동물로 불 속에서 살 수 있다고 믿어졌다.

그때 그 '불도마뱀'의 땋아 늘인 머리가 풀려, 거기에 꽂혀 있던 노란 구리쇠 조각 하나가 땅바닥에 굴러떨어졌다.

"아, 아니잖아! 집시 계집애로군." 그는 말했다.

모든 환상이 걷혀버렸다.

그녀는 다시 춤추기 시작했다. 그녀는 땅바닥에서 두 자루의 칼을 집어 들어, 칼끝을 이마에 대고 자기가 도는 것과 반대 방향으로 그것을 돌렸다. 과연 한낱 집시 여인에 불과했다. 그러나 아무리 그랭구아르가 환멸을 느꼈다 하더라도, 그 광경 전체는 마력과 매력이 없지 않았으니, 기쁨의 화톳불은 강렬한 붉은 불빛으로 장면을 환히 비추고, 빙 둘러서 있는 군중의 얼굴에, 그 젊은 아가씨의 이마에 뛰노는 불빛은 광장의 안쪽까지, 한편으로는 '기둥 집'의 낡아 쭈그러진 검은 정면 위에, 또 다른 편으로는 돌 교수대의 가지 위에 사람들의 그림자로 흔들리는 희번한 반사광을 던지고 있었다.

그 불빛이 주홍빛으로 물들이고 있는 수천의 얼굴 가운데, 다른 누구보다도 더 춤추는 아가씨를 골똘히 들여다보고 있는 것 같은 하나의 얼굴이 있었다. 그것은 준엄하고 침착하고 침울한 사내의 얼굴이었다. 주위 군중에 옷이 가려져 있는 이 사나이는 서른다섯 살이 넘어 보이지는 않았으나, 대머리여서 관자놀이에 반백이 된 듬성듬성한 머리털이 몇 뭉치 겨우 있을까 말까 하였고, 높고 넓은 이마에는 주름살이 패기 시작하

---

25) 그리스 펠로폰네소스 반도의 중앙 고지 아르카디아(Arcadie)에 있는 산이다.

고 있었지만, 쑥 들어간 눈에는 비상한 젊음이, 타오르는 생명이, 깊은 정열이 깃들어 있었다. 그는 그 눈을 집시 여인에게서 줄곧 떼지 않고 있었는데, 그 열여섯 살의 아가씨가 모든 사람들이 즐거워하는 가운데 미친 듯이 춤을 추고 사뿐사뿐 뛰고 있는 동안에, 이 사나이의 몽상은 더욱 침울해져 가는 듯했다. 때때로 미소와 한숨이 그의 입술 위에서 마주치곤 했으나, 미소는 한숨보다도 더 고통스러웠다.

아가씨는 숨이 차서 이윽고 춤을 멈추었고, 민중은 신나게 박수갈채를 보냈다.

"잘리." 집시 여인이 말했다.

그러자 그랭구아르는, 여태껏 보지 못하고 있었던 염소 한 마리가, 금빛 뿔과 금빛 발과 금빛 목 고리를 가진 민첩하고 활발하고 반짝반짝 윤이 나는 예쁜 흰 새끼 염소 한 마리가, 양탄자 한쪽 구석에 내내 쭈그리고 앉아서 주인 아가씨가 춤추는 것을 바라보고 있다가 일어나서 오는 것을 보았다.

"잘리," 춤추는 아가씨는 말했다. "이제 네 차례다."

그러고는 앉아서 그 탬버린을 맵시도 아리땁게 염소에게 내밀었다.

"잘리." 그녀는 계속했다. "지금은 몇 월이지?"

염소는 앞발을 들어 탬버린을 한 번 쳤다. 과연 그때는 1월이었다. 군중은 환호성을 질렀다.

"잘리," 아가씨는 그 바스크 탬버린을 다른 쪽으로 돌리면서 다시 말했다. "오늘은 며칠이지?"

잘리는 작은 금빛 발을 들어 탬버린을 여섯 번 쳤다.

"잘리," 이집트 아가씨는 여전히 탬버린을 새로 돌려놓으면서 말을 계속했다. "지금은 몇 시지?"

잘리는 일곱 번 쳤다. 같은 순간에 '기둥 집'의 큰 시계가 7시를 울렸다.

사람들은 경탄하고 있었다.

"저건 마술이다." 군중 속에서 어떤 음산한 목소리가 말했다.

그것은 보헤미아 계집애[26]에게서 눈을 떼지 않고 있던 대머리 사나이의 목소리였다.

그녀는 바르르 몸을 떨며 돌아보았다. 그러나 박수갈채가 터져 나와 그 음침한 고함 소리를 덮어버렸다.

박수갈채는 그녀의 머릿속에서도 그 고함 소리를 완전히 씻어버려, 그녀는 다시금 염소에게 계속 질문했다.

"잘리, 성촉절[27] 때, 시의 기마대장 기샤르 그랑레미 나리가 어떻게 하지?"

잘리는 뒷발로 일어서서 매매 울면서 어떻게나 점잖게 걷기 시작하던지, 둘러서 있는 구경꾼들은 모두 포수대장의 타산적인 신앙심에 관한 그 풍자적인 흉내에 폭소를 터뜨렸다.

"잘리," 아가씨는 더 커져가는 성공에 용기를 얻어 또 말을 이었다. "교회 법정 검사 자크 샤르몰뤼 나리는 어떻게 설교를 하지?"

염소는 궁둥이를 깔고 앉아서 매매 울기 시작하면서 어찌

---

26) 집시 여인을 말한다.

27) 성모의 취결례(取潔禮)를 기리는 축제일. 2월 2일.

나 기묘하게 앞발을 흔드는지, 그 서투른 프랑스어와 라틴어를 제외하고는 몸짓도 억양도 태도도 자크 샤르몰뤼 그대로였다.

그리하여 군중은 더욱더 박수갈채를 보냈다.

"신성모독이다! 독신(瀆神)이다!" 대머리 사나이가 또 외쳤다.

보헤미아 아가씨는 다시 한 번 돌아보았다.

"어머나!" 그녀는 말했다. "그 야비한 사내구나!" 그러고는 아랫입술을 윗입술 너머로 쑥 내밀어 버릇인 양 입을 삐쭉거리고, 발꿈치로 뱅그르르 돌고 나서, 대중의 시여(施與)를 탬버린 속에 받아 모으기 시작했다.

큰 은화, 작은 은화, 방패 동전, 독수리리아르[28]가 비 오듯 쏟아지고 있었다. 그녀는 불쑥 그랭구아르 앞을 지나갔다. 그랭구아르가 되통스럽게 호주머니에 손을 넣었는지라 그녀는 걸음을 멈추었다. "제기랄!" 시인은 제 호주머니 밑바닥의 현실을, 다시 말해 주머니가 텅 비어 있는 것을 발견하고 그렇게 말했다. 그러나 그 아리따운 아가씨는 거기에 선 채, 커다란 눈으로 그를 바라보면서 그에게 탬버린을 내밀고 기다리고 있었다. 그랭구아르는 굵은 땀방울을 흘렸다.

만약 호주머니 안에 페루[29]가 있었더라면 틀림없이 춤추는 아가씨에게 주었을 것이다. 그러나 그랭구아르는 페루가 없었고, 더구나 미국은 아직 발견되지 않았었다.

---

28) 수(sou)의 4분의 1에 해당하는 동전.
29) 여기서는 막대한 재산이라는 뜻이다.

다행히 뜻하지 않은 일이 생겨나서 그를 도왔다.

"꺼져버리지 못하겠느냐, 이집트 메뚜기야?" 하고 날카롭게 외치는 목소리가 광장의 가장 캄캄한 구석에서 솟아 나왔다.

아가씨는 소스라쳐서 돌아보았다. 그것은 더 이상 대머리 사나이의 목소리가 아니었다. 그것은 여자의 목소리, 경건하고 심술궂은 목소리였다.

게다가 보헤미아 아가씨에게 겁을 준 그 고함 소리는, 그곳을 얼쩡거리던 한 패의 아이들을 즐겁게 만들었다.

"투르 롤랑 탑의 은자다." 아이들은 마구 깔깔거리면서 외쳤다. "그 자루 수녀[30]가 으르렁거리네! 저 여편네는 저녁밥을 안 먹었나? 시의 식탁에 뭐든 남은 게 있으면 갖다주자!"

모두들 '기둥 집' 쪽으로 뛰어갔다.

그동안에 그랭구아르는 춤추는 아가씨가 당황한 틈을 타서 사라져버렸다. 그는 아이들이 떠드는 소리를 듣고 자기 역시 저녁밥을 먹지 않았다는 생각이 들었다. 그래서 그는 음식을 차려놓은 식탁으로 달려갔다. 그러나 개구쟁이들의 다리가 그보다 더 좋아서, 그가 도착했을 때는 이미 아이들이 식탁을 깨끗이 치워버린 뒤였다. 파운드당 5솔짜리 시시한 빵 한 덩어리 남아 있지 않았다. 이제 벽에는 1434년에 마티외 비테른이 그려놓은 가느다란 나리꽃 몇 송이만이 장미나무 몇 그루와 뒤섞여 있을 뿐이었다. 변변치 못한 저녁밥이었다.

저녁밥을 먹지 않고 자는 것은 불쾌한 일이지만, 저녁밥도

---

30) 자루를 뒤집어쓰고 있는 수녀. 391쪽 각주 22) 참조.

못 먹고 어디서 자야 할지도 모른다는 것은 더 유쾌하지 못한 일이다. 그랭구아르는 바로 그런 처지에 놓여 있었던 것이다. 빵도 없고, 집도 없었다. 그는 사방에서 자연적 욕구에 쫓기고 있었으며, 그 욕구가 매우 까다로운 것이라고 생각했다. 그는 오래전부터 이런 진리를 발견하고 있었다. 즉 제우스는 염세증이 발작했을 때 인간들을 창조하였고, 현인은 평생 동안 그의 운명이 그의 철학을 계엄령 아래 두고 있다는 것을. 그랭구아르로 말하자면, 그는 이렇게도 완전한 봉쇄를 여태껏 본 적이 없었다. 그는 자기의 밥통이 항복의 북을 울리는 소리를 듣고 있었으며, 기구한 팔자가 자기의 철학에 기아 전술을 쓰는 것은 가당치 못한 일이라고 생각하고 있었다.

이러한 우울한 명상 속에 자꾸만 빠져 들어가고 있을 때, 감미롭기 그지없으면서도 이상야릇한 노랫소리가 들려와, 그는 별안간 몽상에서 깨어났다. 그 젊은 이집트 여인이 노래를 부르고 있었던 것이다.

그녀의 목소리는 그녀의 춤과 같고, 아름다움과 같았다. 그 것은 말로 형용할 수 없는 매혹적인 것이었다. 말하자면 그 어떤 맑고 낭랑하고 경쾌하고 훨훨 나는 것이라고나 할까. 그것은 끊임없이 피어나는 것, 선율, 뜻하지 않은 박자, 그 뒤에 날카로운 치찰음이 섞인 단순한 악절, 그 뒤에 꾀꼬리도 당혹하게 했을, 그러나 늘 조화로움을 잃지 않는 음계의 도약, 그 뒤에 그 젊은 여가수의 젖가슴처럼 위아래로 굽이치는 옥타브의 부드러운 물결침. 그녀의 아름다운 얼굴은 천태만상으로, 가장 자유분방한 영감에서부터 가장 우아한 품위에 이르기까지, 그녀가 부르는 노래의 온갖 변화를 따르고 있었다.

그녀가 부르고 있는 노랫말은 그랭구아르가 모르는 나라말이었고, 그녀 자신도 모르는 것 같았는데, 그만큼 그녀가 노래할 때 짓는 표정은 가사 뜻과 거의 부합되지 않았다. 그리하여 그녀의 입에서 흘러 나오는 네 시구는 미칠 듯이 즐거운 것이었다.

> Un cofre de gran riqueza(운 코프레 데 그란 리케사)
> Hallaron dentro un pilar,(아야론 덴트로 운 필라르,)
> Dentro del, nuevas banderas(덴트로 델, 누에바스 반데라스)
> Con figuras de espantar.(콘 피구라스 데 에스판타르.)

잠시 후, 그녀가 다음의 시절(詩節)에 붙여서 부르는 곡조를 들을 때,

> Alarabes de cavallo(알라라베스 데 카바요)
> Sin poderse menear,(신 포데르세 메네아르,)
> Con espadas, y los cuellos,(콘 에스파다스, 이 로스 쿠에요스,)
> Ballestas de buen echar.(바예스타스 데 부엔 에차르.)[31]

---

31) 빅토르 위고의 형 아벨 위고(Abel Hugo, 1798~1855)가 1822년 출판한 로만세로(스페인 중세 전승 서사시) 모음집 *Romances historiques traduites de l'espagnol*에 수록된 단편 *Entra el rey D.R. en la casa de Hercules*에서 인용했다. 빅토르 위고는 아벨의 오류를 그대로 범하고 있고, 그와 마찬가지로 임의대로 사행시로 구분해 놓았다. 마지막 두 시구를 원문(Con espadas a los

그랭구아르는 자기 눈에 눈물이 솟는 것을 느꼈다. 그러나 그녀의 노래는 무엇보다도 기쁨을 나타내고 있었고, 그녀는 새처럼 고요하고 태평하게 노래 부르고 있는 듯했다.

보헤미아 아가씨의 노래는 그랭구아르의 몽상을 흐려놓았으나, 그것은 백조가 물을 흐려놓는 것과 같았다. 그는 그녀의 노래를, 말하자면 황홀하게 만사를 잊고 들었다. 그가 괴로움을 느끼지 않은 것은 몇 시간 만에 처음이었다.

짧은 시간이었다.

보헤미아 아가씨의 춤을 중단시켰던 여자의 목소리가 그녀의 노래를 멎게 한 것이다.

"아가리 닥치지 못하겠느냐, 지옥의 매미야?" 그녀는 여전히 광장의 똑같은 캄캄한 구석에서 외쳤다.

가엾은 '매미'는 뚝 그쳤다. 그랭구아르는 귀를 막았다.

"아!" 하고 그는 외쳤다. "빌어먹을 이 빠진 톱 같으니라고, 리라를 부숴놓다니!"

그동안에 다른 구경꾼들도 그와 마찬가지로 투덜거리고 있었다. "뒈져라, 망할 놈의 수녀 같으니!"라고 말하는 사람이 한둘이 아니었다. 그리고 만약 바로 이때, 그 모든 횃불들을 켜들고 와글와글 떠들면서 숱한 거리와 네거리를 쏘다닌 뒤에 그레브 광장으로 쏟아져 나오는 광인 교황의 행렬에 그들의

---

cuellos/ Ballestas de bien tirar.)대로 바꾸면, 다음과 같이 번역할 수 있다. '값진 상자 하나를/ 그들은 기둥 속에서 발견하였네,/ 그 안에는 무서운 얼굴들이 그려진/ 새로운 군기들이 들어 있었네.// 아라비아의 기사들이/ 꼼짝도 못하리만큼,/ 칼을 차고 목에는 매고 있었네,/ 잘 나가는 강철 활들을.'

주의가 쏠리지 않았더라면, 눈에 보이지 않는 그 흥을 깬 노파는 보헤미아 아가씨를 공격한 탓으로 톡톡히 영금을 보았을지도 모른다.

독자들이 재판소에서 떠나는 것을 보았던 그 행렬은 도중에 파리의 모든 불량배며 한가한 도둑놈들이며 놀고 있는 부랑자들로 조직되고 보충되었으므로, 그레브에 도착했을 때는 어마어마한 광경을 나타내고 있었다.

맨 먼저 이집트가 행진하고 있었다. 선두에 이집트 공작이 말을 타고 오는데, 백작들이 그의 말고삐와 등자(鐙子)를 붙잡고 걸었고, 그들 뒤로는 이집트 남자와 여자 들이 그들의 어깨 위에서 고래고래 소리를 지르는 어린애들과 함께 뒤죽박죽 따르고 있었는데, 모두들, 공작도 백작들도 서민들도, 누더기와 야하게 번쩍거리는 옷을 입고 있었다. 다음에는 곁말의 왕국, 다시 말해, 프랑스의 모든 도둑놈들이 계급 순으로 늘어섰는데, 지위가 가장 낮은 자들이 앞장서고 있었다. 그리하여 이 이상한 단체의 가지가지 계급장을 달고서 넷씩 넷씩 열을 지어 행진했는데, 대부분이 병신들로서, 어떤 이들은 절름발이요, 또 어떤 이들은 곰배팔이요, 점방 땅딸보, 조개껍질, 공수병자, 거품쟁이, 대머리, 골골꾼, 깡통, 목발, 야바위꾼, 수중다리, 불 거지, 비렁 장사치, 상이용사, 새끼 거지, 대감, 부관이었다.[32] 일일이 열거하자면 호메로스도 지칠 지경이다.[33] 곁말

---

32) Sauval I, 514에서 인용한 것인데, 이러한 곁말들은 우리말로 쉽게 와닿지 않는 것들이 있으니, 설명을 덧붙인다.
점방 땅딸보: '겨울에만 빌어먹던' 위장 실직자./ 조개껍질: 조개껍질을 가지

왕국의 임금인 왕초가 커다란 두 마리 개가 끄는 조그만 수
레 안에 부관과 대감 들로 이루어진 참모부에 둘러싸여 쭈그
리고 앉아 있는 것을 사람들은 분간하기 힘들었다. 곁말 패들
의 왕국 다음에는 갈릴레 제국[34]이 오고 있었다. 갈릴레 제
국의 황제 기욤 루소는 포도주로 얼룩진 진홍빛 긴 옷을 입고
서, 서로 치고 때리고 검무를 추는 어릿광대들을 앞세우고, 회
계원들과 간부들, 그리고 재판소 회계실의 서기들을 좌우에
거느리고 위풍당당하게 걸었다. 끝으로 재판소 서기단이 꽃으
로 장식된 5월의 나무를 들고, 검은 법의를 입고, 마녀들의 밤
잔치에 어울리는 음악을 울리면서 굵은 노란 양초를 들고 뒤
따랐다. 이 군중의 한복판에는, 서기단의 광인 극단이 흑사병

고 다니던, 생자크 또는 생미셸의 가짜 순례자./ 공수병자: 미친 개나 여우
에 물렸다고 자칭하며 성 위베르에게 병 치료를 기원하러 간다고 내세우던
자./ 거품쟁이: 입속에 감춘 비누 조각으로 거품을 내던 가짜 간질 환자./ 대
머리: 생트렌의 순례로 독두병을 고쳤다고 가장하던 자./ 골골꾼: 흉측하게
꾀죄죄한 손수건을 이마에 두르고 병으로 골골하는 체하던 자./ 깡통: 깡통
을 허리에 차고 누더기를 걸치고 넷씩 짝지어 다니던 자./ 목발: 늘 목발을
짚고 다니던 자./ 야바위꾼: 한 동아리끼리 노름하며 잃는 체해서 다른 노름
꾼들을 끌던 소매치기 또는 어린 거지./ 수중다리: 수종 환자를 가장하거나
가짜 궤양을 드러내 보이던 자./ 불 거지: 화재로 거지가 되었다고 자칭하던
자./ 비렁 장사치: 전쟁이나 화재, 기타의 사고로 장사가 망했다고 내세우던
자./ 상이용사: 가짜 상이군인./ 새끼 거지: 어린 동냥아치./ 대감: 곁말 왕국
의 입법자./ 부관: 가짜 문둥이.
33) 『일리아스』의 2권에서 호메로스는 아카이아의 수장들을 장황하게 열거
하고 있다.
34) 가난한 학생들과 재판소 서기들로 구성된 흥행단. 앞의 두 군단과는 성
격이 조금 다르다. 167쪽 각주 70) 참조

이 퍼졌을 때 성 주느비에브[35]의 성골함에 켰던 것보다도 더 많은 촛불들로 밝혀진 들것을 어깨에 메고 오고 있었다. 그리고 이 들것 위에는 석장(錫杖)을 짚고, 법의를 입고, 삼중 관을 쓴, 새로 뽑힌 광인 교황이, 노트르담의 종지기가, 꼽추 카지모도가 빛나고 있었다.

이 괴상망측한 행렬은 무리마다 제각기 특유의 악대를 가지고 있었다. 이집트 패들은 그들의 발라폰[36]과 아프리카 북을 울리고 있었다. 곁말 패들은 음악과는 거의 관계가 없는 족속이었지만 그래도 비올라와 염소 나팔[37]과 12세기 고트족의 이현호궁(二絃胡弓)[38]을 갖고 있었다. 갈릴레 제국도 별로 나을 것이 없었다. 그들의 악대 속에서는, 아직도 레 라 미의 세 음계에서 벗어나지 못한, 예술의 유년기에 속하는 시시한 삼현호궁[39]같은 것이 겨우 눈에 띌까 말까 할 정도였다. 그러나 광인 교황의 주위에서는, 당시의 모든 악기들이 듬뿍 모여서 귀에 거슬리는 소리를 내고 있었다. 플루트와 금관악기는 제쳐놓고라도, 소프라노 삼현호궁이 있고, 알토 삼현호궁이 있고, 테너 삼현호궁이 있었다. 아, 슬픈 일이로다! 그것이 바로

---

35) Sainte Geneviève. 성 주느비에브는 5세기 훈족의 침략에 맞서 파리를 지킨 여인으로서, 파리의 수호신이 되었다. 위기가 닥쳐왔을 때 사람들은 그녀의 성골함을 들고 파리 시내를 행렬했다.

36) 하모니카와 비슷한 아프리카의 악기.

37) 염소 가죽으로 덮은, 오랜 고대의 나무 관악기.

38) 중세의 음유시인이 사용하던 이현(二絃)의, 일종의 원시적인 바이올린.

39) 이현호궁과 같은 종류이지만, 좀 더 완성된 삼현의 악기. 음색에 따라 세 가지로 구분된다.

그랭구아르의 교향악대였다는 것을 독자들은 기억하고 있을 것이다.

재판소에서 그레브에 이르는 길에 카지모도의 추악한 슬픈 얼굴이 어느 정도로 자랑스러움과 행복감으로 반짝이게 되었는지 설명하기는 어렵다. 그는 여태껏 모욕과 제 처지에 대한 경멸과 제 몸에 대한 혐오감밖에 몰랐다. 그러므로 그는 아무리 귀머거리라 할지라도, 제가 미움받고 있다고 느끼고 있기에 저 역시 미워하는 그 군중의 박수갈채를 진짜 교황처럼 즐기고 있었다. 그의 백성이 미치광이들과 병신들과 도둑들과 비렁뱅이들의 떼거리라 할지라도 무슨 상관이냐! 아무튼 그들은 백성이고 그는 군주인 것이다. 그리하여 그는 그 모든 아이로니컬한 환호를, 그 모든 우롱 섞인 존경을 진실한 것으로 받아들였다. 그러나 군중의 존경과 환호 속에는 매우 현실적인 두려움도 약간 섞여 있었다는 것을 말해 두지 않으면 안 되겠다. 왜냐하면 이 꼽추는 실팍졌으니까. 이 앙가발이는 날쌨으니까. 이 귀머거리는 심술궂었으니까. 이 세 가지 특징이 조롱을 완화시켰던 것이다.

게다가 새로 뽑힌 광인 교황이, 스스로 느낀 감정과 자기가 불러일으킨 감정을 이해하고 있었으리라고는 도저히 생각할 수 없다. 이 못생긴 육체 속에 깃들어 있던 정신은 그 자체가 필연적으로 불완전하고 희미한 무언가를 가졌다. 그러므로 그가 그때 느낀 것은 그에게는 매우 막연하고 흐리멍덩하고 몽롱한 것이었다. 다만 기쁨이 드러나 보이고 자랑이 넘쳐흐르고 있을 뿐이었다. 이 음산하고 불행한 얼굴의 주위에는 반짝

임이 있었다.

그러므로 그렇게 반도취 상태에 잠겨 있는 카지모도가 '기둥 집' 앞을 의기양양하게 지나가고 있을 때 난데없이 군중 속에서 한 사나이가 뛰어나와 격분한 듯이 그의 손에서 광인 교황의 표지인 금빛 나무 석장을 빼앗는 것을 보았을 때, 사람들은 놀라고 질겁하지 않을 수 없었다.

이 사나이, 이 대담한 사나이는 대머리가 벗겨진 그 사람, 조금 전에 보헤미아 아가씨의 구경꾼들 틈에 섞여 있다가 위협과 증오의 말로 그 가엾은 아가씨를 오싹하게 만들었던 바로 그 사람이었다. 그는 성직자의 옷을 입고 있었다. 그가 군중 속에서 나왔을 때, 그때까지는 전혀 그를 보지 못하고 있던 그랭구아르는 그를 알아보았다. "저런!" 그는 깜짝 놀라 외쳤다. "나의 헤르메스[40] 선생님, 클로드 프롤로 부주교 나리가 아닌가! 대관절 저 흉측한 애꾸눈이에게 무슨 볼일이 있단 말이지? 잡아먹히시겠다."

과연 무서운 고함 소리가 났다. 무시무시한 카지모도가 들것에서 뛰어내렸고, 여자들은 그가 부주교를 갈가리 찢어놓는 것을 보지 않으려고 눈을 돌렸다.

그는 신부에게 단숨에 뛰어가 그를 바라보고 무릎 꿇었다.

신부는 그의 삼중 관을 확 벗겨내고, 석장을 잡아 부러뜨리

---

40) Hermes Trismegistos. 헤르메스 트리스메기스토스. 그리스신화의 헤르메스 신과 이집트의 토트(Thoth) 신이 결합된 헬레니즘기의 신. 마술, 점성술, 연금술 등 모든 신비술의 창시자로 여겨지며, 전설 속 현자로 묘사되기도 한다.

고, 번쩍거리는 법의를 잡아 찢어버렸다.

카지모도는 여전히 무릎을 꿇은 채 머리를 조아리고 두 손을 마주 잡았다.

그런 뒤에 그들 사이에는 신호와 몸짓의 이상한 대화가 벌어졌다. 어느 쪽에서도 말을 하지 않고 있었다. 신부는 서서 성을 내어 윽박지르고 명령하는 것 같았다. 카지모도는 엎드려서 공손한 태도로 애원하는 것 같았다. 하지만 카지모도는 엄지로 신부를 으깨어버릴 수도 있었으리라.

이윽고 부주교는 카지모도의 억센 어깨를 사정없이 잡아 흔들고, 일어나서 따라오라고 손짓했다.

카지모도는 일어섰다.

그러자 처음엔 어리둥절했다가 정신을 차린 광인 극단은 그처럼 갑자기 옥좌에서 쫓겨난 자기네들의 교황을 지키려 했다. 이집트 패들도, 곁말 패들도, 법원 서기단도 모두 몰려와 신부를 에워싸고 떠들어대기 시작했다.

카지모도는 신부 앞에 와 서서 그의 튼튼한 두 주먹을 휘둘러 보이고, 성난 호랑이처럼 이를 아드득 갈면서 덤벼드는 자들을 쏘아보았다.

신부는 평소의 침울하고 근엄한 태도로 되돌아가, 카지모도에게 몸짓을 하고는 말없이 물러갔다.

카지모도는 가는 길에 군중을 흩뜨리며 신부 앞에서 걸어갔다.

그들이 군중을 헤치고 광장을 지나갈 때 한가로운 구경꾼 떼거리들이 그들을 따라가려 했다. 그러자 카지모도는 뒤로 돌아 뒷걸음치면서 부주교를 따라갔다. 땅딸막한 키에, 험상궂고 괴물 같은 몰골로 우뚝 서서, 팔다리를 힘껏 놀리고, 멧돼지 같은 이빨을 핥고, 들짐승처럼 으르렁거리고, 손짓이나 눈짓 하나로 군중에게 어마어마한 동요를 일으키면서.

사람들은 그들 두 사람이, 감히 아무도 뒤쫓아 갈 수 없는 캄캄한 좁은 거리로 들어가는 것을 보고 있을 뿐이었다. 그처럼 이를 갈아대는 카지모도라는 괴물[41]만으로 능히 길을 막을 수가 있었던 것이다.

"거참 희한하구나." 그랭구아르는 말했다. "그런데 젠장맞을 난 어디서 저녁거리를 찾는담?"

---

[41] '괴물'의 원어인 'chimère' 즉 '키마이라'는 사자의 머리와 가슴팍, 염소의 배, 용의 꼬리를 가진, 불꽃을 토하는 전설 속의 괴물이다.

4장

밤거리에서 미녀를 따라가는 불상사

그랭구아르는 무턱대고 보헤미아 아가씨의 뒤를 따라가기 시작했다. 그는 그녀가 염소와 함께 쿠텔르리 거리로 접어드는 것을 보았다. 그도 쿠텔르리 거리로 들어섰다.

"왜 그럼 안 돼?" 그는 혼자 중얼거렸다.

파리 거리의 실천적인 철학자 그랭구아르는 미녀가 어디로 가는지도 모르고 뒤따라가는 것처럼 공상에 좋은 것은 아무 것도 없다는 것을 진작부터 알고 있었다. 자유의지의 그러한 자발적 포기 속에는, 저도 모르는 사이에 또 하나의 변덕에 자리를 내어주곤 하는 그러한 변덕 속에는, 변덕스러운 자주 성과 맹목적인 복종의 혼합이, 근본적으로 절충적이고 우유 부단하고 복합적이며 모든 극단의 끝을 쥐고서 끊임없이 인간의 모든 성향들의 중간에 매달려 그것들을 상호 중화시키는 정신의 소유자인 그랭구아르가 좋아하는 자유와 예속 사이의 그 어떤 중간적인 것이 있다. 그는 자기 자신을, 두 자석에 의해 반대 방향으로 이끌려, 영원히 위와 아래, 궁륭과 포석, 추락과 상승, 천정(天頂)과 천저(天底) 사이에서 주저하는 저 마호메트의 무덤에 곧잘 비교하곤 하였다.

만약 그랭구아르가 우리 시대에 살고 있다면 고전주의자와 낭만주의자의 중간을 차지할 것이다!

그러나 그는 300년을 살 만큼 그렇게 소박한 사람이 아니었으니, 유감스러운 일이다. 그의 부재는 오늘날 너무도 절실히 느껴지는 공허다.

그런데 이것은 그랭구아르가 곧잘 하는 일이거니와, 그처럼 거리에서 행인(특히 여자)들의 뒤를 따라가는데 어디서 자야 할지 모를 때보다 더 좋은 기분은 없는 것이다.

그래서 그는 골똘히 생각에 잠겨 그 아가씨의 뒤를 걸어가는데, 아가씨는 시민들이 집으로 돌아가고 그날 문을 열어놓았을 유일한 가게인 술집들의 문이 닫히는 것을 보면서 발걸음을 재촉하고 예쁜 염소에게 종종걸음을 치게 하였다.

'어쨌든,' 그는 대충 이런 생각을 하고 있었다. '저 여자는 어디고 잘 데가 있음에 틀림없다. 보헤미아 여자들은 인정이 있으니까. 혹시 누가 알아⋯⋯?'

그런데 그가 머릿속에서 묵살해 버린 이 말 다음의 말줄임표 속에는 뭔지 알 수 없는 꽤 달콤한 생각이 들어 있었다.

그러는 동안 때때로, 문을 닫는 마지막 시민의 무리들 앞을 지나갈 때면, 그들의 대화가 몇 토막씩 그에게 들려와 그의 즐거운 가정(假定)들의 연결을 끊곤 했다.

때로는 두 늙은이가 서로 다가서면서 이야기를 나누었다.

"티보 페르니클 나리, 얼마나 추운지 아시겠소?"

(그랭구아르는 초겨울부터 그런 줄 알고 있었다.)

"그러게 말입니다, 보니파스 디좀 나리! 3년 전인 1480년엔 장작이 한 단에 8솔이나 했는데, 올해도 또 그런 겨울이 되려는 것 아니겠소?"

"체! 그건 아무것도 아니라오, 티보 나리, 1407년 겨울에 비교하면 말이오. 그해는 성 마르티누스 제일부터 성촉절까지 얼어붙었었지요! 어찌나 추위가 지독했던지, 재판소 서기의 붓이 법정에서 세 마디 쓸 때마다 얼곤 했지요! 그래 재판을 기록할 수가 없었지 뭐요!42)"

조금 더 가니, 이웃 여자들이 창가에서 촛불을 켜 들고 있는데, 불이 안개 속에서 톡톡 튀고 있었다.

"댁의 주인 양반께서 그 사고 얘기를 하십디까, 라 부드라크 댁?"

"아니요. 대체 무슨 일인데요, 튀르캉 댁?"

"샤틀레의 공증인 질 고댕 씨의 말이 플랑드르인들과 그 행렬에 질겁해서는, 셀레스틴 수도회원 필리포 아브리요 나리를 떨어뜨려 버렸다지 뭐예요."

"정말요?"

---

42) 이 혹한에 관한 대화는 소발의 저서에서 착상한 것이다.(Sauval I, 201, 203)

"정말이고말고요."

"시민의 말이! 좀 너무하네요. 기마대의 말이었다면 참 볼만했을 텐데!"

그러고는 창들이 닫혔다. 그런데 그랭구아르는 조금 전까지 자기가 무슨 생각을 하고 있었는지 잊고 있었다.

다행히 그는 여전히 자기 앞을 걸어가고 있는 보헤미아 아가씨 덕분에, 잘리 덕분에 이내 생각이 떠올라 중단되었던 생각을 쉽사리 이어갈 수 있었다. 가냘프고 섬세하고 귀여운 그 두 피조물의 조그만 발을, 예쁜 자태를, 맵시 있는 거동을 그는 감탄하고 바라보면서 그들을 서로 혼동할 지경이었는데, 서로 사이가 좋고 친한 걸로 보아서는 둘이 다 아가씨인가 싶었고, 날쌔고 능란하게 사뿐사뿐 걸어가는 것으로 보아서는 둘이 다 염소인가 싶었다.

어느덧 거리는 줄곧 더 캄캄해지고 인적이 뜸해져갔다. 소등 종도 이미 오래전에 울려 이제는 매우 드물게밖에는 포도에 행인을 볼 수 없고, 창의 불빛도 볼 수 없게 되었다. 그랭구아르는 그 이집트 아가씨의 뒤를 따라서, 옛날의 생지노상 묘지 주변에 있는, 고양이가 헝클어놓은 실타래 같은, 저 골목길과 네거리와 막다른 길의 착잡한 미로로 들어갔다. "이 거리들은 도무지 조리가 없구나!" 끊임없이 같은 곳으로 되돌아오고 되돌아오고 하는 그 무수한 에움길을 헤매면서 그랭구아르는 그렇게 말했지만, 그러한 길도 아가씨는 훤히 아는 모양이어서, 조금도 서슴지 않고 더욱더 잰걸음으로 걸어가고 있었다. 그랭구아르로 말하자면, 자기가 어디 있는지, 어느 거리의 모퉁이를 지나가면서 중앙 시장 죄인 공시대의 팔각형 건조물 덩어리를, 이 건조물의 채광창 달린 꼭대기가 베르들레 거리[43]의 아직 불 밝혀진 창문 위에 그 새카만 그림자를 선명하게 던져놓고 있는 것을 보았는지 어떤지 전혀 몰랐다.

얼마 전부터 그는 아가씨의 주의를 끌고 있었다. 그녀는 걱정스러운 듯이 여러 번 그를 돌아보았으며, 심지어 한 번은 걸음을 멈추고, 방긋이 문이 열린 빵집에서 새어나오는 한줄기 불빛을 이용하여 그를 위아래로 유심히 훑어보았는데, 그랭구아르는 그녀가 그렇게 살펴보고 나서, 아까도 그랬던 것처럼, 자기에게 또 입을 살짝 삐쭉거리는 것을 보았다. 그런 뒤에 그녀는 지나쳐버렸다.

그렇게 그녀가 귀엽게 입을 삐쭉거린 것을 보고 그랭구아르는 생각하지 않을 수 없었다. 그렇게 귀엽게 얼굴을 찡그린 데는 확실히 멸시와 조소가 담겨 있었던 것이다. 그러므로 그는 머리를 숙이고 포석을 세면서 좀 더 멀찌감치 떨어져서 아가씨를 따라가기 시작했는데, 어느 길모퉁이에 이르러 그녀가 보이지 않게 되었을 때, 그녀의 날카로운 비명이 그에게 들려왔다.

그는 걸음을 서둘렀다.

거리는 캄캄했다. 그러나 기름을 빨아올린 솜뭉치가, 길모

---

43) 이 거리는 모콩세유 거리와 라 그랑드 트뤼앙드리 거리 사이에 있었는데, 17세기에 와서야 베르들레(Verdelet)라는 이름이 된 것으로, 루이 11세 때는 아직도 메르드레(Merderet)라는 이름을 가지고 있었다. 그런데 'merderet'라는 말은 'Merde(똥)'에서 온 추한 이름이다.

퉁이에 있는 성모마리아 상 아래 쇠살창 안에서 타고 있어서, 그랭구아르는 보헤미아 아가씨가 두 남자의 팔 안에서 버둥거리고, 남자들이 그녀가 소리 지르는 것을 막으려고 애쓰는 것을 알아볼 수가 있었다. 가엾은 염소 새끼는 질겁하여 뿔을 수그리면서 매매 울고 있었다.

"이리 와요, 야경대 양반들." 그랭구아르는 소리를 지르고 용감하게 걸어나갔다. 아가씨를 붙잡고 있던 남자들 중 하나가 그쪽을 돌아보았다. 그것은 카지모도의 무시무시한 얼굴이었다.

그랭구아르는 삼십육계를 놓지는 않았으나 한 걸음도 더 앞으로 나가지 못했다.

카지모도가 그에게 와서 손등으로 한 번 쳐서 그를 포도 위 네 걸음쯤 떨어진 곳에 던져놓고는, 제 한쪽 팔에 명주 목도리처럼 착 휘어진 아가씨를 안고서 어둠 속으로 재빨리 사라져버렸다. 함께 있던 남자는 그를 따라가고, 가엾은 염소는 매매 슬피 울면서 그들 뒤를 쫓아가고 있었다.

"살인이야! 살인이야!" 불행한 보헤미아 아가씨는 외치고 있었다.

"게 섰거라, 몹쓸 놈들아, 그 갈보를 이리 내놓아라!" 난데없이, 옆 네거리에서 쑥 튀어나온 기병 하나가 벽력같은 목소리로 외쳤다.

그것은 손에 장검을 들고 완전무장한 친위헌병대의 한 중대장이었다.

그는 어리둥절해하는 카지모도의 팔에서 보헤미아 아가씨

를 빼내어 자기 말안장에 옆으로 앉혔는데, 무시무시한 꼽추가 정신을 차리고 제 약탈물을 도로 뺏으려고 중대장에게 달려드는 순간, 그의 뒤를 바짝 따라오던 열대여섯 명의 헌병들이 긴 칼을 손에 쥐고 나타났다. 그것은 파리 시장 로베르 데 스투트빌 각하의 명령으로 비밀 순찰을 돌고 있던 친위헌병 분대였다.

카지모도는 포위되고 체포되어 꽁꽁 묶였다. 그는 으르렁거리고 거품을 뿜고 물어뜯고 했는데, 만약 대낮이었다면, 격분으로 더욱 흉악해진 그의 얼굴만 보고도 순찰대가 모조리 뺑소니를 쳐버렸으리라는 것은 전혀 의심할 여지가 없었다. 그러나 밤인 까닭에 그는 가장 무서운 무기인 그의 추악함을 잃어버리고 있었다.

그의 동반자는 싸우는 틈을 타 이미 사라져버리고 없었다.

보헤미아 아가씨는 순찰대장의 안장 위에서 맵시도 아리땁게 몸을 일으켜 두 손을 젊은이의 양 어깨에 올려놓고, 그의 잘생긴 용모와 그가 자기에게 베풀어준 구원을 무척 기뻐하는 듯이 그를 한참 동안 뚫어지게 바라보았다. 그런 뒤에 먼저 침묵을 깨고, 부드러운 목소리를 한결 부드럽게 하면서 그에게 말했다.

"성함이 뭔가요, 헌병 나리?"

"난 페뷔스 드 샤토페르 중대장이오, 어여쁜 아가씨!" 순찰대장은 몸을 반듯이 일으키면서 대답했다.

"고맙습니다." 그녀는 말했다.

그러고는 페뷔스 중대장이 부르고뉴 군대식으로 그의 콧수

염을 쓰다듬어 올리는 동안, 땅에 떨어지는 화살처럼 말 아래로 스르르 내려갔다.

번갯불도 그렇게 빨리 꺼져버리지는 않았을 것이다.

"이런 젠장맞을!" 중대장은 카지모도의 가죽 끈을 꼭 죄어 매게 하면서 말했다. "이런 놈보다 저 갈보를 붙잡아 놓았더라면 더 좋았을 것을."

"별수 있습니까, 대장님?" 헌병 하나가 말했다. "꾀꼬리는 날아가고 박쥐만 남은 거죠."

5장

계속된 불상사

　그랭구아르는 길모퉁이의 성모마리아 상 앞 포도 위에 나가떨어진 채 정신을 잃고 있었다. 그러다가 시나브로 의식을 되찾았다. 처음 한동안은 일종의 반혼수상태 같은 비몽사몽에 빠져 있었는데, 그것은 포근한 맛이 없지 않았고, 보헤미아 아가씨와 염소의 경쾌한 모습이 카지모도의 묵직한 주먹과 뒤범벅되어 꿈결같이 어른거렸다. 그러한 상태는 잠깐밖에 지속되지 않았다. 포석과 접촉한 신체 부분에 꽤 차가운 느낌이 들어서 그는 퍼뜩 정신이 들어 현실로 되돌아왔다. '아니, 왜 이렇게 차갑지?' 하고 불현듯 그는 생각했다. 그제야 자기가 개골창 한가운데 있음을 깨달았다.

　"망할 놈의 곱사등이 외눈박이 거인 같으니라고!" 그는 입속으로 중얼거리고 일어나려 했다. 그러나 그는 너무도 어리둥절하고 너무 심하게 상처를 입은 상태였다. 그래서 그는 그냥 그 자리에 머물러 있지 않을 수 없었다. 그러나 손은 꽤 자유로웠다. 그는 코를 막고 체념할 수밖에 없었다.

'파리의 진창이로군.' 그는 생각했다. (그는 결국 개골창이 자기 집이 될 것이 확실하다고 생각하고 있었던 것이다. 그리고 생각하지 않는다면 집에서 무슨 할 일이 있겠는가?[44]) '파리의 진창은 유난스럽게도 고약한 냄새가 난다. 많은 휘발성 아질산염을 포함하고 있기 때문임에 틀림없다. 게다가 이것은 니콜라 플라멜[45] 선생과 연금술사들의 의견이기도 하다…….'

'연금술사'라는 단어가 불현듯 그의 머릿속에 클로드 프롤로를 떠오르게 했다. 그는 조금 전에 언뜻 보았던 그 폭행의 장면이, 보헤미아 아가씨가 두 남자 사이에서 몸부림치고 있었던 것이며, 카지모도에게 동행인이 있었던 것이 생각났고, 부주교의 우울하고 근엄한 얼굴이 어렴풋이 그의 기억 속을 스쳐갔다. '그렇다면 해괴한 일인걸!' 하고 그는 생각했다. 그러고는 그러한 기지의 사실과 근거에 입각하여 가정의 환상적인 건물을, 저 철학자들의 카드의 성을 쌓아 올리기 시작했다. 그러다가 돌연 다시 한 번 현실로 돌아와서, "아니 이런! 내가 얼었어!" 하고 외쳤다.

아닌 게 아니라, 그곳은 점점 견디기 어려워지고 있었다. 개골창의 물 분자 하나하나가 그랭구아르의 엉덩이에서 발산되

---

44) 라퐁텐의 우화 중 「토끼와 개구리」의 시구에서 인용했다.
45) Nicolas Flamel, 1330~1418. 소르본 대학에서 선서한 작가.

는 열 분자를 뺏어 가, 그의 체온과 개골창의 수온 사이에 가혹하게도 균형이 잡혀가기 시작했던 것이다.

그런데 갑자기 그와는 전혀 다른 성질의 귀찮은 일 하나가 그에게 닥쳐왔다.

한 떼의 아이들, '부랑아'[46]라는 영원한 이름 아래 어느 시대에나 파리의 거리를 쏘다녔고, 우리가 어렸을 적에도 저녁 때 학교에서 나올 때, 우리의 바지가 찢어져 있지 않은 탓에 우리들 모두에게 돌멩이를 던졌던 저 맨발의 거친 꼬마들, 이러한 어린 장난꾸러기들 무리가, 이웃 사람들이 잠들어 있는 것도 아랑곳없다는 듯이 마구 웃고 떠들어대면서, 그랭구아르가 뻗어 있는 네거리 쪽으로 달려오고 있었다. 그들은 뭔지 알 수 없는 보기 흉한 포대 같은 것을 뒤에 끌고 있었는데, 그들의 나막신 소리만 들어도 죽은 사람이 깨어날 지경이었다. 그랭구아르는 아직 완전히 죽어 있지는 않았으므로 반쯤 일어났다.

"어이, 엔캥 당데슈! 어이, 장 팽스부르드!" 하고 그들은 목청껏 떠들어댔다. "길모퉁이 철물 장수 외스타슈 무봉 영감이 방금 죽었어. 여기 그 영감의 짚방석이 있어. 이걸로 기쁨의 화톳불을 피우자. 오늘은 플랑드르의 날이다!"

---

46) 원어는 가맹(gamin)인데, 위고는 『레 미제라블』의 3권 1부 7장에서, "이 말은 1834년", 『클로드 괴』라는 위고 자신의 작품 속에 비로소 인쇄되어 "속어에서 문학 용어로 들어오게" 되었다고 말한다. '가맹'은 '거리에서 난잡한 짓이나 말을 하면서 놀고먹는 어린아이'를 뜻한다. 『레 미제라블』의 가브로슈(Gavroche)는 파리 '가맹'의 전형이다.

그러고는 그랭구아르를 보지 못하고, 그 옆에 와서 바로 그에게 그 짚방석을 던지는 것이 아닌가! 그와 동시에 그들 중 하나가 짚을 한 움큼 쥐고 가서 성모마리아의 등불 심지에서 불을 붙였다.

"이런 빌어먹을!" 그랭구아르는 중얼거렸다. "이젠 너무 뜨거워지는 거 아닌가?"

위태로운 순간이었다. 그는 바야흐로 불과 물 사이에 사로잡힐 판이었다. 그는 안간힘을 다했다. 마치 끓는 물에 삶아질 판인 사전꾼이 빠져나가려고 안간힘을 쓰듯이. 그는 일어나서 개구쟁이들에게 짚방석을 다시 던지고 줄행랑을 놓았다.

"어럽쇼, 하느님!" 아이들이 외쳤다. "철물 장수가 되살아났다!"

그리고 아이들은 아이들대로 달아나버렸다.

짚방석만이 싸움터의 주인으로 남았다. 벨 포레와 르 쥐주 신부, 그리고 코로제[47])가 확언하는 바에 따르면, 이튿날 이 지역의 성직자들이 성대한 예식을 갖추어 그것을 주워다가 생 토포르튄 성당의 보물 박물관에 갖다 놓음으로써, 그 성당지기는 1789년까지 이 모콩세유 거리 모퉁이의 성모마리아 상의 위대한 기적, 1482년 1월 6일에서 7일 사이의 그 기념할 만한 날 밤에 거기에 존재했던 것만으로도, 악마를 희롱하기 위

---

47) 프랑수아 드 벨포레(François de Belleforêt, 1530~1583)는 『여러 저명 작가로부터 뽑은 신기한 이야기들』(1580)의 편자로 알려져 있다. 피에르 르 쥐주(Pierre Le Juge)는 『성 주느비에브 이야기』(1586)와 파리의 수호신에 관한 그 밖의 여러 책들을 썼다. 질 코로제(Gilles Corrozet, 1510~1568)는 이솝의 『우화』를 시로 번역했다.

해 죽으면서 심술궂게도 제 넋을 그 짚방석 속에 감추었던 죽은 외스타슈 무봉에게서 마귀를 쫓아버린 기적을 가지고 꽤 좋은 수입을 올렸다고 한다.

6장

깨진 단지

한참 동안은 다리야 날 살려라 하고 정처 없이 달리면서, 거리의 숱한 모서리에 머리를 찧고, 숱한 개골창을 뛰어넘고, 숱한 골목과 숱한 막다른 길과 숱한 네거리를 건너고, 중앙 시장의 낡은 포도의 온갖 미로를 지나 달아날 길과 구멍을 찾고, 걷잡을 수 없는 공포 속에 아름다운 라틴어 문서의 이른 바 'tota via, cheminum et viaria(모든 도로와 길과 통로)'를 샅샅이 뒤진 뒤에 우리의 시인은 걸음을 멈추었으니, 첫째로는 숨이 찼기 때문이요, 그다음으로는 그의 머릿속에 불쑥 솟아오른 딜레마에, 말하자면 덜미를 잡혔기 때문이다. '아무래도, 피에르 그랭구아르 선생……' 하고 그는 손가락으로 이마를 짚으면서 자기 자신에게 말했다. '자네는 지금 철딱서니 없는 아이처럼 달리고 있는 것 같군. 그 장난꾸러기 꼬마들은 자네가

그들을 두려워하는 것처럼 그렇게 자네를 두려워하진 않았다
네. 자네가 북쪽으로 달아나는 동안 그들의 나막신 소리가 남
쪽으로 달아나고 있는 것을 자네가 들은 것 같다 그런 말이
야. 그렇다면, 둘 중 하나지. 어쩌면 그들은 달아나버렸을지도
몰라. 그런 경우엔 그들이 경황 중에 잊어버리고 갔을 것임에
틀림없는 그 짚방석이야말로, 자네가 오늘 아침부터 찾아다
닌, 자네를 환대해줄 잠자리로서, 성모마리아께서 그녀를 위
해 자네가 그 해괴한 종교의식과 함께 열렬한 갈채를 받은 우
의극을 지어 바친 데 대해 자네에게 보답하려고 기적적으로
보내주신 것이야. 또 어쩌면 어린애들은 달아나지 않았을지도
모르지. 이런 경우엔 그들이 짚방석에 불쏘시개를 갖다 놓았
을 것인즉, 그야말로 자네가 기쁘게 옷을 말리고 몸을 녹이는
데 필요한 좋은 불이 아니겠는가? 좋은 불이든 좋은 잠자리
든 간에, 짚방석은 하늘의 선물이다. 모콩세유 거리 모퉁이의
인자하신 성모마리아께서는 오직 이를 위해 외스타슈 무봉을
죽게 하셨을지도 모르는데, 자네가 이렇게, 자네가 앞에서 찾
고 있는 것을 뒤에다 두고, 프랑스군 앞에서 달아나는 피카르
디의 군사처럼 꼬부랑길에서 달아난다는 건 미친 짓이다. 자
네는 참으로 바보다!'

그러자 그는 오던 길로 되돌아가, 사냥개처럼 코를 벌름거
리고 귀를 쫑긋 세워 방향을 가늠하고 이리저리 뒤지면서, 하
늘이 내린 짚방석을 다시 찾아내려고 애썼다. 그러나 허사였
다. 있는 것이라고는 집들의 교차요 막다른 골목들이요 갈라
진 길들뿐이어서, 그는 그 한복판에서, 저 투르넬 궁전[48]의 미

궁보다도 더 얽히고설킨 캄캄한 골목길 속으로 들어가 어찌할 바를 모르고, 끊임없이 머무적거리며 의심하고 있었다. 마침내 그는 안달이 나서 엄숙하게 부르짖었다. "제기랄 놈의 네거리들 같으니라고! 이것은 악마가 제 쇠스랑 모양을 본떠서 만들어 놓은 거야."

이렇게 한탄을 하고 나니 그는 마음이 좀 가벼워졌는데, 때마침 하나의 길고 좁은 골목길 끝에 불그스름한 불빛 같은 것을 보았을 때는 마침내 사기가 올라갔다.

"아이고 고마워라!" 하고 그는 말했다. "저기로구나! 저기서 내 짚방석이 불타고 있어." 그러고는 암흑 속에 빠져 들어가는 뱃사공에 자신을 견주면서, "Salve, maris stella!(안녕, 바다의 별이여!)"[49]라고 경건하게 덧붙였다.

그는 이 연도(連禱)의 한 구절을 성모마리아에게 한 것일까 아니면 짚방석에게 한 것일까? 그것은 나도 전혀 모르는 일이다.

경사지고, 포석이 깔리지 않고, 더욱더 진흙투성이고 기울어져가는 기다란 골목길 안으로 겨우 몇 걸음 들어갔을까 말까 했을 때, 그는 꽤 이상한 것을 보았다. 그 골목길에는 아무도 없는 것이 아니었다. 여기저기 길을 따라, 무엇인지 알 수

---

48) 지금은 파괴되고 없으나, 옛날 파리에, 현재의 보주 광장 자리에 있었던 궁전.

49) 방자크(G. Venzac)는 '이중의 상징적인 오류'라고 지적한다. 첫째, 'salve'가 아니라 'Ave(아베마리아)'이며, 둘째, 'ave, maris stella'는 '연도의 한 구절'이 아니라 성모마리아를 노래한 잘 알려진 찬송가의 첫 대목이다.

없는 막연하고 형체 모를 덩어리들이 기어가고 있었는데, 마치 밤중에 목동의 불을 향해 풀잎에서 풀잎으로 기어가는 저 둔중한 벌레들처럼, 모두들 길 끝에서 흔들거리고 있는 불빛을 향해 가고 있었다.

제 주머니 사정을 느끼지 못할 때처럼 모험을 하게 만드는 것은 아무것도 없다. 그는 계속 걸어나가, 다른 놈들의 뒤를 따라 느릿느릿 기어가는 그 애벌레 같은 것들 중 한 놈에게 이내 따라붙었다. 가까이 가서 보니 그것은 마치 상처를 입어 두 다리밖에 없는 장님 거미처럼, 두 손으로 폴짝폴짝 뛰어가는, 다름 아닌 가련한 앉은뱅이였다. 그가 사람의 상판을 가진 이 거미 같은 것 옆을 지나가는 순간 그것은 그를 향해 처량한 목소리를 냈다. "La buona mancia, signor! la buona mancia!(라 부오나 만치아, 시뇨르! 라 부오나 만치아!)"[50]

"악마에게나 잡혀가라, 이놈아." 하고 그랭구아르는 말했다. "그리고 내가 만약 네 말뜻을 안다면 나도 너와 함께!"

그러면서 그는 지나쳐버렸다.

그는 그 얼쩡거리는 덩어리들 중 또 한 놈을 만나 살펴보았다. 그것은 절름발이인 동시에 곰배팔이인 병신인데, 어찌나 곰배팔이이고 어찌나 절름발이이던지, 그를 떠받치고 있는 협장(脇杖)과 나무 다리의 복잡한 장치가 마치 석공의 걸어가는 비계 같은 모양새였다. 그랭구아르는 고상하고 고전적인 비교를 곧잘 하는지라, 머릿속으로 그를 불카누스[51]의 살아 있는

---

50) '적선 좀 하십시오, 나리! 적선 좀 하십시오!'라는 이탈리아어.

삼각대에 비교했다.

이 살아 있는 삼각대는 지나가는 그에게 인사를 했는데, 이발사의 비누 접시처럼 제 모자를 그의 턱 높이에 갖다 놓고 그의 귀에 입을 대고 외쳤다. "Señor caballero, para comprar un pedaso de pan!(세뇨르 카바예로, 파라 콤프라르 운 페다소 데 판!)"[52]

"이 녀석도 무슨 말을 하고 있는 것 같긴 한데." 하고 그랭구아르는 말했다. "귀에 거슬리는 말이로군. 이 녀석이 이 말을 알고 있다면 나보다도 행복한 놈이렷다."

그런 뒤에 갑작스러운 연상이 떠올라 자기 이마를 탁 쳤다. "그런데 도대체 오늘 아침에 그들이 '라 에스메랄다'라고 한 것은 무슨 뜻이었을까?"

그는 발걸음을 재촉하려 했다. 그러나 세 번째로 어떤 것이 그의 길을 가로막았다. 어떤 것이라기보다는 오히려 어떤 사람인 그것은 소경이었는데, 수염 난 유대인 같은 얼굴을 한 이 작은 소경은 주위의 공간에서 지팡이로 노를 젓고, 커다란 개 한 마리에게 자기를 끌게 하면서, 헝가리어의 억양으로 그에게 콧소리를 내어 말했다. "Facitote caritatem!(퍼치토테 커리터템!)"[53]

---

51) 로마신화에서 불과 대장간의 신으로, 그리스신화의 헤파이스토스에 해당한다.
52) '기사님, 빵 한 조각 살 돈을!'이라는 스페인어. 그러나 'pedaso'는 'pedazo'의 잘못이다.
53) '적선합쇼!'라는 헝가리어.

"거참 반갑군!" 피에르 그랭구아르는 말했다. "마침내 기독교 나라 말을 하는 놈을 하나 만났네. 내 얼굴이 무척이나 적선을 잘하는 사람같이 보이는 모양이지, 내 돈주머니는 바싹 말라 있는데도, 이렇게 모두들 내게 동냥을 구하는 걸 보면. 여보게, (그러면서 그는 소경 쪽으로 돌아섰다.) 난 지난주에 내 하나밖에 없는 셔츠를 팔았네. 자네는 키케로의 말밖엔 못 알아들을 테니, 다시 말하자면, Vendidi hebdomade nuper transita meam ultimam chemisam.(벤디디 헤브도마데 누페르 트란시타 메암 울티맘 케미잠.)54)"

그렇게 말하고 나서 그는 소경에게 등을 돌리고 가던 길을 계속 갔다. 그러나 소경도 그와 동시에 걸음을 재촉하기 시작하고, 별안간 곰배팔이도 앉은뱅이도 역시나, 주발 소리와 포석 위에 목다리 소리를 요란스럽게 내면서 부랴부랴 따라오는 것이 아닌가! 그러고는 셋이서 모두 가엾은 그랭구아르를 서로 밀치락달치락 추격하면서 그에게 그들의 노래를 불러대기 시작했다.

"Caritatem!(카리터템!)" 소경이 노래했다.

"La buona mancia!(라 부오나 만치아!)" 앉은뱅이가 노래했다.

그리고 절름발이는 "Un pedaso de pan!(운 페다소 데 판!)" 하고 되풀이하면서 그 악절을 높여 불렀다.

그는 달리기 시작했다. 소경도 달렸다. 절름발이도 달렸다. 앉은뱅이도 달렸다.

---

54) '난 지난주에 내 마지막 셔츠를 팔았네.'라는 라틴어.

그리고 그가 거리 깊숙이 들어가면 들어갈수록 앉은뱅이들이, 소경들이, 절름발이들이 그의 주위에 더욱더 득실거렸고, 그리고 또 곰배팔이들이, 그리고 또 애꾸눈이들이, 그리고 또 상처 입은 문둥이들이 여기저기 집에서, 혹은 인접한 소로(小路)에서, 혹은 지하실 환기창에서 나오고, 아우성치고, 고함지르고, 으르렁거리는데, 모두들 절뚝절뚝, 그럭저럭 불빛 쪽으로 몰려들고, 비 온 뒤의 괄태충처럼 진창 속에서 뒹굴고 있었다.

　그는 오던 길로 되돌아갈까 하는 생각이 들었다. 그러나 때는 이미 늦었다. 모든 무리들이 그의 뒤를 막고 있는 데다가, 그 세 거지가 그를 붙잡고 있었다. 그래서 그는 계속 걸었다. 그 저항할 수 없는 물결에, 공포심에, 그리고 그 모든 것으로 그에게 일종의 악몽을 만들어주는 현기증에 떠밀려서.

　마침내 그는 거리의 맨 끝에 다다랐다. 그 거리는 널따란 광장으로 이어졌는데, 거기에는 여기저기 흩어져 있는 수천의 불빛이 흐릿한 밤안개 속에 흔들리고 있었다. 그랭구아르는 자기 다리의 속력으로 자기에게 매달린 그 세 명의 병신 유령에게서 헤어날 수 있기를 기대하면서 그 광장으로 뛰어들었다.

　"Ondè vas, hombre!(온데 바스, 옴브레!)"[55] 절름발이가 그의 목다리를 던지면서 외치더니, 파리의 포도에서는 여태껏 정확한 걸음 한번 걸어보지 않았을 멀쩡한 두 다리로 뒤쫓아왔다.

---

55) '어딜 가는 거야, 이 사람아!'라는 스페인어.

그러는 동안에 앉은뱅이는 두 발로 일어서서 그랭구아르의 머리에 무거운 쇠 주발을 씌우고, 소경은 타오르는 듯한 눈으로 그를 똑바로 바라보고 있었다.

"여기가 어디요?" 겁이 난 시인이 말했다.

"기적궁(奇蹟宮)[56]이다." 그들에게 어느새 다가와 있던 네 번째 유령이 대답했다.

"정말," 그랭구아르는 말을 이었다. "소경들이 눈으로 보고 절름발이들이 달음질치는 건 나도 잘 보고 있지만, 구세주는 어디 있소?"

그들은 대답은 하지 않고 음산한 폭소만 터뜨렸다.

가엾은 시인은 주위를 둘러보았다. 그는 사실 그 무서운 기적궁에 와 있었던 것이다. 정직한 사람이 이러한 시간에 거기에 들어와 본 적은 결코 없었다. 감히 거기에 들어온 샤틀레의 관리들[57]이나 법원 관할의 헌병들이 산산조각 나서 사라져버리던 마법의 지대. 도둑놈들의 도시, 파리의 얼굴에 붙어 있는 보기 흉한 무사마귀. 수도의 거리에는 언제나 으레 넘쳐 흐르게 마련인 저 죄악과 구걸과 방랑의 개골창이 아침마다 거기서 흘러나오고 밤마다 거기로 되돌아와 괴어서 썩는 시궁창. 그 군거족(群居族)의 모든 무늬 말벌들이 따 모은 것을 저녁에 가지고 돌아가는 기괴한 벌통. 집시, 환속한 수도자, 타락한 학생, 스페인 이탈리아 독일 등 온갖 나라의 망나니들이,

---

56) 파리의 중심부인 현재의 중앙 시장 지대에 있었다. 1656년에야 비로소 이 법외자들의 소굴은 경찰에 소탕되었다.

57) 경찰관을 뜻한다.

유대교도 기독교도 회교도 우상숭배자 등 온갖 종교의 무뢰한들이, 위장한 상처투성이가 되어, 낮에는 비럭질을 하는가 하면, 밤에는 불한당으로 바뀌는 가짜 병원. 한마디로 말해서, 도둑질과 매음과 살상이 파리의 포도 위에서 연출하는 저 영원한 연극의 모든 배우들이 이 시대에 옷을 입고 옷을 벗는 거대한 탈의실.

당시 파리의 모든 광장이 그러했듯이, 그것은 포석도 제대로 깔리지 않은 고르지 못한 널따란 광장이었다. 불이 여기저기서 타고 있었는데, 그 주위에는 기이한 떼거리들이 득실거리고 있었다. 그 모든 것이 왔다 갔다 하고, 소리를 지르고 있었다. 날카로운 웃음소리, 어린애들의 울음소리, 여자들의 목소리가 들렸다. 군중의 손들이며 머리들이 환히 빛나는 배경 위에 새카맣게 드러나 온갖 괴이한 몸짓을 그려냈다. 불빛이 일정치 않은 커다란 그림자에 섞여서 흔들리는 땅 위로 때때로, 사람 같은 개 한 마리가 지나가는가 하면, 개 같은 사람 하나가 지나가는 것을 볼 수 있었다. 종족과 종(種)의 한계가 이 도시에서는 마치 악마의 소굴에서처럼 사라진 것 같았다. 남자도 여자도 짐승도 연령도 성(性)도 건강도 병도, 모든 것이 이 족속 사이에서는 한가지인 것 같았다. 모든 것이 섞이고 합쳐지고 겹쳐지고 함께 어울려 있었다.

그랭구아르는 당황한 와중에도, 흔들리는 희미한 불빛으로 거대한 광장 주위에 낡은 집들이 보기 흉하게 둘러서 있는 것을 알아볼 수 있었는데, 저마다 한두 개씩 뚫려 있는 채광창에 불빛이 보이는, 쪼그라지고 오그라든 케케묵은 집들의 정면이 그에게는 어둠 속에서 기괴하게 찌푸린 얼굴을 하고 뺑 둘러서서 눈을 깜박거리며 악마들의 야회를 바라보는 늙은 여자들의 커다란 머리처럼 보였다.

그것은 마치 하나의 새로운 세계, 이제껏 들어보지도 못한, 기괴망측한, 파충류의, 개미의, 환상적인 미지의 새 세계와도 같았다.

더욱더 겁이 나고, 마치 세 개의 집게처럼 세 거지에게 붙잡히고, 주위에서 물결치고 짖어대는 한 떼의 다른 얼굴들로 귀가 멍해진 그랭구아르, 이 불운한 그랭구아르는 혹시 오늘이 토요일[58]인지 아닌지 생각해 내기 위해 침착을 되찾으려고 애썼다. 그러나 그의 노력은 허사였다. 기억과 생각의 줄은 끊어졌고, 모든 것을 의심하고, 자기가 보는 것과 느끼는 것 사이에서 흔들리면서, 그는 이 풀 수 없는 질문을 자신에게 던지는 것이었다. '내가 존재하는 것은 저것이 존재해서일까? 저것이 존재하는 것은 내가 존재해서일까?'

그때 뚜렷한 고함 소리가 그를 둘러싼 소란한 군중 속에서 솟아올랐다. "저놈을 임금님께 끌고 가자! 저놈을 임금님께 끌고 가자!"

"오, 성모마리아여!" 그랭구아르는 중얼거렸다. "이곳의 임금님이란 염소[59]임에 틀림없어."

"임금님께 끌고 가! 임금님께 끌고 가!" 모두들 이구동성으

---

58) 전설에 의하면 토요일은 남녀 마법사들이 법석을 떠는 야회의 날이다.
59) 악마가 취하는 여러 형태 가운데 하나는 염소였다고 한다.

로 외쳤다.

그는 끌려갔다. 서로 앞다투어 그에게 덤벼들었다. 그러나 세 거지는 놓지 않고, "이건 우리 거야!" 하고 부르짖으면서 딴 사람들로부터 그를 뺏어내는 것이었다.

이미 병든 시인의 저고리는 그 싸움판에서 마지막 한숨을 내쉬었다.

끔찍한 광장을 가로질러 갈 때, 그의 현기증은 사라졌다. 몇 걸음 걷고 나자 그에게 현실감이 돌아왔다. 그는 그곳 분위기에 익숙해지기 시작했다. 처음 순간에는 그의 시인다운 머리에서, 또는 아마 아주 단순하고 평범하게 말해서, 그의 텅 빈 밥통에서 일종의 연기가, 말하자면 일종의 김이 솟아올라, 이것이 물체들과 그의 사이로 퍼져서, 그에게 그것들을 갈피를 잡을 수 없는 악몽의 안개 속에서만, 모든 윤곽들을 떨게 하고, 모든 형체들을 찌그러지게 하고, 사물들을 터무니없이 큰 집단들로 모아 쌓이게 하고, 물건들을 괴물로, 인간들을 유령으로 잡아 늘여놓는 저 꿈의 암흑 속에서만 아련히 보이게 했다. 그러다가 시나브로 그러한 환각에 이어 덜 당황하고 덜 과장하는 눈이 돌아왔다. 현실이 그의 주위에 나타나 그의 눈에 부딪치고 그의 발에 부딪쳐, 처음에 그가 자기를 둘러싸고 있다고 생각했던 그 무서운 시(詩)를 산산이 부서뜨렸다. 그는 자신이 삼도내[60]가 아니라 진창 속을 걸어가고 있고, 악마들이 아니라 도둑놈들과 팔꿈치를 맞대고 있다는 것을, 그리고

---

60) 불교에서 사람이 죽어서 저승으로 가는 도중에 건너게 된다는 내.

자기의 영혼이 아니라 단순히 생명이 문제 되고 있다는 것을 (왜냐하면 강도와 양민 사이에 그렇게도 효과적으로 자리를 차지하는 저 귀중한 중재자인 돈주머니가 그에게는 없었으므로) 깨닫지 않으면 안 되었다. 마침내 그 잔치판을 더 자세히 더 침착하게 살펴봄으로써, 그는 마법사들의 집회에서 술집으로 떨어졌다.

기적궁은 사실 술집에 불과했으나, 포도주와 동시에 피로 새빨간, 불한당의 술집이었다.

누더기를 걸친 그의 호송대가 마침내 그를 도정의 끝에 데려다 놓았을 때 그의 눈앞에 나타난 광경은 그를 시(詩)로(비록 지옥의 시라 할지라도) 되돌아오게 하기에 알맞은 것은 아니었다. 그것은 다시없이 범속하고 꾸밈없는 술집이라는 현실이었다. 우리가 만약 15세기에 있는 게 아니라면, 그랭구아르가 미켈란젤로에서 칼로[61]에게 떨어졌다고 말하리라.

널따란 둥근 돌바닥 위에서 활활 타오르면서 그 불꽃으로 당장은 비어 있는 삼발이의 다리를 새빨갛게 달구고 있는 커다란 화톳불 주위에는, 낡아빠진 탁자 몇 개가 여기저기에, 평행이 되도록 가지런히 놓는다거나, 그렇지는 않더라도 적어도 너무나 엉뚱한 각으로 서로 교차되지 않도록 보살핀다거나 하는 기하학적인 배려는 털끝만큼도 없이, 아무렇게나 놓여 있었다. 이 탁자들 위에는 포도주와 맥주가 철철 흐르는 단지 몇 개가 번득거리고 있었고, 그 단지들 주위에는 불과 술로

---

61) Jacques Callot, 1592?~1635. 프랑스의 판화가이자 화가. 화면 구성의 현실주의로 유명하며, 그가 그려낸 인물들은 흔히 가난한 사람과 거지였다.

주홍빛이 된 취한 얼굴이 무수히 모여 있었다. 그들 중 배가 쑥 나온 쾌활한 얼굴의 사나이 하나는 뒤룩뒤룩 살진 뚱뚱한 논다니 하나를 요란스럽게 껴안고 있었다. 곁말로 상이용사라고 불리는 일종의 가짜 군인 하나는 휘파람을 불면서 제 가짜 상처의 붕대를 풀고 아침부터 친친 동여매고 있던, 멀쩡하고 튼튼한 무릎의 저림을 가라앉혔다. 그 맞은편에 수중다리 하나가 앉아서, 애기똥풀과 소 피를 가지고 다음 날의 '하느님 다리'[62]를 준비하고 있었다. 탁자 두엇쯤 떨어진 곳에서는 완전한 순례자 옷차림의 조개껍질 하나가 단조로이 콧소리 내는 것을 잊지 않고 성 여왕[63]의 애가를 더듬더듬 외었다. 딴 곳에서는 젊은 공수병자 하나가 늙은 거품쟁이한테서 간질병 교습을 받고 있었는데, 그 늙은이는 그에게 비누 조각을 깨물면서 거품 내는 기술을 가르쳤다. 그 옆에서는 수종 환자 하나가 제 몸의 부기를 빼면서, 같은 탁자에서 그날 저녁에 훔쳐 온 어린애 하나를 놓고 서로 다투고 있는 너댓 명의 도둑년들에게 코를 막게 하고 있었다. 소발이 말한 것처럼, 2세기 후에 "궁중 사람들에게 무척 우스꽝스럽게 보인 이 모든 상황은 왕에게 심심파적거리가 되었고, 4부로 나뉘어 프티 부르봉 궁의 무대에서 추는 '밤의 왕실 발레'의 등장 무도 노릇을 했다." 1653년의 현장 목격자는 이렇게 덧붙인다. "기적궁 사람들의

---

62) 곁말 패들은 애기똥풀과 소 피를 가지고 상처투성이의 보기 흉한 다리를 꾸며내는데, 그 다리를 '하느님 다리'라고 부르며, 솜씨가 뛰어난 사람은 크게 존경을 받는다.
63) 순례자들의 수호신.

갑작스러운 변신이 이보다 더 잘 연출된 적은 일찍이 없었다. 방스라드[64]는 꽤 멋스러운 시로 그것을 꾸며내 우리들에게 보여주었다."[65]

너털웃음이 도처에서 터져나왔다. 그리고 난잡한 노랫소리도. 옆 사람 말은 듣지도 않고, 저마다 욕지거리와 육담을 뇌까리면서 제 잇속만 차리고 있었다. 단지들이 부딪치고, 단지가 부딪칠 때 싸움이 벌어지고, 이 빠진 단지에 누더기가 찢기고 하였다.

커다란 개 한 마리가 꼬리를 깔고 앉아서 불을 바라다보고 있었다. 어린애들 몇이 이 잔치판에 섞여 있었다. 그 훔쳐 온 아이는 소리를 지르면서 울었다. 또 다른 네 살짜리 뚱뚱한 사내아이 하나는 너무 높은 벤치 위에 다리를 대롱거리고 말없이 앉아 있었는데, 턱이 탁자에 닿아 있었다. 세 번째 아이는 초에서 녹아 흘러내리는 고기 기름을 손가락으로 탁자 위에 엄숙하게 펴 바르고 있었다. 마지막으로 조그만 아이 하나는 진창에 쭈그리고 앉아 솥 안에 거의 파묻히다시피 해서 솥을 기와로 긁고 있었는데, 그 소리를 들었다면 스트라디바리[66]도 기절했으리라.

불 옆에 통 하나가 있고 거지 하나가 그 통 위에 있었다. 그것이 옥좌에 앉은 임금이었다.

---

64) Benserade, 1613~1691. 프랑스의 시인. 루이 14세에게 궁중 오락을 제공한 사람으로서, 베르사유 궁에서 연출된 발레의 모든 개요를 작성했다.
65) Sauval I, 512.
66) Stradivari, 1644~1737. 이탈리아의 유명한 현악기 제조인.

그랭구아르를 붙잡은 세 거지가 그를 이 통 앞으로 끌고 갔다. 그러자 어린애가 들어 있는 솥 소리를 제외하고는, 한동안 잔치판은 쥐 죽은 듯이 고요해졌다.

그랭구아르는 감히 숨도 쉬지 못하고 고개도 들지 못했다.

"Hombre, quita tu sombrero.(옴브레, 키타 투 솜브레로.)[67]"

그를 붙잡은 세 불한당 중 하나가 말했는데, 그것이 무슨 뜻인지 그가 채 깨닫기도 전에, 다른 불한당 하나가 그의 모자를 잡아 벗겨버렸다. 사실 보잘것없는 벙거지긴 하지만, 햇볕이 쬐는 날이나 비가 오는 날에는 아직 쓸모가 있는 것이었다. 그랭구아르는 한숨을 쉬었다.

그러는 동안에 임금은 앉아 있는 통 위에서 그에게 말을 던졌다.

"이 악당은 뭐냐?"

그랭구아르는 떨었다. 위협 투로 거센 발음이기는 했지만, 그 목소리를 들었을 때 그는, 바로 그날 아침에 청중 속에서 "적선 좀 합쇼!"라고 콧소리를 내서 그의 연극에 최초의 타격을 가했던 목소리가 생각났다. 그는 고개를 들었다. 과연 클로팽 트루유푸였다.

클로팽 트루유푸는 임금의 표지를 달고는 있었지만, 누더기 하나 더 걸치거나 덜 걸치지 않았다. 팔에 있던 상처는 이미 사라지고 없었다. 그는 당시의 순경들이 군중을 몰아세울 때 쓰던 '불라이'라고 불리는, 흰 가죽끈 회초리 하나를 손에

---

67) '사나이여, 네 모자를 벗어라.'라는 뜻의 스페인어.

쥐고 있었고, 머리에는 위가 좁아지는 테 두른 일종의 모자를 썼는데, 어린애의 모자인지 왕관인지 분간하기 어려울 정도로 그 두 가지는 비슷하였다.

그러는 동안에 그랭구아르는, 무슨 까닭인지는 몰라도, 기적궁의 왕이 바로 대광실의 그 가증스러운 거지였음을 알아보고 얼마간의 희망을 되찾았다.

"나리," 그는 더듬거리며 "각하…… 폐하……" 하다가 마침내 크레셴도의 절정에 이르러서는 어떻게 더 올라가야 할지 다시 내려와야 할지 몰라서 "뭐라고 불러야 할지 모르겠군요." 라고 실토했다.

"각하든 폐하든 아니면 친구든 간에 너 좋을 대로 불러라. 그러나 빨리 해라. 너 자신을 변호하기 위해 무슨 할 말이 있느냐?"

"'너 자신을 변호하기 위해'라고!' 그랭구아르는 생각했다. '불쾌한걸.' 그는 더듬더듬 다시 입을 열었다. "저는 오늘 아침에……."

"이런 제기랄!" 클로팽은 그의 말을 가로막았다. "네 이름을 말하라, 이 악당아. 그 밖엔 아무것도 필요 없다. 들어라. 너는 강력한 세 군주 앞에 서 있는 거다. 튄의 왕[68]이요, 왕초의 계승자이며, 곁말 왕국의 최고 종주인 나 클로팽 트루유푸와, 저기 머리에 걸레를 두르고 계시는 황색 노인, 이집트와 보헤미아[69]의 공작인 마티아스 운가디 스피칼리, 그리고 저기 우리

---

68) 대장, 왕초의 별명.

얘기를 듣지 않고 갈보를 애무하고 계시는 저 뚱보 양반은 갈릴레[70]의 황제 기욤 루소, 우리 세 사람은 너의 판사다. 너는 곁말 패도 아니면서 곁말 왕국에 들어왔다. 너는 우리 도시의 특권을 침해했다. 네가 야바위꾼이나 골골꾼이나 불 거지가 아니라면, 다시 말해서, 양민들의 곁말로 도둑놈이나 거지나 떠돌이가 아니라면, 너는 벌을 받아야 한다. 너는 그런 놈이냐? 네 무죄를 증명하라. 네 신분을 밝혀라."

"아! 슬픈 일이오만 제겐 그런 명예가 없습니다. 저는 작가입니다……." 그랭구아르는 말했다.

"그것으로 충분하다." 트루유푸는 그가 말을 마치게 두지 않고 다시 입을 열었다. "너를 교수형에 처하겠다. 매우 간단한 일이다, 선량한 시민 나리들이여! 그대들이 그대들의 나라에서 우리의 선량한 시민들을 다루듯이, 우리는 그대들의 시민을 우리 나라에서 다룬다. 그대들이 거지들에게 씌우는 법률을 거지들은 그대들에게 씌운다. 그 법률이 고약하다면 그건 너희들 탓이다. 때때로 저 삼 목줄[71]에 매달린 양민의 찡그린 상을 볼 필요가 있다. 그건 삼 목줄의 명예가 될 것이다.

69) 소발의 저서에서 이집트와 보헤미아라는 두 말은 구별 없이 사용되었다.
70) 갈릴레 제국은 가난한 학생들과 재판소 '회계실'의 서기들로 구성된 흥행단이었다. 이것은 기적궁과는 아무런 관계도 없었으니, 기적궁 속에 곁말 패와 갈릴레 패를 섞어놓은 것은 이집트 패를 곁말 패 속에 섞어놓은 것과 마찬가지로 위고의 잘못이라고 할 수 있다. 다만 위고에게 변명이 되는 것은, 소발의 책 속에서 이집트 패에 관한 장이 기적궁에 관한 장 바로 뒤에 이어진다는 것이다.
71) collier de chanvre. 교수용(絞首用) 밧줄을 가리킨다.

자, 친구, 저 아가씨들에게 기꺼이 네 누더기를 나눠줘라. 거지들을 즐겁게 해주기 위해 이제부터 네 목을 달아매게 하겠으니, 그들이 술을 마시도록 네 지갑을 주어라. 네가 무슨 종교의식을 올려야겠다면, 저기 저 막자사발 속에, 생피에 로 뵈[72]에서 우리가 훔친 썩 좋은 돌 하느님이 있다. 그의 머리 위에 네 넋을 던지도록 4분의 시간을 주겠다."

연설은 무시무시했다.

"참으로 말 잘했다! 클로팽 트루유푸는 교황 성하처럼 설교를 하시는군." 갈릴레 황제가 탁자를 괴기 위해 단지를 깨면서 외쳤다.

"황제님과 상감마마님들," 하고 그랭구아르는 침착하게 말했다.(어찌된 영문인지는 몰라도, 그는 꿋꿋한 태도로 되돌아와 단호한 어조로 말하고 있었다.) "여러분께서는 이 점을 생각하시지 않았습니다. 저는 피에르 그랭구아르라는 시인으로, 오늘 아침에 재판소의 대광실에서 연출한 우의극의 작자입니다."

"아! 선생, 그게 너야!" 클로팽은 말했다. "나도 게 있었지, 제기랄! 그래서! 친구, 네가 오늘 아침에 우리를 싫증나게 했다고 해서, 그게 오늘 저녁에 교수형을 받지 않아도 좋다는 이유가 되느냐?"

'내가 벗어나긴 힘들겠구나.' 하고 그랭구아르는 생각했다. 그러나 그는 또 한번 노력해 보았다. "시인들이 거지들 틈에 끼여서는 안 된다는 법이 어디 있습니까? 방랑자 이솝도 그러

---

72) 시테섬에 있는 생피에 로 뵈 거리의 노트르담 바로 옆에 있었던 성당.

했고, 걸객 호메로스도 그러했고, 도둑 메르쿠리우스도 그러했고……."

클로팽은 그의 말을 가로막았다. "넌 그 알아들을 수 없는 사설로 우리를 어리둥절하게 만들 요량이렷다. 하지만 어림없다. 너무 사양 말고 네 목을 내놓아라!"

"죄송합니다, 퇸 나라님." 그는 한 치도 양보하지 않으려 하면서 대꾸했다. "이건 그럴 필요가 있습니다…… 잠깐만! 제 말을 들어주십시오…… 제 말을 듣지 않고는 제게 선고를 내리실 수 없습니다……."

그의 가련한 목소리는 사실 주위의 소음으로 덮여 있었다. 어린 사내아이가 어느 때보다도 더 정열적으로 솥을 긁고 있었고, 설상가상으로 한 노파가 새빨갛게 달아오른 삼발이 위에 기름으로 가득 찬 프라이팬을 방금 갖다 놓아, 기름이 마치 가면 쓴 사람의 뒤를 쫓아가는 한 떼의 어린애들이 떠드는 것 같은 시끄러운 소리를 내고 있었다.

그러는 동안에 클로팽 트루유푸는 이집트의 공작과 곤드레만드레가 된 갈릴레의 황제와 잠시 의논을 한 것 같았다. 그런 뒤에 그는 날카롭게 외쳤다. "좀 조용히들 하라!" 그런데도 솥과 프라이팬이 말을 듣지 않고 여전히 이중창을 계속하자, 그가 앉아 있던 통에서 뛰어내려 가, 솥을 한 번 걸어차니 그것은 어린애와 더불어 열 걸음쯤 굴러갔고, 프라이팬을 한 번 걸어차니 그 기름은 깡그리 불 속에 쏟아져버렸지만, 그는 어린애의 숨 넘어갈 듯한 울음소리도 아랑곳 않고, 제 저녁밥이 아름다운 하얀 불꽃으로 변해 버린 노파의 투덜거리는 소리도 아랑곳 않고는, 다시 의젓하게 옥좌로 올라갔다.

트루유푸가 신호를 하자, 공작과 황제와 대감 들과 부관들이 와서 말편자 모양으로 그의 주위에 빙 둘러서니, 여전히 꼼짝 못하게 붙잡혀 있는 그랭구아르는 그 한가운데에 서 있게 되었다. 그것은 누더기와 남루한 옷과 싸구려 금속과 쇠스랑과 도끼와 술 취한 다리와 벌거벗은 굵직굵직한 팔과 꾀죄죄하고 흐리멍덩하고 얼빠진 얼굴들의 반원이었다. 이 거지 떼의 원탁 한복판에서 클로팽 트루유푸는 저 원로원의 총독처럼, 저 귀족원의 왕처럼, 저 추기경 회의의 교황처럼, 첫째는 그가 앉아 있는 통의 높이로 말미암아, 그다음으로는 그의 눈동자를 반짝반짝 빛나게 하고 그의 사나운 얼굴 모습에서 그 거지족의 동물적 유형을 중화시키는, 무엇인지 알 수 없는 거만하고 흉포하고 무서운 표정으로 말미암아 우뚝 솟아 있었다. 그것은 마치 돼지 코빼기 틈에 끼인 사람 낯바닥 같았다.

"들어라." 그는 딱딱한 손으로 보기 흉한 제 턱을 쓰다듬으면서 그랭구아르에게 말했다. "너는 교수형을 면할 까닭이 없다. 그게 너에게 불쾌해 보이는 건 사실이겠지. 그건 당연한 일이다. 너희들 시민들은 그것에 익숙하지 않으니까. 너희들은 그걸 대단한 걸로 여기고 있거든. 어쨌든 우리는 네게 나쁜 짓은 않는다. 당분간 네가 곤경을 모면할 수 있는 방법을 주겠다. 넌 우리 패에 들어오겠느냐?"

목숨이 자기에게서 빠져나가는 것을 보고 체념하기 시작하고 있던 그랭구아르에게 그 제안이 어떠한 감명을 주었을지 독자는 판단할 수 있을 것이다. 그는 열정적으로 생명을 붙잡고 늘어졌다.

"물론 그렇게 하고말고요." 그는 말했다.

"그래 넌," 하고 클로팽은 말을 이었다. "단도[73] 패에 들어오는 데 동의한단 말이지?"

"단도 패에, 바로 그렇습니다." 그랭구아르는 대답했다.

"진짜 시민의 일원이 되는 걸 자인하는 거지?" 튄 왕이 다시 물었다.

"진짜 시민이 되겠습니다."

"곁말 패 왕국의 신하가 되는 거지?"

"곁말 패 왕국의 신하가 되겠습니다."

"거지가 되겠지?"

"거지가 되겠습니다."

"진심으로?"

"진심으로."

"그래도 역시," 하고 왕은 말을 이었다. "넌 교수형을 면치 못하리라는 걸 말해 두겠다."

"아이고머니!" 시인은 말했다.

"다만," 클로팽은 침착하게 계속하였다. "나중에 교수형을 당할 것이다. 더 많은 격식을 갖추어서, 선량한 파리시의 비용으로, 아름다운 돌 교수대에서, 양민들에 의해서 말이다. 그건 위안이 되는 것이지……."

"지당하신 말씀입니다." 그랭구아르는 대답했다.

---

73) 소매치기를 가리킨다.

"또 다른 이점들도 있다. 너는 진짜 시민의 자격으로, 파리의 시민들이 치러야 하는, 진흙과 빈민과 초롱불을 위해서는 돈을 치르지 않아도 될 것이다."

"제발 그렇게 되기를 바랍니다." 시인은 말했다. "찬성입니다. 저는 거지요, 곁말 패요, 진짜 시민이요, 단도 패요, 뭐든지 마마께서 바라시는 대로 되겠습니다. 그리고 튄 나라님이시여, 저는 진작부터 그 모든 것이었습니다. 왜냐하면 저는 철학자이니까요. 마마께서도 아시다시피, et omnia in philosophia, omnes in philosopho continentur.(그리고 철학은 모든 사물을 포함하고, 철학자는 모든 인간을 포함합니다.)"

튄 왕은 눈살을 찌푸렸다.

"날 뭘로 아느냐, 친구야? 지금 무슨 헝가리 유대교도의 곁말을 우리에게 지껄이고 있는 거냐? 난 히브리어는 모른다. 불한당이라고 해서 유대교도인 건 아니다. 난 더 이상 도둑질은 하지 않는다. 그건 초월했다. 사람은 죽인다. 목 치기, 그건 한다, 소매치기, 그건 안 한다."

그랭구아르는, 화가 나서 갈수록 더 단속적이고 짤막짤막해지는 그 말 사이에 뭐라고 사과를 해보려고 애썼다. "황공합니다, 각하. 그건 히브리어가 아니라 라틴어올시다."

"내 말은," 클로팽은 흥분하여 말을 계속했다. "난 유대교도가 아니란 말이다. 그리고 널 교수형에 처하겠다는 말이다. 제기랄 놈의 유대교회당 같으니라고! 네 옆에 있는 저 유대의 비렁 장사치 새끼도 마찬가지다. 언젠가는 저 녀석도 한 닢의 가짜 동전처럼 계산대 위에 못 박히는 걸 제발 보고 싶구나!"

그렇게 말하면서 그는, "Facitote caritatem!(퍼치토테 커리터템!)"이라고 하면서 느닷없이 그랭구아르에게 다가섰던 그 수염 난 조그만 헝가리 유대교도를 손가락으로 가리켰는데, 이 헝가리 거지는 다른 나라 말을 모르므로 튄 왕의 노여움이 자기에게까지 넘쳐 쏟아지는 것을 어이없이 바라다보고 있었다.

이윽고 클로팽 각하는 마음을 가라앉혔다.

"악당아!" 그는 우리의 시인에게 말했다. "그래, 너는 거지가 되겠단 말이지?"

"물론입니다." 시인은 대답했다.

"되겠다고 해서 다가 아니다." 무뚝뚝한 클로팽은 말했다. "선의라는 건 수프에 양파를 하나 더 넣어주는 게 아니며, 천국에 가는 데밖에는 쓸모가 없는 거다. 그런데 천국과 곁말은 다른 거다. 곁말 속에 받아들여지려면 네가 어떤 것에 쓸모가 있다는 걸 증명하지 않으면 안 되겠으니, 그러기 위해 마네킹의 호주머니를 뒤져라.[74]"

"뭐든지 원하시는 대로 뒤지겠습니다." 그랭구아르는 말했다.

클로팽은 신호를 했다. 몇몇 곁말 패가 둘러섰던 자리에서 떠났다가 잠시 후에 되돌아왔다. 그들은 말뚝 두 개를 가져왔는데, 아래쪽 끝에는 각각 주걱 모양의 뼈대가 달려서 쉽사리 말뚝이 땅 위에 서게 되어 있었다. 두 말뚝의 위쪽 끝에다 그들은 들보 하나를 가로질러 놓았다. 그러자 그것은 매우 훌륭

---

74) 이 시험의 묘사는 소발의 저서에 따른 것. 실패하는 경우에는 '사정없이 때리는' 것으로 되어 있다.

한 휴대용 교수대가 되었는데, 그것이 눈 깜짝할 사이에 자기 앞에 서는 것을 보고 그랭구아르는 만족스럽게 여겼다. 이제 모자라는 것은 아무것도 없고, 가로장 아래에는 밧줄까지 보기 좋게 흔들리고 있었다.

'저들이 결국 어쩌자는 걸까?' 그랭구아르는 적이 걱정이 되어 생각했다. 바로 같은 순간에 방울 소리가 들림으로써 그의 불안도 끝이 났다. 거지들이 마네킹 하나를 밧줄로 목을 매달아 놓은 것인데, 그것은 일종의 새를 쫓는 허수아비로서, 빨간 옷을 걸쳐놓았고, 30마리의 카스티야 나귀에 달 수 있을 만큼 많은 방울과 작은 종 들을 달아놓은 것이었다. 그 수많은 방울들이 밧줄이 흔들림에 따라서 잠시 떨리고, 그런 뒤에 시나브로 소리가 희미해지다가 마침내, 저 물시계와 모래시계의 자리를 빼앗은 추의 법칙에 의해 마네킹이 움직이지 않게 되자, 소리가 전혀 나지 않았다

그러자 클로팽은 그랭구아르에게 마네킹 아래 놓인 비틀거리는 낡은 의자 하나를 가리켰다. "저 위에 올라가라."

"이런 제기랄!" 그랭구아르는 못마땅하다는 듯이 말했다. "모가지가 부러지겠소. 저 의자는 마르티알리스[75]의 이행시처럼 절름거리는군요. 한쪽 다리는 육각시(六脚詩)고 또 한쪽 다리는 오각시고."

"올라가." 클로팽은 다시 말했다.

---

75) Martialis, 38~103. 로마 시인. 그의 풍자시는 흔히 이행시로 되어 있는데, 두 줄의 음절이 서로 달라서 시가 절름거리는 것같이 보인다.

그랭구아르는 의자 위에 올라갔는데, 머리와 팔이 조금 흔들거리기는 했으나, 마침내 중력의 중심을 되찾았다.

"자 이젠," 튄 왕은 계속했다. "오른발을 왼쪽 다리에 감고 왼발 끝으로 서라."

"각하," 그랭구아르는 말했다. "기어코 제 팔이나 다리가 부러지는 걸 보고 싶으신 겁니까?"

클로팽은 머리를 흔들었다.

"여보게 친구, 너무 말이 많다. 한마디로 말해서 이렇게 하면 되는 거다. 아까 내가 말한 것처럼, 왼쪽 발끝으로 서라. 그렇게 하면 마네킹의 호주머니에 손이 닿을 것이다. 호주머니를 뒤져서 거기에 있는 지갑을 꺼내라. 그 모든 것을 방울 소리가 나지 않게 해내면 좋다. 그러면 너는 거지가 될 것이다. 그리고 우리는 여드레 동안 너를 후려치기만 하면 될 것이다."

"세상에나! 제발 그렇게 안 되길!" 그랭구아르는 말했다. "그리고 제가 방울 소리를 울리게 한다면요?"

"그러면 넌 교수형이다. 알겠느냐?"

"통 모르겠는데요." 그랭구아르는 대답했다.

"다시 한 번 들어라. 저 마네킹의 호주머니를 뒤져서 지갑을 집어내라. 만약 그러는 도중에 단 하나의 방울이라도 흔들리면 너는 교수형을 받을 것이다. 이건 알겠느냐?"

"좋습니다." 그랭구아르는 말했다. "그건 알겠습니다. 그다음엔?"

"만약 네가 방울 소리를 내지 않고 지갑을 꺼내는 데 성공한다면 너는 거지가 되고, 여드레 동안 계속해서 두들겨 맞을 것이다. 이젠 알아들었겠지?"

"아니올시다, 각하. 무슨 말씀인지 모르겠습니다. 그럼 제가 얻는 것은 뭡니까? 이렇게 하면 교수형이고 저렇게 하면 두들겨 맞고……."

"거지가 되는 건?" 그랭구아르는 말을 이었다. "거지가 되는 건 어떻고? 그게 아무것도 아니란 말이냐? 네 몸뚱이를 단단하게 만들기 위해 너를 때려주는 건 네게 이익이 되는 거다."

"대단히 감사합니다." 시인은 대답했다.

"자, 빨리 하자." 임금이 이렇게 말하면서 앉아 있는 통을 발로 두드리자, 그것은 커다란 상자처럼 울렸다. "마네킹을 뒤져라. 그리고 어서 끝내라. 마지막으로 한 번 더 경고하노니, 단 하나의 방울 소리라도 들리면, 너는 마네킹 자리에 매달려야 한다."

곁말 패 떼거리들은 클로팽의 말에 박수갈채를 보내고 교수대 주위에 뺑 둘러섰는데, 그들이 어찌나 잔인하게 웃어대던지, 그랭구아르는 그들이 너무나도 즐거워하고 있는 것을 보아하니 그들을 두려워하지 않을 수 없다는 것을 깨달았다. 그러므로 그에게는 이제 자신에게 강요된 그 무시무시한 시험에 성공하는 가냘픈 기회를 제외하고는 더 이상 아무런 희망도 없었다. 그는 그 기회를 시험해 보기로 결심했으나, 자기가 바야흐로 그 호주머니를 털려고 하는, 어쩌면 그 거지들보다도 더 쉽게 감동시킬 수 있을지도 모를 마네킹에게 먼저 열렬한 기도를 드릴 수밖에 없었다. 그 조그만 구리쇠의 혓바닥을 가진 수천의 방울 하나하나가 그에게는 입을 벌리고 씩씩 소리를 내면서 물려고 덤벼드는 독사들의 주둥이같이 보였다.

"오!" 그는 나지막이 뇌까렸다. "내 목숨이 저 방울들 중에서도 가장 작은 방울의 가장 작은 떨림에 달렸다니, 이럴 수가 있을까? 오!" 그는 두 손을 마주 잡고 덧붙였다. "종이여, 치지 마라! 방울이여, 울리지 마라! 풍경이여, 흔들리지 마라!"

그는 트루유푸에 대해서도 한 번 더 시험해 보았다.

"그리고 만약 바람이 갑자기 불어온다면?" 그는 그에게 물었다.

"너는 교수형이다." 상대방은 서슴지 않고 대답했다.

아무런 유예도, 말미도, 핑계도 있을 수 없음을 깨닫고 그는 씩씩하게 각오를 하였다. 그는 오른발을 왼쪽 다리에 감고, 왼쪽 발끝으로 서서 팔을 뻗쳤다. 그러나 마네킹에 손이 닿는 순간, 한 발밖에 딛지 않은 그의 몸뚱이가 세 발밖에 없는 의자 위에서 비틀거렸다. 그는 기계적으로 마네킹에 기대려다가 그만 균형을 잃고 땅바닥에 덜거덩 떨어졌는데, 마네킹이 그의 손의 압력에 못 이겨 처음에는 뱅글뱅글 돌다가 두 말뚝 사이에서 장엄하게 흔들리는 바람에 수천 개의 방울이 떨리는 숙명적인 소리에 그는 귀가 먹먹하였다.

"망했다!" 그는 떨어지면서 이렇게 외치고는 얼굴을 땅바닥에 대고 죽은 듯이 있었다.

그러는 동안에 그의 머리 위에서 무서운 종소리가 들리고, 거지들의 악마 같은 웃음소리가, 그리고 트루유푸의 목소리가 들렸다. "저 악당을 일으켜 호되게 목을 달아매라."

그는 일어났다. 그에게 자리를 내주기 위해 사람들은 이미 마네킹을 벗겨내고 있었다.

곁말 패들은 그를 의자 위에 올려 보냈다. 클로팽이 다가가서 그의 목에 밧줄을 걸고 어깨를 두드렸다.

"친구여, 안녕! 넌 이제 빠져나갈 길이 없다. 그래도 넌 뱃심 좋게 참아내겠지."

'제발 살려주오.'라는 말이 그랭구아르의 입술에서 사라졌다. 그는 주위를 둘러보았다. 그러나 아무 희망도 없었다. 모두들 웃고 있었다.

"벨비뉴 드 레투알." 튄 왕이 어느 덩치 큰 거지에게 말하자 그가 옆에서 나왔다. "가로장 위로 기어올라가라."

벨비뉴 드 레투알은 가로지른 들보 위에 날쌔게 올라갔고, 잠시 후 그랭구아르는 눈을 들어, 자기 머리 위 가로장 위에 그가 웅크리고 있는 것을 보고 소름이 끼쳤다.

"자, 이제," 클로팽 트루유푸는 말을 이었다. "내가 손뼉을 치면 앙드리 르 루주, 너는 즉시 의자를 무릎으로 쳐서 땅바닥에 쓰러뜨려라. 프랑수아 샹트프뢴, 너는 저 악당의 두 발에 매달려라. 그리고 너, 벨비뉴는 저 녀석의 어깨 위에 뛰어내려라. 그리고 셋이서 모두 한꺼번에. 알아들었느냐?"

그랭구아르는 떨었다.

"다들 됐느냐?" 클로팽 트루유푸는 마치 세 마리 거미가 한 마리 파리에 달려들듯 그랭구아르에게 뛰어들려 하는 세 곁말 패에게 말했다. 클로팽이 불길이 닿지 않는 포도 덩굴 몇 가지를 발끝으로 태연히 불 속에 밀어 넣는 동안, 가엾은 수형자는 무시무시한 기다림의 일순간을 가졌다. "다들 됐느냐?"

그는 되풀이해서 말하고 손뼉을 치려고 손을 폈다. 1초만 더 있었더라도 끝장나 버렸으리라.

그러나 불현듯 무슨 생각이 떠오른 듯 그는 손을 멈추었다. "잠깐!" 하고 그는 말했다. "내가 잊고 있었다! ……우리는 관례상 한 사내의 목을 매달기 전에 그를 갖고 싶은 계집이 있는지 물어보기로 돼 있다. 친구, 이게 네 마지막 방편이다. 넌 여자 거지와 결혼하거나 아니면 밧줄과 결혼하지 않으면 안 된다."

이 보헤미아의 율법이 독자에게는 아무리 진기해 보일지라도, 오늘날까지도 영국의 옛 법률 속에 자세히 적혀 있다. '버링턴스 오브저베이션스(Burington's Observations)'를 보라.

그랭구아르는 숨을 쉬었다. 반 시간 동안 두 번째로 되살아난 것이다. 그러므로 그는 감히 그것에 지나치게 기대를 걸 수가 없었다.

"여봐라!" 통 위에 다시 올라간 클로팽이 외쳤다. "여봐라! 계집들아, 암컷들아, 너희들 중에, 마녀에서 암고양이에 이르기까지, 이 난봉꾼을 갖고 싶은 화냥년이 있느냐? 어이, 콜레트 라 샤론! 엘리자베트 트루뱅! 시몬 조두인! 마리 피에드부! 톤 라 롱그! 베라르드 파누엘! 미셸 주나유! 클로드 롱조레유! 마튀린 지로루! 어이! 이자보 라 티에리! 와서 봐라! 아무짝에도 쓸모없는 사내다! 누가 이걸 갖고 싶으냐?"

이런 비참한 상태에 빠져 있는 그랭구아르는 별로 탐스럽지 못했음에 틀림없다. 여자 거지들은 그러한 제의를 시시껄렁하게 여겼다. 불행한 사나이는 이러한 대답 소리를 들었다. "싫다! 싫어! 그놈의 목을 매달아라, 그러면 모든 여편네들에게 즐거움이 될 거다."

그러나 세 여자가 군중 속에서 나와 그의 냄새를 맡으러 왔다. 첫 번째 여자는 얼굴이 네모진 뚱뚱한 계집애였다. 그녀는 철학자의 처량한 저고리를 유심히 살펴보았다. 그 남루한 윗도리는 낡아빠져서 밤 굽는 냄비보다도 더 많은 구멍이 뚫려 있었다. 계집애는 낯바닥을 찌푸렸다. "낡아빠진 깃발이로군!" 그녀는 중얼거리고 그랭구아르에게 말을 걸었다. "네 망토를 볼까?" "잃어버렸소." 하고 그랭구아르는 말했다. "모자는?" "누가 뺏어 갔소." "구두는?" "구두창이 닳기 시작하였소." "지갑은?" "아! 슬픈 일이오만," 그랭구아르는 더듬거렸다. "파리 주화 한 푼도 없소." "어서 목이나 매달려라, 그리고 고맙다는 말이나 해!" 여자 거지는 그에게 등을 돌리면서 대꾸했다.

두 번째 여자는 늙고 검고 쪼글쪼글하고 못생긴, 기적궁에서도 눈에 거슬릴 만큼 추물이었는데, 그랭구아르의 주위를 돌았다. 그는 그녀가 자기를 갖고 싶어 하지나 않을까 거의 걱정스러울 지경이었다. 그러나 그녀는 입속으로 중얼거렸다. "이건 너무 말라깽이잖아." 그러면서 떠나가버렸다.

세 번째 여자는 꽤 발랄하고 그다지 추하지 않은 아가씨였다. "저를 살려주세요!" 이 가련한 사나이는 나직한 목소리로 그녀에게 말했다. 그녀는 측은해하는 듯이 한참 그를 들여다보다가 고개를 숙이고, 제 치마에 주름을 잡으며, 이러지도 저러지도 못하고 있었다. 그는 눈으로 그녀의 일거일동을 살폈다. 그것은 마지막 희망의 빛이었던 것이다. "안 돼." 하고 이윽고 아가씨는 말했다. "안 돼! 그랬다간 기욤 롱그주가 나를 때릴 거다." 그녀는 군중 속으로 돌아갔다.

"친구," 클로팽은 말했다. "너는 불행하구나."

그런 뒤에 통 위로 일어서서, "아무도 원하지 않는단 말이지?" 하고 그는 모두가 흥겨워하는 가운데, 경매장 집달리의 말투를 흉내 내면서 외쳤다. "그래 아무도 원하지 않는단 말이지? 하나, 둘, 셋!" 그러고는 교수대 쪽으로 돌아서면서 머리를 끄덕였다. "낙찰!"

벨비뉴 드 레투알과 앙드리 르 루주와 프랑수아 샹트프뤼이 그랭구아르 옆으로 갔다.

그때 고함 소리가 곁말 패들 사이에서 일어났다. "라 에스메랄다! 라 에스메랄다!"

그랭구아르는 바르르 떨고 웅성거림이 이는 쪽을 돌아다보았다. 군중이 갈라져, 어느 맑고 눈부신 얼굴에게 길을 열어주었다.

그것은 보헤미아 아가씨였다.

"라 에스메랄다!"라고 말한 그랭구아르는 감동한 가운데도, 이 마술적인 말이 갑작스럽게 그날 하루의 모든 추억을 되살아나게 해주는 데 어리둥절하였다.

이 비범한 여자는 기적궁 안에서까지도 그 매력과 아름다움의 힘을 미치고 있는 것 같았다. 남녀 곁말 패들은 그녀가 걸어오는 길가에 조용히 늘어서 있었고, 그들의 사나운 얼굴은 그녀를 바라보며 환히 밝아지고 있었다.

그녀는 사뿐사뿐 걸어서 수형자 옆으로 갔다. 그녀의 예쁜 잘리가 그녀를 뒤따랐다. 그랭구아르는 죽을상을 하고 있었다. 그녀는 그를 잠자코 한참 바라다보았다.

"이 남자의 목을 달아매시려는 거예요?" 그녀는 클로팽에게 정색을 하고 말했다.

"그렇다, 누이여." 튄 왕은 대답했다. "네가 저 녀석을 남편으로 삼지 않는다면."

그녀는 아랫입술을 귀엽게 살짝 삐쭉거렸다.

"제가 갖겠어요." 그녀는 말했다.

그랭구아르는 그때 자신이 아침부터 꿈밖에 꾸지 않고 있었고 이것은 그 계속이라고 확신했다.

사실 운명의 급변은 상냥하긴 했지만 급격했다.

사람들은 밧줄의 매듭을 풀고 시인을 의자에서 내려오게 하였다. 그는 주저앉지 않을 수 없으리만큼 충격이 극심하였다.

이집트 공작은 한마디 말도 없이 찰흙 단지 하나를 가져왔다. 보헤미아 아가씨는 그것을 그랭구아르에게 내밀었다. "이걸 땅바닥에 던지세요." 그녀는 그에게 말했다.

단지는 깨져서 네 조각이 났다.

"형제여," 그때 이집트 공작이 그들의 이마에 손을 얹고 말했다. "이 여자는 네 아내다. 누이여, 이 남자는 네 남편이다, 앞으로 4년 동안. 자!"

제7장

결혼 첫날밤

 잠시 후, 우리의 시인은 천장이 첨두형 궁륭으로 된, 잘 닫힌 훈훈한 조그만 방 안, 바로 옆에 매달려 있는 찬장에서 몇 가지 빌려다 놓기만 하면 될 것 같은 탁자 앞에서, 좋은 잠자리를 예상하면서 어여쁜 아가씨와 마주 보고 앉아 있었다. 그는 자신을 진짜 동화 속 인물로 생각하기 시작했다. 때때로 그는 자기를 지옥에서 천국으로 그토록 빨리 실어 올 수 있었던, 날개 돋친 두 마리 키마이라가 끄는 불 수레가 아직도 거기에 있는지 찾아보려는 듯이 주위를 흘금흘금 돌아다보곤 하였다. 또 이따금 그는 현실에 매달리고 땅에서 완전히 발을 떼지 않으려고, 자기 저고리에 뚫린 구멍을 끈질지게 응시했다. 상상의 공간 속에 둥둥 떠 있는 그의 이성은 이제 그 실오라기에밖에는 걸려 있지 않았다.

아가씨는 그에게 아무런 주의도 기울이지 않는 것 같았다. 그녀는 왔다 갔다 하면서, 의자를 아무렇게나 옮겨놓기도 하고, 염소와 이야기하는가 하면, 이따금 입을 삐쭉거리기도 했다. 이윽고 그녀는 탁자 옆에 와서 앉았고, 그랭구아르는 그녀를 마음껏 들여다볼 수가 있었다.

독자여, 그대는 일찍이 어린이였고, 아마 아직도 어린이일 만큼 충분히 행복할 것이다. 그대는 햇볕이 내리쬐는 날, 맑게 흐르는 냇가에서, 덤불에서 덤불로 뛰어다니면서 초록빛 또는 파란빛 아름다운 잠자리[76)를 쫓아다니고, 잠자리의 비행을 급작스러운 각도로 꺾어버리고, 온갖 나뭇가지들 끝에 입을 맞추고 한 것이(나로 말하자면 그러느라 며칠을 고스란히 보냈는데, 내 생애에서 가장 즐겁게 보낸 날들이었다.) 한두 번이 아니었을 것이다. 그 재빠른 움직임에 가려 포착할 수 없는 어떤 형체가 그 한복판에서 나부끼고 있는, 주홍빛 또는 하늘빛 날개의, 획획거리고 윙윙거리는 조그만 소용돌이에, 얼마나 사랑스러운 호기심을 품고서 그대의 생각과 시선이 던져져 있었던가를 그대는 회상하리라. 그 날개의 떨림을 통해 아른아른 나타나는 그 공중의 존재는 그대에게는 환상적이고, 가공적이고, 만질 수 없고, 볼 수 없는 것처럼 보였을 것이다. 그러나 마침내 잠자리가 갈대 끝에 내려앉아 기다란 망사 같은 날개를, 그 기다란 에나멜 같은 옷을, 그 두 개의 수정 같은 눈망울을 숨죽이며 들여다볼 수 있게 되었을 때, 그대는 얼마나 놀라움

---

76) 원어는 demoiselle인데, 이 말은 '아가씨'라는 뜻으로 가장 흔히 쓰인다.

을 느꼈으며, 다시금 그 형체가 어둠 속으로 사라지고 그 존재가 환상 속으로 사라지는 것을 보고 얼마나 두려움을 느꼈던가! 그때의 인상을 회상해 보라. 그러면 그대는, 그랭구아르가 여태껏 춤과 노래와 소음의 소용돌이를 통해서 어렴풋이밖에는 보지 못했던 그 라 에스메랄다를, 손으로 만질 수 있고 눈으로 볼 수 있는 그녀의 형체 아래서 들여다보면서 그가 무엇을 느끼고 있었을지 쉽사리 이해할 수 있을 것이다.

점점 더 몽상 속에 빠져들면서, '바로 이거야.' 하고 그는 어렴풋이 그녀를 눈으로 좇으며 생각했다. '라 에스메랄다란 바로 이거로구나! 천사 같은 여인! 거리의 무희! 대단하면서도 하찮은 것! 오늘 아침 내 연극에 마지막 타격을 준 것은 바로 이 여자다. 오늘 저녁에 내 목숨을 건진 것도 바로 이 여자다. 나의 마귀! 나의 천사! 참으로 아리따운 여자다! 나를 그렇게 뺏어 간 것을 보면 나를 미칠 듯이 사랑하고 있음에 틀림없다.' "그건 그렇고," 하고 그는 그의 성격과 철학의 근본을 이루는 저 진실에 대한 의식을 느끼고 갑자기 일어서면서 말했다. "어떻게 된 영문인지는 잘 몰라도, 나는 이 여자의 남편이다!"

이러한 생각을 머릿속에 품고 눈에 떠올리면서 그는 아가씨 옆으로 다가갔는데, 그 태도가 하도 군대식이고 아양스러운지라 그녀는 뒷걸음쳤다.

"대체 뭘 원하시는 거예요?" 그녀가 말했다.

"그걸 내게 물을 수 있어요, 사랑스러운 라 에스메랄다?" 하고 그랭구아르는 대답했는데, 어찌나 정열적인 어조였던지, 자기 말을 듣고 스스로도 놀랐다.

이집트 아가씨는 눈이 휘둥그레졌다. "무슨 말씀인지 모르겠네요."

"아니, 무슨 말씀을!" 그랭구아르는 더욱더 몸이 달아서, 상대방은 요컨대 한낱 기적궁의 정숙한 여자에 불과하다고 생각하면서, "나는 당신의 것이 아닌가요, 정다운 아가씨? 당신은 나의 것이 아닌가요?" 하고 말했다.

그러면서 그는 순진하게 그녀의 허리를 잡았다.

보헤미아 아가씨의 블라우스는 마치 뱀장어 껍질처럼 그의 손안에 스르르 떨어졌다. 그녀는 방 저쪽 끝으로 폴짝 뛰어가 몸을 구부리더니, 어디서 나왔는지 그랭구아르가 미처 볼 겨를도 없는 사이에 손에 조그만 비수를 집어 들고 다시 몸을 일으켰는데, 서슬이 퍼르르하게 성이 나고, 입술은 부풀어오르고, 콧구멍은 벌름거리고, 뺨은 능금처럼 빨갛고, 눈동자는 번개같이 반짝거리고 있었다. 동시에 흰 염소는 그녀 앞으로 와서 두 개의 매우 뾰족하고 예쁜 금빛 뿔이 솟은 전투적인 이마를 그랭구아르에게 들이댔다. 이 모든 것은 눈 깜짝할 사이에 일어났다.

아가씨는 말벌이 되어 쏘기만을 기다리고 있었다.

우리의 철학자는 당황한 눈으로 염소와 처녀를 번갈아 바라보면서 멍청하게 서 있었다.

"맙소사!" 그는 이윽고 놀라움에서 깨어나 말을 할 수 있게 되자 그렇게 말했다. "두 여장부님이로군!"

이번에는 보헤미아 아가씨가 침묵을 깼다.

"당신도 참 뱃심 좋은 사내인가 보네요!"

"미안합니다, 아가씨." 그랭구아르는 빙그레 웃으면서 말했다. "그럼 왜 날 남편으로 삼았지요?"

"당신이 목을 매달리게 내버려둬야만 했을까요?"

"그렇다면," 하고 시인은 사랑의 기대에 좀 실망을 느끼면서 말을 이었다. "당신이 나와 결혼한 것은 나를 교수대에서 살려내겠다는 것밖엔 딴생각이 없었단 말이오?"

"그럼 제가 무슨 딴생각이 있었기를 바라세요?"

그랭구아르는 입술을 깨물었다. "그렇다면," 하고 그는 말했다. "난 그렇게 안 생각했는데, 난 아직 큐피드로서 승리를 거둔 게 아니군요. 그런데 그 가엾은 단지를 깨뜨린 건 그럼 무슨 소용이 있지요?"

그동안에도 라 에스메랄다의 비수와 염소의 뿔은 여전히 방어 자세를 취하고 있었다.

"라 에스메랄다 아가씨," 시인은 말했다. "타협합시다. 나는 샤틀레 법원의 서기가 아니니까, 당신이 시장 나리의 법령과 금령을 무시하고 이렇게 파리 장안에서 단도를 들고 있다고 해서 부질없이 소송을 하지는 않겠어요. 그렇지만 당신도 모르지는 않을 거요. 노엘 레스크립뱅이 단검을 휴대했다고 해서 일주일 전에 파리 주화 10솔의 벌금형을 받은 사실을.[77] 그런데 그런 건 나하곤 상관없는 일이고, 난 요점이나 말하리다. 나는 당신의 허가와 승낙 없이는 당신에게 접근하지 않겠다는 걸 내 천국에 걸고 맹세하겠어요. 하지만 저녁밥은 좀 주시오."

---

77) 이 선고는 소발의 저서에서 인용한 것이다.

사실 그랭구아르는 데프레오[78] 씨의 말마따나, "아주 조금밖에는 음탕하지 않았다."[79] 그는 아가씨들을 겁탈하는 그러한 기사나 총사 족속은 아니었다. 연애에서도 다른 모든 일과 마찬가지로, 그는 곧잘 기회를 기다리고 절충을 바라는 편이었고, 사랑스러운 아가씨와 마주 앉아서 맛 좋은 저녁밥을 먹는다는 것이 그에게는, 더구나 배가 고플 때는, 한 연애 사건의 서막과 대단원 사이의 훌륭한 막간처럼 보였던 것이다.

이집트 아가씨는 대답하지 않았다. 그녀는 멸시하듯이 입을 조금 샐쭉거리고, 새끼 새처럼 머리를 치켜들고는 깔깔 웃었으며, 그 예쁘장한 비수는, 벌이 그 침을 어디다 감추는지 그랭구아르가 보지도 못한 사이에 나왔을 때와 마찬가지로 사라져버리고 없었다.

잠시 후 탁자 위에는 흑빵 한 덩어리와 비곗살 한 조각과 쭈글쭈글한 사과 몇 개와 한 병의 맥주가 놓였다. 그랭구아르는 아귀아귀 먹기 시작했다. 그의 쇠 스푼과 사기 접시가 요란스럽게 딸가닥거리는 소리를 들어보면, 그의 모든 욕정은 식욕으로 변해버린 듯했다.

아가씨는 그의 앞에 앉아서 그가 하고 있는 양을 말없이 바라다보고 있었으나, 분명히 무슨 딴생각에 팔린 듯, 때때로 자기 생각에 미소를 짓는 한편 보드라운 손으로는 제 무릎 사이에 부드럽게 끼여 있는 염소의 총명한 머리를 쓰다듬었다.

---

78) 프랑스의 비평 시인 부알로(Boileau-Despréaux, 1636~1711)를 가리킨다.
79) 부알로의 『서간시(Épitres)』에서 인용했다.

노란 촛불이 그 탐식과 몽상의 장면을 환히 밝혀주었다.

그러는 동안에 그의 밥통의 첫 울음소리가 가라앉자, 그랭구아르는 이제 사과 한 알밖에 남지 않은 것을 보고 짐짓 얼마간의 부끄러움을 느끼는 척했다. "당신은 안 드시겠소, 라 에스메랄다 아가씨?"

그녀는 머리를 흔들어 안 먹겠다고 대답하고, 생각에 잠긴 눈을 들어 방 위의 둥근 천장을 응시했다.

'제기랄, 이 여자는 무슨 생각을 하고 있는 것일까?' 하고 그랭구아르는 생각하고, 그녀가 바라보는 것을 바라보았다. '저 홍예 종석에 새겨진 돌 난쟁이의 찡그린 얼굴에 이 여자가 저렇게 정신이 팔릴 순 없을 텐데. 제기랄! 내가 저것만 못하지는 않을 텐데!'

그는 목청을 돋우었다. "아가씨!"

그녀는 그가 부르는 소리를 듣지 못한 것 같았다.

그는 더욱더 큰 소리로 계속했다. "라 에스메랄다 아가씨!"

헛수고였다. 아가씨의 정신은 딴 데 가 있었고, 그랭구아르의 목소리는 그것을 되돌아오게 할 만한 힘이 없었다. 다행히도 염소가 가담해 주었다. 염소는 주인 아가씨의 소매를 살그머니 잡아당기기 시작했다. "왜 그래, 잘리?" 이집트 아가씨는 마치 소스라쳐 깨어난 듯이 힘차게 말했다.

"쟤가 배가 고프대요." 그랭구아르가 대화를 시작하게 된 것을 무척 기뻐하며 말했다.

라 에스메랄다는 빵을 부스러뜨리기 시작했고, 잘리는 그녀의 손바닥 안에 담긴 것을 얌전히 먹었다.

게다가 그랭구아르는 그녀에게 다시 몽상에 잠길 겨를을 주지 않았다. 그는 용기를 내어 미묘한 질문 하나를 던졌다.

"그럼 나를 남편으로 삼을 생각은 없단 말이죠?"

그녀는 그를 뚫어지게 바라보고 말했다. "예."

"애인으로는?" 그랭구아르는 다시 물었다.

그녀는 또 입을 샐쭉거리고 대답했다. "싫어요."

"친구로는?" 그랭구아르는 계속했다.

그녀는 또다시 그를 뚫어지게 바라보고, 한참 곰곰 생각하고 나서 말했다. "가능하겠죠."

철학자들에게는 그렇게도 귀중한 이 '가능하겠죠'라는 말이 그랭구아르를 대담하게 만들었다.

"우정이 무엇인지 아나요?" 하고 그는 물었다.

"예," 하고 이집트 아가씨는 대답했다. "그것은 오누이가 되는 것, 두 넋이 서로 섞여들지 않고 마주 닿는 것, 한 손의 두 손가락이 되는 거지요."

"그럼 사랑이란?" 그랭구아르는 계속했다.

"오! 사랑이란!" 하고 그녀가 말했는데, 그 목소리는 떨리고 그 눈은 빛나고 있었다. "그건 둘이면서도 하나가 되는 거예요. 한 남자와 한 여자가 하나의 천사로 서로 섞여드는 거예요. 그것은 하늘이지요."

이 거리의 무희가 그렇게 말했을 때, 그녀의 아름다움은 그랭구아르에게 이상하게도 강한 인상을 주었고, 그녀의 말의 거의 동방인다운 격양에 완전히 어울리는 것 같았다. 그녀의 순결한 장밋빛 입술은 방그레 미소를 짓고 있었고, 그녀의 천진난만한 맑은 이마는 마치 숨결 아래서 흐려지는 거울과 같이, 때때로 그녀의 생각 아래서 흐려졌으며, 그녀의 내리깐 기다란 검은 눈썹에서는 뭐라고 말할 수 없는 일종의 빛이 솟아나와, 라파엘로가 처녀성과 모성과 신성의 신비로운 교차점에서 훗날 다시 찾아낸 저 이상적인 아리따움을 그녀의 옆모습에 주고 있었다.

그랭구아르는 그래도 역시 계속했다.

"그럼 당신 마음에 들려면 어떻게 하면 되겠습니까?"

"남자가 돼야만 해요."

"그렇다면 나는," 하고 그는 말했다. "난 뭔가요?"

"남자라면 머리에 투구를 쓰고, 손에 칼을 쥐고, 뒤꿈치엔 금 박차를 달고 있어야죠."

"좋아요," 하고 그랭구아르는 말했다. "말이 없으면 남자가 아니란 말이지요. 당신은 사랑하는 사람이 있나요?"

"연정을 가지고?"

"연정을 가지고."

그녀는 잠시 생각에 잠겨 있다가, 유별난 표정으로 말했다. "그건 곧 알게 될 거예요."

"왜 오늘 저녁엔 모르나요?" 이때 시인은 다정스럽게 말을 이었다. "왜 나는 안 되지요?"

그녀는 정색을 하고 그를 흘끗 보았다.

"난 나를 지켜줄 남자밖에는 사랑할 수가 없을 거예요."

그랭구아르는 얼굴이 빨개지고 그 말이 가슴에 사무쳤다. 그것은 분명 이 아가씨가 2시간 전에 위태로운 처지에 빠졌을 때 그가 조금밖에는 도와주지 못한 것을 암시했던 것이다. 이 날 저녁의 다른 사건들로 말미암아 지워졌던 기억이 그에게 되돌아왔다. 그는 자기 이마를 탁 쳤다.

"아차, 맨 먼저 그 얘길 했어야 했는데 그만, 아가씨, 용서해요, 내 큰 실수를. 그래 어떻게 해서 카지모도의 손아귀에서 빠져나오셨지요?"

이 질문에 보헤미아 아가씨는 몸을 떨었다.

"오! 끔찍한 꼽추 같으니라고!" 그녀는 두 손으로 얼굴을 감싸면서 말했다. 그리고 혹한에 떨듯 와들와들 떨었다.

"참으로 끔찍한 놈이죠!" 그랭구아르는 여전히 자신의 생각을 떨치지 못하고 말했다. "하지만 어떻게 그놈한테서 빠져나올 수가 있었지요?"

라 에스메랄다는 빙그레 웃고, 한숨을 쉬고, 침묵을 지켰다.

"왜 그놈이 당신 뒤를 쫓았는지 아십니까?" 그랭구아르는 말을 돌려서 자기의 질문으로 되돌아오려고 애쓰면서 다시 말을 이었다.

"모르겠어요." 아가씨는 말했다. 그러고는 얼른 덧붙였다. "한데 당신도 제 뒤를 따라오셨는데, 왜 따라오셨지요?"

"솔직히," 그랭구아르는 대답했다. "나도 모르겠어요."

한동안 침묵이 흘렀다. 그랭구아르는 나이프로 탁자에 칼집을 내고 있었다. 아가씨는 웃으면서 벽 너머로 무엇을 보고 있는 것 같았다. 그러더니 갑자기 또렷하지 못한 목소리로 노래를 부르기 시작했다.

Quando las pintadas aves(온갖 다색조(多色鳥)들이)

Mudas están, y la tierra……(노래를 멈추고, 땅이……)[80]

그녀는 별안간 노래를 멈추고 잘리를 쓰다듬기 시작했다.

"당신은 참 예쁜 짐승을 가지고 있군요." 그랭구아르는 말했다.

"제 동생이에요." 그녀는 대답했다.

"왜 사람들이 당신을 라 에스메랄다라고 부르지요?" 시인은 물었다.

"전 아무것도 몰라요."

"그래요?"

그녀는 멀구슬나무 씨를 꿴 사슬로 목에 걸고 있던 일종의 기름한 작은 주머니를 품에서 꺼냈다. 그 주머니에서는 강렬한 장뇌(樟腦) 냄새가 풍기고 있었다. 그것은 초록빛 명주로 덮여 있고, 그 한복판에 에메랄드를 모방한 굵은 초록빛 유리 세공품 하나가 달려 있었다.

"아마 이것 때문일지도 몰라요." 그녀는 말했다.

그랭구아르는 그 주머니를 집으려고 했다. 그녀는 뒤로 물러났다. "만지지 마세요. 이건 부적인데, 만지면 마력이 상하거나, 당신에게 마력이 건너가요."

시인의 호기심은 더욱더 커졌다.

---

80) 아벨 위고의 『로만세로』에 수록된, 서고트 왕 로드리고(Rodrigo, 687?~711)에 관한 전설의 첫 대목이다. "서고트의 마지막 왕"으로 불리지만 실제로 마지막 왕은 아니었다.

"누가 그걸 당신에게 줬나요?"

그녀는 자기 입에 손가락을 갖다 대고 부적을 품 안에 감추었다. 그는 다른 질문을 해보았으나 그녀는 제대로 대답을 하지 않았다.

"이 라 에스메랄다라는 말이 무슨 뜻이죠?"

"저도 몰라요." 그녀는 말했다.

"그게 어느 나라 말이죠?"

"이집트어인 것 같아요."

"나도 그렇지 않나 했지요." 그랭구아르는 말했다. "당신은 프랑스 태생이 아니군요?"

"전 아무것도 몰라요."

"부모님들은 계시나요?"

그녀는 옛 노랫가락에 맞추어 노래를 부르기 시작했다.

우리 아빠는 수새라오,
우리 엄마는 암새라오,
나는 거룻배 없이도 물을 건너죠,
나는 돛배 없이도 물을 건너죠.
우리 엄마는 암새라오,
우리 아빠는 수새라오.

"좋군요." 그랭구아르는 말했다. "몇 살 때 프랑스에 오셨나요?"

"아주 어려서요."

"파리에는?"

"작년에. 우리들이 파팔 성문으로 들어올 때 저는 갈대 꾀꼬리가 공중을 쏜살같이 날아가는 걸 보았어요. 8월 그믐께였지요. 전 그걸 보고, 올 겨울은 지독히 춥겠다고 말했답니다."

"사실 그랬지요." 그랭구아르는 그녀가 그렇게 이야기하기 시작하는 것을 기쁘게 여기면서 말했다. "난 이 겨울을 손가락을 불면서 지냈거든요. 그러고 보니 당신은 예언의 재능을 타고났나 보죠?"

그녀는 또다시 과묵해졌다.

"아니에요."

"당신네들이 이집트 공작이라고 부르는 그 남자가 당신네들 부족의 우두머리요?"

"예."

"그런데 우리를 결혼시켜 준 게 바로 그 사람 아니오?" 시인은 머뭇머뭇 지적했다.

그녀는 버릇처럼 또 입술을 귀엽게 삐쭉거렸다. "전 당신 이름도 모르는데."

"내 이름이오? 알고 싶다면 가르쳐드리죠. 피에르 그랭구아르요."

"전 그보다 더 아름다운 이름을 알고 있어요." 그녀는 말했다.

"당신 나쁜 사람이구먼!" 시인은 말을 이었다. "그러나 상관없어요. 당신에게 화를 내진 않겠어요. 이보시오, 당신이 나를 더 잘 알게 되면 아마 나를 사랑하게 될 거요. 그리고 당신이 내게 그렇게 흉금을 터놓고 당신 이력을 얘기해 주었으니 나도 내 이야기를 해야겠군요. 그러니까 내 이름은 피에르 그 랭구아르이고, 나는 고네스의 공증인 사무소 소속 징세 청부인의 아들이랍니다. 20년 전, 파리가 포위되었을 때, 우리 아버지는 부르고뉴 군사들에게 목 졸려 돌아가셨고, 우리 어머니는 피카르디 군사들에게 배가 찔려 돌아가셨지요. 그러니까 나는 여섯 살 때 고아가 되었는데, 그때 내 발에 신 바닥이라고는 파리의 포도밖에 없었지요. 어떻게 내가 여섯 살부터 열여섯 살까지의 세월을 지내왔는지 나도 모르겠어요. 여기서 과일 장수 여자가 내게 자두 하나를 던져주는가 하면, 저기서 빵 장수가 빵 껍질을 던져주곤 했어요. 저녁에 야경꾼이 나를 주워다가 감옥에 넣어주면, 나는 거기서 한 다발의 짚을 발견하곤 했지요. 그럼에도 불구하고, 당신도 지금 보다시피, 그렇다고 내가 키만 커지고 말라빠지는 것을 피할 수는 없었지요. 겨울엔 상스 대주교관의 현관에서 햇볕을 쬐고 지냈는데, 생장에서는 삼복(三伏)을 위해 불을 간직해 두는 걸 무척 우스꽝스러운 일이라고 생각했지요. 열여섯 살 때 난 직업을 가지려고 했어요. 계속해서 모든 것을 해봤지요. 군인도 되어봤지만, 난 충분히 용감하지 못했어요. 수도사도 되어봤지만, 난 충분히 신앙심이 깊지 못했어요. 그리고 난 술을 잘 못 마시지요. 절망한 나머지 쐐기 건축단 목수의 도제로 들어갔지만, 난 충분히 힘이 세지 못했어요. 난 학교 선생이 될 소질이 더 많았지요. 내가 글을 읽을 줄 몰랐던 건 사실입니다. 그러나 그런 건 이유가 되지 않아요. 얼마쯤 지난 뒤에 난 무엇에고 뭔가가 모자란다는 걸 깨닫게 됐어요. 그래서 내가 아무것에도 쓸모가 없다는 걸 알고서 기꺼이 시인이 되고 작곡가가 되었지요. 그건 떠돌이라면 언제라도 가질 수 있는 직업이고, 내 친구들 중 몇몇 젊은 갑옷 제조자들이 내게 권한 것처럼, 도둑질보다는 나은 거지요. 다행히 난 어느 날 노트르담의 클로드 프롤로 부주교 나리를 만났어요. 그분은 내게 관심을 가져주셨는데, 오늘날 내가 키케로의 『의무론(De officiis)』로부터 셀레스틴 수도회 신부들의 『부고록(Mortuologe)』[81]에 이르기까지 라틴어를 알고 있고, 스콜라 철학에도 시학에도 음률학에도 그리고 저 지혜 중의 지혜인 연금술에도 무지하지 않을 만큼 진정한 학자가 된 것은 그분 덕택이랍니다. 오늘, 재판소의 대광실 한복판에서 대중의 절대적인 협력을 얻어 성황리에 공연된 연극의 작자도 바로 나요. 또 한 사나이가 미치기까지 한 저 1465년의 경이적인 혜성[82]에 관한 600쪽이나 되는 책 한 권도 지어냈답니다. 또 다른 성공도 거뒀지요. 나는 조금은 대포를 제조하는 목수이기도 해서, 장 모그의 대구포(大臼砲)[83]도 제작했는데, 당신도 알다시피, 그것은 시험하던 날 샤랑통 다리에서 터져 구경꾼을 24명이나 죽였지요. 보다시피 나는 시시한 신랑감이 아니에요. 난 여러 가지 애교 있는 곡예를 알고 있으니 당신 염소에게 그걸 가르쳐주겠어요. 예를 들면, 물방아들이 퐁 토 되니에 다리를 건너가는 동안 내내 행

---

81) 가톨릭 교단 소속으로 사망한 사제와 신자 들의 명단을 기록한 문헌.
82) Sauval II, 533과 장 드 트루아의 저서(52쪽)에 언급되어 있다.
83) 장 드 트루아의 책(153~154쪽)에 언급되어 있다.

인들에게 물을 튀기는 저 망할 놈의 위선자 파리 주교를 흉내
내는 짓이라든지 말입니다. 그리고 내 연극은, 만약 그 값을
치러준다면, 내게 많은 돈을 가져다줄 거예요. 끝으로 나는 당
신 명령에 따르겠어요. 나도, 내 정신도, 내 학문도, 내 문학도
모두 말이오. 난 당신 좋을 대로 살아가려고 각오하고 있답니
다, 마님. 정숙하게든지 즐겁게든지, 부부간으로 사는 게 좋다
고 생각하신다면 부부간으로, 그보다는 남매간으로 사는 게
더 좋다고 생각하신다면 남매간으로 말이오."

그랭구아르는 입을 다물고, 아가씨에게 미친 자기의 장광설
의 효과를 기다렸다. 그녀는 땅바닥을 응시하고 있었다.

"페뷔스," 그녀는 나직한 목소리로 말했다. 그러고는 시인을
돌아보면서 물었다. "페뷔스란 무슨 뜻이에요?"

그랭구아르는 자기의 연설과 그 질문 사이에 무슨 관계가
있는 것인지 잘 알지는 못했으나, 자기의 박식을 과시하는 것
이 싫지는 않았다. 그는 뽐내면서 대답했다. "그건 태양이라는
뜻을 가진 라틴어지요."

"태양!" 하고 그녀는 말을 이었다.

"그건 매우 잘생긴 사수였던 신의 이름이에요." 그랭구아르
는 덧붙였다.

"신이라고!" 이집트 아가씨는 되풀이했다. 그녀의 어조에는
생각에 잠긴 듯한, 정열적인 무엇인가가 있었다.

그때 그녀의 팔찌 하나가 풀려 땅에 떨어졌다. 그랭구아르
는 그것을 주우려고 얼른 허리를 구부렸다. 그가 다시 일어났
을 때 아가씨와 염소는 사라지고 없었다. 그에게 빗장 소리가

들렸다. 그것은 틀림없이 바깥에서 잠기는, 이웃 방으로 통하는 조그만 문이었다.

"최소한 내게 침대 하나라도 남겨놓고 갔을까?" 우리의 철학자는 말했다. 그는 방 안을 둘러보았다. 잠을 자기에 알맞은 가구라고는 꽤 기다란 나무 상자 하나밖에 없었는데, 그것도 뚜껑에 조각이 새겨져 있어서, 그랭구아르가 그 위에 드러누웠을 때, 미크로메가스[84]가 알프스산 위에 누웠을 때 느꼈을 감각과 거의 비슷한 감각을 그에게 가져다주었다.

"자," 그는 거기에 되도록 잘 자신을 적응시키면서 말했다. "체념할 수밖에. 하지만 이건 참 이상한 결혼 첫날밤이로군. 섭섭한 일이야. 단지를 깨뜨리는 이 결혼식에는 내 마음에 드는 그 어떤 천진하고도 시대에 뒤떨어진 것이 있었어."

---

84) 볼테르의 소설 『미크로메가스(Micromégas)』의 주인공. 키가 39킬로미터에 달하는 거인이다.

3부

1장

노트르담[1]

파리의 노트르담 성당은 아직 오늘날에도 장엄하고 숭고한 건물임에 틀림없다. 그러나 그것이 늙어가면서도 아무리 아름다운 모습을 유지하고 있다 하더라도, 최초의 돌을 놓은 샤를마뉴와 최후의 돌을 놓은 필리프 오귀스트에 대한 경의를 저버리고, 세월과 인간들이 동시에 이 존경할 만한 건축물에 가한 무수한 풍화와 훼손 앞에서 한숨을 쉬지 않고 분개하지 않기란 어려운 일이다.[2]

---

1) 이 장을 잘 이해하기 위해 알아두어야 할 것은, 1831년에는 이 성당이 아직 비올레 르 뒤크(Violet le Duc, 1814~1879)에 의해 복원되지 않았다는 사실이다.(그의 복원 공사는 1841년 법률에 따라 시작되어 1864년에 완공되었다.)

2) 프랑스의 옛 땅인 갈리아가 기독교화했을 때, 현재의 노트르담 성당

우리 대성당들 중 이 늙은 여왕의 얼굴에서, 하나의 주름 살 옆에 언제나 하나의 흉터가 있는 것을 본다. Tempus edax, homo edacior.(세월이 갉아먹고, 인간이 더욱 갉아먹는다.) 나는 이것을 이렇게 해석하고 싶다. 즉 세월은 눈이 멀고, 인간은 어리석다, 라고.

만약 내가 이 옛 성당에 가해진 파괴의 갖가지 흔적들을 독자와 더불어 하나하나 살펴볼 겨를이 있다면, 세월의 몫은 하찮은 것이고, 최악의 것은 인간의 몫, 특히 예술인들의 몫일 것이다. 나는 꼭 '예술인들'의 몫이라고 말해야만 하겠다. 왜냐 하면 최근 2세기 동안에는 건축가라는 칭호를 가진 사람들이 있었으므로.[3]

그리하여 우선 몇 가지 주요한 예만을 들자면, 첨두형으로 뚫린 세 개의 현관문, 역대 왕을 새긴 28개의 벽감으로 수놓은 톱니 모양의 돌림띠, 마치 부제(副祭)와 차부제의 옹위를 받고 있는 사제처럼 양쪽 측면에 두 개의 창이 딸린 중앙의 거대한 원화창, 그 가느다란 원기둥 위에 묵직한 지붕을 이고

이 차지하고 있는 자리에는 이교 사원 대신에 성당 하나가 들어서 있었다. 1163년에 루이 7세가 현 건물의 초석을 놓을 때까지, 거기에는 여러 개의 성당이 차례로 들어섰다. 그러므로 설령 카롤링거 왕조 시대에 세운 성당의 돌들이 기초에 다소 남아 있다손 치더라도, 노트르담 성당의 최초의 돌을 놓은 것이 샤를마뉴 대왕이라고 하는 것은 잘못이라 하겠다. 그러나 위고는 상상력으로 이 성당의 창설에 대왕의 위대한 이름을 결부한 것이다. 건축의 종결로 말하자면, 큰 공사만을 생각할 때, 필리프 오귀스트 왕이 죽은 해인 1223년으로 잡을 수 있다.
3) 이 성당을 특히 현대화하려고 한 것은 1700년 이후였다.

있는, 클로버 장식을 한 높고 연약한 홍예 회랑, 끝으로 슬레이트 처마를 가진 두 개의 육중한 검은 탑, 이 거창한 다섯 층으로 쌓여 올려진 하나의 굉장한 전체의 조화로운 부분들이, 차례차례로 그리고 한꺼번에 전체의 고요한 위대성에 강력하게 가담한 그 무수한 조상과 조각물과 세공품들과 더불어, 한 덩어리로 정연하게 눈앞에 펼쳐지는 그 정면보다도 더 아름다운 건축술의 페이지들은 확실히 많지 않은 것으로, 그것은 말하자면 돌의 광막한 교향곡이요, 이 정면과 형제 격인 『일리아스』와 『로만세로』처럼 총체적으로는 단일하면서도 복합적인, 한 인간과 한 국민의 거대한 작품이요, 하나하나의 돌 위에서 예술가의 천재에 의해 훈련된 노동자의 기상이 천태만상으로 솟아오르는 것을 볼 수 있는, 한 시대 모든 힘의 추렴으로 이루어진 경이적인 산물이요, 한마디로 말해서, 신의 창조처럼 강력하고 풍부한 일종의 인간의 창조로서, 다양성과 영원성이라는, 신의 창조의 이중적 특성을 훔친 것 같기도 하다.

그리고 여기서 내가 정면에 관해 말하고 있는 것은 이 성당 전체에 관해서도 그렇게 말하지 않으면 안 되며, 파리의 대성당에 관해서 말하는 것은 중세 기독교 국가의 모든 성당들에 관해서도 그렇게 말하지 않으면 안 된다. 모든 것이 저절로 생겨난, 논리적이고도 잘 조화된 이 예술 속에 담겨 있다. 발가락 크기를 재는 것은 거인의 키를 재어보는 것과 같다.[4]

노트르담의 연대기 작가들의 말마따나, quæ mole sua

---

4) 전체에 관한 개념을 얻기 위해서는 그 일부분만 알면 충분하다는 뜻이다.

terrorem incutit spectantibus(그 큰 덩치로 말미암아 보는 사람들에게 공포감을 일으키는), 장엄하고도 강대한 대성당을 경건하게 탄상하러 갈 때, 현재도 우리에게 보이는 그대로의 노트르담 성당의 정면으로 되돌아가자.

세 가지 중요한 것이 오늘날 이 정면에는 결핍되어 있다. 첫째는 옛날에는 땅바닥 위에 높이 올려져 있었던 11단의 층계요, 다음은 세 현관의 벽감을 차지하고 있던 조상들의 하부 계열, 그리고 2층의 회랑을 튼튼히 받치고 있는, 실드베르[5]에서 시작하여 필리프 오귀스트에 이르기까지, '제국의 능금'을 손에 쥐고 있는, 더 먼 옛날 프랑스 역대 왕의 28개 조상들의 상부 계열이다.

계단으로 말하자면, 세월이 불가항력적이고 완만한 전진으로 시테섬의 지면을 서서히 높임으로써 그것을 사라져버리게 한 것이다. 그러나 파리 포도의 차오르는 밀물로 하여금, 이 건물의 장엄한 높이를 더해 주었던 그 열한 계단을 하나씩 삼키게 하면서도, 세월은 아마도 이 성당에서 뺏어 간 것보다 더 많은 것을 그것에 주었을 것이다. 왜냐하면 건축물들의 노화로 그 아름다움의 나이를 만드는 저 세기의 검은 빛깔을 이 정면에 펼쳐준 것이 바로 세월이기 때문이다.

그런데 누가 그 두 줄의 조상들을 없애버렸는가? 누가 그 벽감들을 비워버렸는가? 누가 그 중앙 현관 한복판에 그 새로

---

5) Childebert, 496?~558. 클로비스의 아들로, 511~558년에 파리의 왕으로 재위했다.

운 절충식 첨두홍예를 뚫어놓았는가? 누가 감히 거기다가, 비스코르네트의 아라비아식 장식 옆에, 루이 15세식의 조각이 새겨진 그 멋없는 둔중한 문을 끼워 넣었는가? 인간들이다. 현대의 건축가들, 예술가들이다.

그리고 건물 내부로 들어가 보면, 재판소의 대광실이 광실들 중에 그러하고 스트라스부르의 첨탑이 종각들 중에 그러하듯이, 조상들 중에 널리 알려진 저 성 크리스토프의 거상(巨像)[6]을 쓰러뜨린 것은 누구인가? 그리고 중앙 홀과 성가대석의 모든 기둥들 사이에 가득 차 있던 수천의 조상들, 무릎을 꿇고 있는 것, 서 있는 것, 말을 타고 있는 것, 남자, 여자, 어린이, 왕, 주교, 헌병, 석상, 대리석 상, 금 은 동으로 된 상, 심지어 밀랍으로 만들어진 것에 이르기까지, 그 모든 조상을 난폭하게 쓸어내버린 것은 누구인가? 그것은 세월이 아니다.

그리고 성골함과 성물함이 화려하게 가득 차 있던 낡은 고딕식 제단 대신에, 발 드 그라스나 앵발리드[7]의 짝 잃은 견본처럼 보이는, 천사의 머리와 구름을 새긴 그 둔중한 대리석 관(棺)으로 갈아놓은 것은 누구인가? 누가 어리석게도 에르캉뒤스[8]의 카롤링거 시대의 포석 속에다 그 우둔한 돌의 시대착

---

6) 1413년에 세워졌다가 1785년에 철거되었다. 소발의 저서에 따르면 "성 크리스토프의 상은 국내에서 가장 큰 조상이다."
7) 이 두 건물은 모두 17세기에 건축되었으며, 고전주의 건축양식 및 조각의 전형적인 예로서 인용된 것이다.
8) 뒤 브륄의 저서에는 "이 성당은 샤를마뉴 시대에 파리의 42대 주교 에르캉뒤스(Hercandus) 또는 에르코랑뒤스(Hercaurandus)에 의하여 시작되었다."라고 쓰여 있다.

오를 끼워넣었는가? 그것은 루이 13세의 소원을 이루어주고 있는 루이 14세가 아닌가?[9]

그리고 우리 선조들의 경탄 어린 눈으로 하여금 현관 정면의 장미[10]와 성당 후진의 첨두홍예 사이를 헤매게 하던 그 '짙은 색깔의' 스테인드글라스 대신에, 누가 저 싸늘한 흰 유리를 갈아 끼워놓았는가? 그리고 16세기의 성가대 부대장이, 우리의 파괴적인 대주교들이 아름다운 노란 물감으로 그들의 대성당을 칠해 놓은 것을 본다면 뭐라고 말할까? 그는 옛날에 망나니가 죄인의 집들을 바로 그 빛깔로 붓질했었다는 것을 회상하리라. 그리고 프티 부르봉관(館)이 원수(元帥)의 반역[11]으로 말미암아 온통 노랗게 칠해진 것을, 소발의 말을 빌리자면, "아무튼 어찌나 잘 녹인 좋은 노란 물감을 썼던지, 100년이 넘었어도 아직 조금도 퇴색하지 않았다."는 것을 기억하리라. 그는 이 성스러운 장소가 더럽혀졌다고 생각하고 달아나 버리리라.

그리고 또 온갖 종류의 무수한 만행에 걸음을 멈추지 말고 대성당 위로 올라가 보면, 성당 익부(翼部)의 교차점에 의지하고 있었던 그 조그만 매혹적인 종각[12]은 어떻게 해버렸는가?

---

9) 루이 13세가 1638년에 노트르담의 주 제단을 고칠 것을 바랐으나 일찍 죽어 소원을 이루지 못하자, 루이 14세가 1699년에 착수하였다.

10) 원화창을 가리킨다.

11) 부르봉 원수(1490~1527)가 샤를 캥을 위하여 프랑수아 1세를 배반 (1523)한 사실을 암시한다.

12) 이 종각은 1220~1230년에 세워졌으며 훗날 1859~1860년에 비올레 르 뒤크에 의해서 복원된다.

이웃에 있었던 생트샤펠의 첨탑(이것 역시 파괴되어 버렸지만) 못지않게 가냘프고 대담하게, 날씬하고 뾰족하고 은은하게, 두 탑보다 더 높이 공중에 솟아올라, 윤곽이 또렷이 드러나던 그 종각은? 감식안이 탁월한 어느 건축가는 (1787년에) 그것을 잘라내고, 냄비 뚜껑 같은 널따란 납 덩어리로 그 상처를 가려놓기만 하면 되는 줄 알았던 것이다.

대개 어느 나라에서나, 특히 프랑스에서는, 중세의 경이로운 예술이 그렇게 취급되어 왔던 것이다. 그 파괴에서 세 가지 상해를 구별할 수 있는데, 그 세 가지 모두가 저마다 다른 깊이로 상처를 입히고 있으니, 우선, 세월은 눈에 띄지 않게 여기저기 표면에 구멍을 내고 도처에 녹이 슬게 해놓았고, 다음으로, 정치적 종교적 혁명은 그 자체의 성격상 맹목이요 분노인지라, 소란스럽게 그것에 달려들어 조각물과 세공품의 풍부한 복장을 찢고, 원화창들을 도려내고, 아라비아식 장식과 작은 상(像)들의 목걸이들을 부서뜨리고, 자기들의 주교관을 위해 혹은 자기들의 왕관을 위해, 조상들을 뽑아내 버렸으며, 끝으로, 갈수록 기괴망측해지고 어리석어진 유행이었으니, 건축양식의 필연적인 타락 과정에서, 르네상스의 무정부주의적인 화려한 탈선 이래로 갖가지 유행이 바뀌었다. 유행은 혁명보다 더 많은 해독을 끼쳤다. 유행은 뿌리째 뽑아내고, 예술의 뼈대를 침식하고, 형식에서나 상징에서, 논리에서나 미(美)에서, 건물을 베고 자르고 무너뜨리고 죽여놓았다. 그런 뒤에 유행은 고쳐 만들었는데, 세월이나 혁명은 적어도 그런 야심은 없었던 것이다. 유행은 '높은 감식안'이라는 이름 아래, 고딕 건축물의 상처에다 시시껄렁한 하루살이의 장신구를, 대리석 리본을, 금속의 술을 갖다 댔으니, 그것은 카트린 드 메디치[13]의 기도실에서 예술의 얼굴을 집어삼키기 시작하여 2세기 후에는 뒤바리[14]의 규방에서, 상을 찌푸리며 고뇌하던 예술을 마침내 숨지게 만들고 있는, 저 진짜 문둥이 같은 달걀꼴 장식, 소용돌이형 장식, 두름 장식, 주름 장식, 꽃 장식, 술 장식, 돌의 불꽃 장식, 구리의 구름 장식, 포동포동한 사랑의 신, 얼굴이 부어오른 미소년의 상들인 것이다.

그리하여 내가 위에서 지적한 점들을 요약하자면, 세 가지 상해가 오늘날 고딕 건축물의 모습을 보기 흉하게 만들어놓고 있는 것이다. 표피의 주름살과 무사마귀, 그것은 세월의 소행이요, 폭력 만행 타박상 골절, 그것은 루터로부터 미라보[15]에 이르기까지 혁명의 소행이다. 골조의 절단 삭제 해체 복원, 그것은 비트루비우스와 비뇰[16]을 따르던 교수들의 그리스식

---

13) Catherine de Médicis, 1519~1589. 앙리 2세의 왕비. 그녀의 이름은 이탈리아의 예술과 똑같은 발전을 따라서 프랑스의 예술이 새로운 미학을 지향해 가던 르네상스 시대와 결부되고 있다.

14) Modame du Barry, 1743~1793. 루이 15세의 마지막 애첩. 그녀의 이름은 고전주의 예술이 기교적인 복잡한 혁신으로 타락하는 시대인 18세기 말을 상기시키고 있다.

15) 루터는 16세기의 종교개혁을 상징하고, 미라보는 1789년의 프랑스혁명을 상징한다.

16) 일명 비뇰(Vignole)이라고도 불리는 지아코모 바로치(Giacomo Barozzi, 1507~1573)는 이탈리아의 건축가로서, 미켈란젤로의 뒤를 이어 로마의 산 피에트로 대성당을 완성했다. 그의 저서 『5등급 건축론』은 18세기에 프랑스어로 번역돼 크게 호평을 받았다. 고전주의 건축술의 창시자의 한 사람

로마식 그리고 야만적 작업이다. 반달족[17]이 만들어낸 이 장엄한 예술을 아카데미는 죽여놓았다. 적어도 공평하고 위대하게 훼손하는 긴 세월과 혁명에, 면허를 받고 선서하고 맹세한, 학교 출신의 숱한 건축가들이 합세하여, 졸렬한 감식안의 분별과 선택으로 타락시키고, 파르테논[18]의 최고 영광을 위해 고딕식 레이스 장식 대신에 루이 15세의 치커리 장식으로 바꾸어놓았다. 그것은 죽어가는 사자에게 가한 당나귀의 발길질이다. 그것은 관 모양으로 전지되는, 그리고 설상가상으로 쐐기들에게 찔리고 물어뜯기고 찢기는 낡은 떡갈나무다.

　로베르 세날리[19]가 '옛 에페소스 사람들이 그토록 가호를 빌었고' 헤로스트라토스[20]의 이름을 불멸하게 만든, 에페소스

으로 간주되다. 7는 로마 아우구스투스 황제 시대의 건축가 마르쿠스 비트루비우스 폴리오(Marcus Vitruvius Pollio, 기원전 1세기)의 『건축10서(De Architecture)』의 애독자였다.

17) 위고는 고딕 예술이 고트족이나 반달족까지 거슬러 올라간다고는 생각하지 않지만, 여기서는 진실을 무시하고 반달족과 아카데미를 대조시킨 것이다.(반달족은 게르만족 중 하나로서, 기원전 5세기에 옛 프랑스 영토와 남쪽 스페인, 북아프리카 등을 휩쓴 야만족이다.)

18) 아테네의 신전. 기원전 5세기에 피디아스에 의하여 장식되었다.

19) 뒤 브륄의 저서에는 다음과 같이 적혀 있다. '오랑슈의 주교 로베르 세날리는 『프랑스 교회사』 2권에서 에페소스 사람들이 그토록 가호를 빌었던 에페소스의 디아나 신전의 규모를 이야기하면서, 파리의 노트르담 성당이 길이와 넓이와 높이와 구조에서 보다 더 우수하다는 것을 증명하고 있다.'

20) 에페소스의 이름 없는 사람이었는데, 기념할 만한 행동으로 유명해지기를 갈망한 나머지, 기원전 356년에 세계 7대 불가사의 중 하나인 에페소스의 디아나 신전을 불살랐다. 결국 그의 이름은 후세에 전해졌다.(『프랑스 교회사』 2권, III, fo 130, 1쪽)

의 저 유명한 디아나 신전과 파리의 노트르담을 비교했을 때, 갈리아의 대성당이 '길이와 넓이와 높이와 구조에서 더 우수하다.'라고 생각하던 시대에는 절대로 그렇지가 않았다!

게다가 파리의 노트르담은 하나의 완전한, 한정적, 전형적 건축물이라고 부를 수 있는 그러한 건물이 결코 아니다. 그것은 더 이상 로마네스크식 교회가 아니요, 아직 고딕식 교회도 아니다. 이 건물은 하나의 전형이 아니다. 파리의 노트르담은 투르뉘[21]의 수도원처럼, 반원 홍예를 모체로 삼는 건축물들이 갖는 장중하고 육중한 넓이와 둥글고 넓은 궁륭, 싸늘한 민패, 장엄한 단순성 같은 것이 전혀 없다. 그것은 또한 부르주[22]의 대성당처럼, 첨두홍예의 경쾌하고 다형적(多形的)이고 복잡하고 뾰족뾰족하고 화려하고 찬란한 산물도 아니다. 저 고대의 교회 집단, 어둡고 신비로우며 반원 홍예로 말미암아 찌그러진 듯이 나직한 성당, 천장을 제외하고는 거의 이집트적인 성당, 전적으로 상형문자적[23]이고 전적으로 성직자적이고 전적으로 상징적인 성당, 그 장식에서 꽃보다는 마름모꼴과 Z자 꼴이, 동물보다는 꽃이, 인간보다는 동물이 더 많이 들어 있는 성당, 건축가의 작품이라기보다는 오히려 주교

---

21) 손 강변의 마콩 근처의 지명. 10~11세기에 지은 로마네스크식 성당들이 있다.

22) 파리 남쪽 330킬로미터에 있는 도시. 13세기에 지은 화려한 고딕식 성당이 있다.

23) 이 낱말이 이후 자주 나오는데, 이집트의 상형문자에 관한 샹폴리옹의 최근의 발견이 당시 사람들 입에 많이 오르내렸던 사실로 미루어 수긍이 간다.

의 작품이랄 수 있는 성당, 동로마제국 시대에 뿌리박기 시작하여 정복자 기욤[24])에 이르러 멎은, 신정적(神政的) 군대식 규율의 흔적이 역력한, 예술의 최초 변형기에 속하는 성당, 이러한 고대의 교회 집단 중에 노트르담을 넣기란 불가능하다. 또 우리의 대성당을 또 다른 교회 집단, 높고, 경쾌하고, 스테인드글라스와 조각물이 풍부한 성당, 형태가 예리하고 자세가 대담한 성당, 자유로운 정치의 상징처럼 서민적이고 시민적이며, 예술 작품처럼 변덕스럽고 분방한 성당, 십자군이 돌아왔을 때 시작되어 루이 11세에서 그친 상형문자적이거나 확고부동하거나 성직자적인 것이 아니라, 예술적이고 진보적이고 대중적인, 건축양식의 제2의 변형기에 속하는 성당, 이러한 교회 집단 속에 집어넣는 것도 불가능하다. 파리의 노트르담은 첫 번째 성당들처럼 순수한 로마네스크 집단에도 속하지 않고, 두 번째 성당들[25])처럼 순수한 아라비아 집단에도 속하지 않는다.

　그것은 과도기의 건축물이다. 작센의 건축가가 중앙 홀의 최초의 원기둥들을 다 세워갈 무렵에, 십자군에서 도래한 첨두홍예가, 반원 홍예밖에 가질 수 없었던 저 커다란 로마네스크식 기둥머리 위에 와서 의기양양하게 놓였다. 첨두홍예는

24) Guillaume le Conquérant, 1027~1087. 영국을 정복한 노르망디 공작. 영국에서는 '정복자 윌리엄 1세'로 통칭된다. 위고는 건축양식에서 로마네스크 시대가 끝난 시기를 가늠하기 위해 이 유명한 인물을 인용한 데 불과하다.
25) 첨두홍예식 성당을 말한다.

그때부터 주인이 되어 성당의 나머지 부분을 건축했다. 그러나 그것은 초기에 미숙하고 소심하여, 끝이 벌어지고, 넓어지고, 자제하여, 훗날 수많은 경이로운 대성당들에서 그러했던 것처럼, 아직은 감히 첨탑이나 첨두홍예 모양으로 뾰족하게 솟아오르지 못했다. 그것은 둔중한 로마네스크식 원기둥들의 영향에서 벗어나지 못하고 있는 것 같다.

게다가 이 로마네스크 양식에서 고딕 양식으로의 과도기적 건축물들이 순수한 전형들보다 연구에 있어 덜 귀중한 것은 아니다. 그것들은 그것들이 없었더라면 상실되고 말았을 예술의 미묘한 차이를 나타내고 있다. 그것은 반원 홍예 위에 붙인 첨두홍예의 접목이다.

파리의 노트르담은 특히 그러한 잡종의 기이한 견본이다. 이 기념할 만한 건축물의 면 하나하나, 돌 하나하나는 이 나라 역사의 한 페이지일 뿐만 아니라, 학문과 예술의 역사의 한 페이지이기도 하다. 그리하여 여기에 주요한 세부만을 지적해 본다면, 조그만 포르트 루주[26]는 15세기 고딕 양식의 정교함의 한계점에 거의 도달하고 있는 데 반하여, 중앙 홀의 원기둥들은 그 부피와 육중함으로 말미암아, 생제르맹 데 프레의 카롤링거 왕조식 수도원으로까지 거슬러 올라간다. 사람들은 이 문과 원기둥들 사이에는 6세기의 간격이 있는 것처럼 생각하리라. 연금술사들에 이르기까지도 정면 현관문의 상징 속

---

26) '붉은 문'이라는 뜻으로, 성당의 북문이다. 실제로 이 문은 15세기에야 건축되었는데, 위고는 이 사실을 몰랐던 듯하다.

에서 그들 학문의 만족스러운 요약을 발견하지 못하는 자는 없거니와, 생자크 드 라 부슈리 성당[27] 같은 것은 그들 학문의 완전무결한 상형문자였다. 그리하여 로마네스크식 수도원이며 화금(化金) 성당[28], 고딕 예술, 작센 예술, 그레고리오 7세[29]를 회상케 하는 육중한 원기둥, 니콜라 플라멜이 그것으로 루터를 예고한 그 연금술적 상징주의, 교황의 단일성, 교회의 분리, 생제르맹 데 프레, 생자크 드 라 부슈리 할 것 없이, 모든 것이 노트르담 속에 녹아 있고 합쳐져 있고 섞여 있다. 이 중심적이고 발생적인 성당은 파리의 낡은 성당들 가운데 일종의 키마이라다. 그것은 어떤 성당의 머리를 가지고 있는가 하면, 다른 성당의 팔다리를, 또 다른 성당의 엉덩이를 가지고 있다. 온갖 성당들의 무엇인가를 가지고 있는 것이다.

되풀이해 말하거니와, 이러한 잡종의 건축물들은 예술가나 고고학자나 역사가에게 조금도 흥미가 없는 것이 아니다. 그것들이 명시하고 있고 키클롭스의 유적[30]이나 이집트의 피라

---

27) 시테섬 맞은편 센강 북쪽 둑에 있었던 성당. 12세기에 건축되어 1797년에 철거되었다. 오늘날 남아 있는 것은 16세기에 덧붙인 생자크 종탑뿐이다.
28) '화금 성당'은 위고가 만든 말이고, 연금술에서 '화금석'(pierre philosophale)이라는 말이 일반적으로 쓰였는데 그것은 연금술사들이 오래 찾고 있던 물질로, 여러 가지 특성들 가운데 금속을 금으로 바꾸는 특성이 있다고 믿어졌다.
29) Gregorius VII, 1020~1085. 1073~1085년에 재위한 교황. 정력과 엄격함으로 유명하였다. 황제 하인리히 4세에 대항해 1077년에 카노사에서 그를 굴복시켰다.
30) 동지중해 제국, 특히 그리스에 살고 있던 유사 이전의 민족인 펠라스기(Pelásgi)인 시대에 속하는 거대한 건축물들의 폐허를 일컫는 표현이다.

미드, 인도의 거대한 탑들이 명시하고 있는 것으로 보아, 건축술이라는 것이 얼마나 원시적인 것인지를 그것들은 느끼게 해주며, 건축술의 최대의 산물은 개인적인 작품이라기보다 사회적인 작품이요, 천재적인 사람들이 내던져놓은 것이라기보다는 오히려 진통을 겪은 민중들의 산아(産兒)요, 한 국민이 남겨놓은 공탁물이요, 허구한 세월이 이루어놓은 퇴적물이요, 인간 사회의 계속적인 발산물의 침전이라는 것을, 일언이폐지하여 가지가지의 생성이라는 것을 그것들은 느끼게 해준다. 세월의 물결 하나하나가 그의 충적토를 쌓아놓고, 민족 하나하나가 건축물 위에 그의 널판을 올려놓고, 개인 하나하나가 그의 돌을 가져다놓는 것이다. 비버들도 그렇게 하고, 꿀벌들도 그렇게 하고, 인간들도 그렇게 하는 것이다. 건축술의 위대한 상징, 바벨탑은 하나의 벌통이다.

큰 건물들은 큰 산들과 매일반으로 허구한 세월의 작품이다. 그것들이 아직 중단되어 있는 동안에도 흔히 기술은 변한다. "Pendent opera interrupta(작업이 중단되어 그냥 매달려 있는)"[31] 건물들은 변한 기술에 따라 조용히 계속된다. 새로운 기술은 있는 그대로의 건축물을 잡아, 그 속에 들어박혀, 그것을 제거 흡수하고, 제 마음대로 발전시키고, 가능하면 그것을 완성한다. 그 일은 조용한 자연법칙에 따라 혼란도 노력도 반동도 없이 수행된다. 접목이 일어나고 수액이 감돌고 성장이 다시 시작된다. 물론 같은 건축물 위의 여러 높이에서 여러

---

31) 베르길리우스의 『아이네이스』에서 인용했다.

기술의 그러한 계속적인 접합에는, 여러 권의 아주 두꺼운 책을, 흔히 인류의 세계사를 써내게 할 만한 것이 있다. 인간, 예술가, 개인은 그 거대한 덩어리들 위에서 작자의 이름도 없이 사라져버리고, 인류의 지성만이 거기에 요약되고 합산된다. 세월은 건축가이고 민중은 석공이다.

저 동양의 위대한 석축 공사의 아우 격인 유럽 기독교 국가의 건축술만을 여기서 고려한다면, 그것은 서로 겹쳐지는 명확한 세 개의 대(帶)로 나누어진 하나의 거대한 구성물처럼 사람들 눈앞에 나타난다. 즉 로마네스크대[32]와 고딕대, 그리고 르네상스대인데, 이 마지막 것을 나는 차라리 그리스로마대라고 부르고 싶다. 로마네스크 층(層)은 가장 역사가 오래되고 가장 깊이 뿌리박힌 것인데, 반원 홍예가 그것을 차지하고 있으며, 이 반원 홍예는 르네상스의 근대적 상부 층에서 그리스식 원기둥 위에 얹혀서 다시 나타난다. 첨두홍예는 두 대의 사이에 위치한다. 이 세 층 중 오직 하나에만 속해 있는 건물들은 전적으로 명확하고 단일하고 완전하다. 쥐미에주의 수도원[33]이 그것이요, 랭스의 대성당[34]이 그것이요, 오를레앙의

---

32) 이와 같은 대는 장소와 기후와 인종에 따라 롬바르디아대, 작센대, 또는 비잔틴대라고도 불린다. 이것들은 네 개의 유사한 대조적인 건축술로서, 제 나름의 특성을 지니고 있지만, 반원 홍예라는 같은 원리에서 파생한 것이다. Facies non omnibus una, Non diversa tamen, qualem, etc.(원주) 이 라틴 시는 '모두가 닮지 않되 다르지도 않은 외관, 그리하여……'라는 뜻이다.(오비디우스의 『변신 이야기』 II, 13)
33) 루앙에서 멀지 않은 곳에 있는, 메로빙거 왕조 시대에 지은 수도원.
34) 1211년에 짓기 시작한, 순수한 고딕식 성당.

생트크루아[35]가 그것이다. 그러나 세 개의 대는, 마치 태양 스펙트럼에서 빛깔이 그러하듯이, 그 가장자리에서 서로 섞이고 합쳐져 있다. 그로 말미암아 복합적인 건축물, 미묘한 차이를 지닌 중간 과정의 건물들이 존재하는 것이다. 어떤 건물은 발은 로마네스크 양식이요, 중간은 고딕 양식이요, 머리는 그리스로마 양식이다. 이는 그것을 세우는 데 600년이 걸렸기 때문이다. 이러한 잡종은 드물다. 에탕프의 탑이 그러한 견본 중 하나다. 그러나 두 가지가 합쳐져 형성된 건축물들은 그보다 흔하다. 파리의 노트르담이 그러한데, 그것은 첨두홍예의 건물이면서도, 맨 처음에 세워진 원기둥들로 말미암아, 생드니[36]의 정면 현관과 생제르맹 데 프레의 중앙 홀이 들어 있는 저 로마네스크대 속에 들어가 있다. 보세르빌[37]의 매혹적인 반고딕식 참사회실도 그러한데, 로마네스크 층이 허리까지 올라와 있다. 루앙의 대성당도 그러한데, 중앙 첨탑의 끝이 르네상스대 속에 잠겨 있지 않다면 그것은 전적으로 고딕식이 될 것이다.[38]

게다가 그러한 모든 차이는, 그러한 모든 미묘한 차이는, 건

---

35) 오를레앙의 생트크루아 대성당은 첨두홍예의 궁륭으로서, 위고가 규정한 것처럼 '그리스로마대'를 대표하는 성당이 아니다. 뿐만 아니라, 이 성당은 앙리 4세 때부터 루이 16세 때까지에 걸쳐 건축되었다.
36) 파리 교외에 있는 수도원. 프랑스의 역대 왕들이 묻혀 있다. 636년 다고베르에 의해 건설되었고, 1132년 루이 6세 때 재건되었다.
37) 루앙 근처에 있는 생조르주 드 보세르빌 수도원.
38) 첨탑의 그 부분은 골조로 짜놓은 것이었는데, 바로 그 부분이 1823년에 하늘의 불로 타버렸던 것이다.(원주)

물의 표면에밖에는 영향을 미치지 않는다. 기독교 교회의 건축 자체는 그로 말미암아 아무런 손상도 받고 있지 않다. 그것은 언제나 똑같은 내부 구조이고 각 부분의 똑같은 논리적 배치이다. 한 성당의 조각과 수놓은 외피야 어쨌든 간에, 언제나 그 아래, 적어도 근원적 원초적 상태에서는, 로마의 바실리카식 교회당을 발견할 수 있다. 이 교회당이 지상에서 똑같은 법칙에 따라 영원히 발전하고 있는 것이다. 그것은 변함없이 십자로 교차되는 두 개의 홀이고, 후진의 둥그런 상부 끝이 성가대석을 이루고 있다. 그것은 또 언제나 내부의 행렬과 소제단을 위한 측량인데, 중앙 홀이 기둥 사이로 흘러들어와 있는 일종의 측면 산책장과 같은 것이다. 그것은 그렇다 치고, 소제단이나 현관문, 종탑 또는 지붕의 돌출 천각(天閣) 등의 수효는 시대와 국민과 기술의 창의에 따라서 무한히 변한다. 예배 의식이 일단 갖추어지고 확고해지면, 건축술은 그것이 좋을 대로 한다. 조상, 스테인드글라스, 원화창, 아라베스크 장식, 톱니형 장식, 기둥머리, 음각(陰刻), 이러한 모든 상상의 산물들을 건축술은 예배 의식에 어울리는 대수(對數)에 따라 배합한다. 밑바닥에 그토록 질서와 통일성을 간직하고 있는 저 건물들의 비상한 외적 다양성은 거기에서 유래한다. 나무의 줄기는 변함이 없으나 생장은 변덕스러운 것이다.

2장

파리의 조감[39]

　나는 앞서 독자를 위해 저 훌륭한 파리의 노트르담 성당을 복원해 보려고 하였다. 이 성당이 15세기에는 지니고 있었으나 오늘날에는 없어진 대부분의 미점(美點)은 대충 지적했으나, 한 가지 중요한 점을 빠뜨렸으니, 그것은 당시 성당의 탑 위에서 발견하던 파리의 조망이다.

　종탑의 두꺼운 벽 속에 수직으로 뚫려 있는 어두컴컴한 나선계단을 오랫동안 더듬어 올라간 뒤에 마침내, 햇빛과 공기가 넘쳐흐르는 두 개의 높은 지붕 중 하나 위로 갑자기 나오면, 눈 아래 한꺼번에 사방으로 펼쳐지는 경치는 사실 한 폭

---

39) 이 장은 이 소설의 나머지 부분이 완성된 후, 1831년 1월 18일에서 2월 2일에 걸쳐 쓰였다.

의 아름다운 그림이었다. 그 특유한 광경은, 이를테면 바이에른의 뉘른베르크라거나 스페인의 비토리아와 같이, 또는 한결작은 견본으로서 오늘날까지도 잘 보존되어 있다고 한다면, 브르타뉴의 비트레라거나 프로이센의 노르트하우젠과 같이 몇 군데 아직도 남아 있는 하나의 완전무결한 동질적 고딕식 도시를 다행히 볼 수 있었던 독자들이라면, 쉽사리 그 모습을 짐작할 수 있을 것이다.

350년 전의 파리, 15세기의 파리는 이미 하나의 거대한 도회지였다. 보통 우리 파리 사람들은 그 후 상황이 더 유리해졌다고 잘못 생각하고 있다. 파리는 루이 11세 이후로 3분의 1을 훨씬 더 넘게 커지지는 않았다.[40] 파리는 확실히 크기에서 얻은 것보다 훨씬 더 많은 것을 아름다움에서 잃어버렸다.

파리는, 누구나 알다시피, 하나의 요람과 같은 꼴을 하고 있는 시테라는 옛 섬 안에서 태어났다. 이 섬의 모래사장은 파리의 최초의 성벽이요, 센강은 최초의 해자였다. 파리는 남쪽과 북쪽에 각각 하나씩 두 개의 다리와, 성문이자 동시에 요새이기도 했던 우안의 그랑 샤틀레와 좌안의 프티 샤틀레, 이 두 개의 교두보를 가지고 수백 년간 섬의 상태로 머물러 있었다. 그러다가 첫 왕가의 역대왕 이후, 섬 안이 너무 비좁아 몸을 돌릴 수 없게 되자 파리는 물을 건넜다. 그러자 그랑 샤틀

---

40) 위고는 너무 과장하고 있다. 센강 우안만 하더라도 루이 11세의 파리는 대략 현재의 1~4구에 해당하였는데, 위고가 말하는 당시의 파리, 즉 페르미에 제네로 성벽 안으로 제한된 파리는 위의 구역 외에도 8~11구를 포함하고 있어서, 이것만으로도 갑절이 넘는다. 센강 좌안도 그만큼 팽창해 있었다.

레를 넘어서고 프티 샤틀레를 넘어서서, 담과 탑으로 된 최초의 성이 센강의 양쪽에서 들판을 베어 먹기 시작했다. 전 세기까지만 하더라도 아직 이 옛 울타리의 자취가 약간 남아 있었지만, 오늘날에는 그 추억밖에 남지 않아, 여기저기 전설이 있고, 'Porta Bagauda'[41]가 있을 뿐이다. 차츰 가옥들의 물결은 줄곧 도심에서 바깥으로 밀려 나와, 이 성벽에서 넘쳐흐르고, 성벽을 갉아먹고, 허물어뜨리고, 지워버린다. 필리프 오귀스트[42]가 파리에 새로운 장벽을 만들어준다. 그는 높고 튼튼한 커다란 탑들의 둥그런 사슬 속에 파리를 가두어놓는다. 100년도 더 넘도록 집들은 마치 저수지 내의 물처럼 이 분지 내에 모이고 쌓여 그 높이를 높여간다. 그것들은 깊어지기 시작하고, 층층이 쌓여 올라가고, 집 위에 집을 포개고, 압축된 수액이 으레 그러듯이 자꾸만 위로 솟아오르고, 조금이라도 공기를 가지려고 앞다투어 이웃집 위로 머리를 내놓는다. 거리는 더욱더 깊이 패고 좁아지며, 광장은 모두 메워지고 사라진다. 마침내 집들은 필리프 오귀스트의 성벽을 뛰어넘어, 마치 도망자처럼, 비틀비틀 질서 없이, 들판에 즐겁게 흩어진다. 거기서 집들은 깊숙이 들어앉아 들에 정원을 마련하고 편안히 지낸다. 1367년 이후 도시는 성 밖에 퍼질 대로 퍼져, 특히 우안에는 새로운 울타리가 필요해진다. 샤를 5세가 그것을 세

---

41) 뒤 브륄의 책에 나오는 이름으로, 보데 또는 보두아예 문을 말한다.
42) Philippe Auguste, 1165~1223, 재위 1180~1223. 카페왕조의 7대 왕, 통칭 필리프 2세. 봉건군주로서 왕권을 강화하여 프랑스 성장의 기틀을 마련했다.

운다. 그러나 파리 같은 도시는 끊임없이 커져간다. 그러한 도시들밖에는 수도가 되지 못한다. 그것은 한 나라의 지리적 정치적 정신적 지적 비탈들의 끝이, 한 국민의 모든 자연적 비탈들의 끝이 와서 닿는 깔때기이다. 그것은 말하자면 문화의 우물이요, 한 국가의 상업 공업 지성 인구, 모든 정기, 모든 생명, 모든 영혼이 한 방울 한 방울, 한 시대 한 시대씩 스며들어 괴는 하수도이다. 그러므로 샤를 5세의 성벽도 필리프 오귀스트의 성벽과 같은 운명을 갖는다. 15세기 말 이후로 그 성벽 밖으로 집들은 건너뛰고 넘어가서, 교외는 더욱 멀리 달려간다. 16세기에는 성벽이 눈에 띄게 후퇴하는 듯 보이고, 새로운 도시가 옛 도시 안으로 더욱더 기어들어올 정도로 이미 성 밖에서 팽창한다. 그리하여 15세기까지만으로 말한다면, 그때 이미 파리는 배교자 율리아누스[43] 시대에 그랑 샤틀레와 프티 샤틀레 속에 싹트고 있었다고도 할 수 있는 그 세 개의 동심원적 성벽을 마멸시켰던 것이다. 이 강력한 도시는, 마치 자라나는 어린애가 지난해에 입던 옷에 구멍을 내듯이, 그 네 성벽의 띠를 차례로 파열시킨 것이다. 루이 11세 시대에는 그 집들의 바다 속에 군데군데 옛 성벽의 허물어진 탑들이 옹기종기 솟아 있는 것이 보였다. 마치 홍수 속에 솟아오른 언덕의 봉우리처럼, 새로운 파리 아래 가라앉은 옛 파리의 군도처럼.

　그때 이후로 파리는, 우리의 눈에는 불행한 일이지만, 또 변했으나, 하나의 성벽밖에는 더 뛰어넘지 않았으니, 그것은 루

---

43) 361~363년에 재위한 로마 황제.

이 15세의 성벽, 그것을 쌓아올린 왕에게도 어울리고, 그것을 노래한 시인에게도 어울리는, 진흙과 가래침의 치사스러운 벽인 것이다.

　　　파리를 둘러막는 담은 파리를 투덜거리게 한다.[44]

　15세기까지도 아직 파리는 제각기 다른 모습과 특수성, 풍속 습관 특권, 그리고 역사를 지닌 서로 판이하게 구별되는 세 개의 도시, 즉 시테와 대학과 장안으로 나뉘어 있었다. 시테는 섬을 차지하고 있었는데, 가장 작고 가장 오랜 역사를 가지고 있어 다른 두 도시의 어머니 격으로, 이런 비유가 허용된다면, 마치 두 명의 아름다운 큰 딸 사이에 끼인 조그만 노파처럼, 두 도시 사이에 꼭 끼여 있었다. 대학은 센강 좌안[45]을 덮고 있었는데, 투르넬에서부터 네슬 탑까지 걸쳐졌으니, 오늘날의 파리로 말하자면, 포도주 시장부터 조폐국까지에 해당한다. 그 성벽은 율리아누스가 목욕탕을 세웠던 들판을 꽤 널찌감치 초승달 모양으로 파 들어가고 있었다. 생트주느비에브 산은 그 안에 갇혀 있었다. 이 성벽 곡선의 정점은 포르트 파

---

44) 이 시구는 1784년, 따라서 루이 16세 치하에 시작되어 1790년에 완결된 페르미에 제네로의 성벽에 대한 풍자시다. 원시는 'Le mur murant Paris rend Paris murmurant.'인데 뜻보다도 mur, murant, mur-murant, ……rant, rend, ……rant 등 글자와 소리의 유희에 묘미가 있다.
45) 센강 좌안은 센강 남쪽의 파리를 가리키고 우안은 북쪽 파리를 가리킨다.

팔 문, 다시 말해 대략 현재의 판테온이 있는 자리였다. 장안은 파리의 세 덩어리 중에서 가장 컸는데, 우안을 차지하고 있었다. 이 강둑은 여러 군데 끊어지기는 하였지만, 비 탑에서부터 부아 탑까지 센강을 따라 달리고 있었으니, 오늘날로 말하자면 공설 곡물창고[46)가 있는 곳에서부터 튈르리 정원이 있는 곳까지 걸쳐져 있었던 것이다. 센강이 수도의 성벽을 끊고 있었던 이 네 개의 지점, 즉 좌안의 투르넬과 네슬 탑, 우안의 비 탑과 부아 탑은 대표적으로 '파리의 4탑'이라고 일컬어지고 있었다. 장안은 대학보다도 더 깊숙이 오지로 파 들어가고 있었다. 장안 성벽(샤를 5세의 성벽)의 정점은 생드니와 생마르탱의 두 문에 있었는데, 그 위치는 오늘날도 변함이 없다.

앞에서도 말한 바와 같이, 파리의 이 커다란 세 부분은 각각 하나의 도시였지만, 너무나도 특수하여 홀로 완전할 수 없는 도시, 다른 두 도시 없이는 견딜 수 없는 하나의 도시였다. 그러므로 제각기 판이한 세 개의 면모를 갖추고 있었다. 시테에는 성당이 많았고, 장안에는 저택이 많았고, 대학[47)에는 학교가 많았다. 옛 파리의 부차적인 특이성과 도로 관리권의 변덕을 무시하고 말한다면, 일반적인 관점에서 구역 관할의 혼돈 속에 총체적인 것만을 들어, 섬은 주교의 소관이요, 우안은 행정 장관의 소관이요, 좌안은 대학 총장의 소관이었다고

---

46) 부르동 거리에 있는 병기창의 정원 자리에 1807년에 세운 것으로 기근에 대비했던 것이다.
47) 중세에 대학이라고 하면 교황권 아래 성당, 수도원 및 사립학교들을 통합한 중등 및 고등 교육의 성직 기관을 가리킨다.

할 수 있으리라. 이 전체의 위에, 시의 관리가 아니라 조정의 관리인 파리 시장이 있었다. 시테에는 노트르담이 있었고, 장안에는 루브르 궁과 시청이 있었고, 대학에는 소르본이 있었다. 장안에는 중앙 시장이, 시테에는 시립 병원이, 대학에는 프레 오 클레르48)가 있었다. 학생들이 좌안에서, 그들의 프레 오 클레르에서 저지르는 범죄는 섬 안의 파리 재판소에서 재판하고 우안의 몽포콩에서 처벌했다. 물론 대학은 강력하고 국왕은 미약한 것으로 여기고 있던 대학 총장이 개입하지 않는다면 말이다. 왜냐하면 자기 학교 안에서 교수형을 당하는 것은 학생들의 특권이었기 때문이다.

(말이 난 김에 적어두거니와, 그러한 특권들 중에는 위에서 말한 것보다 더 좋은 것들도 있었는데, 대부분은 반항과 폭동으로 왕에게서 강탈했던 것이다. 그것은 아득한 옛날부터의 추이인 것이다. 왕은 백성이 빼앗지 않으면 놓지 않는다. 충성에 관해 그 점을 순진하게 말하고 있는 고문서가 있다. 'Civibus fidelitas in reges, quæ tamen aliquoties seditionibus interrupta, multa peperit privilegia.(때때로 반항에 의해 중단은 되었지만, 국왕에의 충성은 백성에게 수다한 특권을 가져다주었다.)')

15세기에 센강은 파리의 성벽 안에서 다섯 개의 섬을 미역 감겨주고 있었다. 루비에섬49), 당시 여기에는 수목들이 있었

---

48) 생제르맹 데 프레 수도원 앞에 있었던 풀밭으로, 옛 파리 대학 학생들의 산책터와 결투장으로 사용되었다.
49) 이 섬은 1843년에 우안에 합쳐졌는데, 오늘날로 말하자면, 모를랑 거리와 앙리 4세 둑 사이에 포함되는 장소를 차지하고 있었다.

는데, 지금은 목재밖에 없다. 바슈섬과 노트르담섬, 이 두 섬은 모두 한 채의 오두막을 제외하고는 사람이 살고 있지 않았으며, 둘 다 주교의 봉토였다.(17세기에 이 두 섬을 하나로 만들어 세웠는데 지금은 생루이 섬이라고 부른다.) 끝으로 시테와, 그 후 퐁 뇌프 다리 아래 파묻혀버린 작은 파쇠 로 바슈섬. 시테에는 당시 다리가 다섯 개 있었는데, 세 개는 우안에 있는 퐁 노트르담과 석조의 퐁 토 샹주, 그리고 목조의 퐁 토 뫼니에, 두 개는 좌안에 있는 석조의 프티 퐁과 목조의 퐁 생미셸로서, 모두 그 위에 집이 들어차 있었다. 대학에는 필리프 오귀스트에 의해 세워진 여섯 개의 문이 있었으니, 투르넬로부터 시작하여 포르트 생빅토르, 포르트 보르델, 포르트 파팔, 포르트 생자크, 포르트 생미셸, 포르트 생제르맹이 그것이었다. 장안에는 샤를 5세에 의해 세워진 여섯 개의 문이 있었으니, 그것은 비 탑으로부터 시작하여, 포르트 생탕투안, 포르트 뒤 탕플, 포르트 생마르탱, 포르트 생드니, 포르트 몽마르트르, 포르트 생토노레였다. 그 모든 문들은 튼튼한 데다가 아름답기도 하였는데, 아름답다는 것은 튼튼함을 해치는 것이 아니다. 하나의 넓고 깊고, 겨울의 증수기에는 물살이 거세지는 해자가 파리를 빙 둘러 가면서 성벽 아래를 씻어주었으며, 센강이 물을 대주고 있었다. 밤에는 성문을 닫고, 굵은 쇠사슬로 도시의 양 끝 강을 막고서 파리는 편안히 잠을 자는 것이었다.

이 세 개의 도회, 시테와 대학과 장안은, 그것을 부감할 때, 그 하나하나가 이상하게 얽힌 거리들의 헝클어진 편물 같은 꼴을 눈 아래 나타내주고 있었다. 그러나 첫눈에 그 도시의 세 조각은 단 하나의 몸뚱어리를 이루고 있다는 것을 알아볼 수 있었다. 이내 눈에 띄는 것은, 끊기지 않은 두 개의 기다란 평행 가로(街路)가 거의 직선으로 정연하게, 센강에 수직 되게, 남쪽에서 북쪽으로, 동시에 세 도시의 한 끝에서 다른 끝으로 지나가면서 세 도시를 맺어주고, 섞어주고, 한 도시의 주민을 다른 도시의 성벽 안으로 부어 넣고 쏟아 넣고 옮겨 넣고 있으며, 세 도시를 하나로 만들어놓고 있다는 것이었다. 그 두 개의 가로 중 첫 번째 것은 포르트 생자크에서 포르트 생마르탱으로 통하고 있었는데, 대학 내에서는 생자크 거리라고 불리고, 시테 내에서는 쥐브리 거리라고 불리고, 장안 내에서는 생마르탱 거리라고 불렸으며, 프티 퐁과 퐁 노트르담 다리라는 이름으로 두 번 강물을 건너가고 있었다. 두 번째 것은 좌안에서는 라 아르프 거리, 섬 안에서는 바리유리 거리, 우안에서는 생드니 거리라고 각각 불리고, 센강 한쪽 지류 위로는 퐁 생미셸을, 다른 쪽 지류 위로는 퐁 토 샹주를 지나가며, 대학 내의 포르트 생미셸에서 장안 내의 포르트 생드니로 통하고 있었다. 게다가 그렇게 여러 가지 이름으로 불리면서도, 여전히 두 개의 가로에 불과했지만, 그것은 파리의 두 중심 가로요, 두 기간(基幹) 가로요, 두 동맥이었다. 세 도시의 다른 모든 정맥은 거기에 와서 길어 가거나 거기로 흘러들고 있었다.

옆으로 가로질러 파리를 꿰뚫는, 직경을 이루는 두 개의 주요 가로와는 별도로, 장안과 대학에는 제각기 따로 큰 거리가 있었으니, 그것은 센강과 평행하게, 세로의 방향으로 달리면서 그 두 개의 동맥 가로를 직각으로 끊고 있었다. 그리하여 장안에서는 포르트 생탕투안에서 포르트 생토노레로 똑바로 내려가고, 대학 내에서는 포르트 생빅토르에서 포르트 생제르맹으로 내려갈 수 있었다. 이 두 개의 큰 도로는 처음의 두 도로와 교차하여, 사방팔방으로 촘촘히 짜인 파리 거리의 미로 같은 망상 조직이 거기에 와서 의지하는 뼈대를 이루고 있었다. 게다가 이 망상 조직의 알아보기 어려운 도면 속에서는, 유심히 살펴보면, 마치 하나는 대학 내에서, 또 하나는 장안에서 펼쳐지는 두 개의 다발처럼 다리에서 성문으로 펴져가는 커다란 거리들의 두 묶음을 분간할 수 있었다.

이러한 실측도의 어떤 것이 오늘날에도 여전히 잔존하고 있다.

이러한 전체가 1482년에 노트르담의 탑 위에서 내려다보았을 때 어떤 모습으로 나타났던가? 이제 그것을 말해 보겠다.

그 꼭대기에 숨을 헐떡거리면서 도착하는 구경꾼에게 그것은 맨 먼저 눈부신 지붕과 굴뚝과 거리와 다리와 광장과 종루 들이었다. 모든 것이 한꺼번에 눈을 사로잡았다. 깎아지른 듯한 합각머리, 뾰족한 지붕, 성벽 모퉁이에 매달린 소탑, 11세기의 피라미드식 석조 건물, 15세기의 판암 오벨리스크, 아성의 꾸밈없는 둥근 탑, 성당의 장식 네모 탑, 큰 것, 작은 것, 육중한 것, 경쾌한 것 등등. 눈길은 오랫동안 그 미궁 속에 깊이 깊이 잠겨 드는데, 거기에는 저마다 제 나름의 독창성과 동기와 특성과 아름다움이 없는 것이라곤 아무것도 없었고, 전면에 물감 칠과 조각을 하고, 바깥으로 뼈대가 불거지고, 문이 반궁륭이고, 위층들이 앞으로 불쑥 나온, 작디작은 가옥에서부터 당시에는 탑이 즐비했던 장엄한 루브르 궁에 이르기까지, 예술에서 오지 않은 것이라고는 아무것도 없었다. 그러나 그러한 요란스러운 건축물들에 눈이 길들기 시작할 때 식별할 수 있는 주요한 덩어리들은 다음과 같은 것들이었다.

맨 먼저 시테. 시테섬은, 그 너절한 글들 가운데 이따금 이러한 문체의 행운도 누린 소발이 말한 바와 같이, "시테섬은 마치 센강 한복판으로 물결 따라 흘러가다 좌초하여 개흙 속에 처박힌 커다란 배같이 생겼다." 15세기에 이 배가 다섯 개의 다리로 양쪽 강둑에 매여 있었다는 것은 앞에서 설명한 바와 같다. 이 선박 모양은 가문관(家紋官)에게도 감명을 주었다. 왜냐하면, 파뱅과 파스키에[50]에 의하면, 파리의 옛 방패꼴 문장(紋章)에 그려져 있는 배는 거기서 온 것이지 노르만 해적의 포위[51]에서 유래한 것이 아니기 때문이다. 문장은 그것을 해독할 줄 아는 사람에게는 일종의 대수학이다. 문장은 일종의 언어다. 중세 후반기의 전 역사는 문장 속에 쓰여 있다. 마치 전반기의 역사가 로마네스크식 성당의 상징주의 속에 쓰여 있듯이. 그것은 신정(神政)의 상형문자 다음에 온 봉건제도의 상형문자다.

따라서 맨 먼저 시테는 고물은 동쪽으로 대고 이물은 서쪽을 향한 배처럼 눈앞에 나타나 있었다. 이물 쪽으로 돌아서면 무수한 낡은 지붕들이 앞에 즐비한데, 그 위에 생트샤펠 예배

---

50) 파뱅(Favyn)과 파스키에(Etienne Pasquier, 1529~1615)는 모두 16세기 말의 석학. 파스키에는 『프랑스 탐구』라는 책을 썼다.
51) 885년, 클로비스 1세 때 파리는 노르만 해적에게 13개월간 포위되었다.

당의 후진이 흡사 탑을 짊어진 코끼리의 궁둥이처럼 둥그렇게 펼쳐져 있었다. 다만 여기 이 탑은 가장자리가 장식된 원뿔 꼴 너머로 하늘이 보이는, 가장 독창적이고, 금속 가공과 세공, 그리고 톱니 꼴 장식이 가장 잘된 뾰족탑이었다. 노트르담 앞 바로 가까이, 세 개의 거리가 낡은 집들이 들어선 아름다운 광장인 성당 앞마당 안으로 흘러 들어와 있었다. 이 광장의 남쪽을 향하여 시립 병원의 쭈글쭈글한 찌푸린 정면과, 혹과 무사마귀로 덮인 것 같은 지붕이 기울어 있었다. 그다음으로 시테섬의 이 좁디좁은 울타리 안에 오른쪽에도 왼쪽에도, 동쪽에도 서쪽에도, 생드니 뒤 파, carcer Glaucini(카르세르 글로시니)[52]의 낮고 낡아빠진 로마네스크 종각으로부터 생피에 로 뵈와 생랑드리의 날씬한 뾰족탑에 이르기까지, 온갖 시대와 온갖 형태와 온갖 크기의 21개의 성당[53] 종탑이 서 있었다. 노트르담 뒤로는 북쪽에 그 고딕식 회랑과 더불어 구내가, 남쪽에는 반로마네스크식 주교관이, 동쪽에는 이 지면의 뾰죽한 공터가 각각 펼쳐져 있었다. 그렇게 집들이 겹쳐지고 쌓여 있는 가운데 또 눈으로 알아볼 수 있었던 것은 당시 바로 지붕 위에서 저택들의 가장 높은 창들의 꼭대기를 장식하고 있던, 빛이 들어오게 구멍이 뚫린 저 높다란 석조의 굴뚝 갓으로 식별되는, 샤를 6세 치하에 시에서 쥐베날 데 쥐르생[54]

---

52) 뒤 브뢸에 의하면 생드니 뒤 파 성당은 생드니 감옥이 있던 자리에 세워진 것이라고 하는데, 이 감옥을 'carcer Glaucini'라고 불렀다.
53) 이 성당들은 오늘날에는 하나도 남아 있지 않다.
54) Jean Juvénal des Jursins. 1388년에 파리시 행정 장관이었다.

에게 공여한 저택, 좀 더 멀리에는 마르셰 팔뤼 시장의 타르칠한 판잣집들, 또 다른 곳에는 1458년에 늘려낸 생제르맹 르비외 성당의 새로운 후진과 페브 거리의 끝, 그다음엔 여기저기 사람들이 붐비는 네거리, 길모퉁이에 우뚝 솟은 죄인 공시대, 필리프 오귀스트의 아름다운 포도(이것은 길 한복판에 말들의 통행을 위해 줄을 그어놓은 썩 아름다운 포석 도로였으나 16세기에 초라하게도 자갈로 바꿔 깔아놓은 것으로 '동맹 포도'[55])라고 불렸다.) 그리고 15세기에 만들어놓은 것으로 지금도 아직 부르도네 거리에서 그러한 것을 하나 볼 수 있는 저 계단의 반투명한 소탑들과 인적 없는 뒷마당. 끝으로 생트샤펠의 오른쪽에는, 서쪽으로 파리 재판소가 강가에 그 숱한 탑들을 세워 올리고 있었다. 왕실 정원의 대수림이 시테섬의 서쪽 첨단을 덮고, 파쇠 로 바슈의 작은 섬을 가리고 있었다. 강물로 말하자면, 노트르담의 탑 위에서는 시테의 양쪽이 거의 보이지 않았다. 센강은 다리들 아래 사라지고, 다리들은 집들 아래 사라져 있었다.

그리고 그 위에 서 있는 지붕들이 강물의 수증기로 나이가 들기도 전에 곰팡이가 슬어 눈에 보이게 푸르러가는 그 다리들 너머 왼쪽으로 대학 쪽을 바라보면, 맨 먼저 두드러지게 눈에 띄는 건물은 한 다발의 굵고 낮은 탑들인 프티 샤틀레로서, 입을 떡 벌린 그 현관은 프티 퐁의 끄트머리를 삼키고 있

---

55) '동맹' 또는 '신성동맹'은 1576년에 기즈 공작에 의해 결성된 가톨릭 연합회로서 칼뱅교도들에 대하여 가톨릭교를 옹호하고 동시에 앙리 3세를 몰아내고, 기즈가(家)를 왕으로 세우려는 것이 목적이었다.

었고, 그다음에 동쪽에서 서쪽으로, 투르넬에서 네슬 탑으로 둘러보면, 들보에 조각을 하고 스테인드글라스 창을 단 집들이 줄줄이 기다랗게 늘어서 있는데, 포도 위에 층층이 불쑥 불거져 나와 있는 시민의 집 합각머리의 무한히 연속되는 지그재그 꼴은 자주 길 어귀로 끊기고, 또 이따금씩 커다란 석조 저택의 정면이나 모서리로도 끊기는가 하면, 이 대저택들은 마당이며 정원, 익면(翼面)이며 안채와 더불어 마치 한 떼의 하층민들 가운데 있는 대영주처럼, 촘촘히 들어박힌 옹색스러운 천민 같은 집들 사이에 편안히 들어앉아 있었다. 강둑 위에는 그러한 저택들이 대여섯 개 있었으니, 투르넬 옆의 널따란 울안에 성 베르나르드회[56]와 함께 있었던 로렌가(家)[57]의 저택을 비롯한 네슬 궁[58] 같은 것인데, 이 궁궐의 주(主) 탑은 파리의 경계를 이뤘고, 뾰족한 지붕들은 일 년 중 석 달 동안 그 시커먼 세모꼴로 석양의 주홍빛 둥근 표면을 V자 꼴로 팔 수 있었다.

게다가 센강의 이쪽은 다른 쪽보다 상인이 적었고, 여기서는 학생들이 장인들보다도 더 떠들어대고 더 떼 지어 다녔으며, 엄밀히 말해서 여기에는 생미셸 다리에서 네슬 탑까지밖에는 강둑이 없었다. 그 밖의 센강가는 성 베르나르드회의 저쪽 편처럼 민둥민둥한 모래사장이거나, 그 두 다리의 사이에

---

56) 시토의 수도사들이 13세기에 샤르도네 거리에 세운 학교를 가리킨다.
57) 중세 이래 로렌의 땅을 소유하던 가문으로, 기즈 가문도 이에 속한다.
58) 옛 파리의 역사적인 저택으로, 오늘날 프랑스 학사원 자리에 있었다. 네슬 탑은 1832년에 알렉상드르 뒤마의 동명의 희곡으로 유명해졌다.

서처럼 아랫도리가 강물에 잠긴 집들이 즐비했다. 거기에는 빨래하는 아낙네들이 요란스러웠다. 그 여자들은 아침부터 저녁까지 물가에서 외치고 지껄이고 노래 부르면서, 오늘날과 마찬가지로 빨랫감을 힘껏 두들기고 있었다. 그것은 파리의 적지 않은 즐거움이었다.

대학은 얼핏 보아 한 덩어리를 이루고 있었다. 한쪽 끝에서 다른 쪽 끝까지 그것은 하나의 동질적인, 밀집한 전체를 형성하고 있었다. 거개가 똑같은 기하학적 요소로 구성된 그 수천의 빽빽이 들어찬, 밀착된 모난 지붕들은, 높은 데서 내려다볼 때, 똑같은 물질의 한 결정체 같은 모습을 나타내고 있었다. 제멋대로 달리는 협곡 같은 길거리들은 가옥들의 집단을 너무 불균형한 덩어리로 잘라놓고 있지는 않았다. 42개의 학교는 사방에 꽤 고르게 흩어져 있었다. 이 아름다운 건물들의 다양하고 흥미로운 꼭대기는 그 아래로 내려다보이는 단순한 지붕들과 똑같은 예술의 산물이어서, 결국은 똑같은 기하학적 도형의 평방과 입방의 제곱에 지나지 않았다. 그러므로 그것들은 전체를 어지럽히지 않으면서 복잡하게 만들고, 전체를 메우지 않으면서 보충했다. 기하학은 하나의 조화다. 몇 개의 아름다운 저택들 역시 좌안의 그림 같은 곡창지대 위에 여기저기 호화롭게 솟아 있었으니, 지금은 사라져버린 느베르의 주택[59]과 로마의 주택, 그리고 랭스의 주택 들, 여전히 잔존하

---

59) 느베르 공작 루이 드 공자그(Louis de Gonzague)가 1572년에 네슬 궁을 사서 자기 이름을 붙였다.

여 예술가의 위안이 되어주었지만 어리석게도 몇 년 전에 그 탑 꼭대기를 잘라내버린 클뤼니 궁[60]이 그것이다. 아름다운 홍예의 로마식 궁전인 이 클뤼니 궁 옆에 율리아누스의 목욕탕이 있었다. 또한 이 저택들보다 더 경건한 아름다움과 더 장중한 규모를 가진 수도원들이 수없이 많았는데, 그렇다고 해서 그 저택들보다 덜 아름답거나 덜 큰 것도 아니었다. 맨 먼저 눈을 번쩍 뜨게 하던 수도원들이라면, 세 개의 종탑을 가지고 있던 성 베르나르드회, 아직도 잔존하는 네모진 탑[61]이 나머지 부분이 사라졌음을 몹시 아쉬워하게 하는 생트주느비에브, 반은 학교고 반은 수도원이었던 소르본(이 수도원 중에서 감탄할 만한 중앙 홀 하나가 살아남았으니, 사변형의 아름다운 마튀랭 수도원[62]이다.), 그 옆에 있었던 성 베네딕트회 수도원[63](이 수도원 벽 안에서 이 책의 제7판과 제8판 사이[64]에 사람들은 연극 하나를 후닥닥 해치웠다.), 세 개의 거대한 합각머리를 병치해

---

60) 소므라르 거리에 있다. '율리아누스의 목욕탕'이라고 불리던 궁궐의 유물을 소장하고 있으며, 14~16세기의 진기한 골동품이 소장된 박물관이 있다.

61) 이 네모진 탑은 '클로비스 탑'이라고 하여, 오늘날 앙리 4세 고등학교의 울안에 있다. "나머지 부분"은 1807년에 허물어버렸다. 생트주느비에브 수도원은 생트주느비에브회 수도사들의 수도원으로, 현재의 판테온 뒤에 있었다.

62) 이 수도원은 클뤼니 궁 근처인, 라 아르프 거리와 생자크 거리 사이의 마튀랭이라는 거리에 있었다.

63) 이 수도원은 현재의 시므티에르 생브누아 거리에서 멀지 않은 곳에 있었다.

64) 1832년을 말한다.

놓은 성 프란체스코회, 성 아우구스티누스회[65](그 우아한 뾰족
탑은 서쪽에서 출발하여, 네슬 탑 다음으로 파리 이쪽에서의 두 번
째 톱니 꼴 장식이 되고 있었다.) 학교들은 사실 수도원과 속세의
연결 고리가 되는 것이어서, 일련의 건축에서 저택과 수도원
의 중간을 차지하여 우아하고 준엄하면서도, 조각술은 저택
들보다 덜 경박하고 건축술은 수도원들보다 덜 근엄하였다. 고
딕 예술이 호화로움과 검소 사이의 중간을 매우 정확히 끊어
놓았던 이러한 건축물이 거의 하나도 남아 있지 않음은 불행
한 일이다. 성당들(이 성당들은 대학 내에 무수히 많고 찬란하였으
며, 여기서도 그것들은 생쥘리앵 성당의 반원 홍예로부터 생세브랭
성당의 첨두홍예에 이르기까지 건축술의 모든 시대에 걸쳐 있었다.)
은 그 모든 것 위에 우뚝 솟아 있었으며, 마치 전체의 조화 속
에 하나의 조화를 더하듯이, 숱한 톱니 꼴의 합각머리들 사이
에서 깎아 세운 듯한 뾰족탑들이며 채광창 달린 종각들이며
날씬한 첨탑들이 끊임없이 솟아오르고 있었는데, 이 첨탑들의
선은 또한 지붕들의 예각을 화려하게 과장한 것에 불과했다.

대학의 땅은 산지였다. 생트주느비에브산은 거기 동남쪽에
서 거대한 앰플을 이루고 있었으며, 노트르담 위에서 그것은
볼만하였다, 수많은 꾸불꾸불한 좁다란 길(오늘날의 라탱 구역)
이며 옹기종기 들어박힌 집들이 그 고지의 꼭대기에서 사방으
로 흩어져, 뒤죽박죽으로, 비탈 위를 거의 수직으로, 물가에까

---

65) 이 성당은 1368년에 착공하고 19세기 초에 헐렸는데, 오귀스탱 거리에
있었다.

지 뛰어 내려가면서, 어떤 놈들은 떨어지는 듯하고, 또 다른 놈들은 도로 기어오르는 듯하고, 모든 놈들이 서로 꼭 붙잡고 있는 듯한 꼴을 보는 것은. 포도 위에서 서로 교차되는 수천 개 검은 점의 끊임없는 물결은 눈 아래 모든 것을 움직이게 하고 있었다. 그것은 그처럼 높고 먼 데서 본 민중이었다.

끝으로, 그 지붕들이며 그 뾰족탑들이며 대학의 맨 끝 선을 구부리고 비틀고 들쭉날쭉하게 만드는 그 무수한 건물들의 기복 사이로, 군데군데, 이끼 긴 거대한 담벼락이, 두꺼운 원탑이, 요새같이 보이는 총안 뚫린 성문이 어렴풋이 보였으니, 그것이 필리프 오귀스트의 성벽이었다. 그 너머로 목장들이 파랗게 펼쳐지고, 도로들이 달려가고, 그 도로들을 따라 아직도 교외의 집들이 몇 채씩 흩어져 있었는데, 집들은 멀어져갈수록 더욱더 듬성듬성해졌다. 이 교외들[66] 중 어떤 것들은 중요했다. 맨 먼저 투르넬부터, 생빅토르 마을. 거기에는 비에브르 냇물 위에 교호(橋弧)를 가진 다리가 있고, 루이 르 그로의 묘비명 'epitaphium Ludovici Grossi(에피타피움 루도비키 그로시)'[67]를 읽을 수 있는 수도원이 있고, 11세기의 자그만 종루 네 개가 양쪽에 붙은 팔각 첨탑(이러한 첨탑 하나를 에탕프에서 볼 수 있다. 그것은 아직 쓰러지지 않았다.)을 가진 성당이 있었다. 그다음에는 이미 세 개의 성당과 하나의 수도원을 가지

---

66) 수세기에 걸친 파리의 팽창은 마침내 이 교외들도 파리의 성벽 안에 넣게 되었다.

67) '루이 르 그로(Louis le Gros)'의 라틴어 표기. 루이 르 그로, 즉 뚱보 루이는 프랑스 왕 루이 6세(Louis VI, 1081~1137, 재위 1108~1137)의 별칭이다.

고 있었던 생마르소 마을. 그다음에는 고블랭의 방앗간과 그 네 면의 흰 벽을 왼쪽에 두고, 네거리에 조각을 한 아름다운 십자가와 당시 고딕 건축물이었던 뾰족하고 매력적인 생자크 뒤 오 파 성당이 있었던 생자크 교외, 나폴레옹이 건초 창고 를 만들었던 14세기의 아름다운 성당 생마글루아르[68], 비잔 틴 모자이크가 있었던 노트르담 데 샹 성당. 끝으로, 파리 재 판소와 동시대의 훌륭한 건물로서 조금조금 구획을 그어놓은 정원들과 유령이 잘 나오지 않는 보베르의 폐허[69]가 있는 샤 르트뢰 수도원을 들 한가운데 두고서, 눈길은 서쪽으로 생제 르맹 데 프레 수도원의 세 로마식 첨탑[70] 위에 떨어지는 것이 었다. 생제르맹 마을은 이미 큰 읍으로서, 뒤쪽으로 15~20개 의 거리를 이루고 있었다. 생쉴피스 성당의 뾰족한 종탑은 이 읍의 한쪽 구석을 가리켰다. 바로 그 옆에 생제르맹 정기 시장 의 사변형 울타리가 보였는데, 오늘날에는 장터로 되어 있다. 그다음에는 납 원뿔을 튼튼히 씌운 조그만 예쁜 원탑인 사제 의 죄인 공시대. 기와 공장은 더 멀리 있었고, 공용 가마로 통 하는 푸르 거리, 그리고 그 언덕 위의 방앗간, 그리고 눈에 잘 띄지 않는 조그만 외딴 집인 나병환자 격리 수용소. 그러나 특 히 시선을 끌고, 오랫동안 그 점 위에 시선을 붙잡아놓는 것

---

68) 생마글루아르 신학교는 맹아 교육에 이용되었다. 제정 시대(나폴레옹 1세 통치기)에 성당은 실제로 창고로 이용되었다.
69) 파리 남쪽, 장터 근처에 있었던 성의 폐허. 여기에 악마가 출몰한다는 소문이 있었다.
70) 이 세 탑 중 단 하나만이 오늘날까지 남아 있다.

은 수도원 바로 그 자체였다. 확실히 성당 같고 장원(莊園)같이 위풍당당한 그 수도원은, 파리의 주교들이 거기서 자는 것을 행복하게 여기던 그 수도원 궁전은, 건축술이 대성당 같은 외관과 아름다움과 찬란한 원화창을 부여한 그 수도원 식당은, 그 우아한 성모마리아의 예배당은, 그 기념비적 침실은, 그 광막한 정원들은, 그 내리닫이 쇠살문은, 그 도개교는, 주변의 푸른 목장들에 눈금을 새기는 그 총안의 폐장(蔽障)은, 금빛 법의들 틈에 섞여서 무사들이 번쩍번쩍 빛나고 있는 그 마당들은, 고딕식 성당 후진 위에 확고부동하게 서 있는, 반원 홍예가 붙은 세 개의 높다란 뾰족탑 주위에 모이고 합쳐져 있는 그 모든 것은 지평선에 하나의 웅장한 형체를 이뤘다.

오랫동안 대학을 들여다본 다음에, 마침내 우안으로, 장안 쪽으로 돌아서 보면, 광경은 갑자기 변했다. 장안은 과연 대학보다 훨씬 크고 덜 단조로웠다. 일견하여, 그것은 여러 개의 덩어리로 나뉘어 보였다. 첫째로, 동쪽에 카뮐로젠이 카이사르를 진창 속에 빠뜨린 '늪'이라는 이름이 오늘날까지도 붙어 있는 장안의 그 부분[71]에는 궁궐들이 모여 있었다. 이 궁전들의 집단은 강가까지 뻗어 있었다. 거의 밀착된 네 개의 저택, 주이, 상스, 바르보, 여왕궁[72]은 날씬한 소탑들로 끊긴 그들의

---

71) 갈리아인 카뮐로젠은 카이사르의 부하 대장인 라비에누스에 맞서 뤼테스(파리의 옛 이름)를 지켰다. '늪'은 프랑스어로 '마레(marais)'인데, 그것이 그대로 'Marais'라는 지명이 되었다고 위고는 보고 있으나 확실치 않다.
72) 루이 사제관은 현재의 주이 거리에 있었다. 상스 저택은 상스 대주교의 파리 주택으로 사용하기 위해 1474~1519년에 건축된 것으로, 현재의 피기

슬레이트 지붕 꼭대기를 센강 물속에 비추고 있었다. 이 네 개의 건물은 노냉디에르 거리에서 셀레스틴회 수도원까지의 공간을 채웠으며, 이 수도원의 첨탑은 네 저택의 합각머리와 총안의 선을 우아하게 끌어올렸다. 이 호화로운 저택들 앞에서 강물 위로 기울어져 있는 파르스름한 몇 채의 오막살이는, 그 저택들 정면의 아름다운 각과, 네모지고 커다란 돌 유리창, 위에 조상들을 가득 세워놓은 첨두홍예의 현관, 언제나 깨끗이 잘려 있는 담들의 예각, 그리고 고딕 예술이 끊임없이 제 예술적 배합을 다시 시작하는 것같이 보이게 만드는 저 모든 매혹적인 건축술의 우연을 보는 것을 방해하지는 않았다. 이 궁전들 뒤로, 저 경탄할 만한 생폴 궁[73]의 다양하고 거대한 성벽이, 때로는 갈라지고, 울타리로 에워싸이고, 성채처럼 총안이 뚫렸는가 하면, 때로는 수도원처럼 거창한 수목들로 가려지기도 한 그 성벽이 사방팔방으로 달리고 있었는데, 여기에 프랑스 국왕은, 프랑스 황태자와 부르고뉴 공작의 칭호를 가진 22명의 대군(大君)과 그들의 시종들과 수행원들을, 대제후들은 말할 것도 없고 파리를 보러 오는 황제를, 그리고 이 궁궐 안에 따로 처소를 가지고 있는 사람들을 융숭하게 유숙시키는 데 필요한 모든 시설을 갖추어놓고 있었다. 당시 왕자의 처소는 알현실에서부터 기도실에 이르기까지 11개 이하의 방으

에 거리와 시청 거리의 모퉁이에 아직도 있다. 바르보 궁은 바르 거리 근처에 있었다.

73) 이 궁전은 샤를 5세에 의해 건축되어 샤를 6세의 처소가 되었는데, 현재의 셀레스탱 강둑과 생탕투안 거리 사이에 위치했다.

로는 구성되지 않았다는 것을 여기서 말해 두거니와, 옥내 산책장이나 목욕탕, 한증실, 그리고 어느 주거든지 다 딸려 있는 그 밖의 '예비실들' 같은 것은 말할 것도 없고, 국왕의 빈객 하나하나를 위해 따로 마련된 정원들은 물론, 주방이나 주고(酒庫), 찬방, 궐내의 공용 식당들도 있었고, 빵 굽는 곳에서부터 술 마시는 곳에 이르기까지 22개의 일반 실험실이 있는 가금 사육장들도, 오만 가지 유희장도, 펠멜[74] 놀이터도, 죄 드 폼[75] 코트도, 고리 따기[76] 터도 있었고, 큰 새장이나 어장, 동물원, 마구간, 외양간도 있었고, 도서실과 병기고, 제련소도 있었다. 당시 나라님의 궁궐이라는 것은, 루브르 궁 같은 것은, 생폴 궁 같은 것은 그러했다. 도시 안에 하나의 도시를 이룬 것이다.

우리가 서 있던 탑에서는 생폴 궁이 앞에서 말한 네 개의 큰 저택으로 거의 반쯤 가려져 있었지만, 그래도 그것은 무척 방대하고 웅장해 보였다. 스테인드글라스 창과 원기둥 들의 기다란 회랑들에 의해 몸채에 교묘히 붙여놓았음에도 불구하고, 샤를 5세가 자기의 궁궐에다 접합해 놓은 세 채의 저택을 거기서는 잘 알아볼 수 있었으니, 레이스 모양 난간이 지붕 가장자리를 곱게 장식한 프티 뮈스의 저택[77], 커다란 탑과 돌출

---

74) 회양목 공을 휘청거리는 자루가 달린 나무 망치로 치는 놀이다.
75) 테니스의 일종이다.
76) 기둥에 달아놓은 고리를 말을 달리면서 창으로 찔러서 따는 놀이다.
77) 현재의 프티 뮈스크 거리에 있었다. 프티 뮈스크의 고어형인 Petit-Muce는 'pute y muce', 즉 '갈보가 거리에 숨어 있다.'라는 뜻으로, 옛날 이 거리의 나쁜 평판을 환기시킨다.

회랑[78], 총안, 쇠 참새, 그리고 도개교의 두 홈 사이 작센식의 넓은 문 위에 그려진 사제의 방패 꼴 문장 등이 있는, 성채처럼 우뚝 솟아 보이는 생모르의 사제관, 그 꼭대기가 허물어져 수탉의 볏처럼 들쭉날쭉한 주루가 눈에 둥그렇게 보이던 에탕프 백작의 저택[79]이 그것들이었고, 그 밖에도 거기서 잘 보이던 것은, 여기저기 마치 거대한 꽃양배추처럼 함께 수풀을 이루던 서너 그루의 늙은 떡갈나무, 그늘과 햇빛으로 온통 주름진 양어장의 맑은 물속에 뛰노는 백조들, 그림과도 같은 끝 토막이 보이는 수많은 뜰, 작센식의 짧은 원기둥 위에 나직한 첨두홍예와 내리닫이 쇠살문이 붙어 있고 짐승의 울음소리가 끊이지 않는 사자 저택[80], 그 모든 것들 너머로 보이는 아베마리아[81]의 비늘 벗겨진 첨탑, 왼쪽으로는 날씬하고 미끈한 네 개의 소탑을 양쪽에 거느린 파리 시장의 저택, 그리고 저 안쪽 한가운데 본래의 생폴 궁, 거기에 볼 수 있는 것은 증축된 정면들, 샤를 5세 이후 연해연방 덧붙여진 것들, 2세기 전부터 건축가들의 기상으로 가득 채워진 온갖 잡동사니 혹들, 예배당들의 모든 후진, 회랑들의 모든 합각머리, 바람 부는 대로

---

78) 적을 감시하거나 적에게 포를 발사하고, 돌을 투하하기 위해 성벽 또는 탑 꼭대기에 마련한 발코니.

79) 현재의 생탕투안 거리, 생트마리 교회의 자리에 서 있었다.

80) 왕의 동물원이 이 저택 안에 있어서 그렇게 불렸다. 현재의 리옹(사자) 거리에 있었다.

81) 현재의 샤를마뉴 고등학교 자리에 있었던, 1471년에 창립된 아베마리아 수녀원을 말한다.

돌아가는 수천의 바람개비, 아랫도리가 총안으로 둘러싸인 원 뿔꼴 지붕이 테를 꺾어 올린 뾰족 모자들이 보이는 두 개의 잇닿은 높은 탑.

생탕투안 거리의 통로를 나타내는, 장안의 지붕들 사이에 깊이 팬 움푹한 길을 뛰어넘은 뒤에, 멀리 땅바닥에 펼쳐진 저 원형극장 같은 궁전들을 한 층 한 층 계속해서 올라가면, 여전히 주요 건물들에만 국한해서 하는 말이지만, 눈은 마침내 앙굴렘 저택[82]에 도달하는데, 여러 시대에 걸친 이 광대한 건축물에는 최신의 새하얀 부분들이 있어서, 전체 속에서, 파란 저고리에 빨간 헝겊 한 조각을 대어놓은 것보다 더 잘 어울리지는 않았다. 그러나 조각된 처마들이 삐쭉삐쭉 솟아 있고, 오만 가지 환상적인 아라베스크 무늬로 박아놓은 금빛 구리쇠가 반짝거리는 연판(鉛版)으로 덮인, 최신 궁전의 유달리 뾰족하고 높은 지붕은, 이상야릇하게 금을 박아놓은 이 지붕은 옛 건물의 거무스름한 폐허의 중간에서 맵시 좋게 우뚝 솟아 있었는데, 그 구건물의 큼직큼직한 낡은 탑들은 나이 탓에 마치 헐어빠져서 위아래로 터지고 저절로 짜그라지는 술통처럼 가운데가 불룩 불거져서, 흡사 단추를 끌러놓은 뚱뚱한 배지 같았다. 그 뒤로 투르넬 궁[83]의 첨탑들이 숲처럼 높이 솟아 있었다. 이 첨탑들과 종각들, 연돌, 바람개비, 와선, 나선, 호되게

---

82) 오를레앙가의 앙굴렘 백작의 저택, 현재의 생탕투안 거리와 에구 거리 모퉁이 사이에 있었다.
83) 샤를 7세와 루이 11세가 거처하던 곳. 14세기에 건축되었다. '투르넬'이란 '소탑'이라는 뜻의 고어.

얻어맞은 것처럼 세월로 구멍이 뚫린 옥상의 누각, 정각, 방추형의 작은 탑, 또는 당시 사람들의 말마따나 온갖 모양과 높이와 자세를 하고 있는 소탑들의 이 대수림보다도 더 매혹적이고 더 경쾌하고 더 불가사의한 광경은 이 세상에, 샹보르[84]에도, 알람브라[85]에도, 아무 데도 없었다. 그것은 마치 하나의 거대한 돌 장기판과 같았다.

투르넬의 오른쪽에 보이는, 하나의 둥그런 해자로 묶여 있다고도 할 수 있는, 서로 겹겹이 싸인, 먹처럼 새카만 한 다발의 거대한 탑들, 창문보다도 총안이 훨씬 더 많이 뚫린 아성의 주루, 늘 세워져 있는 도개교, 항상 내려져 있는 쇠살문, 그것은 바스티유다. 총안들 사이로 나와 있는 새카만 부리 같은 것들, 그대들은 그것을 멀리서 홈통으로 착각하겠지만, 그것은 대포다.

그 포탄 아래, 그 무시무시한 건물 밑에 있는 것이 그 두 개의 탑 사이에 파묻힌 포르트 생탕투안이다.

투르넬 궁 저 너머로는, 샤를 5세의 성벽에 이르기까지, 많은 구획으로 나뉜 푸른 초목과 꽃들과 더불어, 부드러운 양탄자처럼 왕의 경작지와 공원이 펼쳐져 있었는데, 그 한복판에 보이는 것이 루이 11세가 쿠악티에에게 하사한 저 유명한 다이달로스 정원이라는 것을 그 수목과 통로 들의 미궁에서 알아볼 수 있었다. 쿠악티에 박사의 천문대는 마치 조그만 집

---

84) 여기에 프랑수아 1세가 지은 굉장한 궁전이 있다.
85) 그라나다(스페인)에 있는 모르 왕의 유명한 궁전. Sauval II, 186에 언급되어 있다.

한 채를 기둥머리로 삼은 하나의 외딴 통통한 원기둥처럼 그 미로 위에 우뚝 솟아 있었다. 그는 이 실험실에서 비상한 점성술에 몰두했다.

거기에는 오늘날 루아얄 광장[86)]이 있다.

앞서 말한 바와 같이, 궁궐 지역은 그 상단부만을 지적함으로써 독자들에게 대략 설명하였거니와, 그것은 샤를 5세의 성벽이 동쪽에서 센강과 이루는 모퉁이를 메우고 있었다. 장안의 중심부를 차지하던 것은 산더미 같은 서민 가옥이었다. 시테의 세 다리가 사람들을 토해내던 우안이 바로 그곳이었는데, 다리들은 궁궐들보다도 먼저 일반 가옥들을 이루어놓는다. 벌통 속의 벌집구멍들처럼 촘촘히 박힌 이 산더미 같은 시민의 주택들은 그 나름의 아름다움을 지니고 있었다. 바다에 파도가 있듯이 수도에는 지붕들이 있게 마련이고, 그것은 웅대한 것이다. 우선 교차되고 엉클어진 거리들은 이 단지에서 온갖 재미나는 형상을 이뤘다. 중앙 시장 주위는 수천의 광선을 발산하는 하나의 별과 같았다. 생드니와 생마르탱의 거리들은 무수한 가지를 뻗으면서, 마치 서로 가지를 섞고 있는 두 그루의 커다란 나무처럼, 차례차례로 올라가고 있었다. 그런 다음에 꼬불꼬불한 선들, 플라트르리 거리며 베르리 거리, 틱스랑드리 거리 등등이 그 모든 것 위에 사행하고 있었다. 이 합각머리 바다의 돌 물결을 뚫고 솟은 아름다운 건축물들도 있었다. 그 뒤로 퐁 토 되니에 다리의 물레 바퀴들 아래 센강

---

86) 현재의 보주 광장.

에서 거품이 이는 것이 보이던 퐁 토 샹죄르 다리의 첫머리에 있었던 샤틀레가 그중의 하나로서, 그 탑은 배교자 율리아누스의 시대처럼 로마식이 아니라 13세기의 봉건적 탑이었는데, 어찌나 단단한 돌탑이었던지 세 시간이 걸려도 곡괭이는 주먹만큼의 두께도 그것을 부숴내지 못할 정도였다. 그리고 생자크 드 라 부슈리의 풍부하게 장식된 사각 탑[87]은 15세기에는 아직 완성되지 않았으나, 그 모서리들이 온통 조각들로 무뎌져 이미 탄상할 만한 것이었다. 특히 그 지붕의 네 모퉁이에 앉아서 오늘날도 여전히 새로운 파리에 옛 파리의 수수께끼를 던져주고 있는, 네 개의 스핑크스 같은 모습의 저 네 개의 괴물이 당시에는 없었다. 조각가 롤은 1526년에 그것들을 새겨놓았고, 그 수고의 대가로 20프랑을 받았다. '기둥 집'은 독자에게 약간 설명한 바 있는 그레브 광장 쪽으로 트여 있었다. 그리고 이른바 탁월한 심미안으로 건축됐다는 하나의 정면 현관 때문에 그 후 망쳐버린 생제르베 성당, 그 낡은 첨두홍예가 당시는 아직 거의 반원 홍예였던 생메리 성당, 그 밖에도 수십 개의 건축물들이 이 좁고 깊은 검은 거리들의 혼돈 속에 그들의 경탄할 만한 모습을 파묻는 것을 개의치 않고 있었다. 거기에 또 덧붙여야 할 것은, 네거리에 교수대보다도 더 사치스럽게 조각된 돌 십자가들, 멀리 지붕들 너머로 훌륭히 건축된 울타리가 보이던 이노상 묘지, 코손리 거리의 두 굴뚝 사이로 꼭대기가 보이던 중앙 시장의 죄인 공시대, 언제나 군중으

---

87) 생자크 성당의 사각 종탑은 1509년에 짓기 시작해 1523년 완공되었다.

로 새카만 네거리에 서 있던 트라우아르 십자가의 사다리, 밀 시장의 둥그렇게 늘어선 오두막들, 여기저기 집들 속에 잠겨 있는 것을 분명히 알아볼 수 있었던, 탑들은 송악에 갉아 먹히고, 문들은 무너지고, 담벼락은 허물어지고 비틀린, 필리프 오귀스트의 낡은 성벽 토막들, 수천 개의 가게와 피가 흐르는 박피장들이 있는 강둑, 포르 토 푸앵에서 포르 레베크까지 배들이 가득 차 있는 센강. 이렇게 덧붙여 보면, 1482년에 장안의 중앙 사다리꼴이 어떻게 생겼을지 어렴풋이나마 여러분은 짐작이 가리라.

하나는 저택 지구요, 또 하나는 가옥 지구인 이 두 지구와 함께, 장안이 보여주던 광경의 세 번째 요소는 기다란 수도원 지대였는데, 그것은 동쪽에서 서쪽에 걸쳐 장안의 주변을 거의 다 둘러싸 파리를 가두어놓은 성벽 뒤에서, 수도원과 예배당 들로 장안에 또 하나의 내부 성벽을 구축했다. 그리하여 생탕투안 거리와 옛 탕플 거리 사이로, 투르넬 궁의 정원 바로 옆에 생트카트린 수도원[88]이 파리의 성벽으로 경계를 삼은 광대한 경작지를 가지고 있었다. 신구 탕플 거리 사이에, 총안이 뚫린 장대한 성벽 한가운데에 외따로 높이 서 있는 한 묶음의 음산한 탑들인 탕플 기사단 본부[89]가 있었다. 새 탕플

---

88) 성 루이 왕 시대에 세워져, 현재의 생탕투안 거리 근처에 있었다.
89) 대략 현재의 탕플 거리와 브르타뉴 거리, 피카르디 거리, 뒤프티 투아르 거리들이 들어선 자리에 서 있었던, 방어 시설이 된 성. 탕플 기사단은 1118년에 창설된 군대식 종교 단체로서 1312년에 필리프 르 벨에 의해 폐지되었다.

거리와 생마르탱 거리 사이에는 생마르탱 수도원[90]이 있고, 그 정원 한가운데는 방어 시설을 갖춘 화려한 성당이 있었는데, 성당의 띠를 이룬 탑들이며 종각의 삼중 관은 세력과 화려함에서 이 수도원을 생제르맹 데 프레 수도원에밖에는 뒤지지 않게 했다. 생마르탱과 생드니의 두 거리 사이에는 트리니테 병원[91]의 울타리가 펼쳐졌다. 끝으로 생드니 거리와 몽토르괴유 거리 사이의 피유 디외 수도원[92]. 그 옆에 '기적궁'의 썩은 지붕들과 포석을 뽑아버린 구내가 보였다. 그것은 그 경건한 수도원들의 사슬에 섞인 유일한 세속적인 고리였다.

끝으로, 우안의 지붕들의 대밀집 지대에서 뚜렷이 드러나 보이는 네 번째 구획은, 성벽의 서쪽 모퉁이와 센강 하류의 강가를 차지하고 있는 지대로서, 그것은 루브르 궁 아래 밀집한 대궐과 저택 들의 새로운 교점이었다. 필리프 오귀스트의 낡은 루브르 궁은, 그 큰 탑 주위에, 작은 탑들은 치지 않더라도, 23개의 주탑이 모여 있는 이 어마어마하게 큰 건물은, 멀리서 보면 알랑송 궁과 프티 부르봉 궁의 고딕식 지붕들 사이에 꼭 끼여 있는 것 같았다. 줄곧 치켜들고 있는 24개의 머리와, 연판이나 비늘같이 슬레이트로 덮이고 금속 반사광으로 온통 번쩍거리는 괴물 같은 궁륭이 있는, 파리의 거대한 파수꾼인 이 탑들의 히드라는 장안의 지세를 서쪽에서 이상한 모양으

90) 12세기와 13세기에 지은 이 수도원의 성당과 식당은 '공예 학교'의 구내에 현존한다.
91) 1200년에 현재의 트리니테 통로의 자리에 창립된 병원이다.
92) 1789년에 허물어 없애고 그 자리에 케르 거리를 냈다.

로 마무리하고 있었다.

그리하여 평민 가옥들의 거대한 군집(로마인들은 이를 평민 가옥들의 '섬'이라 불렀다.) 좌우로, 한편에는 루브르 궁이 다른 편에는 투르넬 궁이 우뚝 솟은 두 덩어리의 궁전들을 거느리고, 북쪽으로는 수도원과 울안 경작지들의 기다란 띠로 경계를 둘러서, 그 모든 것이 한데 융합되어 보이고, 높고 낮은 기와와 슬레이트 지붕들이 수많은 이상한 사슬들을 부각시키는 그 수천의 가옥들 위에, 우안의 44개 성당의, 문신을 넣고 줄무늬와 바둑판 무늬가 든 종탑들이 솟아 있고, 수천의 거리들이 사통팔달하고, 경계선으로서 한쪽으로는 사각 탑 붙은 높은 성벽이 둘러쳐 있고(대학의 성벽에는 둥근 탑들이 붙어 있었다.), 다른 쪽으로는 다리들로 끊기고 숱한 배를 실은 센강이 흘렀으니, 이것이 15세기 장안의 모습이었다.

성벽 너머로 몇 개의 교외가 성문들에 몰려 있었는데, 대학의 교외보다는 많지 않고 더 듬성듬성하였다. 그것은 바스티유 성 뒤로 포뱅[93] 십자가의 이상한 조각물과 생탕투안 데 샹 수도원[94]의 공중 부벽[95] 주위에 둥그렇게 선 20채의 오막살이, 다음에는 밀밭 속에 떨어져 있는 포팽쿠르[96], 그다음으로는 즐거운 술집 마을 쿠르티유[97], 멀리서 보면 그 종탑이 포

---

93) 생탕투안 교외에 있었던 한 촌락의 이름이다.
94) 1198년에 창립된 수도원. 현재의 생탕투안 병원 자리에 있었다.
95) 두 벽 사이에 아치 모양으로 걸쳐서 버팀벽과 같은 구실을 한다.
96) 현재의 같은 이름의 거리에 있었던 마을이다.
97) 벨빌 거리의 아래쪽에 있었던, 술집으로 유명했던 마을이다.

르트 생마르탱의 뾰족한 탑들에 덧붙여진 것같이 보이는 성당[98])이 있는 생로랑 읍, 생라드르의 널따란 울안 땅이 있는 생드니 교외, 몽마르트르 문밖으로, 흰 벽으로 둘러친 그랑주 바틀리에르, 그 뒤로 백악의 비탈이 있는 몽마르트르, 여기에는 당시 방앗간들만큼이나 많은 성당들이 있었는데, 그 후 방앗간들밖에는 남겨두지 않았다. 왜냐하면 사회는 이제 육체의 빵밖에는 요구하지 않기 때문이다. 끝으로 루브르 궁 너머로, 당시에는 이미 상당히 컸던 생토노레 교외가 풀밭으로 길게 뻗쳐 있고, 프티트 브르타뉴가 파랗게 보이며, 마르셰 오 푸르소가 펼쳐져 있었는데, 그 한가운데는 사전꾼들을 삶는 무서운 가마가 둥그렇게 보였다. 쿠르티유와 생로랑 사이에, 여러분의 눈은, 허허벌판 위에 도사린 고지의 꼭대기에, 멀리서 보면 뿌리가 드러난 기초 위에 서 있는 허물어진 주랑 같은 일종의 건물을 이미 보았을 것이다. 그것은 파르테논 신전도 아니요, 올림포스의 제우스 신전[99])도 아니었다. 그것은 몽포콩이었다.

아무리 간략히 하려고는 했지만 그토록 수많은 건물들을 열거했기 때문에, 독자들의 머릿속에 쌓아 올린 옛 파리의 전반적인 영상이 도리어 깨지지 않았다면, 이제 그것을 몇 마디로 요약해 보겠다. 중앙에는 시테섬, 그것은 모양이 한 마리의 거대한 거북이 같아, 그 회색 지붕의 등껍질 아래로 기와로 비

---

98) 생로랑 성당은 15세기에 지은 것으로, 나폴레옹 3세 때 복원되어 스트라스부르 거리에 현존한다.
99) 아테네의 올림피아 제우스 신전을 말하는 것인데, 이 신전에는 몇 개의 기둥밖에 남아 있지 않다.

늘 진 다리들을 발처럼 내놓고 있다. 왼쪽에는 대학의, 촘촘
하고 빽빽하고 비죽비죽 솟아 있는 단단한 하나의 돌로 된 사
다리꼴. 오른쪽에는 정원과 대건축물 들이 훨씬 더 많이 섞여
있는 장안의 광대한 반원. 무수한 거리들로 대리석 무늬가 든
것 같은 세 개의 덩어리, 시테와 대학과 장안. 그 한가운데를
뚫고 흐르는, 섬과 다리와 배들로 가로막힌 센강, 뒤 브륄 신
부의 말마따나 "유모 센강". 주위에는 온갖 종류의 경작지들로
조각조각 기워지고 아름다운 마을들[100]이 여기저기 흩어져
있는 광막한 평야, 왼쪽에 이시, 방브르, 보지라르, 몽루주, 둥
근 탑과 사각탑이 있는 장티 등등, 오른쪽에는 콩플랑에서 빌
레베크에 이르기까지 그 밖의 20개 마을들. 지평선에는 대야
의 테두리처럼 원을 이루고 있는 겹겹이 늘어선 언덕. 끝으로
저 멀리 동쪽에는 뱅센 성과 일곱 개의 사각탑, 남쪽에는 비
세트르[101]와 뾰족탑들, 북쪽에는 생드니와 뾰족탑, 동쪽에는
생 클루와 아성의 주루.

　이것이 1482년에 살고 있던 까마귀들이 노트르담의 탑 위
에서 본 파리다.

　그러나 이 도시에 관해서 볼테르는 "루이 14세 이전에 파
리는 네 개의 아름다운 대건축물밖에 소유하고 있지 않았
다."[102]라고 말했다. 즉 소르본의 둥근 지붕, 발 드 그라스[103],

---

100) 다음에 열거하는 마을들은 오늘날 모두 파리 시내에 편입되어 있다.
101) 여기에 뱅셰스트르의 주교 장 드 퐁투아즈가 1285년에 세운 성이 있
었다.
102) 볼테르의 『루이 14세의 세기』 서문에서 인용했다.

새 루브르 궁, 그리고 넷째 것은 뭐였던가, 아마 뤽상부르 궁이었을 것이다. 다행히 볼테르는 『캉디드』[104]를 지었고, 오랜 인류의 연속 속에서 대를 이어온 모든 사람들 중에서 누구보다도 더 악마적인 웃음을 잘 짓던 사람이었다. 게다가 사람이란 아무리 훌륭한 천재라도 예술적 소질이 없으면 예술을 전혀 이해하지 못한다는 것을 그것은 증명해 준다. 몰리에르는 라파엘로와 미켈란젤로를 "그들 시대의 미냐르[105] 같은 화가들"이라고 부름으로써 그들에게 큰 영광을 주었다고 믿지 않았던가?

다시 파리와 15세기로 돌아가자.

그것은 당시 하나의 아름다운 도시였을 뿐만 아니라, 동질적인 도시, 중세의 건축적 역사적 산물이요, 돌의 연대기였다. 그것은 단지 두 개의 층, 즉 로마네스크 층과 고딕 층만으로 형성된 도시였다. 왜냐하면 로마의 층이 아직도 중세의 두꺼운 껍질을 꿰뚫고 있는 '율리아누스의 목욕탕'을 제외하고는, 로마의 층은 오래전에 사라져버렸기 때문이다. 켈트의 층으로 말하자면, 우물을 파도 이미 그 견본은 찾아볼 수조차 없었다.

50년 후, 르네상스가 도래하여 그토록 엄격하면서도 다양

---

103) 파리의 옛 수도원. 1645~1665년에 생자크 거리에 건축되었다. 그 후 육군 병원 겸 의학교로 바뀌었다. 예배당은 웅장한 둥근 지붕으로 되어 있고, 내부의 둥근 천장에는 미냐르가 그린 벽화가 있다.
104) 볼테르의 철학적 소설.(1759) 캉디드는 '순진한 사람'이라는 뜻이다.
105) Pierre Mignard, 1612~1695. 프랑스의 종교·역사·초상 화가.

한 통일성에다, 그것의 상상과 방식에 의한 산물들의 눈부신 사치를, 그것의 로마식 반원 홍예와 그리스식 원기둥과 고딕식 편원 홍예의 풍성함을, 그토록 부드럽고 이상적인 조각을, 아라베스크 및 아칸서스 잎 장식에 의한 특수한 취미를, 그리고 루터 시대의 그 이교적 건축술을 뒤섞어 놓았을 때, 파리는 보기와 생각하기에는 덜 조화로웠을지라도, 아마 더욱더 아름다웠을지도 모른다. 그러나 그런 찬란한 시기는 조금밖에 지속되지 않았다. 르네상스는 공평하지 않았으며, 건축하는 것으로 만족하지 못하고 무너뜨리고자 하였다. 르네상스에 장소가 필요했던 것은 사실이다. 그러므로 고딕 건축의 파리는 일순간밖에는 완전하지 못했다. 생자크 드 라 부슈리를 완성하자마자 낡은 루브르 궁을 무너뜨리기 시작한 것이다.

그 후, 이 대도시는 나날이 변형돼 갔다. 로마식 파리는 고딕식 파리 아래 사라져갔거니와, 이 고딕식 파리 또한 사라져 버렸다. 그러나 어떠한 파리가 그 대신 생겨났는지 말할 수 있을까?

튈르리[106)]에는 카트린 드 메디치의 파리가 있고, 시청[107)]

---

106) 튈르리 궁은 1564년에 필리베르 들로르므와 장 뷜랑의 설계에 의해 카트린 드 메디치에 의해 착공되고 17세기에야 준공되었다.

(제5판에 붙인 원주) 나는 고통스럽고도 분개한 마음으로, 이 훌륭한 궁전을 확장하고 개조하고 수리하려고, 다시 말해서 파괴하려고 사람들이 생각하고 있던 것을 보았다. 현대의 건축가들은 르네상스의 이 미묘한 작품에 손을 대기에는 너무나도 둔중한 손을 가지고 있는 것이다. 나는 그들이 그것을 감행하지 않기를 늘 바라고 있다. 뿐만 아니라 이 튈르리의 파괴는 이제 취한 방달 사람(예술품 파괴자라는 뜻 옮긴이)도 얼굴을 붉힐 만한 폭거

에는 앙리 2세의 파리가 있는데, 이 두 건물은 여전히 위대한 양식의 건축물이며, 루아얄 광장[108)에는 앙리 4세의 파리가 있는데, 그 정면은 벽돌, 구석은 돌, 지붕은 슬레이트의 삼색 가옥들이며, 발 드 그라스에는 루이 13세[109)의 파리가 있는데, 이 건물은 짜그라진 듯 땅딸막하고, 둥근 천장은 바구니 손잡이 같고, 원기둥은 어찌된 셈인지 배가 불룩 튀어나오고, 둥근 지붕은 곱사등이 같으며, 앵발리드에는 루이 14세의 파리가 있는데, 이것은 웅대하고 풍부하고 황금빛이고 싸늘하며, 생쉴피스[110)에는 루이 15세의 파리가 있는데, 그 장식은 소용돌이 꼴, 리본 매듭, 구름, 당면, 치커리 꼴들인데, 전부가 석조이며, 판테온에는 루이 16세의 파리가 있는데, 이것은 로마의 산피에트로 성전을 어설프게 흉내 낸 것이며(건물이 서투르게 압착되었다, 그렇다고 해서 선의 조화를 잃은 것은 아니지만.),

---

이자 반역 행위가 될 것이다. 튈르리는 이제 단순히 16세기 예술의 걸작일 뿐만 아니라 19세기 역사의 한 페이지인 것이다. 이 궁전은 더 이상 국왕의 것이 아니라 민중의 것이다. 그것을 현 상태로 두자. 우리 혁명은 그 이마에 두 번 자국을 남겼다. 그 두 정면 중 하나에는 10월 10일의 총알 자국이 있고, 다른 정면에는 7월 29일의 총알 자국이 있다. 이 궁전은 거룩하다. 파리에서, 1831년 4월 7일.
107) 시청은 앙리 2세의 재위(1547~1559) 중인 1533~1551년에 보카도르(Boccador)에 의해 재건되었으나, 이것 역시 17세기에야 준공되었다.
108) 앙리 4세 치하에 착공된 이 광장의 건축은 루이 13세와 루이 14세 때까지 계속됐다.
109) 루이 13세라 함은 정확하지 않다. 이 성당의 첫 돌이 놓인 것은 1645년 젊은 루이 14세에 의해서였다.
110) 이 성당은 1647년에 착공되고 1778년에 준공되었다.

의학교[111]에는 공화국의 파리가 있는데, 이것은 마치 공화국 제3년의 헌법이 미노스[112]의 법률을 닮았듯이, 콜로세움[113] 이나 파르테논을 닮은 그리스로마의 시시한 양식으로, 건축학에서는 그것을 '메시도르[114] 양식'이라고 부르고 있으며, 방돔 광장에는 나폴레옹의 파리가 있는데, 이것은 대포들을 가지고 만든 청동의 기둥이 있는 실로 장엄한 것이며, 증권거래소[115]에는 왕정복고의 파리가 있는데, 여기에는 매우 매끄러운 소벽(小壁)을 떠받치고 있는 새하얀 원기둥이 늘어서 있으며, 전체가 사각형이고 2,000만 프랑이 들었다.

여러 지구에 흩어져 있는 상당수의 가옥들은 양식과 형태와 자세의 유사성에 의해, 이러한 독특한 대건축물 하나하나에 연관시킬 수 있으며, 감식가의 눈은 그것들을 쉽사리 식별하고 그 연대를 알아볼 수 있다. 볼 줄 아는 사람은 심지어 문을 두드리는 쇠 하나에서까지도 한 시대의 정신과 한 임금의 모습을 찾아내는 것이다.

그런데 현재의 파리는 아무런 공통성도 없다. 그것은 여러

---

111) 정확하지 못하다. 이 건물은 공두앵(Gondouin)에 의해 '외과 의학교'로 건축되었으나 준공되지 못하다가, 루이 15세와 루이 16세의 치하인 1769~1786년에 준공되었기 때문이다.
112) 그리스신화에 나오는 크레타의 왕. 현명한 입법자, 지옥의 판관.
113) 기원전 80년에 지은 고대 로마의 웅대한 원형경기장.
114) 프랑스 공화력의 제10월로, 6월 20일~7월 19일에 해당하는 '수확의 달'이다.
115) 브롱냐르(Brongniard)와 라바르(Labarre)에 의해 1808~1825년에 건축되었다.

시대의 견본들의 집합체인데, 가장 아름다운 것들은 사라져버렸다. 수도는 가옥들로만 커져가고 있거니와, 무슨 가옥들이 그 모양인가! 파리는 이대로 가다가는 50년마다 새로워질 것이다. 그러므로 파리의 건축물의 역사적 의의는 날마다 사라져가고 있는 것이다. 기념적인 대건축물들은 더욱더 드물어지고, 집들 속에 잠겨서 차츰 삼켜지는 것 같다. 우리 선조는 돌의 파리를 가지고 있었는데, 우리 자손은 회반죽의 파리를 갖게 될 것이다.

　새로운 파리의 현대적 대건축물들에 관해서는 그만 이야기하고자 한다. 그것은 내가 그것들을 제대로 탄상하지 않아서가 아니다. 수플로 씨의 생트주느비에브[116]는 확실히 여태까지 돌로 만든 것 중에서는 가장 아름다운 사부아의 과자다. 레지옹 도뇌르 궁[117] 역시 매우 뛰어난 한 조각의 과자다. 소맥 시장[118]의 둥근 지붕은 커다란 사닥다리 위에 씌운 영국 경마 기수의 모자 같다. 생쉴피스 성당의 탑은 두 개의 커다란 클라리넷인데, 그것 역시 볼만한 형태이고, 꼬불꼬불하고 주름 잡힌 전신기는 탑 지붕 위에서 보기 좋은 기복을 이루고 있다. 생로슈 성당[119]은 그 웅장함에서 생토마 다캥 성당

---

116) 현재의 판테온을 가리킨다. 건축가 수플로(Soufflot)가 1757년에 계획했으나 그의 사후인 1780년에 롱들레(Rondelet)에 의해 준공되었다.
117) 1782년에 루소에 의해 건축되었는데, 당시는 살름 궁이라 하였고, 1804년 이후로는 레지옹 도뇌르 궁이라 한다.
118) 1765~1768년에 비아름 시장에 의해 벨랑제(Bélanger)의 설계로 건축되었다. 현재의 소맥 시장은 1889년 이후에 생겼다.
119) 1653년에 착공하여 1740년에 준공했다. 생토마 다캥 성당의 정면 현관

하고밖에는 비교할 수 없는 정면 현관을 가지고 있다. 이 성당도 지하실에 환조(丸彫)로 조각된 예수 십자가 상과 금빛 나무 태양을 가지고 있다. 그것들은 참으로 경탄할 만한 것들이다. '식물원'의 미로의 초롱 또한 퍽 희한하게 만들어져 있다. '증권거래소'로 말하자면, 주랑은 그리스식이고, 문과 창의 반원 홍예는 로마식이고, 커다란 편원 궁륭은 르네상스식인데, 매우 정확하고 순수한 건축물이라는 점에서는 의심할 여지가 없다. 그 증거로, 이 건물은 아테네에서는 볼 수 없었던 다락방이 위에 올라앉아 있는데, 그 아름다운 곧은 선이 여기저기 연통들로 끊겨 있다. 한마디 덧붙여 두거니와, 한 건물의 건축술은 그 용도에 적합하여, 그 건물을 일견하기만 해도 그 용도가 절로 나타나도록 되어 있어야 하는 것이라면, 왕궁도 될 수 있고, 시의회도 될 수 있고, 시청도 될 수 있고, 학교도 될 수 있고, 조마장도 될 수 있고, 학술원도 될 수 있고, 창고도 될 수 있고, 법정도 될 수 있고, 박물관도 될 수 있고, 병사도 될 수 있고, 묘소도 될 수 있고, 사원도 될 수 있고, 극장도 될 수 있는 그런 건축물에는 그다지 경탄할 수가 없을 것이다. 그런데 지금으로서는 그것은 '증권거래소'이다. 게다가 건축물은 기후에도 맞아야만 한다. 이 '증권거래소'는 분명히 우리 나라의 춥고 비 많은 기후에 맞게 특별히 만들어진 것이다. 그것은 동양에서처럼 거의 평평한 지붕이 있어서, 겨울에 눈이 오면 지붕을 쓸어야만 하는데, 확실히 지붕이란 쓸기 위해 만들

은 1787년에 세워졌다.

어진 것인가 보다. 방금 말한 용도로 말하자면 그것은 그 용도를 훌륭히 충족시키고 있는데, 그리스에서라면 신전이 되었을지도 모르지만 프랑스에서는 '증권거래소'인 것이다. 정면의 아름다운 선의 순수성을 깨뜨렸을지 모를 큰 시계의 문자반을 감추느라고 건축가가 꽤 수고를 한 것은 사실이지만, 그 대신 건물 주위를 빙 돌고 있는 주랑이 있어서, 이 주랑 아래 종교의식이 있는 엄숙한 날에는 증권 중개인들과 주식 중개인들이 그들의 이론을 위엄 있게 전개할 수도 있다.

그것들은 의심할 여지없이 매우 훌륭한 건축물이다. 거기에다 리볼리 거리와 같은 재미있고 다양한 수많은 아름다운 거리들을 덧붙여 보면, 기구를 타고 내려다본 파리가 언젠가는 저 선들의 풍부함과 저 세부들의 화려함과 저 광경들의 다양함과 그 뭔지 모를 단순 속의 웅장함과 체커 놀이 판 특유의 아름다움 속의 뜻밖의 것을 눈 아래 나타내주리라는 희망을 나는 버리지 않고 있다.

그러나 현재의 파리가 아무리 놀라워 보인다 할지라도, 15세기의 파리를 다시 꾸며보고, 그것을 여러분의 머릿속에 재건해 보고, 저 탑과 첨탑과 종탑 들의 놀라운 울타리 너머로 해를 바라보고, 그 빛깔이 뱀 껍질보다 더 잘 광선에 따라 변하는, 그 널따란 황록색 물구덩이가 있는 센강을 광대한 도시의 한복판에 펼쳐놓고, 섬들의 끝에서 갈라놓고, 다리들의 교호에서 주름살 지게 하고, 이 낡은 파리의 고딕식 옆모습을 푸른 지평선 위에 뚜렷이 떠올리고, 수많은 굴뚝들에 매달린 겨울의 안개 속에 그 윤곽을 띄우고, 깊은 밤 속에 그것을 빠뜨리고, 저 건물들의 캄캄한 미궁 속에서 어둠과 빛들이 이상하게 뛰노는 것을 바라보고, 그것을 아련히 그려내어 커다란 탑들의 머리가 안개 속에 나오게 하는 한줄기 달빛을 거기에 던지고, 또는 그 검은 그림자를 다시 잡아서 어둠으로써 첨탑과 합각머리 들의 무수한 예각들을 되살아나게 하여, 상어의 이빨보다도 더 뾰족뾰족한 그 검은 그림자를 구릿빛 서녘 하늘에 솟아오르게 하라. 그런 뒤에 비교해 보라.

그리고 여러분이 만약 현대의 파리에서는 이미 받을 수 없는 인상을 이 옛 도시에서 받아보고 싶다면, 큰 축제의 날 아침에 부활절이나 오순절의 해돋이에 오르라, 거기서 수도 전체를 내려다볼 수 있는 지점에 올라가 잠을 깨우는 종소리를 들으라. 하늘에서 출발한 신호에, 그 신호를 주는 것은 하늘이므로, 그 수천의 성당들이 한꺼번에 떠는 것을 보라. 처음에는 마치 악사들이 시작을 알릴 때처럼, 이 성당 저 성당에서 드문드문 땡그랑땡그랑 울리는 소리, 이어서 갑자기 보라, 왜냐하면 어떤 때는 귀도 또한 시각을 가진 것 같으니 말이다, 보라, 같은 순간에 하나하나의 종탑에서 소리의 기둥 같은 것이, 묘한 가락의 화음의 연기와 같은 것이 솟아오르는 것을. 처음에는 하나하나 종의 떨림은 똑바로, 순수하게, 그리고 말하자면 다른 것들과는 서로 떨어져서, 화창한 아침 하늘로 올라간다. 그런 다음에 그것들은 시나브로 굵어져가면서, 서로 녹아들고, 서로 섞여 들고, 서로가 서로 속에 사라져가고, 웅장한 합주 속에 서로 합쳐진다. 그것은 이제 한 덩어리의 우렁찬 떨림에 불과해져서, 무수한 종탑들에서 끊임없이 풍겨 나와, 도시 위에 떠돌고 물결치고 뛰어다니고 소용돌이치고, 그러면서 지평선 저 너머까지 귀를 먹먹하게 하는 진동의 원을 펴나간다. 그러나 이 화성(和聲)의 바다는 전혀 혼돈이 아니다. 아무리 거칠고 깊다 하더라도 그것은 투명함을 조금도 잃지 않는다. 여러분은 그 합주 종소리에서 풍겨 나오는 음계의 그룹 하나하나가 따로따로 거기에서 굽이치는 것을 본다. 여러분은 따르라기[120]와 인경의, 무겁고 날카로운 대화를 차례로 거기에서 들을 수 있다. 여러분은 이 종에서 저 종으로 옥타브가 뛰어다니는 것을 거기에서 본다. 여러분은 날개 돋친 가볍고 예리한 옥타브가 은 종에서 솟아오르는 것을 바라보고, 부서져서 절름거리는 옥타브가 나무 종[121]에서 떨어지는 것을 본다. 여러분은 그 옥타브 가운데에서, 생퇴스타슈 성당의 일곱 개의 종소리를 끊임없이 올렸다가 내렸다가 하는 풍부한 음계를 탄상한다. 여러분은 밝고 빠른 음계들이 그사이를 가로질러 달리면서 서너 번 꾸불꾸불 반짝이다가 번개처럼 스러져 버리는 것을 본다. 저기서는 생마르탱 수도원의 날카롭고 칼칼한 목소리가 노래한다. 여기서는 바스티유의 음산하고 무뚝뚝한 목소리가 울린다. 저쪽 끝에서는 루브르 궁의 굵은 탑이 바리톤과 베이스의 중간 음으로 노래한다. 이 궁전의 늠름

120) 망치로 치는 매우 잘 울리는 나무 널빤지. 관습에 따라 종소리가 울리지 않을 때 부활절 전의 목, 금, 토요일에 신도들을 예배에 부르기 위해 이것을 친다. 그러므로 종을 치는 축제일에는 이 따르라기의 소리는 들을 수 없다.
121) 따르라기를 가리킨다.

한 종소리가 쉴 새 없이 사방으로 빛나는 전음(顫音)을 던지면, 그 위에 노트르담 종각의 무거운 인경 소리가 똑같은 간격으로 떨어져, 그 전음을 마치 망치 아래 두드리는 모루처럼 반짝반짝 빛나게 한다. 때때로 여러분은 생제르맹 데 프레 수도원의 세 겹 종소리에서 오는 온갖 형태의 소리들이 지나가는 것을 본다. 그리고 이따금씩 그 숭엄한 종소리들의 덩어리는 방긋방긋 열리어, 마치 별빛처럼 빛나고 반짝이는 아베마리아[122]의 화려한 둔주곡에 길을 터준다. 그 아래, 그 합창의 맨 밑바닥에, 그 둥근 천장의 떨리는 털구멍으로 땀을 흘리고 있는 성당들의 내부의 노랫소리를 여러분은 어렴풋이 알아본다. 확실히 그것은 들어볼 만한 오페라다. 보통, 낮에 파리에서 풍겨 나오는 소음은 도시가 이야기하는 것이요, 밤에는 도시가 숨을 쉬는 것인데, 지금 여기서는 도시가 노래를 하고 있는 것이다. 그러므로 이 종탑들의 총 합주에 귀를 기울이고, 50만 인구의 중얼거림을, 강물의 영원한 하소연을, 바람의 끊임없는 숨결을, 거대한 파이프오르간 상자처럼 지평선 언덕에 흩어져 있는 네 숲[123]에서 멀리 들려오는 장중한 사중창을 그 모든 것 위에 펴뜨리고, 마치 반음 속에서처럼, 중앙의 종소리가 가진 너무도 거칠고 날카로운 모든 것을 거기에서 부드럽게 하고, 그리고 말하라, 이 세상에서 이 종소리와 인경 소리보다도, 이 음악의 도가니보다도, 300척 높이의 돌 피리 속에

---

122) 삼종기도 종소리의 종결부.
123) 서쪽의 생제르맹 숲, 북쪽의 몽모랑시 숲, 서남쪽의 랑부예 숲, 동남쪽의 세나르 숲을 가리킨다.

서 한꺼번에 노래하는 이 수만의 청동 목소리보다도, 이제 하나의 오케스트라에 불과한 이 도시보다도, 폭풍 같은 소리를 내는 이 교향악보다도, 더 풍부하고 더 즐겁고 더 금빛이고 더 눈부신 것을 그대는 알고 있는지를.

4부

1장

갸륵한 사람들

이 이야기가 일어나고 있는 해로부터 16년 전, '부활절 다음 첫 일요일'[1] 아침 미사가 끝났을 때, 1413년 이래로 기사 앙투안 데 제사르의 석상이 무릎을 꿇고 마주 바라보고 있었던 성 크리스토프의 '큰 그림'[2](그해에 사람들은 이 성자와 그의 신봉자를 한꺼번에 철거해 버릴 작정이었다.) 맞은편 왼쪽, 노트르담 성당 앞뜰에 박아놓은 나무 침대 위에는 살아 있는 피조물 하나가 놓여 있었다. 세상 사람들의 자비심에 맡기기 위해 버린 아이들을 이 나무 침대에 갖다 놓는 것이 관례가 되어

1) 카지모도(Quasimodo)라 한다. 즉 소설 속 종지기의 이름이 카지모도인 것은 이날 업둥이로 들여졌기 때문이다.
2) 1413년에 앙투안 데 제사르가 성 크리스토프의 "큰 그림"을 그리게 했다.(Du Breul, 12)

있었다. 원하는 사람은 거기서 아이들을 주워 갔다. 나무 침대 앞에는 연봇돈을 넣기 위한 구리쇠 접시 하나가 있었다.

서력기원 1467년이 되는 해의 부활절이 지난 첫 일요일 아침에 판자 위에 누워 있던 그 일종의 생물 같은 것은, 나무 침대 주위에 몰려들어 있던 꽤 많은 군중의 호기심을 비상하게 끈 것 같았다. 군중은 대부분 여성들로 이루어져 있었다. 거개가 늙은 여자들뿐이었다.

첫째 줄에 서서 침대 쪽으로 가장 몸을 기울이고 있는 여자들 중 넷은, 일종의 수단인 회색 카굴[3] 차림인 것으로 보아, 무슨 종교 단체 소속이라는 것을 짐작할 수 있었다. 이 존경할 만한 정숙한 네 여인네의 이름을 역사가 후세에 전달해서는 안 될 까닭을 나는 전혀 알지 못한다. 그들의 이름은 아녜스 라 에름, 잔 드 라 타름, 앙리에트 라 골티에르, 고셰르 라 비올레트인데, 넷이 모두 과부요, 넷이 모두 에티엔 오드리 예배당의 착한 여인들로, 강론을 들으러 오기 위해 피에르 다이[4]의 법규에 맞추어 그들의 원장님의 허가를 얻어 외출한 것이다.

게다가 이 갸륵한 구호회[5]의 수녀들이 당장은 피에르 다이

---

3) Cagoule. 수도사들이 입는, 눈과 입 부분만 뚫린 두건이 달려 있는 소매 없는 외투.

4) Pierre d'Ailly, 1350~1420. 프랑스의 신학자, 추기경, 아비뇽 주재 교황 특사, 파리 대학의 상서(尙書), 피사와 콘스탄츠 공의회 의장단의 한 사람이다.

5) 1306년에 에티엔 오드리가 파리에 창설한 수녀회. 오늘날에는 성모승천회라 불린다.

의 법규는 지키고 있었지만, 그토록 비인간적으로 그들에게 침묵을 명하는 미셸 드 브라슈와 피사의 추기경의 법규는 마음껏 위반하고 있었던 것이 분명하다.

"이게 대체 뭐예요, 자매님?" 그토록 많은 사람들이 바라보고 있는 데 질겁하여 나무 침대 위에서 몸을 비틀면서 우는 버려진 조그만 피조물을 들여다보면서 아녜스는 고셰르에게 말했다.

"우린 장차 어떻게 된다지요." 잔이 말했다. "이제 사람들이 어린애들을 이렇게 만들어낸다면?"

"어린애들에 관해서 난 아무것도 모르지만," 아녜스가 다시 말을 이었다. "이 애를 바라다보는 건 죄악임에 틀림없어요."

"이건 어린애가 아니에요, 아녜스."

"이건 원숭이가 되다 만 거예요." 고셰르가 지적했다.

"이건 기적이에요." 앙리에트 라 골티에르가 계속했다

"그렇다면," 아녜스가 말했다. "이건 사순절 네 번째 일요일 이후로 있는 세 번째의 기적인 셈이로군요. 일주일도 채 되기 전에 오베르빌리에의 노트르담 성당으로부터 보기 좋게 벌을 받은 순례자들을 조롱한 자의 기적이 있었는데, 그게 이달 들어 두 번째의 기적이었으니까 말이에요."

"이건 정말 끔찍한 괴물인걸, 글쎄 무슨 업둥이가 이럴까." 잔이 말을 이었다.

"저 우는 소리에 성가대원도 귀가 먹겠어요." 고셰르가 계속했다. "닥쳐라 좀, 요 울보야!"

"랭스의 주교님이 이런 기괴망측한 걸 파리의 주교님에게 보내시다니 원!"라 골티에르가 두 손을 마주 잡으면서 덧붙였다.

"내 생각엔," 아네스 라 에름이 말했다. "이건 짐승이에요. 동물이라고요. 어떤 유대교도가 암퇘지와 함께 만들어 내놓은 거예요. 요컨대 이건 기독교도의 것은 아니니까, 물이나 불에 집어던져 버려야만 할 거예요."

"제발 아무도," 라 골티에르가 말을 이었다. "저걸 맡는 사람이 없었으면 좋겠는데."

"에그 끔찍해라!" 아네스가 외쳤다. "저기, 강을 내려가다 골목길 아래쪽으로, 주교님 댁 바로 옆에 있는 기아원의 저 가없은 유모들에게 젖을 먹이라고 누가 이 새끼 괴물을 갖다주면 좋으련만! 나 같으면 차라리 흡혈귀에게 젖을 빨리겠어."

"어쩜 그렇게도 순진할까, 가련한 라 에름!" 잔이 말을 이었다. "자매님은 모르겠소, 이 새끼 괴물이 적어도 네 살은 먹었다는 걸. 이 애는 자매님의 젖꼭지보담 꼬치구이를 더 먹고 싶어하겠우."

아닌 게 아니라, 이 '새끼 괴물'은 갓 낳은 아이가 아니었다.(나 자신도 이 아이를 달리 부르기란 퍽 난처하다.) 그것은 무척 울룩불룩하고 꿈틀거리는 조그만 덩어리였는데, 당시 파리의 주교였던 기욤 샤르티에[6] 씨의 이름 머리글자를 박은 베자루 속에다 머리만 나오게 넣어놓은 것이었다. 거기에 보이는 것이

---

6) Guillaume Chartier. 1447~1472년에 파리의 주교였다. 시인 알랭 샤르티에와 형제간이다.

라고는 붉은 더벅머리와 하나의 눈, 입, 그리고 이뿐이었다. 눈은 울고 있고, 입은 외치고 있고, 이는 물어뜯으려고만 하는 것 같았다. 그 모든 것이 자루 속에서 버둥거리고 있어서, 끊임없이 주위에 모여들어 줄곧 불어나기만 하는 군중은 그것을 보고 놀라 자빠질 지경이었다.

알로이즈 드 공들로리에라는 부유한 귀부인이 여섯 살가량 된 예쁜 계집아이의 손을 잡고 머리쓰개의 금 뿔에 기다란 베일을 늘어뜨리고 있었는데, 그때 그 침대 앞을 지나가다가 걸음을 멈추고 그 가엾은 생물을 잠깐 들여다보는 동안, 명주와 비로드 옷으로 몸을 감은 그녀의 귀여운 손녀 플뢰르드리스 드 공들로리에는 그 예쁜 손가락으로 침대 틀에 붙어 있는 '업둥이'라는 게시판 글씨를 한 자 한 자 주워 읽고 있었다.

"정말," 그 부인은 불쾌한 듯이 외면하면서 말했다. "난 여기에 어린애들만 갖다 놓는 줄 알았는데."

그녀는 등을 돌리면서 접시 속에 1플로린[7]짜리 은화 한 닢을 던졌는데, 그것이 리아르[8] 동전들 속에서 울리어, 에티엔 오드리 예배당의 가난한 착한 부인네들의 눈을 휘둥그레지게 만들었다.

잠시 후, 국왕의 대법원장인 근엄하고 유식한 로베르 미스트리콜이 한 팔에는 커다란 미사 경본을 끼고, 다른 팔에는 그의 아내(기유메트 라 메레스 부인)를 끼고, 그렇게 양쪽 옆구

---

7) 옛날 프랑스와 그 밖의 유럽 국가에서 유통됐던 화폐.
8) 옛날 프랑스 동전으로, 3드니에 또는 4분의 1수에 해당하였다.

리에 그의 영계와 속계의 두 조정자를 거느리고서 지나갔다.

"주운 아이라!" 그는 그 물건을 자세히 들여다보고 나서 말했다. "이건 정녕 플레게톤 강⁹⁾의 난간에서 주운 것이렷다!"

"저건 눈이 하나밖에 안 보이네요." 기유메트 마님이 지적했다. "다른 눈 위에는 무사마귀뿐이고."

"무사마귀가 아니오." 로베르 미스트리콜 나리는 말을 이었다. "저건 달걀인데, 그 속엔 똑같은 또 하나의 악마가 들어 있고, 그 속에는 또 다른 작은 달걀 하나가 들어 있고, 이 달걀도 또 다른 마귀 하나가 들어 있고, 등등 이하 마찬가지요."

"그걸 어떻게 아세요?" 기유메트 라 메레스가 물었다.

"난 그걸 정확히 알고 있지요." 대법원장은 대답했다.

"대법원장님, 이 소위 업둥이라는 것으로 대법원장님께선 뭘 예언하시나요?" 고셰르가 물었다.

"세상에 가장 무서운 불행이 닥쳐올 것이오." 미스트리콜은 대답했다.

"아이고! 하느님 맙소사!" 청중 속의 한 노파가 말했다. "지난해엔 대단한 괴질이 있었고, 또 영국군이 아르플뢰¹⁰⁾로 대거 상륙해 들어오리라는 소문이 있는데, 설상가상으로."

"이게 어쩌면 9월에 왕비 마마께서 파리에 오시는 데 방해가 될지도 모르죠." 하고 다른 노파 하나가 말을 이었다. "벌써부터 장사가 통 되질 않는걸요!"

---

9) Phlegethon. 그리스신화에서 지옥의 주위를 흐르며 삼도내로 흘러 들어간다는 강 또는 강의 신이다.

10) 센강 하구에 있는 아르플뢰르(Harfleur)의 옛 이름.

"난 파리의 평민들을 위해서," 잔 드 라 타름이 외쳤다. "저 새끼 마술사는 널빤지 위보단 장작개비 위에 갖다 누이는 게 더 낫겠다는 의견입니다."

"훨훨 타오르는 장작개비 위에다요!" 노파가 덧붙였다.

"그게 더 신중한 일이겠죠." 미스트리콜은 말했다.

조금 전부터 한 젊은 신부가 구호회 수녀들의 의논과 대법원장의 판결에 귀를 기울이고 있었다. 그는 준엄한 얼굴, 널따란 이마, 깊숙한 눈의 소유자였다. 그는 말없이 군중을 헤치고 가서 그 '새끼 마술사'를 살펴보고는 그에게 손을 뻗쳤다. 하마터면 일을 그르칠 뻔했다. 신앙심 도타운 모든 부인네들이 훨훨 타오르는 장작개비에 벌써 입맛을 다시고 있었기 때문이다.

"내가 이 애를 데려다 기르겠소." 신부는 말했다.

그는 그 애를 자기의 법의에 싸서 가져갔다. 회중은 놀란 눈으로 그를 지켜보았다. 잠시 후에 그는, 당시 성당에서 수도원 경내로 통하던 '붉은 문' 안으로 사라졌다.

처음의 놀라움이 가시자, 잔 드 라 타름은 라 골티에르의 귀 쪽으로 몸을 기울였다.

"내가 진작 말하지 않았나요, 자매님, 저 젊은 클로드 프롤로 신부님은 마법사라고요."

2장

클로드 프롤로

　사실 클로드 프롤로는 평범한 인물이 아니었다. 그는 전세기의 타당치 않은 말로 구별 없이 높은 평민계급이라고도 부르고, 낮은 귀족계급이라고도 부르던 저 중간 가문의 집안에 속해 있었다. 이 집안은 파클레 형제들로부터 티르샤프의 봉토를 상속받았는데, 그 봉토는 파리 주교의 영지였고, 그 봉토의 21개 가호는 13세기에 판사 앞에서 수많은 소송거리가 되었다. 이 봉토의 소유자로서 클로드 프롤로는 파리와 그 교외에 있는 토지세를 요구하는 '일곱 명의 21호(戶) 영주' 중의 하나였는데, 생마르탱 데 샹에 보관된 기록부에 의하면, 프랑수아 르 레즈의 소유인 탕카르빌 저택과 투르의 학교 사이에, 오랫동안 그의 이름이 그러한 자격으로 적혀 있는 것을 볼 수 있었다.

클로드 프롤로는 어려서부터 성직자가 되도록 부모들이 결정지어 놓았다. 그는 라틴어 읽기를 배웠고, 눈을 내리깔고 낮은 목소리로 말하도록 길러졌다. 그의 아버지는 그를 아주 어려서부터 대학 내의 토르시 학교[11]에 가두었다. 그는 그곳 미사 경본과 사전 위에서 자라났던 것이다.

게다가 그는 침울하고 근엄하고 성실한 아이로서, 열심히 공부하고 일람첩기였다. 놀 때에도 큰 소리를 지르지 않았고, 푸아르 거리의 법석판에도 별로 섞여 들지 않았고, 'dare alapas et capillos laniare(따귀를 갈기고 머리털을 쥐어뜯는다.)'[12]라는 것이 무엇인지도 몰랐고, 연대기 작자들이 '대학의 여섯 번째 소동'이라는 제목 아래 엄숙하게 기록하고 있는 저 1463년의 폭동에도 전혀 가담하지 않았다. 또한 그는 몽타귀의 가난한 학생들이 망토를 걸치고 다닌다고 해서, 그래서 그들에겐 망토쟁이[13]라는 별명까지 붙었지만, 그들을 비웃는다거나, 도르망 학교[14]의 장학생들이 까까머리에, 카트르 쿠론 추기경의 규약에 적힌 말을 그대로 인용하자면 "azurini coloris et bruni(아주리니 콜로리스 에트 브루니)"인 '청록색 청색

---

11) 데스투트빌가의 삼형제에 의하여 15세기 초에 창설된 학교. 여기서는 신학과 학예를 배웠다.
12) 매슈 패리스가 『영국사』에서 1229년의 학생 폭동에 관하여 한 말이다.
13) Du Breul, 472에서 인용. "몽타귀의 가난뱅이들의 수도회. 그들이 입고 있는 옷인 조그만 망토를 입은 외모에서 그들을 통속적으로 망토쟁이(Capettes)라고 부르는데……."
14) 보베 학교라고도 하며, 14세기에 보베의 주교이자 카트르 쿠론의 추기경인 장 드 도르망에 의하여 창설되었다.

자주색'의 삼색 나사 외투를 입고 있다고 해서 그들을 놀리는
일은 좀처럼 없었다.

반면에 그는 장 드 보베 거리의 크고 작은 학교들에 부지
런히 출석하고 있었다. 생피에르 드 발의 신부는 교회법 강의
를 시작할 때면, 생방드르주질 학교의 자신의 교단 맞은편 기
둥 하나에 학생 하나가 늘 붙어 있는 것을 맨 먼저 보았는데,
그것은 뿔 잉크병을 옆에 놓고 깃털 펜을 깨물면서 해진 무릎
위에서 갈겨쓰고, 겨울이면 두 손을 후후 불고 있는 클로드
프롤로였다. 교령(敎令) 박사 밀 디슬리에 나리는, 매주 월요일
셰프 생드니 교문이 열릴 때 숨을 헐떡거리면서 맨 먼저 도착
하는 이를 보았는데, 그 역시 클로드 프롤로였다. 그리하여 열
여섯 살 때 이 젊은 성직자 지망생은 신비신학 시험에서 성당
의 한 신부에 대하여, 종규 신학 시험에서 공의회의 한 신부
에 대하여, 그리고 스콜라 신학 시험에서 소르본의 한 박사에
대하여 각각 자기의 설을 주장할 수 있었다.[15]

신학 공부를 마친 뒤에 그는 교령에 뛰어들었다. 그는 『판
결집』에서 『샤를마뉴 법령집』으로 손을 뻗쳤다. 그리고 차례

---

15) 뒤 브뢸의 글에 세 종류의 신학과 성당 신부 및 공의회 신부의 구별에
관한 설명이 보인다. "어떤 사람들은 세 가지 신학을 공부한다. 첫째 것은 신
비신학이라고 부르는데, 초기의 기독교도들과 성당의 박사들 사이에 통용
되었던 것이다. 둘째 것은 종규 신학이라고 하여, 교황과 주교 공의회의 법
령에만 특히 제한된다……. 셋째 것은 스콜라 철학이라 하며, 그리스인에 대
한 로마인의 논쟁으로 말미암아 우리의 신부들이 신학에도 철학을 덧붙이
지 않으면 안 되었던 데서 생긴 것인데, 현재로는 이것이 가장 좋은 인기를
차지하고 있다."

차례로, 학구열에 불타서, 이것저것 교황령집을, 히스팔리스[16] 의 주교 테오도르의 교령집, 보름스의 주교 부하르트의 교령집, 샤르트르의 주교 이브의 교령집을, 그런 뒤에는 또 샤를마뉴의 법령집에 계속된 그라티아누스의 교령집을, 그다음에는 그레고리우스 9세의 교령집을, 그다음에는 호노리우스 3세의 Super specula(수페르 스페쿨라)[17] 교서집을 탐독하였다. 그는 테오도르 주교가 618년에 열고 그레고리우스 교황이 1227년에 닫은 시대인, 중세의 혼돈 속에 투쟁하여 실시된 민법과 교회법의 저 방대하고 소란스러웠던 시대를 스스로 밝히고 거기에 정통하였다.

교령을 소화한 뒤에 그는 의학과 학예에 달려들었다. 그는 약용 식물학과 방향 약학을 연구했다. 그는 열병과 타박상, 상처, 농양(膿瘍)의 전문의가 되었다. 자크 데스파르[18]는 그를 물리의에 합격시켜 주었고, 리샤르 엘랭[19]은 그를 외과의에 합격시켜 주었다. 그는 또한 학예의 모든 학사와 석사와 박사의 학위 과정을 이수했다. 그는 당시 사람들이 좀처럼 드나들지 않던 세 개의 성역인 라틴어, 그리스어, 히브리어 등의 언어를 공부했다. 그는 정말 모든 학문을 따 모으려는 정열에 불타고 있었다. 열여덟 나이에 대학의 4학부를 모두 소화했다. 이

---

16) 스페인 세비야의 옛 이름.
17) 호노리우스 3세는 자기의 교서를 이 말로 시작했다.
18) Jacques d'Espars. 15세기 중엽의 의과대학 의사.
19) Richard Hellain. 1486년에 의과대학 학장이었다. '물리의'와 '외과의'의 구별은 뒤 브륄에 의거한 것이다.

젊은이에게 인생은 단 하나의 목적, 즉 안다는 것밖에는 없는 것 같았다.

1466년 여름의 혹서로 인해 창궐한 저 무서운 흑사병이 파리의 자작령에서 4만 중생의 생명을 앗아 갔고, 그중에서도 특히, 장 드 트루아의 말대로, "저 매우 덕망 높고 현명하고 유쾌한 인물인, 국왕의 점성학자 아르눌 나리"의 목숨을 앗아 간 것은 대략 그 무렵이었다. 특히 티르샤프 거리에서는 이 역병의 피해가 크다는 소문이 대학에 퍼져 있었다. 바로 거기, 그들의 봉토 한가운데 클로드의 부모가 살고 있었다. 젊은 학생은 매우 놀라서 부모의 집에 달려갔다. 그가 집에 들어가 보니, 그의 아버지와 어머니는 전날 죽어 있었다. 배내옷에 싸인 아주 어린 동생 하나가 요람 속에 버려진 채 아직 살아서 울고 있었다. 가족 중 클로드에게 남은 것은 그뿐이었다. 젊은이는 어린애를 안고 생각에 잠겨서 나왔다. 여태까지 그는 학문 속에서밖에 살지 않았는데, 이제 인생 속에서 살기 시작한 것이다.

이러한 재난은 클로드의 생애에서 하나의 위기였다. 열아홉 살에 고아가 되고 형이 되고 가장이 된 그는 무참하게도 학교의 몽상에서 이 세상의 현실로 되돌아오지 않을 수 없었다. 그러자 그는 측은한 마음에서 이 어린애, 자기 동생에 대해 정열과 헌신을 다했다. 아직 책밖에는 사랑하지 않았던 그에게, 이 인간에 대한 애정이란 참으로 이상하고도 즐거운 것이었다.

그 애정은 신기할 정도로까지 커져갔다. 그처럼 새로운 넋에게 그것은 첫사랑과도 같은 것이었다. 어려서부터 부모와 떨어져 부모를 거의 알지도 못한 채, 수도원에 들어가 책 속에 갇혀 있다시피 하였고, 무엇보다도 먼저 공부하고 배우는 데 골몰하였고, 이때까지는 학문 속에서 팽창해 가는 자기의 지성과 문학 속에서 확대해 가는 자신의 상상력에만 오직 정신을 쏟고 있던 이 가련한 학생은 여태껏 자기 심장의 자리를 느낄 겨를이 없었다. 아버지도 어머니도 없는 이 어린 동생은, 느닷없이 하늘에서 자기 품 안에 떨어진 이 어린아이는 그를 새로운 사람으로 만들었다. 그는 이 세상에 소르본의 사색과 호메로스의 시와는 다른 것이 있다는 것을, 인간은 애정을 필요로 하고 애정과 사랑 없는 인생은 메마르고 시끄럽고 날카로운 톱니바퀴에 불과하다는 것을 깨달았다. 다만 그는 그렇게 상상했을 뿐이다. 왜냐하면 그는 아직 어떤 환상 대신에 다른 환상만을 품고 있었을 뿐이고, 혈육과 가족에 대한 인정만이 필요한 인정이었고, 사랑하는 동생 하나만으로도 생활 전체를 가득 채우기에 충분했던 나이였기 때문이다.

그러므로 그는 이미 심각하고 열렬하고 집중적인 성격의 정열을 가지고 어린 동생 장에 대한 사랑 속에 뛰어들었다. 예쁘고, 금발이고, 장밋빛이고, 고수머리인 이 가련하고 가냘픈 생물은, 하나의 고아한테밖에는 의지할 데 없는 이 고아는 그를 마음속 깊이 뒤흔들었고, 진지한 사색자인 그는 무한한 자비심을 가지고 장을 생각하기 시작했다. 그는 장을 매우 부서지기 쉬운 소중한 것처럼 돌보았다. 그는 어린애에게 형 이상이었고, 그에게 어머니가 되었다.

어린 장은 아직 젖을 물리던 어머니를 여의었던 것이다. 클로드는 그에게 유모를 구해 주었다. 티르샤프의 봉토 외에 그는 장티의 사각 탑에 속하는 물랭의 봉토를 아버지에게 상속받았다. 그것은 뱅셰스트르(비세트르) 성 근처의 언덕 위에 있는 방앗간이었다. 거기 방앗간 안주인이 예쁜 어린애 하나를 기르고 있었는데, 그곳은 대학에서 멀지 않았다. 클로드는 그녀에게 몸소 어린 동생 장을 안아다 주었다.

그때부터 그는 자기에게 짊어지고 다녀야 할 짐이 있다는 것을 느끼고 인생을 매우 진지하게 생각했다. 동생을 생각하는 것은 휴식이 되었을 뿐만 아니라, 그의 학문의 목적이 되었다. 그는 하느님 앞에서 책임진 한 사람의 장래를 위해 자기를 송두리째 바치기로 각오하고, 자기 동생의 행복과 출세 외에는 아내나 다른 어린애를 결코 갖지 않겠다고 결심했다. 그의 재능과 학문, 그리고 파리 주교의 직속 부하라는 신분에서, 성당의 문들은 그에게 활짝 열려 있었다. 스무 살 때, 교황청의 특별 인가로 그는 신부가 되었고, 노트르담의 가장 젊은 전속 신부로서, 거기서는 느지막이 미사를 드리기 때문에 'altare pigrorum(게으른 사람들의 제단)'이라고 부르는 제단을 관리하게 되었다.

거기서, 물랭의 봉토로 한 시간 동안 달려갈 때를 빼고는 떠나지 않는 그의 소중한 책 속에 어느 때보다 더 깊이 빠져 있던 그는, 그 또래의 사람에게서는 좀처럼 볼 수 없는 학식과 준엄의 혼합으로 말미암아, 수도원 내에서 이내 존경과 찬탄을 받게 되었다. 그의 학자로서의 명성은 수도원에서 민중에 전해졌고, 그 당시에는 흔한 일이었지만, 그러한 명성은 민중 사이에서 마법사라는 평판으로 조금 바뀌었다.

업둥이의 침대 주위에 한 떼의 노파들이 모여서 떠들어대고 있는 데 그의 주의가 끌린 것은, 부활절 다음 첫 일요일에, 성모마리아 상에서 가까운 오른쪽, 중앙 홀로 통하는 성가대석 문 옆의 제단에서 게으른 사람들의 미사를 보고 돌아오던 때였다.

그토록 증오와 위협의 대상이 되고 있던 그 불쌍한 어린 피조물에 그가 다가간 것은 바로 그때였다. 그 비통함, 그 기형, 그 버림받음, 어린 동생에 대한 생각, 자기가 죽으면 자신의 사랑하는 어린 장도 역시 저렇게 비참하게 업둥이의 널빤지 위에 던져지게 될지도 모른다는, 불현듯 그의 머리에 떠오른 환상, 이러한 모든 것이 한꺼번에 그의 가슴속에 밀어닥치고, 몹시 측은한 생각이 마음속에 움직여서, 그는 그 어린애를 가져갔던 것이다.

그가 이 어린애를 자루에서 꺼내 보니 과연 그것은 이만저만한 기형아가 아니었다. 이 가엾은 어린애는 왼쪽 눈 위에 무사마귀가 하나 있고, 머리는 양어깨 속으로 들어가 있고, 등뼈는 활처럼 휘었고, 가슴뼈는 툭 불거져 나왔고, 다리들은 비틀려 있었으나, 그것은 살아 있는 것 같았으며, 무슨 말을 더듬거리는지 알 수는 없었지만, 그가 지르는 소리는 어떤 힘과 건강을 나타내고 있었다. 클로드의 동정심은 그 추악함으로 말미암아 더해졌으며, 장래에 어린 장이 어떠한 과오를 범하더라도 그를 위해 행한 이 적선이 그의 곁에 머물러 있도록,

자기 동생을 위해 이 아이를 기를 것을 그는 가슴속으로 맹세하였다. 그것은 그가 어린 동생의 머리 위에 하는 일종의 선행의 투자였고, 어린 괴짜가 훗날 천국의 통행세 납부처에서 영수하는 돈, 그 유일한 돈이 떨어졌을 경우에 대비하여, 미리부터 그에게 쌓아 놓아주고 싶었던 선행의 무임 수송품 같은 것이었다.

그는 자기의 양자에게 영세를 주고 카지모도[20]라는 이름을 붙였는데, 그로써 자기가 그를 주운 날을 나타내고 싶었거니와, 그러한 이름으로 이 가엾은 어린 생물이 얼마나 불완전하며 얼마나 생기다 만 것이었는지를 특징짓고 싶어서였던 것이다. 사실, 애꾸눈이요 곱사등이요 앙가발이인 카지모도는 대충 생기다 만 것[21]에 지나지 않았던 것이다.

---

20) 'Quasimodo'는 본래 보통명사로서, 부활절 다음의 첫 일요일을 뜻한다.
21) 'quasimodo'라는 단어의 자유로운 번역이다. 부활절 다음 첫 일요일 미사의 첫 기도는 'Quasimodo geniti infantes(갓 낳은 어린애들처럼)'라는 말로 시작한다.

3장

IMMANIS PECORIS CUSTOS, IMMANIOR IPSE[22)]
괴물 같은 양 떼에, 더욱 괴물 같은 목동

그런데 1482년에 카지모도는 다 자라나 있었다. 그는 몇 년 전부터 노트르담의 종지기가 되었는데, 그것은 양부 클로드 프롤로 덕택이요, 클로드 프롤로는 조자스의 부주교가 되었는데, 그것은 그의 종주 루이 드 보몽 나리의 덕택이요, 루이 드 보몽은 기욤 샤르티에가 죽자 1472년[23)]에 파리의 주교가 되었는데, 그것은 하느님의 덕택으로 루이 11세의 이발사가 된 올리비에 르 댕[24)]이라는 그의 보호자 덕택이었다.

---

22) 베르길리우스의 『전원시』에 나오는 'Formosi pecoris custos, formosior ipse(아름다운 양 떼에, 더욱 아름다운 목동)'이라는 구절을 모방한 것이다.
23) 루이 드 보몽은 1492년까지 파리 주교로 재임했다.
24) 올리비에 르 댕(Olivier le Daim)은 루이 11세의 시종 겸 이발사로 총애를 받았으나, 1484년에 교수형을 당했다.

그러니까 카지모도는 노트르담의 종지기였다.

시간과 더불어 이 종지기를 성당과 맺어주는 뭔지 알 수 없는 밀접한 유대가 생겼다. 알려지지 않은 출생과 기형적인 체격이라는 이중의 숙명에 의해 영원히 세상과 격리되고, 어려서부터 그 이중의 건너뛸 수 없는 원 속에 갇히게 된 이 가련하고 불쌍한 사나이는, 자기를 그 그늘 속에 맞아들여준 성당의 벽 너머로는 이 세상 그 어떤 것도 보지 않도록 길들여졌다. 노트르담은 그가 자라나고 커감에 따라, 그에게 차례차례로, 달걀이었고, 보금자리였고, 집이었고, 조국이었고, 세계였다.

그리고 확실히 이 피조물과 이 건물 사이에는 미리부터 존재하던 신비로운 조화 같은 것이 있었다. 아직 아주 어려서 그가 그 궁륭의 어둠 아래 꾸불꾸불 팔짝팔짝 뛰어다니던 때, 인간 같은 얼굴에 짐승 같은 팔다리를 하고 있는 그는, 마치 로마식 원기둥 머리의 그림자가 온갖 이상야릇한 형상을 던져주는 축축하고 컴컴한 타일 바닥을 기어다니는 뱀과 같았다.

훗날, 처음으로 그가 종탑의 끈에 기계적으로 매달려서 종을 흔들었을 때, 그것은 그의 양아버지인 클로드에게 비로소 말문이 열려 말하기 시작한 어린애 같은 인상을 주었다.

그리하여 늘 대성당의 방향으로 자라나고, 거기서 살고, 거기서 자고, 거의 한 번도 거기서 나가지 않고, 줄곧 그 신비로운 압력을 받으면서, 시나브로 그는 그것과 닮아가고, 말하자면 그 속에 들어박혀, 마침내 그것의 일부를 이루기에 이르렀다. 나의 이러한 비유가 허용될지 모르겠으나, 그의 툭툭 불거진 각은 건물의 움푹움푹 들어간 각에 끼여 박혀, 그는 이 건물의 입주자일 뿐만 아니라, 그 자연적인 내용물이기도 한 것 같았다. 마치 달팽이가 제 껍질 모양을 하고 있듯이, 그는 그 건물의 모양을 하고 있었다 해도 과언이 아니리라. 그것은 그의 집이자 구멍이요, 그의 외피였다. 이 낡은 성당과 그 사이에는 매우 깊은 본능적 공감이 있었고, 어찌나 자석 같은 친화력이, 물질적인 친화력이 있었던지, 그는 마치 거북이가 등딱지에 꼭 붙어 있듯이, 그 건물에 찰싹 붙어 있었다고 해도 과언이 아니다. 그 울퉁불퉁한 대성당은 그의 등껍질이었다.

내가 여기에 한 사나이와 한 건물의 이 기이하고 잘 어울리고 거의 실체를 같이하는 결합을 표현하기 위해 사용하지 않으면 안 되었던 비유를 글자 그대로 해석하지 말라고 독자에게 경고할 필요는 없을 것이다. 마찬가지로 그가 얼마나 오랜 시간 친밀한 동거를 통해 대성당 전체와 친밀해져 있었는지를 말할 필요도 없을 것이다. 이 주거는 그에게 꼭 알맞은 것이었다. 이 주거는 카지모도가 그 안 깊숙이 들어가지 않은 곳이라고는 한 군데도 없었고 그 위 높이 올라가지 않은 곳이라고는 한 군데도 없었다. 그는 여러 번 오직 조각의 우툴두툴한 것들만을 이용하여 여러 높이의 정면을 기어 올라갔다. 그 종탑들, 마치 수직 벽을 기어다니는 도마뱀처럼 그가 그 바깥 표면을 기어다니는 것을 흔히 볼 수 있었던 두 개의 거대한 쌍둥이 같은 높고 험악하고 무서운 종탑도 그에게는 아무런 현기증도 공포감도 아찔한 전율도 주지 않았다. 그 종탑들이 그의 손 아래서 그토록 유순하고 그토록 기어오르기가 쉬운 것을 보면, 마치 그가 그것들을 길들여 놓은 것 같았다. 거대한 대성당의 심연 속에서 하도 뛰어다니고 기어오르고 뛰놀고 한 나머지 그는 어느덧 원숭이가 되고 영양이 되어 있었던 것이다. 마치 칼라브리아의 어린아이가 걸음마를 시작하기도 전에 헤엄을 치고, 아주 어려서부터 바다와 노는 것처럼.

게다가 그의 육체만이 대성당을 따라서 형성된 것이 아니라 그의 정신 또한 그러했다. 그 넋이 어떤 상태에 있었고 어떤 습관이 붙었던가, 그리고 그 굳어진 외피 아래, 야성적인 생활 속에서 어떤 형태를 띠게 되었던가, 그것을 규정하기는 어렵겠다. 카지모도는 태어날 때부터 애꾸눈이에 곱사등이요 절름발이였다. 클로드 프롤로가 그에게 말하기를 가르쳐 주기에 이른 것은 이만저만한 수고와 참을성의 결과가 아니었다. 그러나 이 가엾은 업둥이에게는 하나의 숙명이 붙어 있었다. 열네 살에 노트르담의 종지기가 된 그에게 또 하나의 새로운 불구가 찾아와서 그를 완전무결한 것으로 만들어주었으니, 종들이 그의 고막을 찢어, 그는 귀머거리가 되었던 것이다. 자연이 여태껏 세상을 향해 그에게 활짝 열어놓았던 단 하나의 문이 느닷없이 영원히 닫혀버린 것이다.

그 문은 닫히면서 아직 카지모도의 넋 속에 스며들고 있었던 단 한줄기의 기쁨과 햇빛을 가려버렸다. 이 넋은 깊은 밤 속에 빠졌다. 이 비참한 사나이의 우울증은 그의 기형과 마찬가지로, 고칠 수 없는 완전한 것이 되어버렸다. 또한 그는 귀가 먹음으로써 어느 정도 벙어리까지 되었다는 것을 덧붙여 두

자. 왜냐하면 그는 귀머거리가 되고서부터는 남에게 웃음거리가 되지 않으려고 침묵을 지키기로 굳게 결심하고, 홀로 있을 때밖에는 거의 입을 열지 않았기 때문이다. 클로드 프롤로가 그토록 애써 풀어놓았던 그 혀를 그는 자진해서 묶어버린 것이다. 그 결과, 마지못해 말하지 않을 수 없을 때에도 그의 혀는 굳어서 어둔하고 마치 돌쩌귀가 녹슨 문과도 같았다.

만약 우리가 이제 그 두껍고 단단한 껍질 너머 카지모도의 넋에까지 들어가 보려고 한다면, 만약 이 잘못 만들어진 조직체를 깊숙이 살펴볼 수가 있다면, 만약 이 투명하지 못한 기관들의 후면을 횃불을 켜고 들여다보고, 이 불투명한 피조물의 캄캄한 내부를 탐사하고, 그 어두운 구석구석을, 그 부조리한 막다른 골목을 밝혀 보고, 이 동굴의 안쪽에 사슬로 묶여 있는 프시케[25]에게 갑자기 밝은 불빛을 던질 수가 있다면, 너무나도 낮고 작은 돌 상자 안에서 꼬부라져 늙어가고 있었다는 납덩이를 매단 베네치아의 죄수들처럼 초라하게 여위고 오그라진 자세를 하고 있는 불행한 프시케를 우리는 발견할 것임에 틀림없으리라.

정신이란 잘못된 육체 속에서 위축되는 것이 확실하다. 카지모도는 자기 내부에서 자기 형상대로 생긴 하나의 넋이 맹목적으로 움직이는 것을 뚜렷이 느끼지는 못했다. 물체에 대한 인상은 그의 사고에 도달하기 전에 상당한 굴절을 받았다.

---

25) 큐피드로부터 사랑을 받은 미녀. 숱한 시련 끝에 마침내는 영원히 신성한 사랑과 결합하는 추락한 영혼을 상징한다.

그의 두뇌는 특수한 중간계여서, 그것을 통과하는 관념들은 모두 비틀어져서 나왔다. 그러한 굴절에서 나오는 반사는 필연적으로 갈라지고 빗나가는 것이었다.

그로부터 숱한 착시, 숱한 오판, 숱한 탈선이 빚어져, 때로는 경박하고 때로는 어리석은 그의 생각이 망상에 빠지는 것이다.

이러한 숙명적인 조직의 첫 번째 결과는 그가 사물에 던지는 시선을 흐려놓는 것이었다. 그는 사물로부터 거의 아무런 직접적 지각도 얻지 못했다. 외부 세계는 그에게 우리에게보다 훨씬 더 먼 것같이 보였다.

그의 불행의 두 번째 결과는 그를 심술궂게 만드는 것이었다.

그는 사실 심술궂었다. 사교성이 없었기 때문이다. 그리고 그가 사교성이 없는 것은 추악하기 때문이었다. 그의 기질 속에도 우리들과 마찬가지로 하나의 논리가 있었다.

그렇게도 비상하게 발달된 그의 힘은 그가 심술궂어진 또하나의 이유였다. "Malus puer robutus.(힘센 아이는 심술궂다.)"라고 홉스는 말한다.

게다가 심술궂음이 그에게 아마 천성적인 것은 아니었을 것이라는 점을 인정해 주지 않으면 안 되겠다. 사람들 사이에 그가 첫발을 내디뎠을 때부터 그는 자기 자신을 느꼈고, 다음에는 야유당하고 모욕당하고 배척당했다. 인간의 말은 그에게 항상 조롱이거나 저주였다. 자라나면서 그는 주위에서 증오밖에는 발견하지 못했다. 그는 그 증오를 취했다. 그는 모든 사람들의 심술궂음을 획득했다. 그는 남들이 자기에게 상처를 입힌 그 무기를 주운 것이다.

어쨌든 그는 마지못해 인간들에게서 제 얼굴을 돌린 데 지나지 않았다. 그의 대성당만으로도 그는 충분했다. 대성당은 왕이며 성자며 주교 같은 대리석 얼굴들로 가득 차 있었지만, 그것들은 그의 면전에서 웃음을 터뜨리지 않았고, 그를 조용하고 친절한 눈으로밖에 바라보지 않았다. 다른 조상들, 괴물과 악마의 조상들도 카지모도에게 증오를 품지 않았다. 그렇기 때문에 그는 그것들과 너무도 닮아 있었다. 그것들은 오히려 다른 사람들을 비웃고 있었다. 성자들은 그의 친구가 되어 그를 축복해 주었다. 괴물들도 그의 친구가 되어 그를 지켜 주었다. 그는 그들과 더불어 오랫동안 심정을 토로하는 것이었다. 그는 때때로 그 조상들 중 하나 앞에 웅크리고 앉아서 호젓이 그와 더불어 이야기하느라 몇 시간이고 보냈다. 만약 누가 뜻밖에 오면 그는 마치 세레나데를 들려주다가 들킨 애인처럼 달아나버렸다.

그리고 대성당은 그에게 단지 사회일 뿐만 아니라 또한 세계이고 또한 자연 전체이기도 했다. 그는 늘 꽃피어 있는 스테인드글라스 창 외에 다른 과수장(果樹牆)은 꿈꾸지 않았고, 작센식 원기둥 머리의 덤불 속에 새들을 주렁주렁 달고서 피어 있는 그 돌 잎사귀의 그늘 외에 다른 그늘은 꿈꾸지 않았고, 성당의 거대한 종탑들 외에 다른 산들은, 그 기슭에서 살랑거리는 파리(Paris) 외에 다른 대양은 꿈꾸지 않았다.

그가 이 어머니 같은 건물 안에서 무엇보다도 사랑하는 것은, 그의 넋을 깨워주고, 그의 넋이 제 동굴 안에서 그렇게도 비참하게 오므리고 있던 그 가엾은 날개를 펴게 해주는 것은, 때때로 그를 행복하게 해주는 것은, 그것은 종탑들이었다. 그는 그것들을 사랑하고, 그것들을 애무하고, 그것들에게 이야기하고, 그것들을 이해하고 있었다. 성당 외진(外陣) 첨탑의 주명종에서부터 정면 현관의 큰 종에 이르기까지 그는 모두 사랑하고 있었다. 외진의 종루와 그 두 개의 종탑은 그에게 마치 그가 기른 새들이 그를 위해서밖에는 노래하지 않는 그러한 세 개의 새장과도 같았다. 그러나 그를 귀머거리로 만든 것이 바로 이 종들이었지만, 어머니들은 흔히 자기들을 가장 괴롭힌 자식을 가장 사랑하는 것이다.

사실 그것만이 그가 아직 들을 수 있는 유일한 목소리였다. 그런 까닭에 그 큰 종이 그가 가장 사랑하는 것이었다. 축제일이면 그의 주위에서 부산하게 나대는 소란스러운 딸자식들 가운데 그가 제일 좋아하는 것이 바로 그 종이었다. 큰 종의 이름은 마리였다. 그녀는 남쪽 탑 속에서 누이동생 자클린과 단둘이서만 있었는데, 키가 좀 작은 이 자클린이라는 종은 마리의 새장 옆에 있는 좀 덜 큰 새장 속에 갇혀 있었다. 자클린은 그것을 성당에 준 장 드 몽타귀[26]의 아내의 이름을 딴 것인데, 이러한 헌납에도 불구하고 그는 몽포콩에서 머리 없는 모습으로 나타나는 것을 면할 수가 없었다. 두 번째 탑 속에는 여섯 개의 종이 있었고, 끝으로 보다 작은 여섯 개의 종이 하

---

26) Jean de Montagu. 샤를 6세의 대신. 1409년에 참수당했다.

나의 나무 종과 함께 외진 위의 종탑 안에 살고 있었는데, 이 나무 종은 사면의 목요일[27] 저녁부터 부활절 전날 아침까지 밖에는 치지 않았다. 그러므로 카지모도는 자기의 하렘 안에 15개의 종을 가지고 있었던 셈이지만, 큰 마리가 애첩이었다.

종들을 크게 울리는 날에 그의 기쁨이 어떠했을지는 좀처럼 상상하기 어려우리라. 부주교가 그를 놓아주면서 "자!" 하고 말하는 순간, 그는 종탑의 나선계단을 다른 사람이 내려오는 것보다도 더 빨리 올라갔다. 그는 큰 종이 있는 공중의 방 안에 헐레벌떡 들어가, 명상과 애정 속에 잠시 그녀를 들여다본 다음, 조용히 그녀에게 말을 걸고, 마치 바야흐로 장거리를 뛰어가려는 좋은 말인 양 그녀를 손으로 어루만지는 것이었다. 그는 그녀가 장차 감내하게 될 수고를 가여워한다. 그는 탑의 아래층에 자리 잡고 있는 조수들에게 시작하라고 호령한다. 그들이 밧줄에 매달리고, 도르래가 삐걱거리고, 거대한 종이 천천히 흔들린다. 카지모도는 눈으로 그녀를 좇는다. 청동의 벽면과 추가 처음으로 부딪혀 그가 올라가 있는 뼈대를 진동케 한다. 카지모도는 종과 더불어 떤다. "옳지!" 하고 그는 미친 듯이 웃음을 터뜨리며 외친다. 그러는 동안 인경의 움직임은 한결 빨라지고, 인경이 더 넓은 각을 오감에 따라 카지모도의 눈도 더욱더 크게 열리어 인광을 튀기며 불타오른다. 이윽고 종소리가 크게 울리기 시작하고, 온 탑이 흔들리

---

27) 성 목요일, 즉 부활절 전의 목요일. 옛날에는 이날 미사를 드리기 전에 주교가 신도들에게 사면을 내렸으므로 이런 표현이 생긴 것이다.

고, 뼈대도, 납 덩어리도, 석재도, 모든 것이, 기초의 말뚝에서
부터 탑 꼭대기의 클로버 장식에 이르기까지, 모든 것이 한꺼
번에 쾅쾅 울린다. 그러자 카지모도는 커다란 거품을 내뿜으
면서 끓어오르고, 이리 왔다 저리 갔다 하고, 탑과 더불어 머
리에서 발끝까지 떤다. 종은 미친 듯이 날뛰며, 40리 밖에서
도 들리는 폭풍 같은 숨결이 쏟아져 나오는 청동의 아가리를
탑의 양쪽 벽에 번갈아 열어 보인다. 카지모도는 그 떡 벌린
아가리 앞으로 가고, 웅크리고, 종이 돌아오면 다시 일어서고,
요란스러운 숨결을 들이마시고, 자기 아래 200척 밑의 군중이
우글거리는 깊은 광장과 시시각각 그의 귓속에 와서 아우성
치는 그 거대한 구리쇠 혀를 번갈아 바라본다. 그것이 그에게
들리는 유일한 말소리였고, 그에게는 온 세상의 고요를 깨뜨
리는 유일한 소리였다. 그는 마치 햇볕에 나는 새처럼, 그 소리
에 마음이 상쾌해지는 것이었다. 갑자기 종의 광란이 그를 사
로잡아, 그의 눈이 이상해지고, 마치 거미가 파리를 기다리듯,
그는 인경이 지나가는 것을 기다리다, 느닷없이 그 위에 맹렬
히 뛰어든다. 그러자 심연 위에 매달리고 종의 무시무시한 흔
들림 속에 던져진 그는 청동 괴물의 귀를 붙잡고, 두 무릎으
로 그녀를 껴안고, 두 뒤꿈치로 그녀에게 박차를 가하고, 전신
의 충격과 무게로 더욱더 맹렬히 울리는 것이었다. 그러는 동
안에 탑은 흔들리고, 그는 고함을 지르고 이를 갈고, 그의 붉
은 머리털은 곤두서고, 그의 가슴은 대장간의 풀무 같은 소리
를 내고, 그의 눈은 불꽃을 던지고, 괴물 같은 종은 그의 아래
에서 헐떡거리면서 울었는데, 그럴 때면 그것은 더 이상 노트

르담의 인경도 카지모도도 아니라, 하나의 꿈, 하나의 소용돌이, 하나의 폭풍이었다. 소리 위에 걸터탄 현기증, 날아가는 궁둥이에 매달린 정령, 반은 사람이고 반은 종인 기이한 켄타우로스[28], 살아 있는 청동의 신기한 히포그리프[29]에 실려 가는 무서운 아스톨포[30] 같은 것이었다.

이 비상한 존재가 있음으로 해서 대성당 안에는 온통 뭔지 알 수 없는 생명의 숨결이 감돌고 있었다. 어쨌든 군중이 퍼 나르는 미신이 전하는 말에 의하면, 노트르담의 모든 돌에 생명을 주고, 낡은 성당의 깊은 곳까지 고동치게 하는 일종의 신비로운 발산물이 그에게서 풍겨 나오는 것 같았다. 회랑과 정면 현관의 수천 조상들이 살아 움직이는 것을 보는 것같이 생각하기 위해서는 그가 거기에 있다는 것을 아는 것으로 충분했다. 그리고 사실 대성당은 그의 손 아래서 온순하고 고분고분한 여자 같아서, 그것은 제 큰 목소리를 내기 위해 그의 뜻을 기다렸고, 마치 친밀한 수호신에 의해서인 듯 카지모도에 의해 소유당하고 충만해져 있었다. 흡사 그는 이 광막한 건물이 숨을 쉬게 해주는 것 같았다. 아닌 게 아니라 그는 그곳 도처에 있었고, 이 대건축물의 모든 지점에서 갖가지로 활약했다. 사람들은 때로는 그 종탑들 중 어느 꼭대기 위에 기이한 난쟁이 하나가 기어오르고, 꾸불꾸불 돌아다니고, 네 발

---

28) 그리스신화의 반인반마(半人半馬)의 괴물.
29) 말의 몸에 독수리의 머리와 날개를 가진 괴물.
30) 아리오스토의 『미친 오를란도』에서 방랑기사 아스톨포는 히포그리프를 타고 달에 간다.

로 기어다니고, 바깥 낭떠러지로 내려오고, 모서리에서 모서리로 뛰어다니고, 어느 고르곤[31] 상(像)의 배 속을 뒤지는 것을 보는 수가 있었는데, 그것은 새집에서 까마귀들을 끄집어내는 카지모도였다. 때로는 성당의 캄캄한 한쪽 구석에 웅크리고 앉아서 얼굴을 찌푸리고 있는 일종의 살아 있는 키마이라[32]와 맞닥뜨리는 수가 있는데 그것은 생각하는 카지모도였다. 또 때로는 종탑 아래 하나의 거대한 머리와 흐트러진 팔다리가 밧줄 끄트머리에서 맹렬히 흔들리고 있는 것을 보는 수가 있는데, 그것은 만종 기도나 삼종기도의 종을 치고 있는 카지모도였다. 흔히 밤중에, 기괴망측한 형상 하나가, 종탑 꼭대기를 장식하고 성당 후진의 주위 가장자리를 빙 두르고 있는, 레이스 모양으로 들쭉날쭉한 가냘픈 난간 위를 얼쩡거리는 것을 보는 수가 있었는데, 그것 역시 노트르담의 꼽추였다. 그럴 때면, 이웃 여자들의 말에 따르면, 온 성당이 어떤 환상적이고 초자연적이고 무시무시한 것이 되어서, 눈과 입 들이 여기저기서 열리고, 괴물 같은 대성당의 주위에서 밤이고 낮이고 목을 뻗고 아가리를 벌리고 지키고 있는 돌의 개며 뱀이며 용 들이 짖는 소리가 들리고, 크리스마스 날 밤 같으면, 그르렁거리는 듯한 큰 종이 자정의 촛불 미사에 신도들을 부르는 동안, 캄캄한 정면 위에는 어떤 야릇한 분위기가 흘러 퍼져, 마치 큰 현관문이 군중을 삼키고 원화창이 그것을 바라보

---

31) 자기를 바라보는 사람들을 돌이 되게 했다는 그리스신화의 괴물 세 자매다.
32) 보통 명사로는 '환상'이라는 뜻으로 쓰인다.

고 있기라도 한 것 같았다. 그런데 그 모두가 카지모도에게서 오는 것이었다. 이집트라면 그를 이 사원의 신으로 알았을 것이고, 중세는 그를 이 교회의 악마라고 믿었지만, 그는 이 성당의 영혼이었던 것이다.

그것은, 카지모도가 존재했다는 것을 알고 있는 사람들에게는 오늘날 노트르담이 황량하고 활기 없고 죽어 있는 정도로까지 그러했다. 사람들은 뭔가 사라져버렸다는 것을 느낀다. 이 거대한 육체는 비어 있고, 그것은 해골이고, 정신이 그것을 떠나버렸고, 그 자리만이 보일 따름이다. 그것은 마치 아직 눈구멍은 있되 이미 시선은 없어져버린 두개골과도 같다.

4장

개와 주인

그러나 카지모도가 남들에 대한 악의와 증오에서 제외시켜 놓았고, 대성당만큼이나, 아니 어쩌면 그보다 더 사랑하는 인간이 있었으니, 그것은 클로드 프롤로였다.

그것은 단순한 일이었다. 클로드 프롤로는 그를 맞아들여 양자로 삼았고, 그를 먹여 살리고 길러주었던 것이다. 아주 어려서부터, 개와 어린애들이 그의 뒤를 쫓아오면서 짖을 때 그가 으레 피해 숨던 곳은 클로드 프롤로의 다리 사이였다. 클로드 프롤로는 그에게 말하고 읽고 쓰기를 가르쳐주었다. 클로드 프롤로는 마침내 그에게 종지기를 시켰다. 그런데 카지모도에게 결혼하도록 큰 종을 준다는 것은 줄리엣을 로미오에게 주는 것과 같았다.

그러므로 카지모도의 고마움은 깊고 열렬하고 한량없었으

며, 비록 그의 양아버지의 얼굴은 흔히 짙은 안개가 끼고 준엄하며, 말은 보통 짧고 무뚝뚝하고 고압적이라 할지라도, 결코 그는 고마움을 일순간도 저버리는 일이 없었다. 부주교는 카지모도 속에 가장 순종하는 노예를, 가장 온순한 하인을, 가장 경계하는 개를 가지고 있었다. 이 가엾은 종지기가 귀머거리가 되자, 그와 클로드 프롤로 사이에는 오직 그들끼리만 이해하는 신비로운 신호의 언어가 형성되었고, 그리하여 부주교는 카지모도가 교섭을 유지하는 유일한 인간이 되었다. 그는 이 세상에서 두 가지 것, 즉 노트르담과 클로드 프롤로하고밖에는 관계를 맺고 있지 않았다.

이 종지기에 대한 부주교의 지배력에 비교할 만한 것은, 이 부주교에 대한 종지기의 애착에 비교할 만한 것은 아무것도 없었다. 카지모도가 노트르담의 탑 위에서 뛰어내리기 위해서는 클로드의 신호 하나면 충분했고, 그를 기쁘게 해주고 싶은 생각만 있으면 충분했다. 다른 한 사람이 사용할 수 있도록 카지모도가 맹목적으로 바친, 그의 비상하게 발달된 그 모든 체력이란 참으로 괄목할 만한 것이었다. 거기에는 틀림없이 아들로서의 효성과 하인으로서의 충성이 있었겠지만, 또한 다른 정신에 의한 한 정신의 매혹도 있었다. 그것은 높고 깊고 강하고 뛰어난 지성 앞에서 빈약하고 졸렬하고 무능한 소질이 고개를 수그리고 애원의 눈길을 하고 있었던 것이다. 끝으로, 그러나 무엇보다도 그것은 고마움이었다. 그토록 극에 다다른 고마움을 나는 무엇에 비교해야 좋을지 모르겠다. 이러한 미덕은 인간들 사이에 있는 가장 아름다운 예들에서도 찾아볼 수가 없다. 그러므로 카지모도는 부주교를 사랑하기를, 일찍이 어떠한 개도 어떠한 말도 어떠한 코끼리도 제 주인을 그렇게 사랑하지 못했을 만큼 사랑하고 있었다고 나는 말해 두겠다.

5장

클로드 프롤로의 계속

1482년에 카지모도는 스무 살쯤 되었고, 클로드 프롤로는 서른여섯 살쯤 되었으니, 하나는 컸고 또 하나는 나이 들었다.

클로드 프롤로는 더 이상 토르시 학교의 학생이 아니었을 뿐만 아니라 한 어린아이의 자애로운 보호자였고, 많은 것을 알기도 하고 많은 것을 모르기도 하는 젊은 몽상적인 철학자였다. 그는 엄격하고 근엄하고 침울한 신부였고, 영혼의 책임자였으며, 조자스의 부주교님, 몽레리와 샤토포르의 두 수도원장직과 시골의 174명의 사제를 맡고 있는, 주교의 차석 시종이었다. 그는 위압적이고 우울한 인물이어서, 위엄 있고 생각에 잠겨, 팔짱을 끼고, 얼굴이라고는 훌랑 벗겨진 널따란 이마밖에는 안 보일 정도로 머리를 가슴 위로 푹 숙이고서, 성가대석의 높다란 첨두홍예 아래를 천천히 지나갈 때면, 장백의

(長白衣)와 겉옷 입은 성가대의 어린이들이며, 성가대 사관들이며, 성 아우구스티누스 회원들이며, 노트르담의 아침 서기들이 그 앞에서 발발 떨었다.

게다가 클로드 프롤로 신부는 학문도 어린 동생의 교육도 포기하지 않고 있었으니, 그것은 그의 인생의 2대 관심사였다. 그러나 시간이 흘러감에 따라 그 즐거운 일들에 약간의 고난이 섞여 들었다. 폴 디아크르[33)의 말마따나, 결국은 가장 좋은 비곗살도 썩게 마련이다. 양육된 곳의 이름으로 말미암아 장 프롤로 '뒤 물랭'이라고도 불리는 어린 장 프롤로는 클로드가 그에게 들어서게 하고 싶었던 방향으로 커가지 않았다. 형은 동생이 경건하고 온순하고 박학하고 훌륭한 학생이 되기를 기대했다. 그런데 동생은 마치 정원사의 노력을 어기고 공기와 햇빛이 오는 쪽으로 끈질기게 돌아가는 저 어린 나무들처럼, 무성하고 울창하고 아름다운 가지들을 나태와 무지와 방탕 쪽으로만 키우고 번식시키고 뻗치고 있었다. 그는 참으로 난잡한 진짜 악당이어서 그 점에서는 클로드 신부의 이맛살을 찌푸리게 했으나, 무척 꾀바른 개구쟁이여서 그 점에서는 형으로 하여금 미소 짓게 하였다. 클로드는 그를 자기가 연구와 명상 속에 소싯적을 보냈던 토르시 학교에 맡겼는데, 옛날에는 프롤로라는 이름으로 감화를 받았던 이 성전이 오늘날은 같은 이름으로 빈축을 사게 된 것이 그로서는 고통스러운 일이었다. 그래서 그는 때때로 장에게 매우 준엄하고 긴 설교

---

33) Paul Diacre, 740~801. 롬바르디아의 역사가 겸 시인.

를 했는데, 장은 그것을 참을성 있게 들었다. 요컨대 이 젊은 건달은 어떠한 희극에서나 볼 수 있는 호인이었다. 그러나 설교가 지나가버린 뒤에는, 그는 태연스럽게 반란과 엉뚱한 짓을 도로 시작하는 것이었다. 어떤 때는 '새 새끼(대학에 갓 들어온 학생들을 그렇게 불렀다.)' 하나를 환영한답시고 골려주었는데, 그것은 오늘날까지 고이 존속되어온 귀중한 전통이다. 또 어떤 때는 한 패의 학생들을 선동했는데, 그러면 학생들은 관례에 따라, 'quasi classico excitati(전쟁 나팔로 고무된 것처럼)'[34] 어떤 술집으로 쳐들어가서, '공격 곤봉'으로 술집 주인을 후려갈기고, 지하실의 술통들을 바닥에 내버릴 정도로 신바람 나게 술집을 털었다. 그런 뒤에 토르시 학교의 자습 감독생보가 울상을 하고 클로드 신부에게 가져온 것은, 고통스러운 난외주 'Rixa; prima causa vinum optimum potatum(난투의 첫째 원인은 학생들이 마신 썩 좋은 포도주)'[35]가 붙은, 희한한 라틴어 진술서였다. 끝으로, 이것은 열여섯 살의 어린애에게는 끔찍한 일이거니와, 그의 방자한 생활은 왕왕 글라티니 거리까지도 드나든다는 말이 있었다.

그 모든 것으로 인하여, 인간에 대한 애정에서 몹시 슬퍼지

---

34) Du Breul, 610. 1229년의 사순절 전 카니발에 있었던 '대학의 소동' 이야기를 위고가 15세기로 옮겨놓은 것이다. '관례에 따라(Classiquement)'라는 말은 위고의 속독으로 인한 오해거나 재담일 것이다.
35) 위의 주에 인용된 이야기 앞에 적힌 뒤 브뢸의 '난외주'를 위고가 부정확하게 옮겨놓은 것으로, 정확한 인용문은 "Rixae prima causa vinum optimum potatum"이다.

고 실망한 클로드는 더욱 열정적으로 학문의 품 안에 뛰어들었지만, 이 학문이라는 누이는 사람을 대놓고 비웃지 않으며, 때로는 조금 실속 없는 돈으로라도 저를 돌본 수고에 대해 언제나 그 대가를 지불해 준다. 그리하여 그는 더욱더 학자가 되었고, 그와 동시에, 자연적인 결과로, 성직자로서는 더욱더 엄격해지고, 인간으로서는 더욱더 우울해졌다. 우리들 누구에게나, 우리의 지성과 덕성과 성격 사이에는 어떤 상관관계가 있는데, 그것들은 중단 없이 발전하며 인생의 큰 혼란에 처했을 때밖에는 깨지지 않는다.

클로드 프롤로는 젊어서부터, 확실하고 외부적이고 합법적인 인간 지식의 거의 전 범위를 편력하였으므로, 불가불 그는 'ubi defuit orbis(그 범위가 끝난 데)'[36]에서 걸음을 멈추지 않는다면, 불가불 그는 더 멀리 가서 자기 지성의 만족할 줄 모르는 활동에 다른 양식을 찾아주는 수밖에 딴 도리가 없었다. 제 꼬리를 무는 뱀의 옛 상징은 특히 학문에 적합한 것이다. 클로드 프롤로는 그것을 경험한 것 같다. 여러 점잖은 양반들이 단언하고 있거니와, 인간 지식의 'fas(합법적인 것)'을 다 규명한 뒤에 그는 'nefas(불법적인 것)' 속에 감연히 뛰어들어갔다고 한다. 사람들 말에 의하면, 그는 차례차례로 슬기의 나무의 능금을 모두 맛보고 나서, 배가 고파서 그랬는지 싫증이 나서 그랬는지는 알 수 없지만, 마침내는 금단의 과실을 물어뜯기에 이르렀다는 것이다. 독자들도 이미 본 바와 같이, 그

---

36) 바로 위의 "지식의 거의 전 범위"라는 말과 관련지어 볼 것.

는 번차례로 소르본에서의 신학자들의 강의에도, 생틸레르 상(像) 곁의 예술가들의 회합에도, 생마르탱 상 곁의 법령 학자들의 토론회에도, 노트르담의 성수반 곁의, ad cupam Nostræ Dominæ[37] 의사들의 회의에도 모두 참석했고, 4학부라고 일컬어지는 이 4대 주방이 지성을 위해 만들어 내놓을 수 있었던 모든 허가되고 인가된 요리들을 그는 모조리 먹어 삼켰건만 허기가 채 가시기도 전에 포만감이 일어났다. 그러자 그는 그 모든 물질적이고 한정된 유한의 학문 밑을 더 깊이 더 아래로 파 내려갔고, 어쩌면 자기의 영혼까지도 걸 뻔했으며, 연금술사며 점성술사며 비교(秘敎)주의자들의 동굴 속 저 신비로운 탁자에도 앉았는데, 그 탁자로 말하자면, 이븐 루슈드[38]와 기욤 드 파리스[39]와 니콜라 플라멜이 중세에는 그 끝자리를 차지하고 있고, 동양에서는 일곱 개의 가지가 달린 촛대의 불빛 아래, 솔로몬[40]과 피타고라스와 조로아스터[41]에게까지 이어지고 있는 것이다.

37) '노트르담의 성수반 곁의'라는 뜻의 라틴어로, 위고 자신이 프랑스어 번역을 앞에서 되풀이하고 있다.

38) 12세기의 아라비아 철학자. 특히 중세의 학교에서는 그의 아리스토텔레스에 관한 주석(註釋)으로 유명했다.

39) Guillaume de Paris. 1228~1249년의 파리 주교이자 철학자로, 『우주론』을 썼다.

40) 그는 여기에 구약성서의 왕보다도 '성당 기사단'과 '프리메이슨 단'의 가상적인 선조로서 인용된 것이다.

41) 마즈다교(배화교)의 창시자 또는 개혁자. 조로아스터교의 경전 『아베스타(Avesta)』는 그가 쓴 것으로 전해지고 있다.

옳고 그르고 간에 어쨌든 사람들은 그렇게 추측하고 있었던 것이다.

다만 확실한 것은, 종종 부주교는 1466년 흑사병에 희생된 다른 사람들과 함께 그의 아버지와 어머니가 묻혀 있는 생지노상 묘지를 찾아가곤 하였는데, 그는 그 묘소의 십자가보다도, 바로 그 옆에 세워진 니콜라 플라멜과 클로드 페르넬[42]의 무덤에 가득 차 있는 이상한 형상들에 훨씬 더 경건한 태도를 보이는 것 같았다.

확실한 것은, 사람들은 종종 그가 롱바르 거리로 걸어내려가 에크리뱅 거리와 마리보 거리[43]의 모퉁이를 이루는 조그만 집으로 슬그머니 들어가는 것을 보았다는 것이다. 그것은 니콜라 플라멜이 지은 집으로, 그가 1417년경[44]에 거기에서 죽은 뒤로 줄곧 폐가가 되어 이미 허물어지기 시작했는데, 그런 정도로 모든 나라에서 온 연금술사들과 화금석 탐구자들이 거기에 제 이름들을 새기는 것만으로 벽을 허물어뜨린 것이다. 몇몇 이웃 사람들이 단언하는 바에 의하면, 한번은 부주교 클로드가 니콜라 플라멜 자신이 시구며 상형문자들을 그 버팀돌 위에 무수히 갈겨써 놓은 두 지하실 안에서 땅을 파 뒤엎고 삽질을 하는 것을 환기창으로 보았다고 한다. 플라멜이 이 두 지하실 안에 화금석을 파묻어 놓았다고 추측하고

---

42) Claude Pernelle. 니콜라 플라멜의 아내.
43) 롱바르 거리는 현존한다. 에크리뱅 거리와 마리보 거리는 대략 현재의 니콜라 플라멜 거리와 페르넬 거리에 있었다.
44) 정확히는 1418년이다.

있었는지라, 연금술사들은 마지스트리[45)]에서부터 파시피크 신부[46)]에 이르기까지 200년 동안 어찌나 사정없이 뒤지고 파 엎어서, 마침내는 그들의 발아래 집이 산산조각이 나버릴 때 까지 그 지하실 땅바닥을 괴롭히기를 그치지 않았다.

또 확실한 것은, 부주교는 기욤 드 파리스 주교가 돌로 쓴 마법서의 페이지라고나 할, 노트르담의 상징적인 정면 현관 문에 이상하리만큼 홀딱 반했다는 것인데, 기욤 드 파리스는 이 성당 건물의 나머지 부분이 영원히 노래하고 있는 성스러 운 시에다 그토록 악마 같은 첫머리 그림을 붙여놓은 탓에 영 벌을 받았을 것임에 틀림없다. 클로드 부주교는 또한 성 크리 스토프의 거상과 함께, 당시 성당 앞뜰 어귀에 서 있었고 민 중이 조롱하여 르그리[47)] 씨라고 부르던 그 기다란 수수께끼 같은 조상도 깊이 연구한 것으로 알려져 있었다. 그러나 누구 든 알아볼 수 있었던 것은, 그가 종종 성당 앞뜰의 난간에 앉 아 정면 현관의 조각물들을 들여다보면서, 때로는 엎어진 램 프를 가진 경박한 처녀 상들을 살펴보는가 하면, 때로는 똑바 로 세운 램프를 가진 정숙한 처녀 상들을 살펴보고, 또 어떤 때는 화금석이 니콜라 플라멜의 지하실 안에 있는 게 아니라

---

45) Magistri. 이 이름으로 위고는 *De temporibus humani partus*(1591)의 저 자 로돌프 마지스테르 토네르를 가리키는 것인지도 모르겠다. 제7부 4장 '숙 명'에서 위고는 그를 클로드 프롤로의 선배 또는 동시대 사람으로 취급하고 있다.

46) Pacifique, 1575~1653. 성 프란체스코파 카푸친회의 수도사, 전도사, 위 대한 화학자.

47) '회색'이라는 뜻이다.

면 틀림없이 감춰져 있을 장소인 성당 안의 신비로운 한 점을 왼편 현관에서 바라보고 있는 까마귀의 시각(視角)을 계산하느라 몇 시간이고 보내는 것이었다. 이야기가 났으니 말이지만, 이 시대에 노트르담 성당이 클로드와 카지모도처럼 서로 판이한 두 인간으로부터 두 가지의 다른 정도로 그토록 경건한 마음으로 그처럼 사랑받고 있었다는 것은 참으로 기이한 운명이었으니, 본능적이고 야생적인 일종의 반인인 한 사람에게는 그 아름다움 때문에, 그 키 때문에, 그 웅장한 전체에서 풍겨나오는 조화 때문에 사랑받고 있었던 것이요, 박식하고 열정적인 상상력의 또 한 사람에게는 그 의미 때문에, 그 신화 때문에, 그것이 포함하는 뜻 때문에, 양피지 재수사본[48]의 두 번째 원문 아래 숨겨져 있는 첫 번째 원문처럼 그 정면의 조각물 아래 흩어져 있는 상징 때문에, 일언이폐지하여, 그것이 지성에게 영원히 제시하고 있는 수수께끼 때문에 사랑받고 있던 것이다.

끝으로 확실한 것은, 부주교는 두 종탑 중 그레브 광장 쪽을 바라보는 탑 속, 종 바로 옆에 조그만 독방 하나를 차려놓고 있었는데, 매우 비밀스러운 곳으로, 사람들 말에 의하면 그의 허가 없이는 어떠한 사람도, 주교라 할지라도 들어갈 수 없다는 것이다. 그 독방은 옛날에 종탑의 거의 꼭대기, 까마귀

---

48) 'Palimpseste'의 역어. 맨 처음 쓰여 있던 글자를 지우고 그 위에 다시 글자를 쓴 양피지. 특수한 처리에 의해 최초의 원문을 다시 나타나게 할 수가 있고, 대개는 그것이 덧쓴 글보다도 더 많은 흥미를 준다.

집들 사이에, 위고 드 브장송 주교[49]가 만들어놓은 것인데, 그는 거기서 그의 전성기에 마법을 시행했다. 이 독방 안에 무엇이 들어 있는지는 아무도 모르고 있었으나, 밤에 종탑의 뒤쪽에 뚫린 하나의 조그만 채광창에, 간헐적인 이상한 붉은빛이 일정한 짧은 간격으로 나타났다 사라졌다 다시 나타나곤 하는 것을 사람들은 시테섬의 모래사장에서 종종 보았는데, 그 불빛은 풀무의 헐떡거리는 숨결을 따르는 것 같았으며, 등불보다는 오히려 무슨 불꽃에서 오는 것 같았다. 어둠 속에 그 높은 곳에서 보이는 그러한 불빛은 퍽 괴이한 인상을 주므로, 늙은 아낙네들은 이렇게 말했다. "저것 봐, 부주교가 숨을 쉬고 있어. 지옥이 저 위에서 번쩍거리고 있다고."

요컨대 그러한 모든 것 속에 마법의 큰 증거는 없었지만, 그래도 언제나 불이 있다고 추측하기 위해서는 그만큼의 연기만 있으면 충분한 것이어서, 부주교에게는 꽤 지독한 평판이 나돌고 있었던 것이다. 그런데 내가 말해 두어야 할 것은, 이 집트의 학문은, 강신술은, 마법은, 아무리 결백하고 무고한 것이라 할지라도, 노트르담 종교 재판소의 판관 나리들 앞에서 그보다 더 악착스러운 적이 없었고 그보다 더 잔인한 고발자가 없었다는 점이다. 그것이 진정한 공포였든 아니면 "도둑이야." 하고 외치는 도둑놈 놀이에 불과했든 간에, 성당 참사회

---

49) Hugo II de Bisuncio, 1326~1332. (원주)
　뒤 브룈의 책에 이 이름이 나오나, 위고 드 브장송은 결코 "마법을 시행"하지는 않았을 텐데, 빅토르 위고는 이 주교의 성이 자신과 같을 뿐만 아니라, 자기와 같은 고향이므로 그 이름을 인용하는 데 즐거움을 느꼈을 것이다.

의 박식한 두뇌들께서 부주교가 지옥의 현관을 출입하고 강신술의 소굴을 헤매고 신비술의 암흑을 더듬거리는 영혼이라고 생각하지 않게 할 수는 없었다. 민중 또한 그 점에서는 잘못 생각하지 않았으니, 조금이라도 예민한 머리를 가진 사람이라면 누구나 카지모도를 악마로, 클로드 프롤로를 마법사로 알고 있었다. 종지기가 일정한 시간 동안 부주교의 시중을 들어준 뒤에 그 대가로 그의 영혼을 가져갔으리라는 것은 뻔한 일이었다. 그러므로 부주교는, 극도로 엄격한 그의 생활에도 불구하고, 착한 넋들 사이에서 평판이 좋지 못했으며, 아무리 풋내기 여신도의 코라도 그에게서 마술사의 냄새를 맡아 내지 않는 코는 없었다.

그리고 늙어가면서 그의 학문 속에 심연이 형성되었는가 하면, 그의 가슴속에도 역시 심연이 형성되었다. 사람들이 적어도 그의 얼굴을 살펴볼 때 검은 구름 너머로밖에는 그의 넋이 반짝이는 것을 볼 수 없었던 것으로 보아 그렇게 믿는 것은 당연했다. 홀렁 벗어진 이마, 늘 수그리고 있는 머리, 한숨으로 늘 들어올려지는 가슴, 그것은 대관절 어찌된 까닭일까? 그의 찌푸린 두 눈썹이 싸우려고 대드는 두 마리 황소처럼 접근하는 바로 그 같은 순간에 무슨 은밀한 생각이 그토록 씁쓸하게 그의 입으로 하여금 미소 짓게 하는 것이었을까? 어찌하여 그의 남아 있는 머리칼은 벌써 희끗희끗한 것일까? 이따금 그의 눈길 속에서 터지는 내부의 불이 무엇이기에 저토록 그의 눈은 도가니 벽에 뚫린 구멍과도 같았을까?

이러한 격심한 정신적 불안의 징후는 이 이야기가 진행되고 있는 시기에 특히 고도로 강렬해졌다. 성가대 소년이 성당 안에 그가 홀로 있는 것을 보고 무서워서 달아난 적이 한두 번이 아닐 만큼, 그의 눈초리는 그렇게도 이상하고 번쩍거렸다. 예배 때 성가대석에서 그의 옆에 앉아 있는 성직자가, 그가 ad omnem tonum(온갖 음조의) 평가(平歌)에 알 수 없는 삽입구를 섞는 것을 들은 적이 한두 번이 아니었다. '참사회의 세탁'을 맡은 섬의 빨래꾼 아주머니가 조자스 부주교님의 중백의에 꽉 쥔 손톱과 손가락 자국이 박혀 있는 것을 보고 놀란 적이 한두 번이 아니었다.

게다가 그는 더욱더 엄격해졌고 더 이상 모범적일 수가 없었다. 성격상으로나 직업상으로나 그는 항상 여자들을 멀리했고, 어느 때보다도 더 그들을 미워하는 것 같았다. 비단 치맛자락이 살랑거리는 소리만 들어도 그는 망토의 두건을 눈 위로 푹 내리는 것이었다. 그 점에서 그가 어찌나 철저하게 준엄하고 조심스러웠던지, 1481년 12월에 왕녀인 보죄 공주가 노트르담 수도원을 방문하러 왔을 때, 그는 『흑서(黑書)』의 법규를 주교에게 상기시키며 그녀가 들어오는 것을 엄중히 반대했는데, 1334년 성 바르톨로메오 제(祭)[50]의 전날에 나온 이 『흑서』는 모든 여성들에게 "어떠한 여자라도, 늙든 젊든, 마님이든 시녀든 간에" 수도원의 접근을 금지한 것이다. 이에 대해 주교는 부득이 교황 특사 오도의 법령을 그에게 인용하지 않을 수 없었는데, 이 법령에 따르면 몇몇의 고귀한 부인

---

50) 12사도 중 하나인 성 바르톨로메오의 제일로, 8월 24일이다.

들, 'aliquæ magnates mulieres, quæ sine scandalo evitari non possunt(소란 없이는 멀리할 수 없는 몇몇의 상류 부인들)'은 예외로 되어 있었다. 그럼에도 불구하고 부주교는 교황 특사의 법령은 1207년에 나온 것으로『흑서』보다 127년이나 앞선 것이므로, 사실상 그에 의해 폐기된 것이라고 반박했다. 그리고 그는 공주 앞에 나타나기를 거부했다.

뿐만 아니라 이집트 여자와 집시 들에 대한 그의 증오는 얼마 전부터 한층 더해진 것 같았다. 그는 특별히 집시 여자들이 성당 앞뜰 광장에 와서 춤추고 탬버린 치는 것을 금지하는 포고를 내리도록 주교에게 청원했고, 염소나 돼지 또는 양을 가지고 마술을 한 공범자로서 화형이나 교수형에 처해진 남녀 마법사들의 예를 모으기 위해, 그때부터 성당 재판소의 곰팡이 슨 고문서를 조사하고 있었다.

6장

인기 없는 사람들

이미 말한 바와 같이, 부주교와 종지기는 대성당 부근의 부유하고 가난한 시민들에게 별로 사랑받지 못했다. 이것은 여러 번 있었던 일인데, 클로드와 카지모도가 같이 외출하여, 노트르담의 밀집 지대의 비좁고 침침하고 싸늘한 거리를 함께, 하인이 상전의 뒤를 따라 건너가는 것을 사람들이 볼 때면, 악담이며 비꼬는 콧노래며 모욕적인 야유가 숱하게 쏟아져, 물론 이것은 드문 일이지만, 클로드 프롤로가 머리를 똑바로 쳐들어 그 준엄하고 존엄한 이마를 드러내 보여, 놀리던 사람들을 당황케 하지 않는 한, 지나가는 그들을 괴롭히기 일쑤였다.

두 사람은 그들의 마을에서 레니에가 말한 시인들과 같았다.

온갖 어중이떠중이들이 그 시인들 뒤를 따라다닌다,

마치 부엉이들 뒤로 꾀꼬리들이 지저귀며 따라다니듯.[51]

어떤 때는 약삭빠른 어린애가 말할 수 없는 즐거움을 맛보기 위해 자칫 잘못하다가는 껍데기가 벗겨지고 뼈가 부러져 나갈 위험을 무릅쓰고 카지모도의 곱사등에 바늘을 꽂았다. 또 어떤 때는 어여쁜 아가씨가 난잡하고도 뻔뻔스럽게, 신부의 검은 법의를 스쳐가면서 그의 코밑에 바싹 대고, "규방아, 규방아, 악마가 사로잡혔네." 하고 빈정거리는 노래를 불렀다. 또 때로는 한 떼의 노파들이 대문 앞 계단 위 어둠 속에 즐비하게 웅크리고 앉아 있다가, 부주교와 종지기가 지나갈 때면 시끄럽게 떠들면서, "흠! 저것 봐, 하나는 넋이, 또 하나는 몸뚱이가 잘생겨 먹었어!" 하고 고무적인 환영의 말을 뇌까렸다. 또는 공기놀이를 하고 있던 한 패의 학생들과 보병들이 한꺼번에 일어나 라틴어로 함성을 지르면서 그들에게 점잖게 인사를 했다. "Eia! eia! Claudius cum claudo!(야! 야! 클로드와 절름발이!)"

그러나 대개의 경우 신부와 종지기는 그러한 욕설을 알아채지 못하고 지나쳐버렸다. 그 모든 유쾌한 말들을 알아듣기에는 카지모도는 너무 귀가 먹었고 클로드는 너무 몽상에 잠겨 있었다.

---

51) 레니에(Maturin Régnier, 1573~1613)의 『풍자시집』(49~50쪽)에서 인용했는데, 원문과는 약간 다르다.

5부

1장

ABBAS BEATI MARTINI
생마르탱의 사제

클로드 신부의 명성은 멀리 퍼졌다. 그래서 그는 보죄 공주를 만나보기를 거부했을 무렵에 어떤 방문을 받게 되었는데, 그는 오래도록 그 추억을 간직하였다.

어느 날 저녁이었다. 그가 성무를 마치고 노트르담 수도원의 독방으로 막 물러난 참이었다. 이 독방은 한쪽 구석에 치워놓은, 발사용 화약과 꼭 같은 꽤 수상한 분말[1]로 가득 찬 몇 개의 유리병을 제외하고는 조금도 이상하거나 신비로운 것이 없었다. 물론 여기저기 벽 위에 써 붙여놓은 것이 있었으나, 그것은 훌륭한 저자들의 책에서 뽑아낸, 학문이나 신앙에

---

[1] 연금술사들이 다른 금속들을 금으로 만드는 힘이 있다고 믿었던 분말을 말한다.

관한 금언이었다. 부주교는 수사본이 듬뿍 쌓인 커다란 궤 앞에 화구가 세 개인 구리 등 불빛 아래 막 앉은 참이었다. 그는 호노리우스 아우구스토두넨시스의 저서 『구령 예정 또는 자유의지론(De predestinatione et libero arbitrio)』[2]을 활짝 펴놓고 그 위에 팔꿈치를 대고서 한 권의 인쇄된 2절판 책을 깊은 명상에 잠겨 뒤적거리고 있었는데, 그 책은 그가 막 가져온 것으로, 그의 독방 안에 있던 유일한 인쇄물이었다. 그가 한창 몽상에 잠겨 있을 때 누군가 문을 두드렸다. "누구요?" 이 학자는 뼈를 물어뜯다가 방해받은 굶주린 개와 같은 상냥한 소리로 외쳤다. 어떤 목소리가 바깥에서 대답했다. "당신 친구 자크 쿠악티에요." 그는 가서 문을 열었다.

그는 사실 시의(侍醫)였는데, 쉰 살가량 된 인물로서, 그 무뚝뚝한 표정을 완화시키는 것이라고는 오직 교활한 눈뿐이었다. 또 한 사내가 그를 동반하고 있었다. 두 사람 모두 회색 다람쥐 모피로 안을 댄, 띠를 두른 긴 청회색 가운을 꼭 닫아 입고, 같은 천과 같은 빛깔의 모자를 쓰고 있었다. 그들의 손은 소매 아래 가려지고, 발은 가운 아래 가려지고, 눈은 모자 아래 가려져 있었다.

"하느님께서 도우셨군요, 선생님!" 부주교는 그들을 안으로 인도하면서 말했다. "이런 시간에 이토록 고귀하신 방문을 받

---

2) Honorius Augustodunensis, 1080?~1140. 중세의 스콜라 신학자이자 사제로, 『불가피론 또는 자유의지론(Inevitabile seu de libero arbitro)』이라는 논문에서, 자유의지의 문제를 구령(救靈) 예정설과의 관계 아래 다루었다. 위고가 책 제목을 살짝 변형했다.

게 되리라고는 생각지도 못했습니다." 이렇게 정중하게 말하면서, 그는 불안하고 탐색하는 듯한 시선을 의사에게서 그의 동반자에게로 돌렸다.

"클로드 프롤로 드 티르샤프 신부님과 같은 대학자를 찾아뵙는 데는 아무리 늦어도 기꺼울 뿐입니다." 하고 쿠악티에 의사는 대답했는데, 그의 말은 프랑슈콩테 지방 사투리로 땅바닥에 끌리는 가운 자락처럼 장엄하게 끌렸다.

그리하여 의사와 부주교 사이에, 이 시대에 관례에 따라, 학자들 간의 대화에 앞서 으레 교환되게 마련이던 저 축하의 서막 하나가 시작되었는데, 그러한 축하에서도 그들은 은근하게 서로 증오하기를 그만두지 않는 것이었다. 하기야 그것은 오늘날에도 매일반이어서, 다른 학자를 칭찬하는 학자의 입은 모두가 꿀 바른 담즙 단지인 것이다.

자크 쿠악티에에 대한 클로드 프롤로의 축하는, 특히 이 갸륵한 의사가 세상 사람들이 그토록 부러워하는 그의 직업을 수행하는 과정에서, 왕이 병환이 났을 때마다 번번이 끌어낼 줄 알았던 속세의 숱한 이득에 관계되는 것이었는데, 그것은 화금석의 탐구보다 더 좋고 확실한 연금술의 실행이었던 셈이다.

"정말! 쿠악티에 박사님, 댁의 조카이신 피에르 베르세 신부님께서 주교가 되셨다는 소식을 들었을 때 저는 무척 기뻤습니다. 그분은 지금 아미앵의 주교로 계시지 않나요?"

"예, 그렇습니다, 부주교님. 그게 다 하느님의 은혜와 자비의 덕택이지요."

"크리스마스 날, 원장님께서 회계원 여러분들 선두에 서 계실 때의 모습은 참으로 위풍당당하시더군요."

"부원장이지요, 클로드 선생님. 슬픈 일이지만, 아직 그것밖에 안 되었어요."

"생탕드레 데 자르크 거리에 짓고 계시는 박사님의 호화로운 주택은 지금 얼마나 진척되었습니까? 루브르 궁전 같더군요. '아 라브리코티에(A L'ABRI-COTIER)'라는 퍽 재미난 글자로 문에 새겨놓은 그 살구나무³⁾가 아주 좋던데요."

"참 슬픈 일이오, 클로드 선생님. 그 모든 석축 공사가 엄청난 비용이 든답니다. 가옥이 건축돼 가는 데 따라 저는 파산할 지경이외다."

"설마 그럴 리야 있겠습니까! 형무소와 대법원에서의 수입이 있고, 그 모든 가옥과 푸줏간과 노점과 수도원의 단층집들에서 나오는 수입이 있지 않습니까? 그건 썩 좋은 젖통에서 젖을 짜내는 것과 진배없을 텐데요."

"내 푸아시의 영지에서는 금년에 아무 수입도 없었지요."

"그렇지만 트리엘과 생잠과 생제르맹 앙 레의 통행세는 여전히 괜찮겠지요."

"그건 120리브르는 되지만, 파리 주화도 아닌걸요."

"박사님은 국왕 고문관이라는 벼슬도 가지고 계시지 않습니까. 고정 수입이지요, 그건."

---

3) 살구나무는 'l'abricotier', 'l'abri-cotier'는 '살구나무에서'와 '연안의 숙박소에서'라는 두 뜻으로 해석된다.

"그렇죠, 클로드 교우님. 그러나 그 빌어먹을 폴리니 장원은 평균 잡아 금화 60에퀴의 수입도 채 못 되거든요."

클로드가 자크 쿠악티에에게 보내는 찬사 속에는, 잠시 심심파적으로, 속인의 막대한 치부를 희롱하는, 우월하고 불행한 사나이의 저 은근히 조롱하고 야유하는 듯한 신랄한 어조, 저 우울하고 잔인한 미소가 담겨 있었다. 그러나 상대방은 그것을 눈치 채지 못했다.

"이렇게 건강하신 걸 보니 진심으로 기쁩니다." 마침내 클로드는 그의 손을 쥐면서 말했다.

"고맙소이다, 클로드 선생님."

"그런데 참," 하고 클로드 신부는 외쳤다. "박사님의 환자이신 왕께서는 어떠하십니까?"

"왕께선 시의에게 충분한 보수를 지불하시지 않습니다." 의사는 자기의 동행인에게 곁눈질을 하면서 대답했다.

"그렇게 생각하시오, 쿠악티에?" 동행인은 말했다.

놀라움과 비난의 어조인 그 말에, 부주교의 주의는 이 알 수 없는 인물로 돌아왔는데, 사실을 말하자면, 그 이상한 사나이가 독방 안에 들어온 뒤로 부주교는 일순간도 그에게서 완전히 눈을 떼지는 않았다. 루이 11세의 절대적인 권력을 등에 업은 시의인 자크 쿠악티에 박사가 그렇게 어떤 사람을 동반하고 온 것을 맞아들인 것도 실은 부주교에게는 쿠악티에의 비위를 맞추어야 할 숱한 이유가 있었기 때문이다. 그러므로 자크 쿠악티에가 클로드에게 다음과 같이 말했을 때 부주교의 표정은 조금도 다정한 것이 아니었다.

"그런데 참, 클로드 신부님, 당신의 명성을 듣고 만나고 싶어 하시는 교우 한 분을 모시고 왔습니다."

"이 선생님도 같은 학문을 하시는 분인가요?" 부주교는 쿠악티에의 동반자를 예리한 눈으로 바라보면서 물었다. 그 알 수 없는 사나이의 눈썹 아래서 그가 발견한 것은 자기 눈 못지않게 날카롭고 경계하는 듯한 눈초리였다.

희미한 등불 빛으로 판단할 수 있는 한, 그는 예순 살가량 된 노인으로, 중키에다 꽤 병약하고 노쇠한 것 같았다. 그의 얼굴 윤곽은 매우 평범했지만, 어딘지 모르게 강력하고 준엄한 모습이었고, 그의 눈동자는 동굴 안쪽에서 반짝이는 불빛처럼 깊숙이 휘어진 반달 같은 눈썹 아래 반짝이고 있었으며, 코 위까지 눌러쓴 모자 아래 천재의 이마 속에서는 광대한 계획들이 꿈틀거리는 듯하였다.

부주교의 질문에 그 자신이 직접 대답했다.

"신부님," 그는 장중한 목소리로 말했다. "신부님의 명성은 제게까지 들려왔지요. 그래서 선생님의 고견을 듣고 싶었던 겁니다. 저는 학자들 방에 들어가기 전에 신을 벗는 한낱 보잘것없는 시골 양반에 불과합니다. 제 이름을 알려드려야겠군요. 투랑조 교우라고 불러주십시오."

'양반치고는 괴상한 이름이로군!' 부주교는 생각했다. 그러나 그는 자신이 어떤 강력하고 근엄한 것 앞에 있음을 느꼈다. 그는 높은 지성의 직관력으로 투랑조 교우의 모피로 안을 댄 모자 아래 그 못지않은 높은 지성을 간파했으며, 그 장중한 얼굴을 바라봄에 따라, 자크 쿠악티에의 존재가 부주교의 침울한 얼굴 위에 퍼져 오르게 했던 빈정거리는 조소의 빛은 밤의 지평선에 사라지는 석양빛처럼 차츰차츰 스러져갔다. 그는 말없이 우울한 얼굴로 그의 커다란 안락의자에 다시 앉아, 여느 때처럼 탁자 위 같은 자리에 팔꿈치를 대고, 손으로 이마를 받쳤다. 잠시 명상에 잠기고 나서 그는 두 손님에게 앉으라고 손짓하고, 투랑조 교우에게 말을 걸었다.

"나리께서는 제 의견을 들으러 오셨다고 했는데, 무슨 학문에 관해서지요?"

"신부님," 하고 투랑조 교우는 대답했다. "저는 병자입니다. 중환자지요. 신부님이 위대한 아스클레피오스[4]라고들 하기에, 신부님께 의학상의 조언을 듣고 싶어서 온 겁니다."

"의학이라!" 부주교는 머리를 흔들면서 말했다. 그는 잠시 명상에 잠긴 듯하더니 다시 말을 이었다. "투랑조 교우님, 존함이 그렇다니 그렇게 부릅니다만, 돌아보십시오. 그러면 제 대답은 모두 벽에 쓰여 있는 것을 보실 겁니다."

투랑조 교우가 그 말대로 돌아보니, 머리 위 벽에 다음과 같은 글자가 새겨져 있는 것을 읽을 수 있었다. '의학은 몽상의 딸이다. 람블리쿠스.'[5]

그러는 동안에 자크 쿠악티에 박사는 동행인의 질문을 듣고 분노했는데, 클로드 신부의 대답을 듣고는 더욱 분개했다. 그는 투랑조 교우의 귀에 몸을 기울이고, 부주교에게 들리지

---

4) 그리스로마 신화 속의 의신(醫神)이다.
5) Lamblichus, 245?~325? 시리아 태생의 신플라톤 학파 철학자. 그러나 철학자이기보다 마술사에 더 가까웠다.

않을 만큼 나직한 목소리로 말했다. "이건 미친놈이라고 진작 여쭙지 않았습니까. 그런데도 만나보려고 하시다니!"

"그야 이 미친놈의 말이 옳을지도 모르기 때문이지, 자크 박사!" 그 교우는 똑같은 어조로, 쓸쓸한 미소를 지으면서 대답했다.

"좋을 대로 생각하십시오!" 쿠악티에는 쌀쌀하게 대꾸했다. 그런 뒤에 부주교에게 말을 건넸다. "당신은 일을 재빨리 해치우시는군요, 클로드 신부님. 그리고 원숭이가 개암 따위엔 아랑곳하지 않듯이 히포크라테스에겐 아랑곳도 안 하시는구려. 의학이 몽상이라고! 약장수나 몰약 장수 들이 여기 있다면 그들이 당신을 돌로 쳐 죽이지 않고 견뎌낼까 의심스럽군요. 그래 당신은 피에 미치는 미약의 영향이나 살에 미치는 고약의 영향을 부인하시는 게요! 인간이라고 불리는 저 영원한 병자를 위해 특별히 만들어진, 세계라고 불리는 저 영원한 꽃과 금속의 영원한 약학을 그래 당신은 부인하시는 게요!"

"저는," 클로드 신부는 태연하게 말했다. "약학도 병자도 부인하지 않습니다. 제가 부인하는 건 의사입니다."

"그렇다면," 쿠악티에는 열을 내어 말을 이었다. "물방울이 내부의 수포진이라는 것도, 대포의 상처에 구운 생쥐를 붙여서 치료한다는 것도, 늙은 혈관에 젊은 피를 적당히 주사하여 젊음을 돌려준다는 것도 모두 진실이 아니군요. 둘에 둘을 보태면 넷이 된다는 것도, 엠프로스토토노스가 오피스토토노스[6] 다음에 온다는 것도 진실이 아니군요!"

부주교는 조금도 흥분하지 않고 대답했다. "어떤 것에 관해서는 제 나름의 생각이 있는 거지요."

쿠악티에는 성이 나서 얼굴이 새빨개졌다.

"허허, 이보시오, 쿠악티에, 화내지 맙시다." 투랑조 교우가 말했다. "부주교님은 우리의 친구요."

쿠악티에는 나직한 목소리로 중얼거리면서 진정했다. "어쨌거나 이건 미친놈이야!"

"이거야 원, 클로드 선생님," 투랑조 교우는 한참 잠자코 있다가 다시 입을 열었다. "참 난처합니다그려. 저는 선생에게 두 가지를 의논하려고 했던 것인데, 하나는 제 건강에 대한 진단이고, 또 하나는 제 운명에 대한 판단입니다."

"여보시오," 부주교는 대꾸했다. "선생님의 생각이 그러하시다면, 저의 집 계단을 올라오시느라 헐떡거리지 마실 걸 그랬군요. 저는 의학을 믿지 않아요. 점성술도 믿지 않고요."

"정말이오!" 그 교우는 놀라서 말했다.

쿠악티에는 억지웃음을 짓고 있었다.

"그것 보십시오, 글쎄 미친놈이라니까요." 그는 투랑조 교우에게 아주 나지막한 목소리로 말했다. "그는 점성술을 믿지 않는다고요!"

"별빛 하나하나가," 클로드 신부는 계속했다. "한 인간의 머리와 결부되는 실이라고 상상하다니 언어도단이오!"

"그렇다면 당신은 무엇을 믿소?" 투랑조 교우는 외쳤다.

---

6) 엠프로스토토노스(emprosthotonos)는 신체를 앞으로 굴곡시키는 동체의 굴근(屈筋) 위축. 오피스토토노스(opisthotonos)는 파상풍의 전구증상으로, 머리와 신체가 뒤로 젖혀지는 증세로 나타난다.

부주교는 잠시 머뭇거리다가 쓸쓸한 미소를 지으면서 대답했는데, 그 미소는 마치 자신의 대답을 부인하기라도 하는 것 같았다. "Credo in Deum.(저는 하느님을 믿습니다.)"

"Dominum nostrum.(우리의 주님.)"[7] 투랑조 교우가 성호를 그으면서 덧붙였다.

"아멘." 쿠악티에는 말했다.

"존경하는 선생님," 교우는 다시 입을 열었다. "당신이 그렇게 훌륭한 종교를 믿고 계시는 것을 보니 제 마음이 무척 기쁩니다. 그러나 당신은 이제 학문을 믿지 않을 정도로 그렇게도 위대한 학자이시오?"

"아니올시다." 부주교는 투랑조 교우의 팔을 덥석 잡으면서 말했는데, 열정의 빛이 그의 흐릿하던 눈동자 속에 다시 타올랐다. "아니올시다. 저는 학문을 부인하지는 않습니다. 저는 동굴의 숱한 갈림길에서 납작 엎드려 손톱을 땅에 박고 오래오래 기어다닌 끝에 마침내 저 멀리, 어두컴컴한 회랑 끝에서, 하나의 빛을, 불꽃을, 무엇인가를, 아마도 참을성 있는 사람들과 슬기로운 사람들이 하느님을 뜻밖에 발견한 눈부신 중앙 실험실의 불빛일지도 모를 어떠한 것을 보았습니다."

"그래서 결국," 투랑조는 상대방의 말을 가로막고 물었다. "당신은 무엇이 진실하고 확실하다고 생각하시는 게요?"

"연금술입니다."

쿠악티에가 반박했다. "어럽쇼, 클로드 신부님, 연금술도 물

---

7) 'Credo in Deum'과 합치면 "나는 우리의 주 하느님을 믿습니다."가 된다.

론 제 나름의 이유가 있겠지만, 의학과 점성술을 모독하시는 까닭은 뭡니까?"

"허무요, 당신들의 그 인간의 학문이라는 건! 허무요, 당신들의 그 하늘의 학문이라는 건!" 부주교는 위엄 있게 말했다.

"에피다우로스[8]와 칼데아[9]는 호사스러운 생활을 하는데요." 의사는 비웃으면서 반박했다.

"이보시오, 자크 나리. 아주 솔직히 말씀하셨습니다그려. 그러나 저는 왕의 시의도 아니고, 따라서 폐하께서 성좌를 관찰하라고 제게 다이달로스 정원도 하사하시지 않았지요. 역정 내지 말고 제 이야기를 들어보십시오. 의학은 말하지 않겠어요. 그건 너무나도 어처구니없는 것이니까. 의학이 아니라 점성술에서 나리는 무슨 진리를 끌어내셨나요? 세로쓰기 부스트로페돈의 효과며, 수많은 지루프와, 그와 같은 수의 제피로드의 가치가 무엇인지 말해 보십시오.[10]"

"당신은," 쿠악티에는 말했다. "『작은 열쇠』[11]의 감응력과

---

8) 의신 아스클레피오스의 신전이 있는 그리스 도시다.

9) 칼데아는 바빌로니아의 지방 이름으로서, 여기서는 점성술을 창시한 나라로 인용된 것이다. 바빌로니아와 결부된 미신은 중세의 귀신학에서 큰 역할을 하였다.

10) 부스트로페돈(boustrophedon)은 그리스의 옛 서법의 하나로, 글줄이 왼쪽에서 오른쪽으로, 다음에는 오른쪽에서 왼쪽으로 번갈아 이어지는 방식이다. 지루프(ziruph)는 악마(또는 천사)들의 목록을 가리키며, 제피로드(zephirod)는 신의 속성에 해당하는 10가지 덕성을 말한다. 이들 이국적 어휘들은 모두 구체적 의미를 담고 있다기보다 신비주의적 비법 또는 영지주의(靈智主義)의 인상을 자아내기 위해 쓰였다.

11) 솔로몬이 지은 것으로 잘못 알려져 있는 마법서의 제목이다.

강신술사들이 거기서 끌어내는 힘을 부인하시렵니까?"

"오류외다, 자크 나리! 당신의 방법은 어느 것도 진실에 도 달하지 못합니다. 그 반면 연금술은 가지가지의 발견을 하였 소. 다음과 같은 결과들에 나리는 이의를 내세우시렵니까? 1000년 동안 땅 아래 갇혀 있던 얼음은 바위 수정으로 변해 가고 있습니다. 납은 모든 금속들의 선조입니다. (왜냐하면 금 은 금속이 아니고 빛이니까요.) 납은 각각 200년의 기간만 있으 면 차례차례로 납의 상태에서 적비소(赤砒素)의 상태로, 적비 소에서 주석으로, 주석에서 은으로 옮아갑니다. 이러한 것들 이 사실이 아닙니까? 그러나 『작은 열쇠』를 믿고, 충만한 선 을 믿고, 별들을 믿는다는 것은, 옛 중국 사람들과 더불어, 꾀 꼬리가 두더지로 변하고, 밀알이 잉어과의 물고기로 변한다고 믿는 것과 마찬가지로 어리석은 일이란 말입니다!"

"나도 연금술을 공부했는데," 쿠악티에는 외쳤다. "단언하거 니와……."

격앙한 부주교는 그가 말을 마치게 두지 않았다. "나도 의 학과 점성술과 연금술을 공부했습니다. 그러나 오직 여기에만 진리가 있어요, (그렇게 말하면서 그는 궤 위에서 앞서 말한 분말 로 가득 찬 유리병을 집었다.) 오직 여기에만 빛이 있어요! 히포 크라테스 그것은 꿈이요, 우라니아 그것도 꿈이요, 헤르메스 그것은 사상입니다. 금 그것은 태양이며, 금을 만든다는 것 그 것은 신이 되는 것이오. 그것만이 유일한 학문이오. 나도 의학 과 점성술을 탐구했다 그 말입니다! 허무, 허무. 인체는 암흑 이요, 천체도 암흑입니다!"

그러면서 그는 강력하고 영감을 받은 듯한 태도로 다시 안락의자 위에 털썩 주저앉았다. 투랑조 교우는 잠자코 그를 지켜보았다. 쿠악티에는 그를 비웃으려 애쓰고 약간 어깨를 들먹이면서 나지막한 목소리로 "미친놈" 하고 되뇌었다.

"그래서," 하고 별안간 투랑조가 말했다. "그 신묘한 목표에 도달하였소? 금을 만들었소?"

"만약 제가 금을 만들었다면," 부주교는 곰곰 생각하는 사람 모양으로 한마디 한마디 천천히 대답했다. "프랑스의 왕은 루이라는 이름이 아니라 클로드라는 이름일 것이오."

교우는 눈살을 찌푸렸다.

"내가 지금 무슨 말을 하고 있담?" 클로드 신부는 경멸 어린 미소를 지으면서 다시 말을 이었다. "제가 동방 제국을 다시 세울 수 있다면 프랑스의 왕좌가 무슨 수용이겠소!"

"좋군!" 하고 교우는 말했다.

"오! 불쌍한 미친놈 같으니!" 쿠악티에는 중얼거렸다.

부주교는 말을 계속했으나, 이제 오직 자기 생각에만 대답하고 있는 것 같았다.

"그러나 그렇지가 못하오. 나는 아직도 기고 있소. 나는 지하도의 조약돌에 얼굴과 무릎 가죽을 벗기고 있소. 나는 언뜻 언뜻 볼 뿐이고 자세히 들여다보지를 못하오! 나는 제대로 읽는 것이 아니라 더듬더듬 읽을 뿐이오!"

"그래 당신이 읽을 줄 알게 될 때엔 금을 만들 거요?" 교우는 물었다.

"누가 그걸 의심하겠습니까?" 부주교는 말했다.

"그렇다면 성모마리아도 내게 돈이 몹시 필요하다는 걸 알고 계시니, 난 당신의 책을 읽는 법을 배우고 싶구려. 그런데 신부님, 당신의 그 학문이 성모마리아의 적이거나 또는 그의 뜻에 거슬리는 것은 아닌지 말해 주시오."

이러한 교우의 질문에 대해 클로드 신부는 침착하고 의젓하게 그저 이렇게만 대답하는 것으로 만족했다. "제가 누구의 부주교인가요?"

"사실 그렇군요, 신부님. 그럼 제게 비결을 가르쳐주시겠습니까? 당신과 함께 더듬더듬 읽게 해주시오."

클로드는 사무엘[12] 같은 위엄 있고 고위 성직자다운 태도를 취했다.

"노인장, 신비로운 사물들을 통한 이 여행을 시도하려면, 당신에게 앞으로 남아 있는 것보다도 더 긴 세월이 필요하오. 당신 머리는 벌써 반백이오! 동굴에서 나올 때는 흰머리가 될 수밖에 없지만, 거기 들어갈 때는 검은 머리라야만 하오. 학문은 혼자서 인간의 얼굴을 주름지게 하고 시들게 하고 마르게 할 줄 아니, 늙음이 인간에게 쭈그러진 얼굴을 가져다줄 필요가 없소. 하지만 만약 당신이 그 나이에도 불구하고 훈련받기를 원하여 현인들의 그 무서운 알파벳을 판독하고 싶으시다면, 내게로 오시오. 좋습니다, 해보리다. 가련한 늙은이여, 나는 당신에게 저 옛날의 헤로도토스[13]가 말하는 피라미드의

---

12) 기원전 11세기경 이스라엘 최후의 판관이다.
13) 그리스의 역사가 헤로도토스는 그의 저서 『역사』에서 이집트의 파라오 쿠푸와 카프레의 피라미드를 묘사하고 있다.

무덤의 방들을 찾아가시라고도, 바빌로니아의 벽돌 탑[14]을 찾아가시라고도, 에클링가의 인도 사원의 거대한 흰 대리석 성전을 찾아가시라고도 말하지 않겠소이다. 나도 당신과 마찬가지로 시크라[15]의 거룩한 형태를 따라서 건축된 칼데아의 벽돌 공사물도, 이미 파괴된 솔로몬의 신전도, 이스라엘 왕릉의 허물어진 돌문도 본 일이 없소이다. 우리는 우리가 여기 가지고 있는 헤르메스 책의 몇몇 단편들로 만족할 거요. 나는 당신에게 성 크리스토프의 조상과, '씨 뿌리는 사람'의 상징과, 생트샤펠의 정면 현관에 있는 두 천사, 그중 하나는 손을 단지 속에 넣고 있고 또 하나는 구름 속에 넣고 있는 두 천사의 상징을 당신에게 설명해 드리리다……."

그때, 부주교의 격한 대구에 당황했던 쿠악티에는 다시 정신을 차리고서, 다른 학자를 벌떡 일어서게 하는 학자의 의기양양한 어조로 상대방의 말을 가로막았다. "Erras, amice Claudi. (당신이 잘못 알았소, 친구 클로드여.) 상징은 수(數)가 아니오. 당신은 오르페우스[16]를 헤르메스로 잘못 알고 있는 거요."

"잘못 알고 있는 건 당신이오." 부주교는 정색을 하고 대구했다. "다이달로스[17]는 토대요, 오르페우스는 벽이요, 헤르메

---

14) 옛 바빌로니아는 주로 벽돌로 건축되었다. 클로드 프롤로가 환기시키는 탑은 8층으로 꾸며져 있었다. 이 탑은 헤로도토스가 『역사』에서 묘사하고 있다. 사람들은 이 탑을 바벨탑과 동일시하였다.

15) 인도에서 뾰족탑이 위에 솟아 있는 둥근 탑을 가리키는 말이다.

16) 그리스신화에 나오는 해금의 명수로, 하계의 신을 감동시켰다는 음악과 시의 발명자다.

17) 그리스신화에 나오는 건축가. 크레타의 미궁을 세웠다고 한다.

스는 건물이오. 그것은 전체요. 원하시면 언제든지 오십시오." 그는 투랑조 쪽을 돌아보면서 말을 계속했다. "니콜라 플라멜의 도가니 바닥에 남아 있는 금 조각을 보여드리겠으니, 그것을 기욤 드 파리스의 금과 비교해 보십시오. 또 당신에게 그리스어 'peristera(페리스테라)'라는 단어의 은밀한 효능을 가르쳐드리겠습니다. 그러나 무엇보다도 먼저 알파벳의 대리석 글자를, 책의 화강암 면을 하나씩 하나씩 당신에게 읽게 해드리겠습니다. 우리는 기욤 주교의 정면 현관과 생장 르 롱에서 생트샤펠로, 그다음에는 마리보 거리에 있는 니콜라 플라멜의 집으로, 생지노상에 있는 그의 무덤으로, 몽모랑시 거리에 있는 그의 두 병원으로 갈 것입니다. 생제르베 병원의 현관문과 페로느리 거리의 커다란 네 개의 받침쇠를 덮고 있는 상형문자를 읽게 해드리지요. 그리고 또 우리는 생콤과 생트주느비에브 데 자르당, 생마르탱, 생자크 드 라 부슈리 성당 들의 정면을 함께 읽어볼 것이고……."

벌써 오래전에 투랑조는, 그의 눈이 아무리 총명하다 할지라도, 더 이상 클로드 신부의 말을 알아듣지 못하는 것 같았다. 그는 신부의 말을 가로막았다.

"이거야 원! 대관절 당신의 책들이란 게 뭐요?"

"이것이 그중 한 권입니다." 부주교는 말했다.

그러고는 독방의 창을 열면서 그는 거대한 노트르담 성당을 손가락으로 가리켰는데, 성당은 별이 총총한 하늘에 두 개의 탑과 돌로 된 측면과 괴물 같은 궁둥이의 검은 그림자를 우뚝 솟아올리고 있어, 마치 시내 한복판에 앉아 있는, 머리가 둘 달린 거대한 스핑크스와도 같았다.

부주교는 한동안 말없이 그 거대한 건물을 바라보다가, 한숨을 지으며 오른손은 책상 위에 펼쳐놓은 인쇄된 책 쪽으로, 왼손은 노트르담 쪽으로 뻗치고, 책에서 성당으로 슬픈 눈을 옮기면서, "아 슬프다! 이것이 저것을 죽이리라." 하고 말했다.

후다닥 책 쪽으로 다가갔던 쿠악티에는 이렇게 외치지 않을 수 없었다. "아니! 도대체 이 속에 뭐 그리도 무서운 것이 있단 말이오? '『성 바울로의 서간 주해』, 뉘른베르크, 안토니우스 코부르거 출판사, 1474.'[18] 이건 신기할 게 없는데? 금언의 대가 피에르 롱바르[19]의 책인데. 이게 인쇄됐기 때문에 그러는 것이오?"

"바로 그렇습니다." 하고 대답한 클로드는 깊은 명상 속에 빠져 있는 것 같았으며, 유명한 뉘른베르크 출판사에서 나온 2절판 책 위에 집게손가락을 구부려 짚고 서 있었다. 그런 뒤에 그는 다음과 같은 신비로운 말을 하였다. "오호라 슬프도다! 오호라 슬프도다! 작은 것들이 큰 것들 끝에 온다. 하나의 이(齒)가 하나의 덩어리를 물리친다. 나일강의 쥐가 악어를 죽인다. 황새치가 고래를 죽인다. 책이 건물을 죽이리라!"

---

18) 'GLOSSA IN EPISTOLAS D. PAULI, Norimbergæ, Antonius Koburger, 1474.' 코부르거는 1474년에 피에르 롱바르가 쓴 『시편 주해』를 출판하였다. 그러므로 위고가 꾸며낸 책 제목은 약간 환상적인 것이다.
19) Pierre Lombard, 1100∼1160. 『금언집』의 저자. 신학상의 문제 하나하나에 관한 교부들의 의견을 모아놓은 것인데, 3세기 동안 신학 교수는 누구나 이 저서를 주석하지 않으면 안 되었다.

수도원의 소등 신호가 울릴 때 자크 박사는 자기의 동반자에게 아주 나지막한 목소리로 같은 말을 되뇌었다. "이건 미친 놈입니다." 이에 대해 그의 동반자도 이번에는 "그런 것 같구려." 하고 대답했다.

이제 어떠한 외인도 수도원 안에 머물러 있을 수 없는 시간이었다. 두 방문객은 물러갔다. "신부님," 하고 투랑조 교우는 부주교와 작별하면서 말했다. "저는 학자들과 위대한 정신의 소유자들을 사랑하며, 당신을 무척 존경하고 있소. 내일 투르넬 궁으로 와서 생마르탱 드 투르의 사제를 찾아주시오."

부주교는 이 투랑조 교우가 어떤 인물이라는 것을 마침내 깨닫고 생마르탱 드 투르의 기록집의 'Abbas beati Martini, SCILICET REX FRANCIAE, est canonicus de consuetudine et habet parvam præbendam quam habet sanctus Venantius et debet sedere in sede thesaurarii.(생마르탱의 사제, 즉 프랑스 국왕은 성당 참사원의 습관을 따르고, 성 베난티우스가 갖는 조그만 성직록을 가지며, 재무관 자리에 앉아야 한다.)'라는 문장을 회상하면서 어리둥절하여 자기 방으로 돌아갔다.

사람들이 단언하는 바에 의하면, 이때부터 부주교는 루이 11세가 파리에 오는 때에는 폐하와 자주 회견하였고, 클로드 신부의 영향력은 올리비에 르 댕과 그 나름으로 왕을 몹시 거칠게 다루는 자크 쿠악티에를 능가했다고 한다.

2장

이것이 저것을 죽이리라

"이것이 저것을 죽이리라. 책이 건물을 죽이리라."라는 부주교의 수수께끼 같은 말 아래 숨어 있는 사상이 무엇인지 찾아보기 위해 내가 잠시 여기서 걸음을 멈추는 것을 여성 독자여러분은 용서해 주기 바란다.

내 판단으로는, 그 사상에는 두 가지 면이 있었다. 그것은 첫째 신부로서의 사상이었다. 그것은 새로운 요인, 인쇄물에 대한 성직의 공포였다. 그것은 구텐베르크의 빛나는 인쇄기에 대한 성직자의 두려움과 경탄이었다. 그것은 인쇄된 말에 놀라는 강단과 수사본이요, 구두의 말과 필기의 말이었다. 천사 레지옹이 600만의 날개를 펴는 것을 보는 참새의 당황과도 비슷한 그 무엇이었다. 그것은 해방된 인류가 웅성거리는 소리를 벌써 듣고, 미래에 지성이 신앙을 서서히 무너뜨리고, 여론이

믿음의 자리를 빼앗고, 세계가 로마를 뒤흔드는 것을 보는 예언자의 외침이었다. 인쇄기에 의해 발산된 인류의 사상이 신정(神政)의 그릇에서 증발하는 것을 보는 철학자의 예언. 청동의 파성추를 살펴보고 '탑이 무너지리라'고 말하는 군인의 공포. 그것은 하나의 힘이 바야흐로 다른 힘을 이어받으리라는 것을 의미했다. 그것은 '인쇄기가 성당을 죽이리라'는 것을 뜻하고 있었다.

그러나 이러한 사상 아래, 아마 그것이 기본적이고 가장 단순한 사상이겠지만, 내 생각으로는 또 하나의 다른 사상이 있었으니, 그것은 더 새로운 사상이요, 알아보기는 더 어렵고 이의를 제기하기는 더 쉬운, 첫 번째 사상의 필연적인 귀결이요, 단지 성직자만이 아니라 또한 학자와 예술가의 철학적인 견해였다. 그것은 인류의 사상이 형식을 바꾸면서 이제 바야흐로 그 표현 방법을 바꾸게 될 것이고, 각 세대의 주요 관념은 이제 같은 재료와 같은 방식으로는 쓰이지 않을 것이고, 그렇게도 견고하고 영속적인 돌의 책은 바야흐로 한결 더 견고하고 더 영속적인 종이의 책에 자리를 내놓게 되리라는 예감이었다. 이러한 관계에서 볼 때, 부주교의 막연한 표현은 두 번째의 뜻을 가지고 있었으니, 그것은 하나의 기술이 바야흐로 다른 기술의 자리를 빼앗게 되리라는 것을 의미하는 것이었다. '인쇄술이 건축술을 죽이리라'는 뜻이었던 것이다.

사실 유사 이래 서력기원 15세기에 이르기까지(15세기도 포함하여), 건축술은 인류의 위대한 책이요, 힘에서나 지성에서나 간에, 그 여러 발전 단계에서 인간의 중요한 표현이었다.

최초 인간들의 기억력이 과중함을 느꼈을 때, 인류의 기억의 짐이 너무 무거워지고 혼잡해져서 고정되지 않은 벌거숭이의 말이 도중에 그 기억을 잃을 염려가 있었을 때, 사람들은 그것이 가장 뚜렷이 보이도록, 가장 영속적이면서도 가장 자연스러운 방법으로 땅 위에 옮겨 써놓았다.

최초의 건축물은 모세의 말마따나, '쇠가 닿지 않은' 바윗덩어리[20]에 불과했다. 건축술은 모든 글씨 쓰기와 마찬가지로 시작되었다. 그것은 맨 먼저 알파벳이었다. 사람들은 하나의 돌을 세웠으니,[21] 그것은 하나의 문자였고, 각각의 문자는 상형문자였으며, 각각의 상형문자 위에, 마치 원기둥 위의 기둥머리처럼, 한 무리의 관념들이 놓였던 것이다. 최초의 인종들은 전 세계의 지표 도처에서, 같은 시기에 그렇게 했다. 아시아의 시베리아 지방에서, 미국의 대초원에서 켈트족의 '선돌'[22]이 지금도 발견된다.

나중에 가서 사람들은 낱말들을 만들었다. 사람들은 돌에 돌을 겹쳐 놓았고, 저 화강암의 음절들을 연결했고, 말은 약간의 결합을 시도했다. 켈트족의 돌멘과 크롬렉[23], 에트루리아

---

20) 성서를 암시한다.
21) 「출애굽기」 20장 25절에 "만약 그대가 내게 돌 제단을 세워준다면 깎은 돌로 세우지 말라. 왜냐하면 돌에 끌을 댐으로써 돌의 신성을 모독하게 될 것이니 말이다."라고, 「창세기」 31장 45절에는 "야곱은 하나의 돌을 집어 그것을 기념비로 세웠다."라고 쓰여 있다.
22) 석기시대의 흔적이 있는 곳이면 어디서나 발견된다.
23) 우리나라의 고인돌에 해당한다.

의 투물루스[24], 히브리의 갈갈[25]은 낱말이다. 어떤 것들은, 특히 투물루스는 고유명사다. 심지어 어떤 때, 많은 돌과 널따란 모래사장이 있을 때는 문장을 썼다. 카르나크[26]의 거대한 돌무더기는 이미 하나의 완전한 표현이다.

마침내 사람들은 책을 만들었다. 전승은 상징을 낳고, 상징 아래 전승은 마치 잎사귀 아래 나무줄기처럼 사라져갔으며, 인류가 믿었던 그 모든 상징들은 더욱더 커져가고 불어가고 엇갈려 가고 얽혀가서, 초기의 건축물들은 더 이상 그것들을 담기에 충분하지 못하게 되고, 도처에서 그것들로 넘쳐흘렀으니, 그 건축물들은 여전히 그것들과 마찬가지로 단순하고 땅 위에 벌거숭이로 누워 있는 원시적 전승을 간신히 표현하고 있었을 뿐이다. 상징은 건물 속에서 활짝 피어날 필요가 있었다. 그때 건축술은 인간의 사상과 더불어 발달하고, 수천의 머리와 수천의 팔을 가진 거인이 되고, 영원하고 눈에 보이고 손으로 만져볼 수 있는 형태 아래 그 모든 유동적인 상징체계를 정착시켜 놓았다. 힘의 상징인 다이달로스[27]가 재고 있는 동안에, 지성의 상징인 오르페우스가 노래하고 있는 동안에, 하나의 글자인 기둥과 하나의 음절인 홍예와 하나의 낱말인 각뿔

---

24) 무덤 위의 돌 더미. 이런 형태의 비석은 에트루리아인들에게만 특유한 것이 아니라, 원시시대에는 지중해 문화의 공통적인 현상이었다. 이집트의 피라미드도 거대한 투물루스라고 할 수 있겠다.
25) 교회당 지하 묘지 위의 돌무더기. 이 말은 크롬렉과 멘힐과 더불어 켈트어이며, 갈갈은 히브리 문화에만 특유한 것은 아니다.
26) 브르타뉴 지방의 키브롱에서 멀지 않은 곳이다.
27) 여기서 다이달로스는 건축술의 창시자로 간주된다.

은 기하학의 법칙과 시의 법칙에 의해 동시에 움직여서, 서로 한데 어울리고, 서로 합쳐지고, 서로 섞이고, 내려가고, 올라가고, 땅 위에 나란히 놓이고, 공중에 층층이 겹쳐져서, 마침내 한 시대 통념의 구술 아래, 에클링가의 파고다[28], 이집트의 람세이온[29], 솔로몬의 신전[30]과 같은 놀라운 건물이기도 한 그 놀라운 책들을 썼다.

근본 관념인 말은 이 모든 건축물들의 내용뿐만 아니라 그 형식에도 있었다. 예를 들어, 솔로몬의 신전은 단순히 성서의 제본에 불과한 것이 아니라 성서 그 자체였다. 그 동심원적 내부 하나하나에서 신부들은 표현되어 눈에 나타나 있는 말을 읽을 수 있었으니, 그렇게 그들은 성소에서 성소로 그 변화를 따라가다가 마침내는 마지막 감실(龕室) 안에서, 이것 역시 건축술에 속하는, 노아의 방주라는 가장 구체적인 형식 아래 그 말을 포착했던 것이다. 이렇게 말은 건물 속에 갇혀 있었으나, 그 영상은 마치 미라의 관 위에 있는 사람의 얼굴처럼 건물의 외관에 있었던 것이다.

그리고 단지 건물의 형식뿐만 아니라 건물이 자신을 위해 선택하는 위치도 그것이 구현하는 사상을 나타내고 있었다. 표현할 상징이 우아한 것이냐 음침한 것이냐에 따라, 그리스

---

28) 또는 엘로라의 파고다. 순전히 바위로 조각된 인도의 사원.(기원전 20세기)

29) 이집트의 왕 람세스 2세에 의하여 테베에 건축된 신전.(기원전 13세기)

30) 유대의 왕 솔로몬에 의하여 세워졌다. 웅장하기로 유명한 세 개의 성전은 각기 다른 세 개의 문화에 속해 있다.

는 보기에 조화로운 신전을 산 위에 세웠고, 인도는 산 중턱을 째어 엄청나게 늘어서 있는 화강암의 코끼리들에 업힌 기형적인 지하의 파고다들을 새겨놓았다.

그리하여 힌두스탄의 태곳적 파고다로부터 퀼른의 대성당에 이르기까지, 건축술은 인류의 위대한 문자였다. 그리고 그것은 어디까지나 진실이어서, 비단 모든 종교적 상징뿐만 아니라 인류의 모든 사상 역시 이 거대한 책 속에 자기의 페이지와 기념비를 가지고 있는 것이다.

모든 문명은 신정(神政)으로 시작해 민주주의로 끝난다. 통일성에 뒤이어 오는 이 자유의 법칙은 건축술에 쓰여 있다. 이 점은 강조해 두거니와, 벽돌 공사가, 신전을 건축하고 신화와 성직의 상징체계를 표현하고 그 돌의 책장들에 율법의 신비로운 일람표들을 상형문자로 옮겨 쓰는 데만 효력이 있다고 생각해서는 안 된다. 만약 그렇다면 모든 인류 사회에는, 신성한 상징이 자유사상 아래 닳아 없어지고 인간이 성직자를 피하고 철학과 제도들의 부속물이 종교의 얼굴을 갉아먹는 시기가 오게 되므로, 건축술은 인간 정신의 이 새로운 상태를 재현할 수 없을 것이고, 그 책장들은 표면은 가득 차 있되 이면은 텅 비어 있을 것이고, 그 작품은 온전하지 못할 것이고, 그 책은 불완전할 것이다. 그러나 그렇지가 않다.

예로 중세를 들어보자. 중세는 우리에게 더 가까우므로 더 분명하게 보인다. 그 초기에, 신정이 유럽을 조직하는 동안에, 바티칸이 카피톨리니[31]의 주위에 무너져 누워 있는 로마를 가지고 만든 하나의 로마의 요소들을 제 주위에 모아서 재정리하는 동안에, 기독교가 선대 문화의 잔해 속에 가서 사회의 모든 계층들을 찾아 그 폐허들을 가지고, 성권(聖權)이 핵심을 이루는 새로운 계급 세계를 재건하는 동안에, 그리스로마의 죽은 건축술의 부스러기들이, 이집트와 인도의 신정적 벽돌 공사의 형제요 순수한 천주교의 변함없는 상징이요 교황적 통일성의 확고한 상형문자인 저 신비로운 로마식 건축술이 처음에는 그 혼돈 속에서 솟아나는 것을 사람들이 듣고, 다음에는 기독교의 숨결 아래서, 야만인들의 손 아래서 조금씩 솟아오르는 것을 사람들은 본다. 사실 당시의 모든 사상은 이 음침한 로마 양식 속에 쓰여 있다. 사람들은 거기 도처에서 권위를, 통일성을, 침투할 수 없는 것을, 절대적인 것을, 그레고리우스 7세를 느낀다. 도처에서 성직자를 느끼되 결코 인간을 느끼지 않으며, 도처에서 특권계급을 느끼되 결코 민중을 느끼지 않는다. 그러나 십자군이 도착한다. 그것은 커다란 민중운동인데, 어떠한 커다란 민중운동도, 그 원인과 목적이 뭐든지 간에, 마지막 앙금에서 으레 자유정신을 발산시키게 마련이다. 새로운 것들이 바야흐로 나타난다. 이제 농민 폭동[32]과 귀족 반란[33]과 동맹[34]이 휘몰아치는 격동 시대가 열린다.

---

31) 로마의 일곱 언덕 중 가장 높은 언덕으로, '권좌의 중심'이라는 뜻이다.
32) 장 르 봉 왕이 사로잡혀 있는 동안 귀족에 대항하여 일어난 농민들의 폭동.(1358년)
33) 샤를 7세에 대항하여 일어난 귀족들의 반란.(1440년)
34) 정치적 목적을 가진 모든 연합을 가리키는 말이지만, 특히 1464년에 필리프 르 봉이 국왕에 대항하여 결성한 '공익동맹'을 가리키는 수가 많다.

권위는 흔들리고 통일성은 갈라진다. 봉건제는 서민이 나타나 기까지는 신정제와 더불어 나누어 갖기를 요구하지만, 뒤이어 필연적으로 서민이 와서, 언제나 그러하듯이, 제일 큰 몫을 차지하게 된다. 'Quia nominor leo.(왜냐하면 나는 사자라고 불리기 때문이다.)'[35] 그러니까 영주권이 성직권 아래 대두하고, 서민이 영주권 아래 대두한다. 유럽의 모습이 바뀐다. 그러자 건축술의 모습 또한 바뀐다. 문명과 마찬가지로, 건축술은 책장을 넘겼고, 시대의 새 정신은 그 책장이 그의 구술을 받아 적을 준비가 되어 있음을 발견한다. 건축술은 십자군으로부터 첨두홍예를 가지고 돌아왔다, 마치 국민들이 자유를 가지고 돌아왔듯이. 그러자 로마가 시나브로 붕괴되어 가는 동안에 로마 식 건축술은 죽는다. 상형문자는 대성당을 버리고 나가서 봉건제에 위세를 만들어주기 위해 아성의 주루에 가문을 그려 넣는다. 옛날에는 그렇게도 독단적인 건물이었던 대성당 자체도 이후로는 시민과 서민과 자유에 침범되어, 성직자에게서 빠져나가 예술가의 세력 아래 떨어진다. 예술가는 그것을 제멋대로 세운다. 신비여, 신화여, 율법이여, 안녕. 여기엔 환상과 변덕이 있다. 성직자가 제 교회당과 제단을 가지고 있기만 하면 그는 아무 할 말이 없다. 사면의 벽은 예술가의 것이다. 건축술의 책은 이제 성권에, 종교에, 로마에 속하지 않는다. 그것

---

35) 라틴 우화 작가 파이드루스의 『우화』에 "나는 첫째의 몫을 취한다. 왜냐하면 나는 사자라고 불리기 때문에.(Ego priman tollo nominor quia leo.)"라는 구절이 있다. 프랑스어에서 'la part du lion' 즉 '사자의 몫'이라는 말은 '제일 큰 몫'이라는 뜻으로 쓰인다.

은 상상력의, 시의, 민중의 것이다. 3세기의 역사밖에 없는 이 건축술의 급속하고 무수한 변화는 거기에서 기인하는 것이며, 6~7세기의 역사를 가진 로마식 건축술의 정체된 부동성 뒤에 온, 그토록 괄목할 만한 변화도 거기에서 기인하는 것이다. 그러나 예술은 거인의 걸음을 걷는다. 민중의 재능과 독창력은 주교들이 했던 일을 한다. 각 민족은 지나가면서 그들의 글을 책 위에 쓰고, 대성당들의 앞면에 있던 로마의 낡은 상형문자들을 지워버려, 그들이 거기에 놓고 간 새로운 상징 아래 여기저기에 교의(敎義)가 아직 조금씩 내다보이는 것이 고작이다. 민중의 주름 장식은 종교적 해골을 겨우 짐작케 할 따름이다. 당시 건축가들이 심지어 성당에 대해서까지도 취한 방종한 태도가 어떠한 것이었는지는 알기 어려울 것이다. 그것은 파리 재판소의 벽로실에서 볼 수 있는 것과 같은, 수사와 수녀 들을 수치스럽게 짝 지어 얽어놓은 기둥머리 장식이다. 그것은 부르주 성당의 대현관문 아래에서 볼 수 있는 것과 같은, '노골적으로' 새겨놓은 노아의 정사(情事)다. 그것은 보셰르빌 수도원의 세면대 위에서 볼 수 있는 것과 같은, 술잔을 손에 들고 온 수도원 사람들을 대놓고 비웃고 있는, 당나귀의 귀를 가진 주정뱅이 수도사다. 이 시대에, 돌로 쓰인 사상에는, 우리 현대 출판의 자유에 전적으로 비교할 만한 특권이 존재한다.

이 자유는 극단까지 간다. 때로는 하나의 현관, 하나의 정면, 심지어 하나의 성당 전체가 예배와는 전혀 관계가 없거나, 심지어는 기독교 교회에 적대적인 상징적 의미를 나타내는 수

도 있다. 일찍이 13세기부터 기욤 드 파리스와 15세기에 와서
는 니콜라 플라멜이 그 불온한 페이지들을 썼다. 생자크 드
라 부슈리는 완전히 적대적인 성당이었다.

당시 사상은 그런 식으로밖에는 자유롭지 못했으므로, 이
른바 건물이라는 책들에서밖에 완전히 쓰이지 못했다. 이 건
물이라는 형식이 없었다면, 사상은, 만약 그러한 위험을 무릅
쓸 만큼 신중하지 못했다면, 수사본이라는 형식 아래 망나니
의 손에 의해 광장에서 화형을 당했으리라. 성당 정면 현관의
사상은 책의 사상의 형벌을 겪었으리라. 그러므로 사상은 나
타나기 위해, 이 벽돌 공사라는 길밖에 없었으므로, 도처에서
이 벽돌 공사에 뛰어들었던 것이다. 유럽을 뒤덮은 저 막대한
수량의 대성당들, 그 수효가 하도 어마어마해서 심지어 그것
을 확인하고 나서도 좀처럼 믿기 어려울 정도로 수많은 대성
당들이 생겨난 것은 그러한 까닭이다. 사회의 모든 물질적인
힘과 모든 지적인 힘이 똑같은 점에, 즉 건축에 집중되었다. 그
런 식으로, 하느님에게 성당을 지어준다는 핑계 아래, 예술은
굉장한 규모로 발전해 갔다.

당시 시인으로 태어난 사람은 누구나 건축가가 되었다. 대
중 속에 흩어져 있던 천재는, 마치 청동 방패의 테스투도
(testudo)[36] 아래에서처럼, 봉건제 아래 사방에서 압박받아, 건
축술 쪽으로밖에 출구를 보지 못하여 이 예술로 빠져나갔고,
그의 '일리아스'는 대성당이라는 형태를 취했다. 다른 모든 예

---

36) 방패로 머리 위를 궁륭처럼 엄호하는 로마군의 공격대형이다.

술들은 건축술 아래 복종하고 규율에 따랐다. 그것은 일대 종합 작품의 일꾼들이었다. 건축가 시인 명인(名人)은 자기 한 몸에, 그 작품의 정면을 새김질하는 조각과, 그 스테인드글라스 창에 채색하는 회화와, 그 종을 흔들고 그 오르간에 바람을 불어넣는 음악을 모두 합쳐 갖고 있었다. 끝끝내 수사본 속에서 그럭저럭 살아가려고 했던 저 가련한, 엄밀한 의미에서의 시에 이르기까지도, 그 어떤 가치 있는 것이 되기 위해, 성가나 '산문'이라는 형식 아래 건물 속에 와서 끼이지 않을 수 없었다. 요컨대 그것은, 그리스의 종교 축제에서 아이스킬로스의 비극이, 솔로몬의 신전에서 창세기가 했던 것과 같은 역할을 한 셈이다.

이렇게, 구텐베르크에 이르기까지, 건축술은 주요한 문자요 보편적인 문자이다. 동양에서 시작되고 그리스로마의 고대에 의해 계속된 이 화강암 책은, 중세가 그 마지막 페이지를 썼다. 게다가 우리가 앞서 중세에서 관찰한 특권계급의 건축술의 뒤를 이은 이 민중의 건축술이라는 현상은, 인류의 지성에서, 역사상의 다른 위대한 시대들과 유사한 모든 운동과 함께 재현된다. 그리하여 여기서, 모두 설명하자면 여러 권의 책이 필요할지도 모를 하나의 법칙을 간추려서 서술해 본다면, 원시시대의 요람인 저 고대의 동양에는 인도의 건축술 다음에 아라비아 건축술의 풍만한 어머니인 페니키아의 건축술이 왔고, 고대에는 이집트 건축술(에트루리아 양식과 키클롭스 건축물들은 이집트 건축술의 변종에 불과하다.) 다음에 그리스식 건축술이 왔고(로마 양식은 그리스식의 연장에 불과하되, 카르타고식 둥근 지붕을 이고 있는 점만이 다르다.), 근대에서는 로마네스크 건축술 다음에 고딕 건축술이 왔다. 그리고 이 세 계열을 둘로 나누면, 세 언니뻘로는 인도의 건축술, 이집트의 건축술, 로마네스크 건축술인데, 모두가 같은 상징으로, 그것은 곧 신정, 특권계급, 통일성, 교리, 신화, 하느님이요, 세 동생뻘로는 페니키아 건축술, 그리스의 건축술, 고딕 건축술인데, 이들의 성질에 고유한 형태의 다양성이 어떠하든 간에, 거기에도 역시 같은 의미가 있으니, 그것은 곧 자유, 민중, 인간이다.

브라만이라고 불리든, 마기[37]라고 불리든, 또는 교황이라고 불리든 간에, 인도나 이집트 또는 로마네스크의 벽돌공사에서 사람들은 언제나 성직자를, 성직자만을 느낀다. 그러나 민중의 건축술들에서는 그렇지가 않다. 그것들은 한결 풍부하지만 덜 성스럽다. 사람들은 페니키아 건축술에서는 상인을 느끼고, 그리스의 건축술에서는 공화주의자를 느끼고, 고딕 건축술에서는 시민을 느낀다.

모든 신정적 건축술의 일반적 성격은 불변성, 진보에 대한 혐오, 전통적인 선(線)들의 보존, 원시적 유형들의 용인, 상징의 불가해한 변화들을 가진 인간과 자연의 모든 형태들의 변함없는 주름이다. 그것은 비전(秘傳)을 전수받은 사람들만이 판독할 수 있는 난해한 책이다. 게다가 모든 형태가, 모든 기형마저도, 여기서는 그것을 신성한 것으로 만들어주는 하나의

---

37) Magi. 고대 바빌로니아, 아시리아, 페르시아 등지의 승려, 점성가. 흔히 '동방박사'로 번역된다.

뜻을 가지고 있다. 인도와 이집트와 로마네스크의 벽돌 공사들에 설계 개량이나 조상술 개선을 요구하지 말라. 일체의 개선이 그것들에게는 신성모독이 된다. 이 건축술들에서는 교리의 엄격함이 마치 제2의 석화처럼 돌 위에 퍼져 있는 것 같다. 반대로 민중의 벽돌 공사의 일반적 성격은 다양성, 진보, 독창성, 풍만함, 항구적인 움직임이다. 이 건축술은 이미 충분히 종교를 떠나 있으므로 자체의 아름다움을 생각하고 보살피고 끊임없이 그 조상이나 아라베스크 장식을 교정할 수 있다. 그것은 시대에 발맞춰 나아간다. 그것은 아직도 신의 상징 아래 나타나면서도 어떤 인간적인 것을 가지고 있어 그것을 끊임없이 신의 상징에 섞는다. 그런 까닭에 이 건물들은 모든 영혼이, 모든 지성이, 모든 상상력이 꿰뚫어볼 수 있으며, 아직은 상징적이면서도 자연처럼 이해하기 쉬운 것이다. 신정적 건축술과 민중적 건축술 사이에는, 신성한 말과 통속어의, 상형문자와 예술의, 솔로몬과 피디아스[38]의 차이가 있다.

세부적인 수많은 증거들과 또한 수많은 이론들은 무시하고, 내가 지금까지 지적한 것을 매우 간략히 요약한다면 다음과 같은 결론에 귀착된다. 즉 건축술은 15세기까지는 인류의 주요 장부였다는 것, 그동안 이 세상에 조금 복잡한 사상치고 건물이 되지 않은 것은 나타나지 않았다는 것, 모든 종교의 율법처럼 모든 민중의 사상은 그것의 건축물을 가졌다는 것, 그리고 끝으로 인류는 어떠한 중요한 생각도 반드시 돌로

---

38) 고대 그리스 황금기(기원전 5세기)의 건축가이자 조각가다.

썼다는 것. 그런데 왜였을까? 종교적이든 철학적이든 간에 모든 사상은 영속하기를 바라기 때문이고, 한 세대를 움직인 관념은 또 다른 세대들을 움직이고 흔적을 남기기를 원하기 때문이다. 그런데 수사본의 불멸성은 얼마나 덧없는 것인가! 건물은 그와는 달리 얼마나 견고하고 영속적이고 내구력 있는 책인가! 기록된 말을 부수기 위해서는 하나의 횃불과 한 마리 애벌레면 충분하다. 세워진 말을 허물기 위해서는 사회적 변동이, 지상의 변동이 필요하다. 야만인들이 콜로세움 위를 지나갔고, 피라미드 위에는 아마도 홍수가 지나갔을 것이다.

15세기에는 모든 것이 변한다.

인간의 사상은 건축술보다도 더 견고하고 내구력 있을 뿐만 아니라 더 단순하고 용이한, 영속하는 방법을 발견한다. 건축물은 실각한다. 오르페우스의 돌 글자에 이어 구텐베르크의 납 글자가 오게 된다.

책이 건물을 죽이려 한다.

인쇄술의 발명은 역사상 가장 큰 사건이다. 그것은 근본 혁명이다. 인류의 표현 양식이 전적으로 새로워지고, 인간의 사상이 하나의 형태를 버리고 다른 형태를 취한 것이고, 아담 이래 지성을 구현하는 저 상징적인 뱀이 완전히 결정적으로 허물을 벗은 것이다.

인쇄술이라는 형태 아래 사상은 어느 때보다도 더 불멸의 것이 되었다. 그것은 날아다니고, 붙잡을 수 없고, 파괴할 수 없다. 그것은 공기에 섞여 든다. 건축술의 시대에 그것은 산이 되어 강력하게 한 세기와 한 장소를 점령하고 있었다. 이제 그것은 한 떼의 새가 되어 사방으로 흩어지고, 동시에 공중과 공간의 모든 점들을 차지한다.

다시 한 번 되풀이하거니와, 그렇게 그것은 정말 더 소멸되지 않는다는 것을 누가 모르겠는가? 그것은 견고했던 것에서 강인한 것이 된다. 그것은 지속성 있는 것에서 불멸의 것이 된다. 하나의 덩어리는 파괴할 수 있지만, 편재하는 것을 어떻게 근절할 수 있겠는가? 홍수가 온다 하더라도, 산이 오래전부터 물결 아래 사라져버렸다 하더라도 새들은 여전히 날 것이고, 대홍수의 표면에 단 한 척의 방주라도 떠 있다면 새들은 거기에 앉고, 배와 함께 살아남아 배와 함께 감수(減水)를 볼 것이며, 그 혼돈에서 솟아 나올 새로운 세계는 눈을 뜨면서, 삼켜져버린 세계의 사상이 자기 위에 살아서 날개를 펴고 둥둥 떠돌아다니는 것을 보리라.

그리고 이 표현 양식이 비단 가장 보존적일 뿐만 아니라, 또한 가장 간단하고 가장 편리하고 모든 사람들에게 가장 실용적인 것을 볼 때, 커다란 짐을 지고 다니고 무거운 장비를 끌고 다니지 않는 것을 생각할 때, 하나의 건물로 나타나기 위해 다른 너더댓 개의 예술과 수톤의 황금과 산더미 같은 돌과 수풀 같은 목재와 다수의 노동자를 활용하지 않을 수 없는 사상을, 책이 되는 사상, 따라서 약간의 종이와 약간의 잉크와 펜 하나만으로 충분한 사상과 비교할 때, 인간의 지성이 인쇄술을 위해 건축술을 떠난 것에 어찌 놀랄 수 있겠는가? 수위 아래 판 운하의 최초 하상(河床)을 갑자기 끊으면, 강물은 하상을 떠나리라.

그러므로 인쇄술이 발명된 때부터 얼마나 건축술이 시나브로 여위어가고 오그라져가고 발가벗겨져 가는지 보라. 물은 줄어들고 진(津)은 받아 들고 시대와 국민의 생각은 건축술에서 물러가는 것을 사람들은 얼마나 절감하고 있는가! 냉각은 15세기에는 거의 지각할 수 없다. 인쇄술은 아직 너무도 허약하여, 고작 해봤자 강력한 건축술의 잉여 생명력을 우려먹는다. 그러나 16세기부터는 건축술의 병이 눈에 보이고, 건축술은 이미 절대적으로 사회를 더 이상 표현하지 못하고, 비참하게도 고전 예술이 되고, 갈리아의 건축술, 유럽의 건축술, 토착의 건축술에서 그리스와 로마의 건축술이 되고, 진정하고 근대적인 건축술에서 의(義)고대적 건축술이 된다. 이러한 쇠퇴를 사람들은 르네상스라고 부른다. 그러나 화려한 쇠퇴다. 왜냐하면 고딕의 낡은 천재가, 마인츠의 거대한 인쇄소 뒤로 저물어가는 이 태양이, 아직 얼마 동안은 그 마지막 햇살로 라틴의 홍예와 코린트의 원주들로 이루어진 그 모든 잡동사니의 건축물 더미를 비춰주고 있으므로.

이 석양을 우리들은 여명으로 알고 있는 것이다.

그러는 동안에 건축술이 다른 예술과 마찬가지로 더 이상 하나의 예술밖에 안 된 후로, 그것이 더 이상 종합예술, 최고 예술, 폭군 예술이 아니게 되자마자, 그것은 다른 예술들을 붙잡는 힘을 잃는다. 따라서 다른 예술들은 해방되고, 건축가의 질곡을 부수고, 저마다 제 길을 간다. 그것들은 모두 이 분리에서 이득을 본다. 고립은 모든 것을 키워준다. 조각술은 조상술이 되고, 판화는 회화가 되고, 윤창곡(輪唱曲)은 음악이 된다. 마치 황제 알렉산드로스가 죽자 하나의 제국이 해체되어 지방들이 왕국이 되는 것과 같다.

거기에서 라파엘로, 미켈란젤로, 장 구종, 팔레스트리나[39]가, 저 눈부신 16세기의 찬란함이 태어난다.

예술과 동시에 사상도 도처에서 해방된다. 중세 이교의 시조들은 천주교에 커다란 상처를 내놓았다. 16세기는 종교적 통일성을 깨뜨린다. 인쇄술 이전이라면 종교개혁은 교회 분리에 불과했을 것인데, 인쇄술은 그것을 혁명으로 만든다. 인쇄물을 제거한다면 이교는 무기력해질 것이다. 그것이 숙명이든 하느님의 섭리든 간에, 구텐베르크는 루터의 선구자다.

그러는 동안에 중세의 태양이 완전히 져버리자, 고딕의 천재가 예술의 지평선에서 영원히 꺼져버리자, 건축술은 점점 더 윤기를 잃어가고 빛이 바래어가고 스러져가기만 한다. 인쇄된 책이, 건물을 쏠아 먹는 이 벌레가 건축술을 빨아먹고 삼켜버린다. 건축술은 벌거벗겨지고, 잎이 떨어지고, 눈에 보이게 시들어간다. 그것은 빈약해지고 초라해지고 아무짝에도 못 쓰게 된다. 그것은 더 이상 아무것도, 심지어 다른 시대 예술의 추억마저도 표현하지 않는다. 건축술은 그 자체로 환원되고, 인간의 사상이 그것을 버리므로 다른 예술들로부터도 버림받고, 예술가들이 없으므로 인부들을 부른다. 유리창이 스테인드글라스 창을 대신한다. 석공이 조각가를 계승한다.

---

39) Palestrina, 1525~1594. 이탈리아의 작곡가, 음악의 혁신자. 이 네 명의 예술가는 예술이 따로 분리될 때 얼마나 완전한 정도에 도달할 수 있는가를 보이기 위해 인용되었다.

모든 활기여, 모든 독창성이여, 모든 생명이여, 모든 지성이여, 안녕. 건축술은 작업장의 한심스러운 거지가 되어, 모사(模寫)에서 모사로 기운 없이 걸어간다. 미켈란젤로는 벌써 16세기부터 아마 그것이 죽어가는 것을 느꼈음인지 마지막 생각을, 절망의 생각을 품었다. 그리하여 이 예술의 거인은 파르테논 위에 판테온을 겹쳐 로마의 산피에트로 대성당[40]을 지었다. 유일무이한 것으로 남아 있을 만한 위대한 작품, 건축술의 마지막 독창성, 닫히는 거대한 돌 장부 아래의 거장의 서명. 미켈란젤로가 죽은 뒤, 유령과 망령의 상태로 그 자체에서 명맥을 잇고 있던 이 가련한 건축술은 무엇을 하고 있는가? 그것은 로마의 산피에트로 대성당을 붙잡고, 그것을 모사하고, 그것을 흉내 낸다. 열광적이다. 민망할 지경이다. 세기마다 로마의 산피에트로 대성당이 있으니, 17세기에는 발 드 그라스가 있고, 18세기에는 생트주느비에브가 있다. 나라마다 로마의 산피에트로 대성당을 가지고 있다. 런던은 그의 것을 가지고 있다. 상트페테르부르크도 그의 것을 가지고 있다. 파리는 그것을 두세 개나 가지고 있다. 시시한 유서, 죽기 전에 유년으로 되돌아가는 늙어빠진 위대한 예술의 마지막 망령.

앞서 말한 바와 같이 독특한 건물들 대신, 16세기부터 18세기까지의 예술의 일반적인 양상을 살펴보면, 쇠퇴와 쇠약의

---

40) 중세의 바티칸 대성당을 리노베이션한 것으로, 그리스식 건축술, 즉 파르테논을 본뜬 정면은 브라만테가 설계했고, 로마의 판테온을 본뜬 돔 지붕은 미켈란젤로가 설계했다. 위고는 여기서 르네상스 예술이 그리스 미학과 로마 미학의 결합임을 증명하려 한 것이다.

똑같은 현상이 눈에 띈다. 프랑수아 2세 이후 건물의 건축학적 형태는 더욱더 사라져가고, 여윈 병자의 앙상한 뼈대처럼 기하학적 형태가 두드러진다. 예술의 아름다운 선들은 기하학의 싸늘하고 엄격한 선들에 자리를 내준다. 하나의 건물은 더 이상 건물이 아니라 하나의 다면체다. 그러나 건축술은 그러한 민짜를 감추기 위해 고심한다. 그리하여 그리스식 정면이 로마식 정면 속에 쓰이는가 하면, 반대로 로마식 정면이 그리스식 정면 속에 쓰이기도 한다. 그것은 변함없이 파르테논 속의 판테온, 로마의 산피에트로 대성당이다. 여기에는 모서리를 돌로 쌓은 앙리 4세의 벽돌집들이 있고, 땅딸막하고 반궁륭이고 곱사등 같은 둥근 지붕을 가진 루이 13세의 성당들이 있다. 여기에는 마자랭의 건축술, 카트르 나시옹[41]의 서투른 이탈리아 모작이 있다. 여기에는 루이 14세의 궁전들, 뻣뻣하고 싸늘하고 따분한, 조신들을 위한 기다란 집들이 있다. 끝으로, 이가 빠지고 날씬하고 곧 무너질 듯한 저 낡은 건축술을 보기 흉하게 만드는 치커리와 당면, 무사마귀와 균종을 가지고 있는, 루이 15세의 건축술이 있다. 프랑수아 2세에서 루이 15세에 이르기까지 병은 기하급수로 증가했다. 예술은 이제 뼈 위에 가죽밖에 없다. 그것은 비참하게 죽어가고 있다.

그러는 동안에 인쇄술은 어떻게 되고 있는가? 건축술에서 떠나가는 이 모든 생명은 인쇄술로 온다. 건축술이 쇠퇴함에

41) 이탈리아인 15명, 알자스인 15명, 플랑드르인 20명, 루시옹인 10명의 교육을 위해 1661년에 프랑스의 추기경이자 재상인 마자랭(Jules Mazarin, 1602~1661)이 세운 학교. 이 건물은 1806년에 프랑스 학사원에 편입되었다.

따라 인쇄술은 부풀어오르고 커져간다. 인간의 사상이 건물
에 소비하던 힘의 자본을 차후로는 책에 소비한다. 그리하여
16세기부터, 감퇴하는 건축술의 수준까지 자란 인쇄는 건축
술과 싸워 그것을 죽인다. 17세기에 인쇄술은 이미, 세계에 위
대한 문학적 세기의 향연을 베풀기에 충분할 만큼 최고의 권
위를 가지고 의기양양하게 그의 승리 속에 확고부동한 자리
를 차지한다. 18세기에는, 루이 14세의 조정에서 오랫동안 쉬
고 있던 인쇄술은 루터의 낡은 칼을 다시 잡고, 그 칼로 볼테
르를 무장하고, 인쇄술이 이미 그 건축학적 표현을 죽인 저 낡
은 유럽을 공격하러 소란스럽게 달려간다. 18세기가 끝날 무
렵에 인쇄술은 모든 것을 부숴버렸다. 19세기에 인쇄술은 재
건하려고 한다.

그런데 이제 묻거니와, 이 두 기술 중에 어느 것이 3세기 이
래 실제로 인간의 사상을 구현하고 있는가? 어느 것이 그것을
표현하고 있는가? 어느 것이, 비단 인간 사상의 문학적 학리적
편집(偏執)뿐만 아니라 그것의 광대하고 심오하고 보편적인 움
직임을 나타내고 있는가? 어느 것이 부단히, 중단 없고 간격
없이, 수천의 발을 가진 괴물인 전진하는 인류에 의해 쌓이고
있는가? 건축술인가, 아니면 인쇄술인가?

인쇄술이다. 이 점을 오해해서는 안 된다. 건축술은 죽었
다, 영원히 죽었다, 인쇄된 책에 의해 죽임을 당했다, 건축술
은 덜 지속되므로 죽임을 당했다, 건축술은 더 많은 비용이
들므로 죽임을 당했다. 어떠한 대성당도 억만금짜리다. 그러
니 이제 상상해 보라, 건축의 책을 다시 쓰려면, 또다시 지상

에 수천의 건물이 우글거리게 하려면, 대건축물이 어찌나 많았는지 목격자의 말에 따르면 "마치 세상이 한 벌의 흰 성당들의 옷을 입기 위해 몸을 흔들어 낡은 의복을 벗어 던져 버린 것 같았다.(Erat enim ut si mundus, ipse excutiendo semet, rejecta vetustate, candidam ecclesiarum vestem indueret. GLABER RADULPHUS)"[42]라고 한 저 시대로 되돌아가려면, 얼마나 많은 출자금이 필요할 것인지를.

한 권의 책은 아주 빨리 만들어지고, 아주 적은 비용이 들며, 아주 멀리까지 갈 수 있다! 인간의 모든 사상이 그 비탈로 흘러가는데 어찌 놀랄 수 있겠는가? 그렇다고 해서 건축술이 또다시 여기저기에 하나의 아름다운 대건축물을, 하나의 외딴 걸작을 갖게 되지 않으리라는 말은 아니다. 사람들은 또다시 때때로, 인쇄술의 군림 아래에서도, 다수의 무리에 의해 대포들이 혼합되어 만들어진 하나의 원기둥을 갖게 될 수도 있으리라고 나는 생각한다. 마치 건축술의 군림 아래, 온 국민이 서사시들을 한데 녹여 쌓아올려서 만든 『일리아스』와 『로만세로』와 『마하바라타』[43]와 『니벨룽겐의 노래』[44] 같은 것들을 사람들이 가졌던 것처럼. 13세기에 단테가 그러했듯이, 어

---

42) 여기 인용된 라틴어는 바로 그 위에 위고 자신이 프랑스어로 번역해 놓았다. 글라베르 라둘푸스는 985년에 오크세르에서 태어나 1047년경에 죽은 베네딕트회 수도사다. 다섯 권으로 된 900~1044년간의 『연대기』를 썼다.
43) 산스크리트 문학 작품. 기원전 6세기~서기 4세기에 제작된 작자 미상의 방대한 서사시로, 인도의 가장 인기 있는 성전 문학이다.
44) 1200년경에 쓰인 게르만 서사시.

느 천재적인 건축가가 우연히도 20세기에 나타날 수도 있으리라. 그러나 건축술은 더 이상 사회적 예술, 집단적 예술, 지배적 예술은 되지 않으리라. 인류의 위대한 시는, 위대한 건물은, 위대한 작품은 더 이상 건축되지 않고, 인쇄되리라.

그런데 차후, 건축술이 어쩌다 다시 일어서게 된다 하더라도 더 이상 주인이 되지는 못할 것이다. 옛날에는 문학이 건축술에서 그 법칙을 받았거니와, 이제는 건축술이 문학의 법칙을 받으리라. 이 두 예술의 입장은 서로 전도되리라. 확실히 건축의 시대에 시는, 물론 그것이 드물었던 것은 사실이지만, 대건축물을 닮았다. 인도의 비야사[45]는 파고다처럼 복잡하고 난해하고 헤아릴 수가 없다. 이집트 동방의 시는 건물처럼 선이 크고 조용하다. 고대의 그리스에는 아름다움과 청량함과 조용함이 있다. 기독교도의 유럽에는 가톨릭의 장엄함과 민중의 순진함과 쇄신기의 풍부하고 화려한 성장이 있다. 성서는 피라미드를 닮고, 『일리아스』는 파르테논을 닮고, 호메로스는 피이디아스를 닮았다. 13세기의 단테는 마지막 로마네스크 성당이요, 16세기의 셰익스피어는 마지막 고딕 대성당이다.

그리하여 이제까지 말한 것을 요약한다면(이것은 불완전함을 면치 못하겠지만), 인류는 두 권의 책, 두 벌의 장부, 두 장의 유서를, 벽돌 공사와 인쇄, 돌의 성서와 종이의 성서를 가지고 있다. 물론 수세기에 걸쳐 활짝 펼쳐져 있는 이 두 개의 성

---

45) 기원전 1500년경에 활동한 전설적인 인도의 현인으로서, 『마하바라타』를 엮은 것으로 여겨지고 있다.

서를 들여다볼 때, 화강암 글씨의 장엄한 외관을, 주열과 탑문과 방첨탑 들로 형성된 저 거대한 알파벳을, 피라미드 모양의 건축물에서 종각에 이르기까지, 쿠푸에서 스트라스부르에 이르기까지, 세계와 과거를 뒤덮고 있는 저 일종의 인간의 산들을 그리워하지 않을 수 없다. 이 대리석의 책장들에서 과거를 다시 읽어보지 않으면 안 된다. 건축물로 쓰인 책을 끊임없이 탄상하고 그 책장을 뒤적거리지 않으면 안 된다. 그러나 이번에는 또 인쇄술이 세우는 건물의 위대함을 부인해서는 안 된다.

이 건물은 거대하다. 어떤 통계자의 계산에 따르면, 구텐베르크 이후 출판된 모든 책을 차곡차곡 쌓아올리면 지구에서 달에 이르는 공간을 가득 채울 것이라 하지만, 내가 말하고자 하는 것은 그런 종류의 위대성이 아니다. 그러나 사람들이 머릿속에 오늘날까지의 출판의 소산 전체에 관해 하나의 총체적 영상을 그려보려 한다면, 이 전체는 전 세계 위에 서 있는 하나의 거대한 건조물, 인류가 끊임없이 쌓아올리고 있고 그 괴물 같은 머리가 미래의 짙은 안개 속에 파묻힌 그러한 거대한 건조물처럼 우리에게 보이지 않겠는가? 그것은 지성들의 개미집이다. 그것은 모든 상상력들이, 저 금빛 꿀벌들이 그들의 꿀을 가지고 오는 벌통이다. 이 건물은 수천 개의 층으로 되어 있다. 여기저기, 사람들은 그 깊은 내부에서 서로 교차되는 학문의 어두운 동굴들이 난간으로 통해 있는 것을 본다. 그 표면에는 도처에 예술이 아라베스크 장식과 원화창과 가장자리 장식을 눈앞에 현란하게 꾸며놓고 있다. 거기에는 개

개인의 작품이 천태만상으로 따로따로 떨어져 있는 것같이 보이지만, 저마다 제자리와 제 돌기 점을 가지고 있다. 그 전체에서 조화가 나온다. 셰익스피어의 대성당에서 바이런의 회교 사원에 이르기까지,[46) 수천의 종탑들이 이 세계 사상의 수도 위에서 뒤죽박죽 넘쳐흐르고 있다. 그 기초에 사람들은 건축물이 일찍이 기록하지 않았던 몇몇의 인류의 옛 칭호들을 다시 적어 넣었다. 입구 왼쪽에는 호메로스의 흰 대리석의 낡은 음각을 박아놓았고, 오른쪽에는 여러 나라 말로 된 성서가 일곱 개의 머리[47)를 쳐들고 있다. 『로만세로』의 히드라가 좀 더 떨어져서 머리를 꼿꼿이 세우고 있고, 그 밖의 몇 가지 잡종들, 베다[48)며 니벨룽겐 같은 것들이 있다. 게다가 이 경이로운 건물은 언제까지나 미완성으로 남아 있다. 인쇄기는, 이 거대한 기계는, 끊임없이 사회의 모든 지적 정기를 빨아올리고, 자기의 작품을 위해 쉴 새 없이 새로운 재료들을 토해 낸다. 하나하나의 정신은 석공이다. 가장 미천한 자는 제 구멍을 막거나 돌을 놓는다. 레티프 드 라 브르통[49) 같은 이도 그 나름으

___

46) 셰익스피어의 웅장하고 복잡한 작품은 대성당의 육중한 덩치를 연상케 하는 반면, 바이런의 작품은 회교 사원이 대성당과 다른 것만큼이나 셰익스피어의 작품과는 다르다.

47) 분명치는 않으나, 위고는 아마 성서의 일곱 개의 큰 부분, 즉 「구약성서」의 세 부분(모세 오경, 예언자, 성도전 작가)과 「신약성서」의 네 부분(네 복음서)을 생각하는 것 같다.

48) 범어로 된 인도 브라만교의 경전.

49) Rétif de la Bretonne, 1734~1806. 프랑스의 작가. 그는 여기서 평범한 작가의 상징으로 지적된 것인데, 아무리 평범해도 그의 작업은 유익하다고

로 한 채롱의 벽토를 가져온다. 날마다 한 층씩 새로이 솟아오른다. 각 작가의 독창적이고 개인적인 불입과는 별도로 집단적인 몫이 있다. 18세기는 『백과사전』[50]을 주고, 대혁명은 《모니퇴르》[51]를 준다. 확실히 이것도 끝없이 커져가고 나선형으로 쌓여올라가는 하나의 건조물이다. 여기에도 역시 여러 나라 말의 혼동이 있고, 쉴 새 없는 활동이 있고, 지칠 줄 모르는 노동이 있고, 전 인류의 맹렬한 협동이 있고, 새로운 홍수에 대해, 야만인의 침입에 대해, 지성에 약속된 피난처가 있다. 이것은 인류의 제2의 바벨탑[52]이다.

위고는 생각하는 것이다.

50) 디드로의 주관 아래 편집 발행된, 모든 인류의 지식을 망라한 사전. 집단적 작업의 표본이다.

51) 1789년에 창간되어 1869년까지 계속 발행된 신문이다.

52) 홍수 뒤에 하늘에 도달하려 한 인간에 의해 세워진 이 탑은, 성서에 의하면, 인간의 허영심의 상징인바, 하느님은 그것을 언어의 혼동으로 벌하였는데, 위고는 여기서 성서의 상징을 뒤바꾸어 놓았다. 즉 기록된 작품의 거대한 건물은 인간의 자만심의 증거가 되는 것이 아니라, 사상을 발전시키기 위한 집단적 노력의 증거가 되는 것이라고 말이다.

6부

1장

옛 사법관직에 대한 공정한 일별(一瞥)

　서력기원 1482년에, 이브리 및 생탕드리 앙 라 마르슈 백작, 국왕의 고문 겸 시종관, 그리고 파리 시장인 귀족 로베르 데스투트빌[1] 기사, 벤 공은 지극히 행복한 인물이었다. 혜성[2]이 나타나던 해인 1465년 11월 7일에, 그가 관직이라기보다 오히려 영주권(領主權)으로 간주되었던 저 좋은 파리 시장직, 조안 룀뇌의 말을 빌리자면 "dignitas quæ cum non exigua

---

1) Robert d'Estouteville. 1465년부터 그가 죽은 해인 1479년까지 파리 시장이었다. 그러므로 위고가 그를 1483년에도 살아 있는 것으로 우리에게 소개하는 것은 착오이다.
2) 이 혜성에 대하여 보르자의 숙부인 교황 갈리스토 3세는 공적 기도를 올리도록 명령하였는데, 이 혜성은 1835년에 다시 나타난 혜성과 같은 것이다.(원주)

potestate politiam concernente, atque prœrogativis multis et juribus conjuncta est(막강한 경찰력과 수다한 권리와 특권이 부여된 관직)"을 왕으로부터 받은 것이 벌써 근 17년 전의 일이었다. 국왕의 위임을 받은 귀족으로서 그 수임장이 루이 11세의 서녀와 부르봉의 서자 나리가 결혼한 시기에 발령되었다는 것[3]은 1482년에는 놀라운 일이었다. 로베르 데스투트빌이 파리 시장직에 자크 드 빌리에의 후임으로 들어앉은 바로 그날, 장 도베 씨는 파리 최고법원의 수석 의장 자리에 엘리 드 토레트의 후임으로 들어앉았고, 장 주브넬 데 쥐르생은 프랑스 법무상의 자리에 피에르 드 모르빌리에 대신 들어앉았고, 르뇨 데 도르망은 왕실 상설 심리원 원장직에서 피에르 퓌이를 몰아낸 것이다. 그런데 로베르 데스투트빌이 파리 시장직을 차지하게 된 뒤로 얼마나 많은 사람들의 머리 위로 의장직과 법무상직과 원장직이 굴러다녔던가! 임명장의 문면에 따르면, 파리 시장직은 그에게 '맡겨졌던' 것인데, 확실히 그는 그것을 잘 맡아보고 있었다. 그는 그것에 꼭 매달려 있었고, 그것과 일체가 되었고, 그것에 동화되었다. 그래서 그는 빈번한 수임과 해임으로 자기 권력의 유연성을 유지하고 싶어 하던, 의심 많고 짓궂고 부지런한 왕인 루이 11세를 곧잘 사로잡아 그 맹렬한 경질벽(更迭癖)을 모면할 수가 있었다. 그뿐이 아니다. 이 용감한 기사는 아들을 위해 자기 관직의 계승권을 획

---

3) 이 서녀 잔과 프랑스 제독 부르봉의 서자 루이의 결혼은 1467년으로, 데스투트빌이 파리 시장에 임명된 지 2년 뒤의 일이었다.

득했으며, 벌써 2년 전부터 아직 기사 시종인 자크 데스투트빌 귀인의 이름이 파리 시의 회식자 명부 첫머리, 그의 이름 바로 옆에 적혀 있었다. 확실히 희귀하고 굉장한 총애였다! 로베르 데스투트빌은 훌륭한 군인이어서, '공익동맹'에 대해 충성스럽게 반기를 들었고, 14○○년에 왕비가 파리에 입성하던 날, 그가 왕비에게 사탕절임한 매우 훌륭한 사슴 고기 한 마리를 진상한 것이 사실이다. 게다가 그는 왕실 기마대장 트리스탕 레르미트 씨와 친했다. 그러므로 로베르 씨의 생활은 퍽 유쾌하고 재미있는 것이었다. 우선, 썩 좋은 녹봉을 받아먹었는데, 거기에 마치 그의 포도밭 포도송이처럼 주렁주렁 매달려 있는 것으로, 그의 관할 법원의 민사 및 형사 서기과에서 들어오는 수입이 있었는가 하면, 샤틀레 하층 법정에서 들어오는 민형사상의 수입이 있었고, 망트와 코르베유 다리에서 얻는 약간의 통행세와, 장작과 소금의 계량검사관들로부터 들어오는 소득은 두말할 나위도 없었다. 거기에다가 노르망디의 발몽 수도원에 있는 그의 무덤 위에 새겨진 것을 여러분이 아직 오늘날에도 탄상할 수 있는 그의 아름다운 군복과, 몽레리⁴⁾에서 울툭불툭해진 그의 투구를, 시내의 기마행렬에서 과시하고 시리(市吏)와 경호원 들의 반반씩 붉고 황갈색인 긴 옷들 위에 드러내 보이게 하는 즐거움을 덧붙여 보라. 그리고 12명의 집달리와 샤틀레의 수위 겸 감시인, auditores

---

4) 여기에서 1465년 루이 11세와 '공익동맹' 사이에 접전이 있었다. 1465년 10월에 루이 11세는 콩플랑 조약을 맺어 일시적으로 굴복했다.

Castelleti(샤틀레의 배석판사) 둘, 16개 구의 감찰관 16명, 샤틀레 감옥의 간수, 봉토를 소유한 집달리 넷, 120명의 기마 순검, 120명의 곤장 순검, 야경대와 보조 야경대와 비밀 야경대와 후면 야경대를 거느리는 야경대장, 이 모든 것들 위에 전권을 가지고 있다는 것은 아무것도 아니었을까? 그렇게도 영광스럽게 7개의 귀족 대법관 관할구가 주어진 이 파리의 자작령에서, 고문서에서 말하는 것처럼 'in prima instantia', 즉 초심의 재판권은 차치하고라도, 높고 낮은 사법권을, 돌리고 매달고 끄는 권리를 행사한다는 것은 아무것도 아니었을까? 로베르 데스투트빌 씨가 그랑 샤틀레에서, 필리프 오귀스트가 지은 넓고 납작한 첨두홍예 아래에서 날마다 그러했듯이, 체포령과 판결을 내리는 것보다 더 감미로운 것을 사람들은 상상할 수 있을까? 그리고 그가 저녁마다 으레 그렇게 했듯이, 그의 아내 앙브루아즈 드 로레 부인의 권리로 소유하고 있던 팔레 루아얄 구내의 갈릴레 거리에 자리 잡고 있던 그 쾌적한 집으로 가서, '파리의 시장과 시리들이 감옥을 만들고자 하여, 길이 11자에 폭이 7자 4치, 높이 11자의 방을 들인, 레스코르슈리 거리의 작은 방'[5]에 어떤 가엾은 사나이를 보내어 자기 옆에서 밤을 지내게 한 피로를 푸는 것보다 더 감미로운 것을 상상할 수 있을까?

그리고 로베르 데스투트빌 씨는 비단 파리 시장과 자작 고유의 재판권만 가지고 있었던 게 아니라, 국왕의 대재판에도

---

5) '영지 보고'(1383년)에서.(원주)

관여하고 있었다. 조금 높은 머리치고 사형 집행인의 손에 떨어지기 전에 그의 손을 거쳐가지 않은 사람은 없었다. 느무르 씨를 중앙 시장의 형장으로 끌어가고 생폴 씨를 그레브 형장으로 끌어가기 위해 그들을 각각 생탕투안의 바스티유 감옥에 가서 불러낸 것은 그였는데, 파리 시장 나리는 생폴 원수 나리를 좋아하지 않았으므로, 그때 원수가 얼굴을 찌푸리고 고함을 지르는 것을 보고 고소해하였다.

이것은 확실히 행복하고 영화로운 생활을 하는 데 필요 이상으로 과분한 것이고, 훗날 저 흥미진진한 파리 시장들의 전기 속에서 괄목할 만한 한 페이지를 차지하기엔 필요 이상의 것이지만, 이 전기를 보면, 우다르 드 빌뇌브는 부슈리 거리에 집 한 채를 가지고 있었고, 기욤 드 앙제스트는 크고 작은 사부아 지방을 샀고, 기욤 티부스트는 생트주느비에브의 수녀들에게 클로팽 거리의 자기 집들을 주었고, 위그 오브리오는 포레피크 저택에 살았으며, 그 밖의 다른 가정의 내막들도 알 수 있다.

그러나 이렇게도 인생을 조용히 참고 즐겁게 지낼 만한 숱한 이유가 있었음에도 불구하고, 로베르 데스투트빌 씨는 1482년 1월 7일 아침에 잠을 깼을 때 몹시 기분이 나빴다. 그렇게 기분이 나쁜 것은 어찌된 까닭일까? 그 자신도 말할 수 없었으리라. 하늘이 흐렸기 때문일까? 그의 몽레리의 낡은 허리띠 버클이 잘못 조여져서 시장의 뚱뚱한 몸을 너무 군대식으로 묶어놓았기 때문일까? 창 아래 거리에, 건달들이 셔츠도 없이 맨몸에 저고리를 걸쳐 입고, 밑바닥 터진 벙거지를 뒤집어쓰고, 바랑과 술병을 허리춤에 차고서, 넷씩 떼를 지어, 자기를 경멸하면서 지나가는 것을 보았기 때문일까? 아니면 미래의 왕 샤를 8세가 이듬해 파리 시장의 수입에서 370리브르 16솔 8드니에를 떼어내게 될 것을 어렴풋이 예감했기 때문일까? 독자의 선택에 맡긴다. 나로 말하자면, 그저 단순히, 그가 기분이 나빴던 까닭에 기분이 나빴다고 믿고 싶다.

뿐만 아니라 축제의 이튿날이었으니, 누구에게나 고달픈 날이지만, 파리에서 축제가 빚어놓는 모든 오물, 본래적인 의미로나 비유적인 의미로나, 오물을 쓸어내야 하는 직책을 가진 이 관리에게는 특히 그러했다. 그리고 그는 그냥 샤틀레에서 법정을 열어야만 했다. 그런데 내가 알게 된 바로는, 판관들이란 대개 국왕과 법률과 사법의 이름 아래, 자기들의 짜증을 적당히 퍼부을 사람을 누구고 언제나 갖기 위해, 그들의 재판의 날이 또한 그들의 짜증의 날이 되도록 조처한다는 것이다.

그동안에 재판은 시장 없이 시작되었다. 그의 민사 형사 및 사인(私人) 재판의 보좌관들이 관례에 따라 그의 일을 대행하고 있어서, 아침 8시부터, 여남은 명가량의 남녀 시민들이 샤틀레 하층 법정의 어두컴컴한 한쪽 구석에, 튼튼한 떡갈나무 난간과 벽 사이에 빽빽이 웅크리고 앉아서, 갖가지 광경을 참관하게 된 것을 무상의 기쁨으로 여기면서, 샤틀레의 배석판사이자 파리 시장의 보좌관인 플로리앙 바르브디엔 나리가 뒤죽박죽, 아무렇게나 되는대로 내리고 있는 민형사 재판을 즐기고 있었다.

법정은 좁고 천장이 낮고 둥글었다. 나리꽃 장식을 한 책상

하나가 안쪽에 있는데, 조각한 떡갈나무로 만든, 비어 있는 시장의 커다란 안락의자가 딸려 있었고, 왼쪽에는 배석판사 플로리앙 나리의 의자가 놓여 있었다. 아래쪽에는 서기가 앉아서 냅다 갈겨쓰고 있었다. 그 맞은편에 청중이 있었고, 문과 책상 앞에는, 흰 십자가가 달린 자줏빛 병정복을 입은 수많은 시경들이 있었다. 반은 붉고 반은 푸른 만성절 재킷을 입은 파를루아 로 부르주아[6]의 두 순검이 책상 뒤 안쪽에 보이는 나지막한 닫힌 문 앞에서 파수를 보고 있었다. 두꺼운 벽에 좁다랗게 뚫린 단 하나의 첨두형 창문만이 1월의 희멀건 햇살로 기괴한 두 형상과, 둥근 천장의 종석에 장식용으로 새겨놓은 변덕스러운 돌 악마와, 방 안쪽 나리꽃 위에 앉은 판사를 비추고 있었다.

실제로 상상해 보라. 법정의 책상에, 두 묶음의 소송 문서 사이에, 무늬 없는 갈색 나사의 법의 자락 위에 발을 올려놓고, 팔꿈치를 대고서 웅크리고 있는 사나이, 얼굴은 흰 새끼 양모피 속에 싸여 있고, 눈썹은 툭 튀어나오고, 붉고 까다로운 표정에, 눈을 깜박거리고, 턱 아래에 가서 합쳐진 양쪽 볼이 기름기를 위엄 있게 쳐들어 보이고 있는, 샤틀레의 배석판사 플로리앙 바르브디엔 나리를.

그런데 이 배석판사는 귀머거리였다. 배석판사로서는 가벼

---

6) 본래는 파리의 시리들이 시의 사무를 의논하기 위해 모이던 장소를 가리켰다. 처음에는 생트주느비에브산 위에 있었다가 나중에 센 강변의 '기둥집'으로 옮겼는데, 이것이 훗날 '파리 시청'이 되었다. 이 순검들은 법정의 질서를 유지하고 있었다.

운 결점이다. 플로리앙 나리는 그래도 역시 요지부동하게 매우 적절히 판결을 내리고 있었다. 확실히 판사란 듣는 시늉만 하면 충분한 것인데, 이 존경할 만한 배석판사는 주의가 어떠한 소리로도 딴 데 쏠릴 수 없으므로, 훌륭한 재판을 하는 데 유일한 근본 조건인 그 조건을 더 잘 충족시켰던 것이다.

게다가 그는 방청객 중에 자기의 일거일동에 관한 가차 없는 비평자 하나를 가지고 있었으니, 그는 우리의 친구 장 프롤로 뒤 물랭이었는데, 어제의 이 어린 학생은, 이 '보행자'는 교수들의 강단 앞만을 제외하고는 파리에서 언제 어디서나 틀림없이 만나볼 수 있는 사람이었다.

"저런," 하고 그는 눈 아래서 전개되는 사건을 논평하면서, 자기 옆에서 히죽히죽 웃고 있는 친구 로뱅 푸스팽에게 나지막한 소리로 말했다. "저건 잔통 뒤 뷔이송 아니야! 카냐르 오마르셰 뇌프의 미인 아가씨로군! 정말 저 늙은이가 저 여자에게 유죄를 선고하네! 그리고 보니 저 녀석은 귀도 없지만 눈도 없구나! 묵주 알 두 개를 가지고 다녔다고 파리 주화 15솔 4드니에의 벌금이라니! 이건 좀 비싼걸. Lex duri carminis.(법률 조문은 가혹해.)[7] 저 사람은 뭐야? 여관 주인 로뱅 시예프드빌 아니야! 여관업자 인정받게 됐다고 돈을 치르게 한다? 저건 그의 가입금이렷다. 아니! 저 악당들 사이에 두 귀족이 있잖아! 에글레 드 수앵과 위탱 드 마이로군. 두 기사 시종, corpus

---

7) 티투스 리비우스의 『로마의 역사』 I, 26에, 'Lex horrendi carmins erat.(법률 조문은 무서웠다.)'라는 것을 회상했을 것이다.

Christi(그리스도의 몸뚱이)야! 아! 저 양반들은 주사위 놀이를 했군. 언제나 우리 총장님을 여기서 뵐 수 있을까? 왕에게 바치는 벌금으로 파리 주화 100리브르라! 바르브디엔은 귀머거리처럼 치는걸[8], 하기야 귀머거리니까! 난 내 형 부주교가 되고 싶어, 만약 그래서 내가 노름하는 걸 막을 수만 있다면, 낮에 노름하는 것을, 밤에 노름하는 것을, 노름하고 사는 것을, 노름하다 죽는 것을, 그리고 내 셔츠 다음에 내 영혼을 걸고 노름하는 것을 막을 수만 있다면! 아이고, 성모마리아님, 웬 아가씨들이 저렇게도 많이 있나요, 줄줄이 내 순한 양들이여! 앙브루아즈 레퀴예르! 이자보 라 페네트! 베라르드 지로넹! 난 저 계집애들을 다 알고 있다고, 제기랄! 벌금형에 처함! 벌금형에 처함! 금 띠를 두르고 있다가 톡톡히 영금을 보는구나! 벌금 파리 주화 10솔이야! 요염한 계집애들아! 오! 저 늙은 판사 코빼기 같으니, 귀머거리에 멍텅구리! 오! 우둔한 플로리앙! 오! 바르브디엔 숙맥아! 저게 식탁에 앉아 있잖아! 저게 소송인을 먹고 있어, 소송을 먹고 있어, 밥을 먹고 있어, 깨물고 있어, 삼키고 있어, 양껏 배를 채우고 있다! 벌금이, 유실물이, 세금이, 소송비용이, 법정 비용이, 봉급이, 손실과 이득이, 고문이, 감옥과 우리와 족쇄가 비용과 더불어 그에게는 크리스마스 케이크가 되고 성 요한 제일의 편도 과자가 되는구나! 저걸 좀 봐, 돼지가 아닌가! 자! 좋았어! 또 하나 연애하는 계집이 있네! 티보 라 티보드로군, 그 이상도 그 이하도 아

---

8) 프랑스어에서 '귀머거리처럼 친다'는 것은 '사정없이 친다'는 뜻이다.

니야! 글라티니 거리에서 나갔다는 죄로! 저 자식은 또 뭐야? 저건 쇠너 사수 헌병 지프루아 마본이 아닌가! 저 녀석은 성부(聖父)의 이름을 저주했어. 벌금형에 처함, 티보드! 벌금형에 처함, 지프루아 도령! 둘 다 벌금형에 처함이다! 이런 늙은 귀머거리를 보았나! 궐자는 두 사건을 혼동했음에 틀림없다! 10대 1로 계집애에겐 욕 값을 치르게 하고 헌병에게는 연애 값을 치르게 했군! 정신 차려, 로뱅 푸스팽! 저기 끌고 들어오는 게 뭐지? 순검들이 떼거리로 오지 않는가! 빌어먹을! 사냥개들이 다 동원됐네. 아주 굵직한 사냥감임에 틀림없어. 멧돼지쯤 되나. 과연 그렇군, 로뱅! 과연 그래. 그것도 썩 훌륭한 놈이야! Hercle!(제기랄!)[9] 저건 어제의 우리 임금이다, 우리의 광인 교황이다, 우리의 종지기다, 우리의 애꾸눈이다, 우리의 꼽추다, 우리의 찌푸린 상이다! 저건 카지모도다……!"

바로 그가 틀림없었다.

그것은 꽁꽁 묶이고 친친 동여매이고 졸라매이고 포박되어 엄중한 감시를 받고 있는 카지모도였다. 그를 에워싼 경찰대는, 가슴에 프랑스의 문장을, 등에 파리 시의 문장을 각각 수놓은 옷을 입은 야경대장이 몸소 인솔하고 있었다. 게다가 카지모도에게는, 그의 기형을 제외하고는, 그 화승총과 미늘창의 장비를 정당화할 수 있는 게 아무것도 없었다. 겨우 그의 외눈이 때때로 자기를 친친 동여매고 있는 포승 위에 엉큼하고 성난 시선을 던질 뿐이었다.

---

9) '헤라클레스를 걸고!'라는 뜻의 라틴어로서 일종의 욕설이다.

그는 같은 눈으로 주위를 둘러보았으나 그 시선이 빛이 없고 흐리멍덩하여, 아낙네들은 그를 손가락질하면서 비웃을 따름이었다.

그러는 동안에, 배석판사 플로리앙 나리는 서기가 제출한, 카지모도에 대해 작성된 소송 문서를 주의 깊게 뒤적거렸는데, 그렇게 훑어보고 나서 그는 한참 곰곰 생각하는 것 같았다. 심문에 착수할 때면 언제나 취하는 이런 신중한 태도 덕택으로, 그는 피고인의 이름과 신분과 범죄를 미리 알고, 예상된 대답에 대해 예상된 응수를 꾸며서, 자기가 귀머거리임을 과히 눈치 채게 하지 않고 심문의 모든 우여곡절을 무난히 타개하는 데 성공하는 것이었다. 소송 문서는 그에게는 맹도견이었다. 만약 어쩌다 무슨 엉뚱한 힐문이나 뜽딴지 같은 질문으로 여기저기서 그가 귀머거리라는 사실이 드러나게 되면, 어떤 사람들은 그것을 심오함으로 간주하고, 또 다른 사람들은 어리석음으로 간주하는 것이었다. 두 가지 경우 모두 사법관으로서의 명예는 조금도 상해를 받지 않았을 것이, 판사란 귀머거리로 여겨지는 것보다는 어리석다거나 심오하다는 평가를 받는 것이 한결 낫기 때문이다. 그러므로 그는 자기가 귀머거리임을 모두들 눈앞에서 감추는 데 온통 정신을 쏟았고, 보통 그 일에 썩 잘 성공했는지라, 자신에게 환상을 품는 수가 있었다. 그런데 그것은 사람들이 생각하는 이상으로 쉬운 일이다. 모든 곱사등이는 제가 머리를 쳐들고 다닌다고 생각하고, 모든 말더듬이는 제가 장광설을 한다고 생각하고, 모든 귀머거리는 제가 나지막이 말한다고 생각한다. 그로 말하자면,

제 귀가 조금 말을 안 듣는다고 생각하는 것이 고작이었다. 이것이, 그가 솔직할 때나 양심을 살필 때, 그 점에 관해서 여론에 하는 유일한 양보였다.

그래서 그는 카지모도의 문제를 심사숙고하고 나서 머리를 뒤로 젖히고 한층 위엄과 공정을 갖추려고 눈을 반쯤 감고 있었으므로, 그는 이때 귀머거리인 동시에 장님이 되어 있었다. 그것 없이는 완벽한 판사는 존재할 수 없는 두 가지 조건이었다. 이러한 법관다운 태도로 그는 심문을 시작했다.

"성명은?"

그런데 여기에 '법률에 의하여 예상'되지 않았던 경우가 생겼으니, 귀머거리가 귀머거리를 심문해야 한다는 것이었다.

카지모도는 질문을 받은 줄은 꿈에도 모르고 계속 판사를 응시하고 있었을 뿐 대답하지 않았다. 판사는 귀머거리인 데다, 피고인이 귀머거리인 줄은 꿈에도 모르고 있었던지라, 대개의 경우 모든 피고인들이 그렇게 하듯이, 그가 대답한 줄 알고, 어리석게도 태연스레 기계적으로 심문을 계속했다.

"좋아. 연령은?"

카지모도는 이 질문에도 대답하지 않았다. 판사는 그 질문이 충족된 줄 믿고 계속했다.

"그럼 직업은?"

여전히 똑같은 침묵. 방청객은 그사이 수군거리고 서로 마주 보기 시작했다.

"됐어." 침착한 배석판사는 피고가 세 번째 대답을 끝냈다고 생각했을 때 말을 이었다. "그대가 우리들 앞에 기소된 것은 첫째는 야간에 난동을 하였고, 둘째는 유녀의 몸에 폭력을 가하였고, in præjudicium meretricis(창녀에게 가해를 하였고), 셋째는 국왕 폐하의 친위대 헌병들에게 반항하고 불손하였기 때문이다. 이 모든 점에 관하여 그대의 의견을 진술하라. 서기, 피고인이 지금까지 말한 것을 다 기록하였는가?"

공교롭게도 그런 질문이 나오자, 서기부터 방청객들까지 폭소가 터졌는데, 그 폭소가 하도 격렬하고, 하도 걷잡을 수 없고, 하도 잘 퍼져나가고, 하도 널리 장내를 가득 채웠는지라, 두 귀머거리도 알아채지 않을 수가 없었다. 카지모도는 경멸하듯이 제 곱사등을 들먹거리면서 돌아보았고, 한편 그와 마찬가지로 놀란 플로리앙 나리는, 그가 어깨를 들먹거린 것으로 보아 구경꾼들의 웃음이 피고인의 어떤 무엄한 대답으로 인하여 유발된 것임이 분명하다고 생각하고, 분노하여 그를 힐책하였다.

"요런 고얀 놈 봤나, 네가 지금 한 대답은 교수형을 받아 마땅하렷다! 그대가 지금 누구에게 말을 하고 있는 것인지 아는가?"

이러한 질책은 만장에 흥취가 폭발한 것을 멈추기에 적절하지 못했다. 그것은 누가 보아도 하도 뚱딴지 같고 하도 얼빠진 것 같아서 바보 같은 폭소가 파를루아 로 부르주아의 순검들에게까지 옮아갔는데, 이들은 스페이드의 잭[10] 같은 자

---

10) 카드놀이에서 잭은 보통 킹과 퀸 다음에 오므로 바보라는 뜻으로 쓰인다.

들이어서 어리석음이 그들의 제복이었다. 오직 카지모도만이 진지한 태도를 유지하고 있었는데, 그 이유인 즉 자기 주위에서 벌어지고 있는 일이 무슨 영문인지 통 모르고 있었기 때문이다. 더욱더 성이 난 판사는 같은 태도로 계속하여 피고인을 공포에 떨게 하면 청중에게 반향을 일으켜 정숙해지리라 싶어서 그렇게 해야겠다고 생각했다.

"이 타락하고 부패한 놈아, 그래 말하노니, 그대는 감히 샤틀레의 배석판사에게, 파리 민중 경찰의 사법관에게 무례하게 군단 말인가. 범죄와 경범과 악행을 수사하고, 모든 직업을 단속하고, 독점을 금지하고, 포도(鋪道)를 유지하고, 닭과 가금과 물새의 소매상인들을 막고, 장작과 다른 종류의 나무를 측량케 하고, 도시에서 진흙을, 공기에서 전염병을 제거하고, 일언이폐지하여, 봉급도 없고 급료를 받을 희망도 없이 쉴 새 없이 공사에 종사하는 것을 직책으로 삼고 있는 이 사법관에게 말이다! 그대는 아는가, 내 이름이 플로리앙 바르브디엔, 파리 시장님 자신의 보좌관이라는 것을, 게다가 시청과 대법원과 등기소와 초심 재판소에서 똑같은 권력을 가진 감찰관이자 조사관, 감독관 그리고 심사관이라는 것을⋯⋯!"

귀머거리에게 말하는 귀머거리는 말을 멈출 이유가 없다. 만약 안쪽의 낮은 문이 갑자기 열려 파리 시장 나리가 몸소 들어오지 않았더라면, 그처럼 웅변의 난바다를 전속력으로 항해하던 플로리앙 나리가 언제 어디서 상륙했을지는 하느님만이 아시리라.

시장이 들어왔을 때 플로리앙 나리는 시의(時宜)를 놓치지 않고, 발뒤꿈치로 반 바퀴 돌아서서, 조금 전까지 카지모도에게 벼락을 내리던 그 장광설을 느닷없이 시장에게 던져 "각하," 하고 말했다. "여기 있는 피고인이 중대하고 비상한 범법을 한 데 대하여 각하 좋으실 대로 형을 내려주시기를 소인은 청원하는 바입니다."

그러고는 그는 이마에서 떨어져, 자기 앞에 펼쳐져 있는 양피지를 눈물처럼 적시고 있는 굵직굵직한 땀방울을 씻으면서, 숨이 차서 다시 앉았다. 로베르 데스투트빌 나리가 이맛살을 찌푸리고 카지모도에게 매우 위압적이고 의미심장한 주의의 몸짓을 하자, 이 귀머거리도 그게 무엇인지를 조금 깨달았다.

파리 시장은 그에게 준엄하게 물었다. "대관절 너는 무슨 짓을 하였기에 여기에 끌려왔느냐, 이 악당아?"

그 가엾은 사나이는 파리 시장이 이름을 묻는 줄 알고, 평소에 지키던 침묵을 깨고, 목구멍에서 나는 쉰 목소리로 대답했다. "카지모도라고 해요."

대답이 질문과 전혀 맞지 않자, 다시금 폭소가 터지기 시작했고, 로베르 나리는 시뻘겋게 성이 나서 외쳤다. "너는 나도 조롱하는 거냐, 흉악무도한 놈아?"

"노트르담의 종지깁지요." 카지모도는 판사에게 자기가 뭘 하는 사람인지 설명해야 하는 줄 알고 그렇게 대답했다.

"종지기라고!"라고 말하는 시장은, 이미 앞서 말한 바와 같이, 아침에 기분이 썩 좋지 않은 상태로 잠이 깬 터라, 그렇게도 괴상망측한 대답으로 더 화를 북돋울 필요가 없었다. "종지기라고! 파리의 네거리에서 나는 네 등 위에 채찍의 주명종을 치게 하리라. 알겠느냐, 이 악당아?"

"대감께서 소인의 나이를 알고 싶으시다면," 카지모도는 말했다. "성 마르탱 제일(祭日)[11]이면 스무 살이 되는 줄로 아뢰오."

이번에야말로 너무도 심했다. 파리 시장은 이제 더 이상 참을 수가 없었다.

"아니, 요런 고얀 놈 봤나, 네가 시장을 우롱하는구나! 곤장 순검들아, 저 흉측한 놈을 그레브의 죄인 공시대로 끌고 가서 한 시간 동안 때리고 돌려라. 저놈에게 톡톡히 영금을 보여줘야겠다, 제기랄 것! 그리고 파리 자작령의 일곱 성주의 영토 내에서, 네 개의 나팔로 공중에게 현재의 판결을 포고하여라."

서기는 즉시 이 판결문을 작성하기 시작했다.

"제기랄! 거참 훌륭한 판결이다!" 어린 학생 장 프롤로 뒤 물랭이 한구석에서 외쳤다.

시장은 머리를 돌려 번쩍번쩍 빛나는 눈으로 다시금 카지모도를 쏘아보았다. "저 악당이 '제기랄!'이라고 말한 것 같구나. 서기, 욕을 한 벌금으로 파리 주화 12드니에를 추가하라. 그리고 이 벌금 반액은 생퇴스타슈 성당의 재산 관리 위원회의 소유로 돌려라. 나는 생퇴스타슈에 대해 특별한 신앙심을 가지고 있으니까."

몇 분 동안에 판결문이 작성되었다. 그 문면은 단순하고 간결했다. 파리 시와 파리 자작령의 관례는 아직 법원장 티보

---

11) 11월 11일.

바예와 국왕 변호사 로제 바름에 의해 자세히 규정되어 있지 않았다. 당시 그것은 이 두 법률가가 16세기 초에 거기에 심어 놓은 저 소송과 소송 절차의 높다란 숲에 막혀 있지 않았다. 거기서는 모든 것이 분명하고 신속하고 명확했다. 거기서 사람들은 곧장 목적지로 걸어갔고, 덤불도 에움길도 없이, 이내 오솔길 끝에 차형(車刑) 바퀴나 교수대 또는 죄인 공시대를 보는 것이었다. 사람들은 어쨌든 어디로 가는지 알고 있었다.

서기가 시장에게 판결문을 제출하자, 시장은 도장을 찍고, 그날 파리의 모든 감옥에 죄수를 들어 살게 해야겠다는 정신 상태를 가지고서, 여러 법정의 순회를 계속하기 위해 밖으로 나갔다. 장 프롤로와 로뱅 푸스팽은 속으로 웃고 있었다. 카지모도는 무관심하고 놀란 표정으로 이 모든 것을 바라보고 있었다.

그러는 동안에 서기는, 플로리앙 바르브디엔 나리가 서명하기 위해 판결문을 읽고 있을 때, 유죄를 선고받은 그 가엾은 사나이를 측은하게 생각하고, 형이 조금 감해지기를 바라는 마음에서 되도록 배석판사의 귀에 가까이 입을 대고 카지모도를 가리키면서 말했다. "저 사람은 귀머거리입니다."

그는 이 불구라는 공통성이 플로리앙 나리의 관심을 끌어 죄인에게 유리하게 돌아가기를 기대하고 있었다. 그러나 첫째, 우리가 이미 본 바와 같이 플로리앙 나리는 자기가 귀머거리라는 것을 남이 알아채든 말든 개의치 않았고, 다음으로 어찌나 귀가 먹었던지 서기가 한 말을 한마디도 알아듣지 못했지만, 알아듣는 체하고 싶어서 이렇게 대답했다. "하하! 그렇다면 문제가 다르지. 그걸 모르고 있었군. 그렇다면 죄인 공시대에 한 시간을 더 매어놓아라."

그러고는 그는 그렇게 변경된 판결문에 서명하였다.

"잘됐다." 카지모도에게 원한을 품고 있는 로뱅 푸스팽이 말했다. "사람들을 함부로 다루면 어떤 벌을 받게 되는지 저 녀석도 이제 알게 되렷다."

2장

쥐구멍

내가 어제 그랭구아르와 함께 라 에스메랄다를 뒤따라가기 위해 떠났던 그레브 광장으로 독자를 다시 데려가는 것을 허가해 주기 바란다.

오전 10시. 거기서는 모든 것이 축제 다음 날의 냄새를 풍기고 있다. 광장의 돌바닥은 온갖 파편이며 리본, 누더기, 장식용 깃털, 등불의 촛농 방울, 그리고 잔치의 부스러기들로 온통 덮여 있다. 수많은 시민들이 여기저기, 요즘 말대로 '산책'하면서, 기쁨의 화톳불에서 꺼진 깜부기불을 발로 차기도 하고, '기둥 집' 앞에서 간밤의 아름다운 장막들을 회상하며 황홀감에 빠지기도 하고, 오늘은 그 자리에 박힌 못들을 바라보면서 마지막 즐거움을 느끼기도 한다. 능금술과 맥주 장수들이 술통을 사람들 사이로 굴리고 간다. 몇몇 통행인이 분주히

오락가락한다. 상인들이 가게 문턱에서 잡담을 하고 서로 부른다. 축제며 사절들, 코프놀, 광인 교황의 이야기가 모든 사람들의 입에 오르내린다. 누가 더 그럴싸하게 비평을 하고 누가더 잘 웃어대는지 경쟁이라도 하는 것 같다. 그러는 동안 조금 전에 죄인 공시대의 사방에 와서 자리 잡은 네 명의 기마순검은 벌써 그들 주위로, 광장에 흩어져 있던 일부의 민중을끌어 모아놓고 있는데, 그들은 대수롭지 않은 형의 집행을 구경하고 싶은 마음에 꿈쩍도 않고 안타까이 기다리고 있다.

이제 독자가, 광장 도처에서 벌어지는 활기차고 시끄러운광경을 바라본 다음에, 광장 서쪽으로 모퉁이를 이루는, 반고딕식 반로마네스크식의 투르 롤랑의 옛 집 쪽으로 눈길을 옮기면, 정면 모서리에 풍부한 채색 삽화가 든 커다란 공중용성무일과서 한 권을 볼 수 있을 것인데, 그것은 조그만 처마로비를 막고, 철책이 붙어 있어 책장을 뒤적거려 볼 수는 있어도훔쳐 가지는 못하게 되어 있다. 이 성무일과서 옆에 좁다란 첨두형 채광창이 있는데, 그것은 십자형의 두 쇠막대기로 닫혀있고, 광장 쪽으로 나 있으며, 이 낡은 집의 아래층 벽 두께속에 만들어놓은, 문 하나 없는 조그만 독방에는 오직 그 구멍을 통해서만 약간의 공기와 햇빛이 들어올 수 있는데, 파리에서도 가장 붐비고 가장 시끄러운 광장이 주위에서 웅성거리고 떠들어대고 있기 때문에, 이 독방은 그만큼 더 깊은 평온과 더 음산한 고요로 가득 차 있다.

이 독방은, 롤랑드 드 라 투르롤랑 공주가 십자군에서 죽은아버지의 상을 입고서, 자기 자신의 집 벽 안에 이 독방을 파게 하여 그 안에 영원히 틀어박히고, 자신의 궁전 중에서 문은 벽으로 둘러치고 채광창은 여름이나 겨울이나 열어놓은 이 방밖에는 갖지 않고 나머지는 모조리 가난한 사람들과 하느님에게 주어버린 근 3세기 전부터 파리에서 유명해졌다. 비탄에 잠긴 공주는 사실 20년 동안이나 죽기 전의 이 무덤 속에서 죽음을 기다리면서, 아버지의 혼백을 위해 밤낮으로 기도를 드리고, 베개라고는 돌멩이 하나도 없이 재 속에서 자고, 검은 자루를 뒤집어 입고, 행인들이 측은히 여기어 그 채광창의 가두리에 갖다 놓은 빵과 물로만 살았으니, 자기 자신이 적선을 한 뒤에 그처럼 남의 적선을 받고 살았던 것이다. 그녀가 죽어서 다른 무덤으로 갔을 때, 이 무덤을 다른 괴로워하는 여자들에게, 남을 위해서나 자기 자신을 위해 기도를 많이 드려야 하고 큰 고통이나 고행 속에 산 채로 파묻히고자 하는 여자들 어머니들 과부들 또는 처녀들에게 영구히 물려주었다. 그 시대의 가난한 사람들은 그녀에게 눈물과 축복의 아름다운 장례식을 해주었지만, 그들이 매우 섭섭하게 여긴 것은, 이 경건한 아가씨에게 후원자가 없어 성인품에 오를 수가 없었다는 점이다. 그러한 사람들 중 신앙심이 조금 희박한 자들은 로마에서보다 천국에서 그것이 더 쉽사리 실현될 것이라 기대하고, 고인을 위해 교황 대신에 그저 하느님에게만 기도를 드렸다. 거개의 사람들은 롤랑드를 성녀로서 추억하고 그녀의 누더기를 고이고이 간직하는 것으로 만족했다. 한편 시로서는 이 공주를 위해 한 권의 공중용 성무일과서를 만들어 독방의 채광창 옆에 고정시켜 놓아, 행인들로 하여금 설령 기도를 드리기 위해서만이라도 때때로 거기서 걸음을 멈추게 하고, 기도를 드림으로써 보시를 생각하게 하여, 롤랑드 공주의 동굴을 계승한 가엾은 은자들이 거기서 완전히 기아와 망각으로 죽지 않게 했다.

게다가 이러한 종류의 무덤은 중세의 도시에서 그리 드문 것이 아니었다. 가장 왕래가 잦은 한길에, 가장 시끄럽고 요란스러운 시장에, 말하자면 거리 한복판의 말굽 아래나 수레바퀴 아래에 지하실, 우물, 벽과 쇠창살로 둘러친 오두막집이 있어, 그 안쪽에서 어떤 영원한 한탄에, 어떤 커다란 속죄에 자진해서 몸을 바친 한 인간이 밤낮으로 기도를 드리고 있는 것을 사람들은 종종 볼 수 있었다. 이 이상한 광경이, 집과 무덤의, 묘지와 도시의 일종의 중간적 고리인 이 끔찍한 독방이, 인간의 공동사회와 절연되어 죽은 사람들 총중(叢中)에 들어간 이 살아 있는 인간이, 어둠 속에서 마지막 기름 방울을 태우고 있는 이 등불이, 묘혈 속에서 가물거리는 이 일말의 생명이, 이 숨결이, 이 목소리가, 돌 상자 속의 이 영원한 기도가, 저승을 향해 영원히 고개를 돌린 이 얼굴이, 이미 다른 태양의 빛을 받은 이 눈이, 무덤의 벽면에 달라붙은 이 귀가, 그 육체 속에 사로잡힌 이 영혼이, 그 토굴 속에 사로잡힌 이 육체가, 그리고 육신과 화강암의 그 이중의 외피 아래서 괴로워하는 이 영혼의 울림이 오늘날 우리들의 마음속에 불러일으킬 모든 생각들을, 이 모든 것을 군중은 전혀 느끼지 못했다. 그다지 이론적이지 못하고 섬세하지 못했던 당시의 신앙심은 하나의 종교 행위에서 여러 가지 면을 보지 못했다. 당시의 신앙심은 사물을 한 덩어리로 파악하고, 희생을 존경하고 숭배하고 필요하다면 성화(聖化)했으나, 그 희생의 고통을 분석하지 않았고 별로 측은히 여기지 않았다. 그 신앙심은 때때로 그 가엾은 고행자에게 음식을 가져다주고, 그가 아직 살아 있는지 구멍으로 들여다보고 하였으나, 그의 이름은 모르고 있었고, 몇 년 전부터 그가 죽어가기 시작했는지 거의 알지 못하며, 그 지하실 속에서 썩어가는 살아 있는 해골에 관해서 외인이 물으면, 이웃 사람들은, 남자라면 "은자요."라고 대답하고 여자라면 "여은자요."라고만 대답할 뿐이었다.

당시의 사람들은 모든 것을 그렇게 추상성도 없고 과장도 없고 확대경도 없이, 육안으로 보고 있었다. 물질적인 것을 위해서나 정신적인 것을 위해서나, 현미경은 아직 발명되어 있지 않았다.

게다가 사람들은 그것을 그다지 신기하게 여기지 않았는데, 방금 말한 바와 같이 도시 한복판에 그러한 종류의 유폐의 예는 사실 흔했다. 파리에는 하느님에게 기도를 드리고 고행을 하는 그런 독방이 꽤 많이 있있는데, 거기에는 거의 다 사람이 들어 있었다. 성직자는 그런 독방들을 비워둘 생각이 없었으니, 그것은 신자들의 신앙심이 미지근함을 뜻하는 것이고, 만약 고행자들이 없을 때는 문둥이들을 갖다 넣어놓았던 것이 사실이다. 그레브 광장의 이 작은 방 외에도, 몽포콩에 하나가 있었고, 이노상 묘지의 납골당에도 하나가 있었고, 또 하나가, 어딘지 지금은 잘 기억나지 않지만 클리숑에 있었던 것 같다. 그 밖에도 그런 것들이 또 여러 곳에 있었는데, 건물이 없으면 그곳 전설 속에 흔적을 찾아볼 수 있다. 대학에도 역시 그것이 있었다. 생트주느비에브산 위에서 중세의 일종의 욥이, 빗물받이 웅덩이 안쪽에서 두엄 위에서의 고행의 일곱 시편의 송독을 끝내면 다시 시작하고, 밤에는 한결 높은 소리로 읊조리면서, 'magna voce per umbras(어둠 속에서 큰 목소리로)'[12] 30년 동안이나 노래를 불렀는데, 오늘날도 고고학자가 퓌 키 파를[13] 거리에 들어가면 아직도 그의 목소리가 들리는 것만 같다.

투르 롤랑의 독방에 한해서만 말하자면, 여태껏 은자가 없었던 적이 한 번도 없었다는 것을 말하지 않으면 안 되겠다. 롤랑드 공주가 죽은 뒤로, 그 방은 일이 년을 빈 적이 드물었다. 숱한 여자들이 거기에 와서 죽을 때까지 부모나 애인을 애도하고 잘못을 뉘우쳤다. 모든 것에, 심지어 심술하고는 거의 관계가 없는 것들에까지도 곧잘 참견하는 파리 사람들의 심술은, 그중에 과부들은 별로 없었다고 주장했다.

당시의 풍속에 따라, 벽에 적힌 라틴어 글이 유식한 행인에게 이 독방의 경건한 용도를 가르쳐주었다. 문 위에 쓴 짤막한 명(銘)으로 건물을 설명하는 습관이 16세기 중엽까지 지켜져오고 있었다. 그리하여 프랑스에서는 지금도 투르빌 성주의 저택 감옥의 쪽문에서는 'Sileto et spera.(입 다물고 희망을 가져

---

12) 베르길리우스의 『아이네이스』에서 인용했다. 원문은 다음과 같다. "Admonet et magna testatur voce per umbras.(플레기아스가 그들에게) 알리고 어둠 속에서 큰 목소리로 (그들을) 증인으로 삼는다."
13) Puits-qui-parle, '말하는 우물'이라는 뜻이다.

라.)'라는 글을 읽을 수 있고, 아일랜드에서는 재판장 포테스큐[14] 성의 대문에 그려진 방패 꼴 가문 아래 'Forte scutum, salus ducum(강한 방패는 인명의 안전)'이라는 글을 읽을 수 있고, 영국에서는 쿠퍼 백작의 손님 접대 잘하는 저택의 큰 출입문에서, 'Tuum est.(이 성은 그대의 것이다.)'라는 글을 읽을 수 있다. 그것은 당시 모든 건물이 하나의 사상이었기 때문이다.

투르 롤랑의 벽으로 막힌 독방에는 문이 없었으므로 창에다 굵직굵직한 로마 글자로 두 낱말을 새겨놓았었다.

TU, ORA.(그대, 기도하라.)

민중의 양식(良識)은 사물들 속에 가지가지의 미묘한 것을 보지 못하고 'Ludovico Magno(루이 대왕에게)'[15]를 '생드니 문'이라고 번역하고도 태연한지라, 위의 라틴어로 인하여 민중은 이 어둡고 음침하고 축축한 구멍에다 'Trou aux Rats(쥐구멍)'이라는 이름을 붙이게 되었다. 이것은 원래의 설명보다는 덜 숭고할지 모르겠으나 반대로 한결 생생한 설명이라 하겠다.

---

14) John Fortescue, 1395?~1479?. 영국 법학자로 가장 오래된 영국 헌법론의 저자다.
15) 생드니 문의 제명(題銘). 루이 14세의 라인강 전투의 승리를 기념하기 위해 1672년에 세워졌다.

3장

옥수수 효모로 만든 과자 이야기

이 이야기가 일어나고 있을 무렵에 투르 롤랑의 독방에는 사람이 들어 있었다. 그것이 누구였는지 알고 싶다면, 내가 독자의 주의를 '쥐구멍'으로 돌리고 있을 때, 강을 따라 샤틀레에서 그레브 쪽으로 거슬러 올라가 바로 '쥐구멍'의 방향으로 가고 있던 세 착한 아낙네의 이야기에 귀를 기울이기만 하면 된다.

그 여자들 중 둘은 파리 시민 같은 옷차림이었다. 그녀들의 가느다란 흰 깃 장식이며, 붉고 푸른 줄무늬가 든 면모 교직의 나사 치마, 가장자리에 색실로 수를 놓은, 뜨개질한 흰 양말을 다리 위로 바짝 추켜올려 신은 모양이며, 검은 밑창을 단, 연한 황갈색의 네모진 가죽 구두, 그리고 특히 그녀들의 모자, 리본과 레이스를 잔뜩 드리우고 금박 은박으로 장식한 일종의 삼각모로, 오늘날도 샹파뉴 지방의 여자들은 러시아 제국 군의 척탄병과 함께 아직도 이런 모자를 쓰는데, 이 모든 옷차림으로 보아, 하인들이 '아주머니'라고 부르는 것과 '마님'이라고 부르는 것의 중간을 차지하는 저 부유한 상인계급에 그녀들이 속해 있다는 것을 알 수 있었다. 그녀들은 반지도 금 십자가도 하고 있지 않았는데, 그것은 그녀들이 가난해서가 아니라 순전히 벌금을 물까 두려워서라는 것을 이내 알 수 있었다. 그녀들과 동행하는 여자도 거의 비슷한 옷차림을 하고 있었으나, 그녀의 복장과 거동에는 뭔지 알 수 없는, 시골의 공증인 부인 같은 느낌을 주는 데가 있었다. 그녀의 허리띠가 허리 위로 올라가 있는 것으로 보아 오래전부터 파리에 와 있는 여자가 아니라는 것을 알 수 있었다. 게다가 그녀의 깃 장식에는 주름이 잡혀 있고, 구두에는 리본 매듭이 달려 있고, 치마의 줄무늬는 세로가 아니라 가로였으며, 그 밖에도 고상한 취미에 거슬리는 갖가지 괴상한 점들이 있었다.

처음 두 여자는 시골 여자들에게 파리를 구경시켜주는 파리 여자들 특유의 걸음걸이로 걷고 있었다. 세 번째의 시골 여자는 큰 사내아이의 손을 잡고 있었는데, 이 사내아이는 커다란 과자 하나를 손에 들고 있었다.

날씨가 무척 추운 때인지라, 이 아이가 제 혀를 손수건처럼 놀리고 있었음[16]을 덧붙여 두지 않을 수 없는 것을 나는 유감스럽게 생각한다.

---

16) 흘러나오는 코를 핥으려고.

어린애는, 베르길리우스의 말마따나, 'non passibus æquis (고르지 않은 걸음걸이로)'[17] 끌려가면서 끊임없이 비트적거리고, 그럴 때마다 어머니한테 야단을 맞았다. 사실 아이는 길바닥보다 과자를 더 많이 보고 있었다. 아마 무슨 중대한 곡절이 있어 그것(과자)을 물어뜯지 못하는 모양이었다. 왜냐하면 아이는 그것을 정답게 들여다보는 것만으로 만족하고 있었으니까. 그러나 만약 그렇다면 어머니가 그 과자를 들고 가야만 했을 것이다. 볼이 포동포동한 사내아이를 탄탈로스[18]로 만들다니 잔인한 일이었다.

그동안에 세 아낙네는('마님'이라는 말은 당시 귀족 부인에게만 사용되었으므로) 한꺼번에 지껄이고 있었다.

"빨리빨리 갑시다, 마예트 댁." 셋 중에 가장 젊으면서 가장 뚱뚱한 여자가 시골 여자에게 말했다. "너무 늦지 않을까 걱정이네요. 그를 곧 죄인 공시대로 끌고 갈 거라고들 샤틀레에서 그러던데요."

"아니, 대체 그게 무슨 소리요, 우다르드 뮈스니에 댁?" 또 다른 파리 여자가 말을 이었다. "그는 두 시간 동안이나 죄인 공시대에 묶여 있을 텐데 뭐. 시간은 넉넉해요. 죄인을 공시대에 묶어놓은 걸 본 적 있어요, 마예트 댁?"

"예, 랭스에서 봤지요." 시골 여자는 말했다.

---

17) 『아이네이스』에서 베르길리우스는 아버지 아이네이아스를 따라가는 어린 아울루스의 걸음걸이를 이렇게 묘사하였다.
18) 리디아의 왕. 신들의 방문을 받았을 때 자기 아들의 팔다리를 요리해서 그들을 접대했다. 그 벌로 그는 끊임없는 갈증과 허기에 시달리게 되었다.

"헤헤! 그까짓 것! 랭스의 죄인 공시대쯤이 무슨 대수라고? 그건 시시한 우리에 불과하고 거기에서 돌리는 것도 기껏해야 농부들뿐이겠지. 그것 참 대견하겠구려!"

"농부들뿐이라고요!" 마예트는 말했다. "마르셰 오 드라에서! 랭스에서! 우리는 거기서 참으로 굉장한 죄인들을 봤는걸요. 아비와 어미를 죽인 죄인들을 말이에요! 농부들뿐이라고요! 우리를 뭘로 알고 그런 말씀을 하세요, 제르베즈?"

확실히 이 시골 여자는 자기네 죄인 공시대의 명예를 위해 바야흐로 화를 내려 하고 있었다. 다행히 신중한 우다르드 뮈스니에 댁이 마침 화제를 돌렸다.

"그건 그렇고 마예트 댁, 우리 플랑드르의 사신들은 어떻게 생각해요? 랭스에도 그렇게 화려한 사신들이 있나요?"

"솔직히 말해서," 마예트는 대답했다. "그와 같은 플랑드르인들을 볼 수 있는 건 파리밖에 없지요."

"그 사절 중에 옷 장수를 하는 그 키 큰 사신 봤어요?" 우다르드가 물었다.

"예," 마예트는 말했다. "꼭 사투르누스[19] 같더군요."

"그리고 그 뚱뚱보는 낯바닥이 꼭 벌거벗은 배때기 같지 않아요?" 제르베즈가 말을 이었다. "그리고 그 땅딸보는 눈이 조그만 데다가, 주위의 붉은 눈까풀은 엉겅퀴 대가리처럼 까끌까끌하고 털이 수북이 나 있지 않았겠어요?"

"그들의 말이 볼만합니다." 우다르드가 말했다. "그들 나라

---

19) 로마신화에 나오는 농업의 신.

에서 하는 식으로, 말에다 옷을 입혀놓지 않았겠어요!"

"어머나! 아주머니," 하고 시골 여자 마예트가 이번에는 우월감을 느끼면서 상대방의 말을 가로막았다. "18년 전인 1461년에, 랭스의 대관식[20] 때, 제후의 말과 임금님 수행원의 말을 보셨더라면 아주머니는 대체 뭐라고 하셨을까! 갖가지의 마의 (馬衣)와 마갑(馬甲), 어떤 것은 다마스쿠스 나사, 가는 금 나사에 검은담비 모피로 안을 댔는가 하면, 또 어떤 것은 비로드에 흰담비 털로 안을 대고, 또 다른 것은 금은 세공과 커다란 금방울 은방울을 잔뜩 달아놓았었지요! 그리고 그 모든 것에 얼마나 많은 경비가 들었겠어요! 그리고 또 그 말들 위에 올라타 있던 그 미소년의 시동들이란!"

"아무리 그렇더라도," 우다르드 댁은 쌀쌀하게 응수했다. "그 플랑드르인들이 매우 훌륭한 말을 가지고 있다는 것엔 변함이 없고, 또 그들은 엊저녁에 시청에서, 파리 행정 장관님 댁에서 진수성찬을 받았는데, 당과며 향료 넣은 포도주며 사탕절임이며, 그 밖의 온갖 진기한 것들이 차려져 나왔는걸요."

"지금 무슨 말 하는 거예요, 아줌마?" 제르베즈가 외쳤다. "플랑드르인들이 만찬을 먹은 건 추기경님 댁, 프티 부르봉에서였다고."

"아니에요. 시청이에요!"

"아니라니까요. 프티 부르봉에서였어요!"

20) 부왕 샤를 7세가 죽고, 1461년 7월 22일 왕위에 오른 루이 11세는 랭스에서 같은 해 8월 17일에 대관식을 올렸으니, '18년 전'이 아니라 근 12년 전에 해당된다.

"틀림없이 시청에서였어요." 우다르드는 야멸치게 말을 계속했다. "스쿠라블 박사가 라틴어로 연설을 했는데, 그들이 무척 만족해했대요. 선서한 서적상인 우리 주인께서 내게 그렇게 말했는걸요."

"틀림없이 프티 부르봉에서였어요." 제르베즈 역시 야무지게 응수했다. "추기경님의 검사가 이런 걸 그들에게 대접했단 말이에요. 흰색 연분홍색 진홍색 향료 포도주 반리터짜리가 12병, 리옹산 금빛 편도 과자 24상자, 상자당 1킬로짜리 횃불 과자 역시 24상자, 그리고 흰색과 연분홍색의 본산(産) 포도주 200리터들이를 6통이나 내놓았는데, 최고급 포도주였대요. 이건 확실한 사실일 거예요. 이 얘길 우리 집 양반한테서 들었는데, 이 양반은 파를루아 로 부르주아의 민병대 50인장으로, 어제 아침에, 서왕 때 메소포타미아에서 파리에 온, 귀에 고리를 달고 있는, 트레비즌드 황제와 프레스터 존[21]의 사신들을 플랑드르의 사신들과 비교해 보고 있었어요."

"그들이 시청에서 만찬을 한 것은 틀림없는 사실이고." 우다르드는 상대방이 그렇게 늘어놓는데도 그다지 감동하지 않고

---

21) 트레비즌드(Trebizond)는 13세기 초 십자군이 콘스탄티노플을 점령하자 동로마 제국 황제 일족이 오늘날 튀르키에 남동부 트라브존으로 피신해 세운 제국이다. 프레스터 존(Prester John)은 중세 기독교 전설 속 네스토리우스교 사제이자 왕으로, 아시리아에 그리스도교 왕국을 건설했다는 이야기가 널리 퍼져 있었다. 다른 한편, 프레스터 존이 중국 원나라의 몽골족 군주인 고르 칸(Gor Khan)을 가리키는데, 당시 서양인들이 왕을 뜻하는 칸과 사제를 뜻하는 캄(Kam)을 동일시해 프레스터(신부)로 일컬어졌다는 설도 있다.

응수했다. "그렇게 당과와 고기가 산더미처럼 쌓여 있는 걸 본 게 난생처음이었대요."

"글쎄 프티 부르봉 저택에서, 시경 르 세크가 접대했다니까 그러시네. 그걸 아줌마가 잘 모르고 있단 말이에요."

"시청이었다니까 그러네!"

"프티 부르봉에서였다니까, 아줌마! 그래서 그 저택 현관 대문에 적혀 있는 '희망'이라는 말을 마술경으로 조명했다니까 그러네."

"시청이야! 시청! 위송 르 부아르가 플루트를 연주하기까지 했는걸!"

"아니라니까!"

"맞다니까!"

"아니라니까!"

뚱보 아줌마 우다르드가 막 응수하려 했는데, 만약 마예트가 별안간 이렇게 외치지 않았던들, 싸움은 아마 그녀들의 모자로까지 날아갔을지도 모른다. "저기 다리 끝에 모여든 저 사람들 좀 봐요! 그들 한복판에 뭐가 있는데 그걸 바라다보고들 있네요."

"어머 정말," 제르베즈는 말했다. "탬버린 치는 소리가 들리네요. 라 에스메랄다 소녀가 염소와 함께 춤을 추고 있는 것 같구먼. 자, 빨리 가요. 마예트! 발걸음 재촉하고 아이를 어서 끌고 와요. 아줌마는 파리의 신기한 것들을 구경하려고 여기 온 것 아니에요? 어제는 플랑드르인들을 봤으니, 오늘은 저 집시 계집애를 봐야잖겠어요?"

"집시 계집애라고!" 마예트는 갑자기 가던 길을 틀어 아들의 팔을 힘껏 쥐면서 말했다. "제발 하느님께서 지켜주소서! 저 계집애는 내 아들도 훔쳐 갈 거야! 이리 와라, 외스타슈!"

그러면서 그녀는 그레브 쪽으로 강둑 위를 달리기 시작하여 다리에서 꽤 멀리까지 갔다. 그러던 판에 끌고 가던 어린애가 무릎을 꿇고 쓰러졌다. 그녀는 숨이 차서 걸음을 멈추었다. 우다르드와 제르베즈가 그녀에게 따라붙었다.

"저 집시 계집애가 댁의 아들을 훔쳐 갈 거라고?" 제르베즈가 말했다. "참 별스러운 생각도 다 하는군요."

마예트는 무슨 생각에 잠긴 듯이 고개를 끄덕거렸다.

"이상한 건," 우다르드가 지적했다. "그 자루 수녀[22]도 집시 계집들에 관해서 똑같은 생각을 하고 있다는 점이에요."

"자루 수녀가 뭐예요?" 마예트가 말했다.

"귀될 수녀 말이에요." 우다르드는 말했다.

"귀될 수녀라니, 그게 뭐예요?" 마예트가 다시 물었다.

"귀될 수녀가 뭔지 모르시다니, 아주머니는 진짜 랭스 사람이로군요!" 우다르드가 대답했다. "그건 '쥐구멍'의 은자랍니다."

"아니! 우리들이 지금 이 과자를 가져다주려는 그 가련한 여자 말인가요?" 마예트가 물었다.

우다르드는 그렇다고 고개를 끄덕거렸다.

---

22) 뒤 브륄의 저서에서 이 단어가 나오는데 그에 의하면, 자루 수녀란 "그 가련한 수녀들이 자루를 뒤집어쓰고 있기 때문에 자루 수녀라고 불렸다."

"바로 맞혔어요. 지금 곧 그 여자를 그레브 쪽으로 난 채광창에서 볼 거예요. 그 여자는 광장에서 탬버린을 치고 점을 치는 저 이집트의 떠돌이들에 관해서 아줌마와 똑같은 견해를 가지고 있어요. 어떻게 해서 그 여자가 집시와 이집트 사람들을 무서워하게 됐는지 모르겠어요. 그런데 아줌마는 대체 왜 그들을 보기만 하고도 그렇게 달아나는 거죠, 마예트?"

"아!" 마예트는 아들의 둥근 머리를 두 손으로 움켜잡으면서 말했다. "나는요, 저 파케트 라 샹트플뢰리에게 일어났던 일이 내게도 일어나기를 바라지 않아요."

"저런! 그 얘길 우리에게 들려주지 않겠어요, 마예트?" 제르베즈는 그녀의 팔을 잡으면서 말했다.

"그건 좋은데." 마예트는 대답했다. "그런 걸 모르시다니, 아주머니들은 진짜 파리 사람이 분명하군요! 그럼 얘기하지요. 하지만 그 얘길 하기 위해서 걸음을 멈출 필요는 없어요. 그럼 얘기하죠. 파케트 라 샹트플뢰리는 그때, 다시 말해 지금부터 18년 전에는 나와 마찬가지로 열여덟 살의 예쁜 처녀였는데, 오늘날엔 나처럼 남편과 아들 하나를 둔, 서른여섯 살의 착하고 뚱뚱하고 발랄한 어머니가 돼 있지 못한 것은 그 여자 탓이지요. 게다가 벌써 열네 살 때부터 이미 때는 늦었어요. 그건 그렇고 그녀는 기베르토라는, 랭스의 배의 음유시인의 딸이었는데, 그이가 바로 샤를 7세의 대관식 때 왕께서 라 퓌셀 왕비와 함께 배를 타고 시유리에서 뮈종까지 우리의 베슬 강을 내려가실 때, 왕 앞에서 노래를 부른 분이에요. 이 늙은 아버지가 세상을 떴을 때 파케트는 아직도 어리디어렸지요. 그래서 그녀는 어머니밖에 없게 되었는데, 이 어머니는 파리의 파랭 가를랭 거리에서 유기그릇과 주물 장사를 하다가 작년에 작고한 마티외 프라동 씨의 누이동생이랍니다. 그러니까 집안은 좋았던 거지요. 그녀의 어머니는 불행하게도 착한 여자여서, 파케트에게 약간의 장식품과 장난감 제조술밖엔 아무것도 가르쳐주지 못했지만, 이 기술도 소녀가 무럭무럭 자라나고 가랑이가 찢어지게 가난한 것을 면하게 해주지는 못했어요. 두 모녀는 랭스의 강가, 폴 펜 거리에서 살고 있었어요. 이 점에 주의해야 할 거예요. 파케트가 불행해진 건 바로 거기에 원인이 있다고 나는 생각하거든요. 하느님이 가호하시는 우리의 임금님 루이 11세의 대관식이 있던 해인 1461년에, 파케트는 어찌나 명랑하고 어여뻤던지, 어디서나 사람들은 그녀를 라 샹트플뢰리라고만 불렀어요. 가련한 처녀였지요. 그녀는 고운 이를 가지고 있었고, 그것을 드러내 보이기 위해 웃기를 좋아했어요. 그런데 웃기를 좋아하는 처녀는 눈물을 향해 걸어가는 거고, 아름다운 이는 아름다운 눈을 타락시키는 법이지요. 라 샹트플뢰리가 바로 그러했지요. 그 모녀는 어렵게 살림을 꾸려가고 있었어요. 그 편력 악사가 죽은 뒤에 그녀들은 심히 몰락한 거죠. 그들의 장난감 제조는 일주일에 6드니에 이상의 수입을 가져다주지 않았으니, 그것은 2리아르도 채 못 되는 액수가 아니겠어요? 기베르토 영감이 대관식에서만 노래 한 곡 불러서 파리 주화 12솔을 벌던 시절은 어디로 갔을까요? 어느 해 겨울, 역시 1461년의 겨울이었어요, 이 두 여자에게 장작도 나뭇가지도 없고 날씨는 몹시 추웠을 때, 라 샹트플뢰리가 아리땁게 꾸미고 나서자 사내들은 그 여자를 파케트, 파케트! 하고 불렀고, 또 몇몇 사내들은 파크레트, 파크레트! 하고 불렀지요. 그녀는 몸을 망쳐버렸어요. 외스타슈, 너 과자를 베어 먹으려는 것 아냐! 어느 주일날 그녀가 목에 금십자가를 걸고 성당에 나왔을 때 우리는 이내 그녀가 타락했다는 걸 알았지요. 열넷이라는 나이에! 아시겠어요! 첫 사내는 랭스에서 일곱 마장쯤 떨어진 곳에 종탑을 가지고 있는, 젊은 코르몽트뢰유 자작이었어요. 다음엔 왕의 기수인 앙리 드 트리앙쿠르, 다음엔 그보다도 못한 의장관(義仗官) 시아르 드 볼리옹, 다음엔 자꾸만 더 내려가서 왕의 시종 게리 오베르종, 다음엔 황태자 전하의 이발사 마세 드 프레퓌, 다음엔 왕실 요리사 테브냉 르 무안, 다음엔 자꾸만 그렇게 더 늙고 더 지체가 낮은 사내로 전락하여, 마침내는 교현금[23] 악사 기욤 라신에게, 또 초롱 장수 티에리 드 메르에게 떨어졌어요. 그리하여 가엾게도 라 샹트플뢰리는 완전히 모든 사내들의 것이 됐지요. 그녀는 궁할 대로 궁해진 거죠. 아줌마들에게 또 무슨 말을 해야 좋을지 모르겠군요? 대관식 때, 같은 해인 1461년에, 난봉꾼들 중의 왕자와 잠자리를 한 것이 바로 그 여자였는데! 바로 그해에 말이에요!" 마예트는 한숨을 쉬고, 눈에 팽그르르 도는 눈물을 씻었다.

"그 얘긴 그다지 이상할 것도 없네요." 제르베즈가 말했다. "그 속엔 집시도 어린애도 나오지 않잖아요."

---

23) 바퀴를 돌려 연주하는 중세의 현악기.

"좀 참으시구려!" 마예트는 말을 계속했다. "어린애는 곧 나오게 될 테니까요. 1466년에, 그러니까 이달의 성 바오로의 제일이면 꼭 16년 전이 되겠군요, 파케트는 계집애 하나를 낳았어요. 불쌍한 여자! 그녀는 몹시 기뻐했지요. 오래전부터 어린애 하나 갖는 게 소원이었으니까요. 그녀의 어머니는, 눈을 감을 줄밖에 몰랐던 이 착한 여자는 이미 죽고 없었어요. 그러니 파케트는 이 세상에 사랑할 것이라곤 아무것도 없고 자기를 사랑해 주는 것도 아무것도 없었던 거지요. 그녀가 몸을 버린 5년 전부터, 라 샹트플뢰리는 참으로 불쌍한 여자였어요. 혈혈단신이었어요. 이 세상에 홀몸으로, 사람들한테서 손가락질받고, 거리에서는 야유당하고, 순검들한테서는 두들겨 맞고, 남루한 꼬마들한테서는 조롱을 받았어요. 그다음에는, 스무 살이라는 나이가 찾아왔는데, 스무 살이라 창녀들에게는 이미 노년이지요. 매춘도 이제 옛날의 장난감 제조 이상으로 수입을 가져다주지 않게 되기 시작했어요. 주름살이 하나 더 생기면 그만큼 한 푼의 돈은 달아나 버렸고, 겨울은 그녀에게 다시금 가혹해지고, 땔감은 또다시 그녀의 아궁이 속에서 귀해지고 빵은 뒤주 속에 귀해져 갔어요. 그녀는 더 이상 일을 할 수 없었는데, 음탕해져서 게을러졌기 때문이고, 그녀는 훨씬 더 괴로워했는데, 게을러져서 음탕해졌기 때문이지요. 어쨌든 이런 여자들이 늙으면 왜 다른 가난한 여자들보다 더 추위를 타고 더 배가 고픈지를 생레미의 사제님은 그렇게 설명하고 있어요."

"그래요." 제르베즈가 지적했다. "하지만 집시는요?"

"글쎄 좀 기다리라니까, 제르베즈!" 좀 더 참을성이 있는 우다르드가 말했다. "첫 대목에서 다 얘기해 버리면 끝 대목에 가선 뭐가 있겠어? 계속해요, 마예트 댁, 제발 부탁이에요. 가련한 여자 라 샹트플뢰리!"

마예트는 이야기를 계속했다.

"그래서 그녀는 매우 슬프고 비참했고, 눈물에 볼이 팰 지경이었어요. 그러나 그렇게 수치와 어리석음과 버림 속에 빠져 있으면서도, 만약 이 세상에 자기가 사랑할 수 있고 자기를 사랑해 줄 수 있는 어떤 것이나 어떤 사람이 있다면, 그녀는 덜 수치스럽고 덜 어리석고 덜 버림받은 것같이 여겨질 거라 생각했어요. 그런데 그것은 어린애라야만 했어요. 오직 어린애만이 그렇게 하기에 충분할 만큼 순결할 수 있었으니까요. 그녀는 도둑놈 하나를 사랑해 본 뒤에 그것을 깨달았어요. 이 도둑놈만이 그녀를 갖고 싶어 했던 유일한 사람이었지요. 그러나 얼마 안 가서 그녀는 그 도둑놈이 자기를 깔보고 있다는 것을 알아챘어요. 이런 사랑을 파는 여자들에게는 그 가슴을 가득 채우기 위해 애인이나 어린애가 있어야 하는 거예요. 그렇지 않으면 그 여자들은 퍽 불행하지요. 애인을 가질 수가 없었으니, 그녀는 오로지 어린애 하나를 갖고 싶다는 일념으로 돌아섰고, 항상 신앙심을 잃은 적이 없었으므로, 하느님께 어린애를 갖게 해달라고 끝없이 기도를 드렸어요. 그래서 하느님은 그녀를 측은하게 여기시어 계집애 하나를 점지해 주셨지요. 그녀의 기쁨이 어떠했을지 말하지 않겠어요. 그것은 격렬한 눈물과 애무와 입맞춤이었지요. 그녀는 몸소 어린애에게 젖을 먹이고, 자기 침대 위에 하나밖에 없던 이불로 기저귀를 만들어주고, 더 이상 추위도 배고픔도 느끼지 않았어요. 그래서 그녀는 다시금 아름다워졌지요. 노처녀가 젊은 어머니가 되는 거죠. 구애가 다시 시작되어 사내들이 라 샹트플뢰리를 다시 보러 오고, 그녀는 자기 상품을 찾는 고객들을 되찾게 되어, 그 모든 끔찍한 것들로 배내옷이며 모자며 턱받이를 만들고, 레이스 조끼며 조그만 공단 두건을 만들었는데, 이불을 다시 살 생각은 꿈에도 하지 않았어요. 이 녀석 외스타슈, 과자 먹지 말라고 벌써 말했잖아! 확실히 어린 아녜스, 이게 그 계집아이의 이름이었어요, 세례명이지요, 왜냐하면 라 샹트플뢰리는 오래전부터 성이 없었거든요, 틀림없이 이 계집애는 도피네의 공주님보다도 더 많은 리본과 자수 세공물 들로 싸여 있었을 거예요! 소녀는 다른 것들 가운데서도 특히 한 켤레의 조그만 신을 가지고 있었어요. 루이 11세 같은 왕도 확실히 그런 신은 가져보지 못했을 거예요! 엄마가 아기를 위해 손수 만들어 수를 놓고, 성모마리아의 옷처럼 온갖 장식을 다 해놓았던 거지요. 그것은 세상에 더할 나위 없이 예쁜 두 짝의 분홍 신이었어요. 아무리 길어봤자 내 엄지만 했는데, 계집애의 조그만 발이 거기에 들어갈 수 있었다는 걸 믿으려면 그 발이 거기서 나오는 걸 봐야만 했어요. 사실 그 조그만 발은 참으로 조그맣고 예쁘고 분홍빛이었지요! 그 신의 공단 빛깔보다 더 분홍빛이었어요! 우다르드, 아줌마도 어린애들을 갖게 되면, 그런 조그만 발과 손보다 더 예쁜 건 이 세상에 아무것도 없다는 걸 알게 될 거예요."

"그러면 오죽이나 좋겠어요." 우다르드는 한숨을 쉬면서 말했다. "난 제발 그런 즐거움이 앙드리 뮈스니에 씨에게 어서 찾아오기를 바란답니다."

"게다가 또," 하고 마예트는 말을 이었다. "파케트의 아기는 발만 예쁜 게 아니었어요. 그 애가 넉 달밖에 안 됐을 때 난 그 애를 봤어요. 얼마나 사랑스러웠는지! 눈은 입보다 더 컸지요. 그리고 세상에서 가장 매력적인 가느다란 검은 머리털, 그게 벌써 곱슬곱슬했어요. 열여섯 살이면 참으로 멋진 갈색 머리 소녀가 됐을 텐데! 아기 엄마는 날마다 아기에게 더욱더 미쳐갈 뿐이었어요. 그녀는 아기를 쓰다듬고, 입을 맞추고, 간질이고, 씻어주고, 옷을 입혀주고, 그 애를 잡아먹을 지경이었지요! 그녀는 아기 때문에 머리가 돌았고 그 애를 주신 걸 하느님께 감사하고 있었어요. 특히 그 예쁜 분홍색 발은 끝없는 감탄이었고 기쁨의 열광이었어요! 그녀는 그 발에 줄곧 입술을 꼭 붙이고 그 조그만 발에서 떠날 줄을 몰랐어요. 조그만 신을 신겨보고, 벗겨보고, 탄상하고, 경탄하고, 낮이면 옆에서 들여다보고, 침대 위에서 걸려보고는 가련해했는데, 마치 아기 예수의 발처럼, 무릎을 꿇고서 그 발에 신을 신겼다 벗겼다 하는 데 평생이라도 기꺼이 보냈을 거예요."

"이야기인즉 썩 좋긴 한데." 제르베즈가 나직한 목소리로 말했다. "그 모든 것 속에 이집트는 어디 있나요?"

"이제 나와요." 마예트는 대꾸했다. "어느 날 랭스에 참으로 이상한 한 떼의 말 탄 사람들이 도착했지요. 거지며 방랑자들이 그들의 공작과 백작 들에게 인솔되어 이 고장을 지나

가던 길이었어요. 그들은 햇볕에 그을리고, 머리는 곱슬곱슬하고, 귀에는 은 귀고리를 달고 있었어요. 여자들은 남자들보다 더 못생겼어요. 여자들은 얼굴이 더 검고 줄곧 맨머리를 하고 있었고, 사나운 발바리를 안고, 꼰 실로 짠 낡은 홑이불을 어깨에 메고 있었고, 머리털은 말 꼬리 같았어요. 그들의 다리 아래에서 뒹굴고 있는 어린애들을 보면 원숭이도 질겁했을 거예요. 그것은 한 떼의 파문당한 사람들이었어요. 이들이 모두 하(下)이집트에서 폴란드를 거쳐 랭스로 곧바로 오고 있었던 거죠. 사람들 말에 의하면, 교황님이 그들의 참회를 들으시고, 속죄를 위해 그들에게 7년 동안 계속 침대에서 자지 않고 세계를 돌아다니게 하셨다는 거예요. 그래서 그들은 '프낭시에'라고 불렸고 악취를 풍기고 있었어요. 그들은 옛 사라센족으로, 제우스 신을 믿었고, 성직자의 관을 쓰고 석장을 짚은 모든 대주교와 주교와 사제 들로부터 20수 주화 열 닢씩을 요구하고 있었던 모양이에요. 교황의 교서에 의해 그들에겐 그럴 수 있는 권리가 부여돼 있었으니까요. 그들은 알제 왕과 독일 황제의 이름으로 점을 치러 랭스에 왔던 거예요. 그것만으로도 그들이 시내로 들어오는 것을 금지할 이유가 충분했다는 걸 아시겠죠. 그러자 이들 무리는 모두, 방앗간이 있는 언덕 위, 옛날 백악(白堊)을 캐던 굴 옆, 브렌의 성문 근처에서 기꺼이 야영을 하였지요. 그렇게 되니 랭스에서는 너도 나도 앞을 다투어 그들을 보러 갔어요. 그들은 사람들의 손금을 보고 신묘한 예언을 했어요. 그들은 유다에게 교황이 되리라고 예언할 힘이 있었어요. 그러나 그들이 어린애들을 훔치고 돈주머니를 잘라 가고 사람 고기를 먹는다는 나쁜 소문이 돌고 있었어요. 점잖은 사람들은 경박한 사람들에게 "그런 데 가면 못쓴다."라고 말하면서도 자기들은 남몰래 갔지요. 그러니까 일종의 심취라고나 할까요. 사실인즉 그들은 추기경 같은 사람도 놀랄 만한 것을 말하고 있었던 거예요. 집시 여자들이 어린애들의 손금을 보고 이교도와 튀르크인들의 글자로 쓰인 온갖 기적적인 것을 읽어주고 나면, 아이 엄마들은 자기 아이들을 몹시 자랑했어요.. 어떤 엄마는 자기 아들이 황제라 했고, 또 어떤 엄마는 교황이라 했고, 또 다른 엄마는 대장이라 했어요. 가련한 라 샹트플뢰리는 바짝 호기심이 났지요. 그녀는 자기 딸이 무엇이 될지, 그 예쁜 아기 아녜스가 훗날 아르메니아의 황후가 될지, 다른 뭐가 될지 알고 싶어졌어요. 그래서 집시들에게 아기를 업고 가니, 집시 계집들이 어린애를 탄상하고 애무하고, 그 시커먼 입으로 아기에게 키스를 하고, 그 손금을 보고 감탄을 했어요. 아! 그러니 그 엄마가 얼마나 기뻐했겠어요! 집시 여자들은 특히 어린애의 예쁜 발과 예쁜 신에 경탄했어요. 어린애는 아직 한 살이 채 안 됐는데도 벌써 더듬더듬 말을 하고, 미친 듯이 제 엄마에게 웃어주고, 포동포동 살이 쪘고, 천국의 천사같이 온갖 귀여운 재롱을 다 부렸어요. 그런데 아기는 이집트 여자들을 보고 질겁하고 울었어요. 그러나 엄마는 아기에게 더욱 열렬히 키스를 하고, 그 점쟁이 여편네들이 자기 딸 아녜스에게 말한 예언에 무척 기뻐하면서 나왔어요. 아기는 장래 미인이 되고, 정숙한 여자가 되고, 여왕이 될 것이라는 거였죠. 그래서 그녀는 폴 펜 거리의 오두막집으로 돌아오면서, 여왕을 자기 집으로 데려오는 것을 무척 자랑스럽게 여겼어요. 이튿날 그녀는 아기가 침대 위에서 자는 틈을 타서, 아기를 언제나 자기 침대 위에다 뉘었으니까요, 문을 방긋이 열어놓은 채 살그머니 나와서 세셰스리 거리의 이웃 여자한테로 달려가, 장차 자기 딸 아녜스가 식탁에서 영국의 왕과 에티오피아의 대공의 시중을 받게 될 날이 올 거라는 이야기며 그 밖의 갖가지 놀라운 것을 이야기했어요. 집에 돌아와 층계를 올라갈 때 아기 우는 소리가 들리지 않자, '다행이야! 아기가 여전히 자고 있어서.' 하고 그녀는 생각했어요. 문이 자기가 열어놓았던 것보다도 더 활짝 열려 있는 걸 발견했으나, 이 가엾은 엄마는 그래도 방 안으로 들어가서 침대로 달려갔어요…… 어린애는 이미 거기에 없었고, 자리는 텅 비어 있었지요. 조그맣고 예쁜 신 한 짝을 제외하고는 어린애의 것이라고는 아무것도 없었어요. 그녀는 방 밖으로 뛰어나와 층계 아래로 달려 내려가서, '우리 아가! 우리 아길 누가 가져갔지? 우리 아길 누가 훔쳐 갔지?' 하고 외치면서 벽에 머리를 박기 시작했어요. 거리에는 사람이 없었고, 집은 적막할 뿐, 아무도 아무 말도 그녀에게 해줄 수가 없었어요. 그녀는 시내를 쏘다니고, 거리란 거리는 샅샅이 뒤지고, 온종일 여기저기 뛰어다녔어요. 미친 듯이, 넋을 잃고, 끔찍한 몰골을 하고, 마치 새끼 잃은 성난 짐승처럼 이 집 저 집의 문과 창으로 가서 냄새를 맡으면서. 그녀는 헐떡거리고, 산발을 하고, 보기에도 무서웠고, 눈에서는 불이 일어 눈물을 말렸어요. 그녀는 지나가는 사람들을 붙들고 외쳤어요. '우리 딸! 우리 딸! 우리 예쁜 아기! 우리 딸을 돌려주면, 그분의 종이 되겠어요, 그분의 개의 종이 되겠어요. 그분이 원한다면 내 염통을 먹어도 좋아요.' 그녀는 생레미의 사제를 만나 말했어요. '신부님, 제 손톱으로 땅이라도 갈겠어요, 제발 우리 아기를 돌려주세요!' 참으로 가슴 아픈 일이었어요, 우다르드. 몹시 냉정한 남자인 퐁스 라카브르 검사마저도 울더라니까요. 아! 가련한 어미여! 저녁에 그녀는 집에 돌아왔어요. 그녀가 집을 비워놓은 동안에 두 집시 여자가 꾸러미 하나를 안고 남몰래 그녀의 방으로 올라가더니 문을 닫고 다시 내려와 급히 달아나는 것을 한 이웃 여자가 봤어요. 그들이 떠난 뒤로 파케트의 방에서 어린 애의 울음소리 같은 것이 들렸어요. 엄마는 웃음을 터뜨리면서 층계를 나는 듯이 올라가, 대포처럼 문을 부수고 들어갔어요…… 끔찍한 일도 다 있지요, 우다르드! 하느님의 선물이었던 그 진홍빛의 맑고 귀여운 아기 아녜스 대신에, 추악하고 절름발이고 애꾸눈인 기형의 괴물 새끼 같은 것이 방바닥을 기면서 울고 있었으니까요. 그녀는 무서워서 눈을 가렸어요. '에구머니! 마녀들이 내 딸을 이 징그러운 짐승으로 탈바꿈해 놓았단 말인가?' 하고 그녀는 말했어요. 사람들은 부랴부랴 그 안짱다리를 데리고 나가버렸어요. 그 아이는 그녀를 미치게 했을 거예요. 그는 악마에게 넘어간 어떤 집시 여자의 기형아였던 거지요. 아이는 네 살가량 돼 보였고, 사람의 말이라곤 전혀 할 수 없는 말을 하고 있었는데, 그런 건 도무지 있을 수 없는 말이었지요. 라 샹트플뢰리는 그 조그만 신발 위로 몸을 던졌는데, 그것이야말로 그녀가 이 세상에서 사랑한 유일한 것에서 남은 유일한 것이었어요. 그녀가 신발을 부둥켜안은 채 하도 오랫동안 꼼짝도 않고 말없이 숨도 쉬지 않고 있는지라, 사람들은 그녀가 그대로 죽어버린 줄 알았어요. 별안간 그녀는 온몸을 떨고, 그 유물에 미친 듯이 키스를 퍼붓고, 마치 심장이 터지기라도 한 듯이 마구 흐느껴 울었어요. 댁들에게 단언하지만 우리들도 모두 울었답니다. 그녀가 '아이고! 내 딸아! 내 예쁜 딸아! 어디 있니?' 하고 울부짖었는데 그것을 보고 사람들은 가슴이 쓰라렸어요. 지금도 그걸 생각하면 눈물이 쏟아져요. 우리의 아이들이란 우리의 뼛골이 아니겠어요? 내 가엾은 외스타슈! 너는 어쩌면 이리도 예쁘니! 얼마나 이 애가 귀여운지 댁들이 아신다면! 글쎄 어제 얘가 이러지 않겠어요. '난 헌병이 될래, 난 말이야.' 오, 나의 외스타슈! 내가 만일 너를 잃는다면! 라 샹트플뢰리는 갑자기 벌떡 일어나 랭스 시내를 달리면서 이렇게 외치기 시작했어요. '집시의 야영지로 가자! 순검 나리들 모두 가서 그 마술사들을 태워 죽여요!' 그러나 이집트 사람들은 이미 떠나버렸어요. 캄캄한 밤이어서, 그들을 뒤쫓을 수가 없었어요. 이튿날, 랭스에서 20리쯤 떨어진 곳에, 괴와 티유아 사이의 히스 벌판에서, 사람들은 커다란 화톳불 흔적과 파케트의 아기가 달고 있었던 몇 개의 리본, 핏방울 자국, 그리고 염소 똥을 발견했어요. 그 전날 밤은 바로 토요일 밤이었지요. 그래 그 이집트 사람들이 그 히스의 황야에서 마술사들의 밤잔치를 벌였고, 마호메트 교도들 사이에서는 으레 그러듯이, 그들이 바알세붑과 함께 그 어린애를 삼켜버렸으리라는 걸 사람들은 믿어 의심치 않았어요. 라 샹트플뢰리가 그런 끔찍한 일을 알았을 때, 그녀는 울지 않고, 무슨 말을 하려는 듯이 입술을 움직였으나 말을 하지 못했어요. 이튿날 그녀의 머리털은 희끗희끗해졌고, 다음다음 날 그녀는 사라져버렸지요."

"정말 무시무시한 이야기로군요." 우다르드는 말했다. "제아무리 부르고뉴 사람이라도 이런 얘길 들으면 울지 않을 수 없겠어요!"

"아주머니가 그렇게 집시들을 무서워하는 것도 참 무리가 아니네요!" 제르베즈는 덧붙였다.

"그리고 댁이 아까 댁의 아이 외스타슈와 함께 달아난 건 잘한 거예요. 저 집시들도 폴란드에서 온 사람들이니까 말이에요." 우다르드는 말을 이었다.

"아니에요. 그들은 스페인과 카탈루냐에서 왔다고들 하던데요." 제르베즈는 말했다.

"카탈루냐에서 왔다고요? 그럴지도 모르지." 우다르드는 대답했다.

"폴로냐[24], 카탈루냐, 발로냐, 이 세 지방의 이름이 언제나 헷갈린다니까. 다만 확실한 건 그들이 집시라는 점이지요."

"그리고 그들은 정녕코 그렇게도 긴 이빨을 갖고 있으니 어린애들을 잡아먹고도 남을 거예요. 그리고 라 에스메랄다 역시 조금밖에 먹지 않으면서도 어린애들을 좀 먹었기로서니 난 놀라지 않을 거예요. 그 계집애의 흰 염소가 그렇게도 고약한

---

24) 폴란드.

곡예를 하는 걸 보면 거기엔 어떤 무신앙이 숨어 있을 거예요." 제르베즈는 덧붙였다.

마예트는 말없이 걷고 있었다. 그녀는 말하자면 가슴 아픈 이야기의 연장이라고도 할 수 있는, 심금의 마지막 줄까지 여지없이 잡아 흔들어놓은 뒤에야 겨우 멎는 그러한 몽상 속에 빠져 있었다. 그러는 동안에 제르베즈가 그녀에게 말을 걸었다. "그런데 라 샹트플뢰리가 어떻게 됐는지는 알 수가 없었나요?" 마예트는 대답하지 않았다. 제르베즈는 그녀의 팔을 잡아 흔들고 이름을 부르면서 같은 질문을 되풀이했다. 마예트는 명상에서 깨어나는 것 같았다.

"라 샹트플뢰리가 어떻게 됐느냐고요?" 그녀는 자기 귓속에 아직도 그 인상이 생생한 질문을 되뇌면서 말했다. 그러고는 그 말뜻에 주의를 집중하려고 애쓰면서, "아!" 하고 통절하게 말을 이었다. "그건 결코 알 수가 없었답니다."

그녀는 잠깐 쉬었다가 덧붙였다.

"어떤 사람들은 그녀가 해 질 무렵에 포르트 플레샹보를 통해 랭스에서 나가는 걸 봤다고 말하는가 하면, 또 다른 사람들은 새벽에 포르트 바제의 낡은 문으로 해서 나가는 걸 보았다고 했어요. 어떤 불쌍한 남자는 장터의 돌 십자가에 그녀의 금 십자가 목걸이가 걸려 있는 걸 봤대요. 바로 이 패물 때문에 그녀는 1461년에 몸을 버렸던 거지요. 그것은 그녀의 첫 애인이었던 미남 코르몽트뢰유 자작의 선물이었죠. 파케트는 아무리 자기가 궁해 빠졌어도 결코 그것을 몸에서 풀어 내놓으려 하지 않았어요. 그녀는 그것에 생명처럼 집착하고 있었어요. 그러니 그 버려진 십자가를 보고 우리는 모두 그녀가 죽었다고 생각했어요. 그러나 카바레 레 방트의 사람들 중에는, 그녀가 맨발로 조약돌을 밟으면서 파리의 길을 지나가는 걸 봤다고 말하는 이들도 있었어요. 그러나 그렇다면 그녀가 포르트 드 베슬을 통해 나갔음에 틀림없겠는데, 그 점에 관해 모두 일치하지는 않아요. 아니, 더 정확히 말하자면, 나는 그녀가 확실히 포르트 드 베슬로 나갔다고, 그러나 이 세상 밖으로 나갔다고 정말 믿어요."

"무슨 말인지 못 알아듣겠군요." 제르베즈가 말했다.

"베슬은 강이랍니다." 마예트는 우울한 미소를 지으면서 대답했다.

"가엾은 라 샹트플뢰리!" 우다르드가 몸을 떨면서 말했다. "빠져 죽은 게로군요!"

"빠져 죽은 거지요!" 마예트는 말을 이었다. "그러니 저 착한 기베르토 영감이 배를 타고 노래를 부르면서 강물을 따라 탱쾨 다리 아래를 지나다닐 때, 훗날 그의 귀여운 파케트 역시 그 다리 아래를 지나가리라고, 그러나 노래도 부르지 않고 배도 타지 않고 지나가리라고 누가 그에게 말할 수 있었겠어요?"

"그리고 그 작은 신은?" 제르베즈가 물었다.

"어미와 함께 없어졌지요." 마예트는 대답했다.

"가련한 작은 신!" 우다르드는 말했다.

뚱뚱하고 다감한 여자인 우다르드는 마예트와 함께 한숨 쉬는 걸로 만족했을 것이다. 그러나 호기심이 더 많은 제르베즈는 아직 질문을 끝내지 않았다.

"그런데 그 괴물은요?" 그녀는 불쑥 마예트에게 말했다.

"무슨 괴물이요?" 마예트가 물었다.

"라 샹트플뢰리의 집에 그녀의 딸 대신에 마술사 계집들이 놓고 간 이집트의 어린 괴물 말이에요! 그렇게 하는 게 더 마땅하지요. 마술사의 어린애니까!"

"그것도 저것도 아니랍니다, 제르베즈. 대주교님이 그 이집트 어린애에게 관심을 가지셔서 그를 불제(祓除)하고 축복하여 그의 몸에서 정성껏 마귀를 몰아내고, 그를 파리로 보내어, 노트르담의 나무 침대 위에 업둥이로 내놓게 하셨지요."

"주교님들은 참!" 제르베즈는 더듬더듬 중얼거렸다. "그 양반들은 학자들이라서 다른 사람들과는 달리 얼토당토않은 짓을 하신다니까. 그게 정말 어찌된 일이라지요, 우다르드, 그 악마를 업둥이로 내놓다니! 그 괴물은 정녕코 악마일 테니까 말이에요. 그래서 마예트 댁, 그걸 파리에서는 어떻게 했나요? 그 어떤 자비로운 사람도 그걸 가져가겠다고 나서지 않았겠지요, 틀림없이?"

"나도 몰라요." 하고 랭스의 여자는 대답했다. "바로 그무렵에 우리 집 양반이 시에서 20리 밖에 떨어져 있는 베뤼의 공증인 자리를 샀기 때문에, 우리는 더 이상 그 이야기에 정신을 쏟고 있을 수가 없었어요. 게다가 베뤼 앞에는 세르네의 두 언덕이 있어서 랭스 대성당의 종탑을 눈앞에서 가리고 있었거든요."

그렇게 이야기하는 동안에, 이 갸륵한 세 평민 아낙네들은 그레브 광장에 도착했다. 이야기에 정신이 팔려서 그 여자들은 투르 롤랑의 공중 성무일과서 앞에서 걸음을 멈추지 않고 지나쳐, 주위에 시시각각 군중이 늘어가고 있는 죄인 공시대를 향해 기계적으로 걸어갔다. 이때 만약 마예트가 손을 잡고 끌고 가던 여섯 살 난 뚱뚱한 외스타슈가 이렇게 말해서 그녀들의 주의를 갑자기 환기시키지 않았던들, 아마도 모든 사람들의 시선을 끌고 있는 그 광경으로 말미암아, '쥐구멍'과 거기서 잠깐 쉬려던 생각을 그녀들은 까마득히 잊고 말았으리라. 그런데 "엄마," 하고 어린애는 마치 무슨 육감으로 '쥐구멍'을 지나쳐버린 것을 알기라도 한 것처럼 말했다. "엄마, 이제 이 과자 먹어도 돼?"

만약 외스타슈가 한결 꾀발랐더라면, 다시 말해서 욕심이 좀 덜했더라면, 좀 더 기다렸다가, 대학에 있는 숙소에, 마담 라 발랑스 거리의 앙드리 뮈스니에 나리 댁에 돌아가서야, '쥐구멍'과 그 과자 사이에 센강의 두 지류와 시테섬의 다섯 다리가 가로놓였을 때에야 "엄마, 이제 이 과자 먹어도 돼?"라고 용기를 내어 머뭇머뭇 물어보았을 것이다.

외스타슈가 그 질문을 던진 때는 경솔했던 것인데, 바로 그 질문에 마예트는 다시 생각이 났다.

"아 참," 그녀는 외쳤다. "우리가 그 은자를 잊고 있었네요! 그 '쥐구멍'이 어딘지 가르쳐줘요. 그 여자에게 이 과자를 가져다줘야지요."

"당장 갑시다그려." 우다르드가 말했다. "그게 바로 적선이죠." 그것은 외스타슈가 바라던 일이 아니었다.

"옛다, 내 과자!" 그는 고개를 좌우로 기울여 어깨와 귀를 부딪치면서 말했는데, 그것은 이러한 경우에 매우 못마땅함을 나타내는 몸짓이었다.

세 부인은 오던 길로 되돌아갔다. 투르 롤랑의 집 가까이 이르자 우다르드가 다른 두 여자에게 말했다. "자루 수녀가 놀랄지 모르니까, 우리 세 사람이 한꺼번에 구멍을 들여다봐서는 안 돼요. 내가 채광창에 얼굴을 들이밀고 있는 동안에, 아주머니들은 성무일과서를 읽는 체해요. 자루 수녀는 나를 좀 알고 있어요. 아주머니들이 와봐도 좋을 때가 되면 내가 알려줄게요."

그녀는 홀로 채광창으로 갔다. 그녀가 창 안을 들여다보았을 때, 깊은 동정의 빛이 그녀의 표정에 나타나고, 명랑하고 솔직한 얼굴빛이 갑자기 변해 마치 햇빛에서 달빛 아래로 간 것 같았다. 그녀의 눈은 눈물에 젖고, 입은 울려고 할 때처럼 씰룩거렸다. 잠시 후 그녀는 입술에 손가락을 갖다 대고 마예트에게 와서 보라는 신호를 했다.

마예트는 감동하여, 말없이, 마치 곧 죽어가는 사람의 침대에 다가가는 사람 모양으로, 발끝으로 살금살금 걸어갔다.

두 여자가 '쥐구멍'의 쇠살 달린 채광창에서 손끝 하나 까딱하지 않고 숨죽이고 바라보고 있을 때, 그들의 눈에 비친 광경은 정말 서글픈 것이었다.

그 독방은 좁다랗고, 세로보다 가로로 기다랗고, 천장은 첨두형이었으며, 안에서 보면 꼭 커다란 주교관의 오목한 끝부분 같았다. 방 한쪽 구석, 아무것도 깔지 않은 타일 바닥에, 여

자 하나가 앉아 있다기보다 차라리 웅크리고 있었다. 그녀는
무릎 위에 턱을 괴고 있었는데, 두 팔로 무릎을 꼭 껴안아 가
슴에 대고 있었다. 널따랗게 주름 잡힌 갈색 자루로 완전히
몸을 싸고, 희끗희끗한 긴 머리털을 앞으로 얼굴 위에서 다리
를 따라 발끝까지 내려뜨린 채 웅크리고 있는 그녀는, 언뜻 보
기에, 독방의 컴컴한 배경 속에 드러나 보이는 이상한 형체처
럼, 일종의 거무스름한 삼각형처럼 보였는데, 그것을 채광창에
서 들어오는 햇살이 명암의 두 가지 색조로 판연히 끊어놓고
있었다. 그것은 꿈속이나 고야의 기묘한 작품 속에서 볼 수 있
는 그림자와 빛의 두 부분으로 이루어진 저 유령들, 무덤 위
에 웅크리고 있거나 지하 감방의 쇠살창에 몸을 기대어 꼼짝
않고 있는 창백하고 험상궂은 저 유령들 중 하나 같았다. 그것
은 여자도 아니고, 남자도 아니고, 살아 있는 사람도 아니었으
며, 어떤 일정한 형체가 아니라 다만 하나의 형체, 그 위에서
현실과 환상이 그림자와 햇빛처럼 교차되고 있는 일종의 환영
이었다. 땅바닥까지 늘어진 그녀의 머리털 아래 여위고 엄한
옆모습이 보일락 말락 하였고, 단단하고 얼어붙은 타일 바닥
위에 오그라든 맨발 끝이 그녀의 옷자락 아래 겨우 나와 있을
까 말까 하였다. 이러한 상복 같은 외관 아래 희미하게 보이는
약간의 인간다운 형태는 소름이 끼치게 했다.

　타일 바닥에 박아놓은 듯한 이 형체는 움직임도 생각도 숨
결도 없는 것 같았다. 1월에, 그런 얇은 베자루를 뒤집어쓰고,
불도 없이, 화강암 돌바닥 위에, 그 비스듬한 환기창에서는 햇
빛 한줄기 들어오지 않고 오직 북풍만이 불어오는 토굴의 그

늘 속에 알몸으로 있는 그녀는 고통을 느끼거나 심지어 무슨 감각을 느끼는 것 같지도 않았다. 마치 토굴과 더불어 돌이 되고 계절과 더불어 얼음이 되어 있는 것 같았다. 그 여자의 손은 마주 잡혀 있고 눈은 고정되어 있었다. 처음 보면 유령인가 싶고, 다시 보면 조각상인가 싶었다.

그러는 동안에 이따금씩 그녀의 푸른 입술이 숨결에 조금씩 열리어 떨리곤 했으나, 마치 바람에 흩날리는 가랑잎처럼 시들어 있었고 기계적이었다.

그러는 동안에 그녀의 흐리멍덩한 눈에서는 하나의 시선이, 뭐라고 말로 형용할 수 없는 시선이, 심각하고 비통하고 침착한 시선이, 바깥에서는 보이지 않는 독방의 한쪽 구석을 줄곧 응시하는 시선이 새어 나오고 있었다. 그 시선은 슬픔에 빠진 이 영혼의 모든 침울한 생각을 뭔지 알 수 없는 어떤 신비로운 물체에 비끄러매는 것 같았다.

그 집으로 말미암아 '은자'라는 이름을 받고, 그 옷으로 말미암아 '자루 수녀'라는 이름을 받는 인간은 바로 그러했다.

세 부인은, 제르베즈도 이미 마예트와 우다르드 옆에 가서 있었으니까, 채광창 안을 들여다보고 있었다. 그녀들의 머리가 토굴의 희미한 햇빛을 가로막고 있었으나, 햇빛을 빼앗긴 가련한 여자는 그녀들이 와 있다는 것을 알아채지도 못한 듯했다. "저 여자를 방해하지 맙시다." 우다르드는 나지막한 목소리로 말했다. "저 여자는 법열에 빠져 있어요. 기도를 드리고 있어요."

그러는 동안에 마예트는 자꾸만 불안해지는 마음으로 해

쓱하고 시들어빠지고 산발을 한 그 얼굴을 들여다보면서 눈에 눈물이 가득 차올랐다. "참 해괴한 일이야." 하고 그녀는 중얼거렸다.

그녀는 채광창의 쇠 격자 틈으로 머리를 넣고, 그 불쌍한 여자가 변함없이 응시하고 있는 방구석까지 시선이 미치게 하는 데 성공했다.

그녀가 채광창에서 머리를 빼냈을 때, 그녀의 얼굴에는 눈물이 주르르 흘러내리고 있었다.

"저 여자를 댁들은 뭐라고 부르나요?" 그녀는 우다르드에게 물었다.

우다르드는 대답했다.

"귀뒬 수녀라고 부르지요."

"그러나 나는," 마예트는 말을 이었다. "난 저 여자를 파케트 라 샹트플뢰리라고 부른답니다."

그러면서 그녀는 자기 입에 손가락 하나를 갖다 대고, 어리둥절해하는 우다르드에게, 채광창에 머리를 넣고 보라고 신호했다.

우다르드가 보니, 그 은자의 눈이 그렇게 침울한 법열 속에 응시하고 있는 방구석에는 온갖 금실과 은실로 수를 놓은, 한 짝의 조그만 분홍빛 공단 신이 보였다.

우다르드 다음에 제르베즈도 보았다. 그러자 세 여자는 그 불쌍한 어미를 바라보면서 울기 시작했다.

그러나 그녀들의 시선도 눈물도 이 은자의 주의를 딴 데로 돌리지는 못했다. 은자의 두 손은 여전히 마주 잡고 있고, 입술은 꼭 다물고, 눈은 고정된 그대로였으며, 그녀의 생애를 아는 사람에게, 그렇게 바라보고 있는 그 조그만 신은 가슴을 찢는 듯했다.

세 부인은 아직 한마디 말도 하지 않았다. 그녀들은 비록 작은 소리로라도 감히 말을 할 수 없었다. 한 가지를 제외하고는 모든 것이 사라져버리고 없는 이 커다란 침묵은, 이 커다란 고통은, 이 커다란 망각은 그녀들에게 부활절이나 성탄절의 주 제단 같은 감명을 주었다. 그녀들은 침묵을 지킨 채 깊은 생각에 잠겨 있었고, 당장이라도 무릎을 꿇을 태세였다. 그녀들은 암흑일[25]에 성당에 막 들어왔을 때와 같은 느낌이었다.

이윽고 세 아낙네 중 가장 호기심이 많은, 따라서 가장 감수성이 적은 제르베즈가 그 은자에게 말을 시켜보려 하였다.

"수녀님! 귀될 수녀님!"

그녀는 매번 목소리를 높이면서 세 번까지 되풀이해 불렀다. 은자는 꼼짝도 하지 않았다. 말 한마디 없었고, 거들떠보지도 않았고, 한숨 한번 쉬지 않았고, 살아 있는 기색 하나 없었다.

이번에는 우다르드가 한결 부드럽고 다정한 목소리로 "수녀님!" 하고 말했다. "성 귀될 수녀님!"

여전히 말이 없고 까딱도 하지 않았다.

"참으로 괴상한 여자로군요!" 제르베즈는 외쳤다. "폭탄이

---

25) 위고 특유의 어휘. '암흑일'이라는 날은 없고, '암흑 예배'라는 것이 있는데, 그것은 부활절 전의 수, 목, 금요일의 예배로서, 예배 때 불을 끈다.

떨어져도 꿈쩍도 않겠네요!"

"아마 귀가 먹었는지도 몰라요." 우다르드는 한숨을 쉬면서 말했다.

"아마 눈도 멀었는지 모르죠." 제르베즈가 덧붙였다.

"아마 죽었는지도 모르겠군요." 마예트는 말을 이었다.

비록 영혼이 이 혼수상태에 빠져 잠들어 있는 움직이지 않는 육체를 아직 떠나지는 않았다손 치더라도, 어쨌든 그것은 이미 외부 기관의 감각이 미칠 수 없는 깊숙한 곳으로 물러나 숨어버렸음에 틀림없었다.

"그럼," 우다르드가 말했다. "과자를 채광창에 놓아둬야겠는데, 어떤 놈이 훔쳐 갈지도 모르겠어요. 어떻게 하면 저 여자를 깨울 수 있을까?"

그때까지 외스타슈는 커다란 개 한 마리가 끄는 조그만 수레 하나가 옆을 지나가는 것을 보느라 정신이 팔려 있었는데, 자기를 끌고 가던 세 여자가 채광창에서 무엇인가를 들여다보고 있는 것을 갑자기 알아채고는, 그 역시 호기심이 나서 차량 통과 차단석 위에 올라가 발끝으로 서서 발그레하고 동글 납작한 얼굴을 창에 대고 외쳤다. "엄마, 나도 좀 보자!"

이 맑고 생기 있고 잘 울리는 어린아이의 목소리에 은자는 몸을 떨었다. 그녀는 강철 용수철처럼 느닷없이 몸을 움직여 고개를 돌리고, 그 기다랗고 수척한 두 손으로 이마 위의 머리털을 헤치고서, 놀라고 고통스럽고 낙심한 눈으로 어린아이를 쏘아보았다. 그 시선은 그야말로 번갯불과 같았다.

"오, 하느님!" 그녀는 무릎 속에 머리를 감추면서 갑자기 외쳤는데, 그녀의 쉰 목소리가 지나가면서 그녀의 가슴을 찢는 것 같았다. "제발 남의 어린애라도 제게 보이는 것만은 말아주소서!"

"아줌마, 안녕." 아이는 점잖게 말했다.

그동안에 그 충격은 말하자면 은자의 잠을 깨워놓은 셈이었다. 긴 떨림이 머리에서 발끝까지 그녀의 온몸을 돌고, 이가 덜거덕거렸으며, 그녀는 반쯤 머리를 들고, 두 팔꿈치로 허리를 꼭 조이고 마치 두 손으로 발을 따뜻하게 하려는 듯이 잡고 말했다. "아이고! 추워라!"

"참 딱도 하지. 여보세요," 우다르드가 몹시 측은하게 여기어 말했다. "불을 좀 드릴까요?"

그녀는 거절하는 뜻으로 고개를 저었다.

"그러면," 우다르드는 그녀에게 병 하나를 내어주면서 다시 말을 이었다. "이 향료 포도주를 마시면 몸이 좀 녹을 거예요. 드세요."

그녀는 또다시 고개를 살래살래 흔들고서 우다르드를 뚫어지게 바라보고 대답했다. "물이나 좀 주세요."

우다르드는 고집했다. "아니요, 수녀님, 물은 1월에 마실 게 못 돼요. 향료 포도주를 조금 마시고, 당신을 위해 우리가 구워 온 이 옥수수 효모 과자를 잡수세요."

은자는 마예트가 내미는 과자를 밀어내면서 말했다. "흑빵을 주세요."

"자," 이번에는 제르베즈가 자비심에 사로잡혀 털외투를 벗어주면서 말했다. "이 외투는 당신 것보다 좀 더 따스할 거예요. 이걸 어깨에 걸치세요."

은자는 술병과 과자와 마찬가지로 외투도 거절하고 대답했다. "자루를 주세요."

"어제가 축일이었다는 건 당신도 조금은 아셨겠지요?" 친절한 우다르드는 말을 이었다.

"그건 알지요." 은자는 말했다. "제 물병에 물이 떨어진 지가 이틀이나 됐어요."

그녀는 한참 침묵을 지키다가 덧붙였다. "축일에도 사람들은 저를 잊어버린답니다. 그건 잘하는 일이지요. 왜 세상 사람들이 저를 생각해 주겠어요, 저는 그들을 생각하지 않는데? 숯불이 꺼지면 재는 차지요."

그러고는 그렇게 많은 말을 한 데 피로를 느끼기라도 하듯이 그녀는 다시 머리를 무릎 위에 떨어뜨렸다. 그녀의 마지막 말을 듣고, 그녀가 또다시 추위를 한탄하고 있는 것이라고 생각한 단순하고 인정 많은 우다르드는 그녀에게 순진하게도 이렇게 대답했다. "그럼 불을 좀 드릴까요?"

"불이요?" 자루 수녀는 야릇한 어조로 말했다. "그럼 15년 전부터 땅속에 파묻혀 있는 그 가엾은 계집애에게도 불을 좀 주실 수 있겠어요?"

그녀는 온몸을 떨었고, 말소리도 떨리고 있었고, 눈은 반짝이고 있었으며, 그녀는 무릎을 꿇고 몸을 일으키고 있었다. 그녀는 놀란 눈으로 자기를 바라보고 있는 어린아이 쪽으로 여위고 흰 손을 갑자기 뻗쳤다. "이 애를 데려가요." 하고 은자는 외쳤다. "그 이집트 계집애가 곧 여길 지나가요!"

그러면서 그녀가 낯을 땅바닥에 대고 쓰러지자, 이마가 돌 위에 돌이 부딪치는 것 같은 소리를 내면서 타일 바닥을 쳤다. 세 부인은 그녀가 죽은 줄 알았다. 그러나 잠시 후 그녀는 몸을 움직였고, 그녀가 무릎과 팔꿈치로 기어서 그 조그만 신이 있는 방구석까지 가는 것을 세 여자는 보았다. 그러자 그녀들은 감히 바라보지 못했고 그녀가 더 이상 보이지도 않았으나, 숱한 입맞춤 소리와 숱한 한숨 소리가 비명에 섞이고 머리를 벽에 부딪치는 소리와 같은 은은한 타격 소리에 섞여 들려왔다. 이 타격 소리가 하도 강렬하여 세 여자는 모두 그 소리를 듣고 비틀거릴 정도였는데, 그런 타격 소리 하나가 난 뒤에는 더 이상 아무 소리도 들리지 않았다.

　"저 여자가 자살을 했을까?" 하고 제르베즈는 말하면서, 감히 환기창 안으로 머리를 들이밀어 보았다. "수녀님! 귀될 수녀님!"

　"귀될 수녀님!" 우다르드도 되풀이했다.

　"어머나, 이걸 어떡해! 저 여자가 이제 까딱도 하지 않아!" 제르베즈는 말을 이었다. "죽었을까? 귀될! 귀될!"

　그때까지 숨이 막혀 말도 할 수 없었던 마예트는 힘을 다해, "좀 기다려요." 하고 말했다. 그런 뒤에 채광창 쪽으로 몸을 기울이고 "파케트!" 하고 말했다. "파케트 라 샹트플뢰리!"

　불이 잘 댕겨지지 않은 폭약의 도화선 위에서 섣불리 불을 불다가 제 눈에 폭약이 터진 어린아이라도, 귀될 수녀의 독방 속에 느닷없이 던져진 그 이름이 자아낸 효과에 마예트가 놀란 것처럼 그렇게 크게 놀라지는 않을 것이다.

은자가 온몸을 떨며 맨발로 일어서서 불길이 타오르는 눈으로 채광창으로 뛰어오자, 마예트와 우다르드와 또 한 여자와 어린아이는 강둑의 난간까지 물러가 버렸다.

그동안에 은자의 험상궂은 얼굴이 환기창에 나타나 창살에 꼭 붙어 있었다. "흐흥! 날 부르는 건 집시 계집애렸다!" 하고 그녀는 무시무시하게 웃으면서 외치는 것이었다.

그때 죄인 공시대에서 벌어지고 있는 광경이 그녀의 사나운 시선을 고정시켰다. 그녀의 이마는 무섭게 찡그려졌고, 그녀는 뼈만 앙상한 두 팔을 방 밖으로 뻗치고 헐떡거리는 듯한 목소리로 외쳤다. "또 너로구나, 집시 계집애! 날 부르는 건 너로구나, 아이 도둑년 같으니! 오냐! 제발 영벌을 받아라! 영벌을! 영벌을! 영벌을!"

4장

물 한 방울에 대하여 눈물을

그 말은, 말하자면, 그때까지 같은 시각에 제각기 다른 무대에서 병행하여 전개되었던 두 장면, 하나는 독자가 방금 읽은, '쥐구멍'에서 일어났던 것이고, 또 하나는 독자가 지금 곧 읽게 될, 죄인 공시대의 사다리에서 일어난 것인데, 이 두 장면의 결합점이 되는 셈이었다. 첫 번째 장면을 목격한 사람은 독자가 방금 알게 된 그 세 부인뿐이지만, 두 번째 장면을 구경한 사람은 그레브 광장 위, 죄인 공시대와 교수대의 주위에 모여드는 것을 앞서 우리가 본 그 모든 대중이었다.

아침 9시부터 벌써 죄인 공시대의 네 귀퉁이에 서 있던 순검들은 군중에게 평범한 형의 집행이, 아마 교수형은 아니고 태형인지 단이형(斷耳刑)인지 아무튼 뭔가가 있다는 것을 기대할 수 있게 했었는지라, 군중이 어찌나 빨리 모여들었던지

너무도 바싹 둘러싸인 네 명의 순검은 몇 번이고 곤봉과 말 궁둥이로 군중을 멀리 '몰아내야'만 했다.

공개적인 형 집행을 기다리는 데 단련이 된 그 하층민들은 그다지 초조하게 굴지도 않았다. 그들은 죄인 공시대를 즐거이 바라보고 있었는데, 죄인 공시대라는 것은 속이 비고, 높이가 10자가량 되는 입방체의 석조로 구성된 일종의 매우 간단한 건축물이었다. 이른바 '사다리'라고 하는, 다듬지 않은 돌로 만들어진 매우 가파른 계단으로 평평한 꼭대기에 오르내리게 되어 있었는데, 그 위에는 결이 촘촘한 떡갈나무로 만든 수레바퀴 하나가 수평으로 놓여 있는 것이 보였다. 이 바퀴 위에 수형자를 무릎 꿇리고 팔을 등 뒤로 돌려 비끄러매 놓는 것이었다. 이 조그만 건축물의 내부에 감춰진 도르래로 움직이는 하나의 축이 항상 수평면으로 유지돼 있는 바퀴에 회전운동을 일으킴으로써 죄인의 얼굴을 차례차례로 광장의 모든 방향에 제시하는 것이었다. 이것이 소위 죄수를 '돌린다'는 것이었다.

보다시피, 그레브의 죄인 공시대는 중앙 시장의 죄인 공시대와 같은 흥미를 주기에는 어림도 없었다. 건축학적인 것이라고는 아무것도 없었다. 기념 건물적인 것이라고는 아무것도 없었다. 쇠 십자가가 붙은 지붕도 없었고, 팔각형의 초롱도 없었고, 아칸서스 잎과 꽃 장식의 기둥머리로 된, 지붕 가장자리를 떠받치고 있는 가냘픈 원주들도 없었고, 괴물들을 조각한 환상적인 처마도 없었고, 새김질한 뼈대도 없었고, 돌 속에 깊이 음각한 섬세한 조각물도 없었다.

돌로 된 네 벽면과 기둥 사이의 두 사암 판, 그리고 그 옆에 있는, 아무런 장식도 없는 시시한 십자가만으로 만족하지 않을 수 없었다.

고딕 건축물 애호가들에게는 보잘것없는 즐거움이었으리라. 사실 중세의 순박한 구경꾼들만큼 건축물에 무관심한 사람들도 없었으니, 그들은 죄인 공시대의 아름다움에는 별로 개의치 않았다.

마침내 수형자가 수레 뒤에 포박되어 도착했는데, 그가 죄인 공시대 위로 끌어올려졌을 때, 광장의 사방팔방에서 사람들이 그가 죄인 공시대의 바퀴 위에 노끈과 가죽 끈으로 묶인 것을 볼 수 있었을 때, 환호성과 웃음소리 섞인 야유가 광장에 우레같이 터졌다. 사람들이 카지모도를 알아본 것이다.

과연 그랬다. 그가 되돌아온 것은 이상한 일이었다. 죄인 공시대에 오른 그는 바로 이 광장에서 전날 이집트 공작과 튄 왕과 갈릴레 황제를 거느리고 광인 교황으로 선출되어 환호를 받았었다. 다만 확실한 것은, 이 군중 속에는 단 한 사람도, 심지어 그 자신마저도, 번갈아 승리자가 되고 수형자가 된 그 자신마저도, 이러한 대조적인 운명의 대비를 머릿속에 뚜렷이 그려본 사람이 없었다는 사실이다. 그랭구아르와 그의 철학은 이 구경거리에서 빠져 있었다.

이윽고 국왕 폐하의 선서한 나팔수 미셸 누아레가 평민들에게 조용히 하라고 하고, 파리 시장 나리의 법령과 명령에 따라 판결문을 큰 소리로 공표했다. 그런 뒤에 군복 입은 사람들과 함께 수레 뒤로 물러갔다.

카지모도는 태연하고, 눈썹 하나 까딱하지 않았다. 당시 형옥(刑獄)의 용어로 이른바 '격렬하고 견고한 결박'이라는 것으로 말미암아 그는 어떠한 저항도 할 수 없었는데, 가죽 끈과 쇠사슬은 아마 그의 살 속까지 파고들었을 것이다. 그뿐만 아니라 감옥과 도형수의 전통은 사라지지 않았고, 수갑은 온화하고 인간적인 우리들 문화 국민 사이에도 소중히 보존되어 있는 터이다.(도형장과 단두대는 일시적인 것이라 치자.)

카지모도는 자기를 끌고 밀고 당겨다가 형틀 위에 올려놓고 꽁꽁 묶는 대로 가만히 몸을 내맡겼다. 그의 표정에는 미개인과 천치 같은 놀라움밖에는 나타나 있지 않았다. 그가 귀머거리라는 것을 사람들은 알고 있었지만 마치 소경 같았다.

그를 원판 위에 무릎 꿇려도, 그는 꿇리는 대로 두었다. 허리띠 있는 데까지 그의 저고리와 셔츠를 벗겨도, 그는 그렇게 하는 대로 두었다. 그를 새로 가죽끈과 죔쇠로 포박해도, 그는 죄고 묶는 대로 두었다. 다만 때때로 거칠게 숨을 쉴 뿐이었다, 마치 푸주한의 수레 테두리에 머리를 매달고 흔들거리는 송아지와도 같이.

"저 멍텅구리 봐라." 장 프롤로 뒤 물랭이 친구 로뱅 푸스팽에게 말했다.(두 학생은 당연히 이 수형자를 뒤따라왔던 것이다.) "저 녀석은 상자 속에 갇힌 풍뎅이처럼 아무것도 모르고 있거든!"

카지모도가 벌거벗겨져 그의 곱사등과 낙타 같은 가슴과 털이 더부룩한 단단한 어깨가 보이자, 군중 속에서는 요란스러운 웃음소리가 터졌다. 그렇게 모두들 즐거워하는 동안, 키는 땅딸막하지만 건강해 보이는, 시리의 제복을 입은 사나이

하나가 형틀 위에 올라가 수형자 옆에 자리를 잡았다. 그의 이름은 이내 회중 속에 떠돌았다. 그는 샤틀레의 고문관 피에라 토르트뤼 나리였다.

그는 우선 죄인 공시대의 한쪽 구석에 검은 모래시계 하나를 내려놓았는데, 그 위 덮개에는 붉은 모래가 가득 차 있어 모래가 위 덮개에서 아래의 그릇 속으로 떨어지게 되어 있었다. 그런 뒤에 그는 외투를 벗었는데, 번쩍거리고, 마디가 많고, 쇠 손톱이 달렸고, 길게 엮인 흰 가죽 끈으로 된, 가느다랗고 끝이 뾰족한 회초리가 오른손에 들려 있는 것이 보였다. 그는 왼손으로 셔츠를 아무렇게나 오른팔 위로 겨드랑이까지 걷어올렸다.

그러는 동안에 장 프롤로는 군중 위로 그 금발의 고수머리를 들어올리면서 외쳤다.(그러기 위해 그는 로뱅 푸스팽의 어깨 위에 올라가 있었다.) "와 보시오, 신사 숙녀 여러분! 이제 바야흐로 단호한 태형을 받게 되는 것은 카지모도 나리, 나의 형 조자스 부주교님의 종지기, 그 등은 둥근 지붕 꼴이요, 다리는 배틀어진 기둥 꼴인, 괴상한 동양의 건축물이올시다!"

그러자 군중의 폭소, 특히 어린애와 아가씨 들의 웃음소리.

마침내 고문관이 발을 굴렀다. 바퀴가 돌기 시작했다. 카지모도는 포박된 채 비트적거렸다. 그 보기 흉한 얼굴 위에 갑자기 떠오른 당황한 빛을 보자 주위에서는 더욱더 폭소가 터졌다.

바퀴가 회전하면서 카지모도의 기괴한 등이 피에라 나리 앞에 오자, 피에라 나리는 느닷없이 팔을 들었고, 가느다란 가죽끈은 마치 몇 마리의 뱀처럼 공중에 날카로운 소리를 내면서 그 가련한 사나이의 어깨 위에 세차게 떨어졌다.

카지모도는 마치 잠이 깨어 벌떡 일어나듯이 펄쩍 뛰어올랐다. 그는 결박된 채 몸을 비틀었다. 놀람과 고통에서 오는 격렬한 경련으로 말미암아 그의 얼굴 근육이 일그러졌으나, 그는 한숨 한번 쉬지 않았다. 다만 뒤로, 오른쪽으로, 이어서 왼쪽으로 머리를 돌리고, 등에에게 옆구리를 찔린 황소처럼 머리를 흔들 뿐이었다.

두 번째 매질이 첫 번째 것 뒤에 계속되었고, 이어서 세 번째 매가, 그다음에 또 다른 매가, 또 다른 매가, 하는 식으로 줄곧 이어졌다. 바퀴는 돌기를 그치지 않았고 채찍은 비 오듯 쏟아지기를 그치지 않았다. 곧 피가 솟아올라, 꼽추의 검은 어깨 위에 줄줄이 흘러내리는 것이 보이는가 하면, 공기를 찢으면서 휘둘러 치는 가느다란 가죽채는 그 피를 군중 속에 방울방울 흩날리는 것이었다.

카지모도는, 어쨌든 겉으로 보기에는, 처음과 같은 침착성을 되찾고 있었다. 그는 처음에 몸의 동요가 별로 드러나지 않도록 은밀히 포승을 끊으려 해보았다. 그의 눈이 번쩍이고, 근육이 굳어지고, 팔다리가 움츠러들고, 가죽끈과 쇠사슬이 당겨지는 것이 보였다. 안간힘을, 죽을힘을, 절망적인 힘을 다했으나, 역사 오랜 형옥의 포승은 그것을 견뎌내어 다만 삐걱거리기만 할 뿐이었다. 카지모도는 힘이 빠져 쓰러졌다. 그의 표정에는 심각하고 고통스러운 절망감에 이어 망연자실한 빛이 떠올랐다. 그는 외눈을 감고 가슴 위에 머리를 떨어뜨려 죽은 사람같이 보였다.

그때부터 그는 더 이상 움직이지 않았다. 아무것도 그를 꿈틀거리게 할 수 없었다. 그칠 줄 모르고 흘러내리는 그의 피도, 더욱더 사정없이 떨어지기만 하는 채찍질도, 제물에 격해지고 형의 집행으로 달아오른 고문관의 분노도, 모기의 다리보다 더 날카롭고 더 요란스럽고 무서운 가죽 회초리 소리도, 아무것도.

마침내 형을 집행하기 시작할 때부터 검은 말을 타고 사닥다리 옆에 있었던, 검은 옷 입은 샤틀레의 집달리 하나가 손에 들고 있는 흑단 막대기를 모래시계 쪽으로 뻗쳤다. 고문관이 매질을 멈추었다. 바퀴가 멈추었다. 카지모도의 눈이 다시 천천히 열렸다.

태형은 끝났다. 고문관의 두 시종이 수형자의 피가 철철 흐르는 어깨를 씻어주고, 어떠한 상처라도 즉시 아물게 하는 어떤 고약을 어깨에 발라주고, 수형자의 등 위에 일종의 제복 같은 노란 옷을 던졌다. 그러는 동안에 피에라 토르트뤼는 피를 담뿍 머금은 빨간 가죽 채찍에서 포석 위로 핏방울을 뚝뚝 떨어뜨리고 있었다.

카지모도에겐 다 끝난 것이 아니었다. 그는 여전히, 플로리앙 바르브디엔 나리가 로베르 데스투트빌의 판결에 정당하게 덧붙여 놓은 죄인 공시의 시간을 겪지 않으면 안 되었는데, 그 모든 것은 장 드 퀴멘의 'Surdus absurdus(귀머거리는 부조리)'[26]라는 저 생리학적 심리학적인 낡은 재담에게는 최대의

---

26) 장 드 퀴멘은 아마 모라비아의 교육자 코메니우스(John Amos

영광이 되는 것이었다.

그래서 모래시계를 뒤집어놓고 판결이 끝까지 집행되도록 꼽추를 널빤지 위에 비끄러매 두었다.

하층민은 사회에서, 특히 중세에는, 가정에서의 어린애와 같은 것이었다. 하층민은 그 초기의 무지와 정신적 지적 미성년 상태에 머물러 있는 한, 이 나이는 무자비하다.[27]라고 어린애에 관해서 말할 수 있듯이, 하층민에 관해서도 똑같이 말할 수가 있는 것이다.

카지모도가 사실 여러 가지 그럴듯한 이유로 말미암아 널리 미움을 사고 있는 것은 이미 본 바와 같다. 그 군중 가운데는, 노트르담의 고약한 꼽추에 불평할 만한 이유가 없거나, 또는 그럴 만한 이유가 있다고 생각하지 않는 구경꾼은 거의 한 사람도 없었다. 그러므로 그가 죄인 공시대에 나타나는 것을 보았을 때 누구나 기뻐했으며, 그가 받은 가혹한 형의 집행과 형을 받은 후의 그 가련한 자세는 천민들에게 측은지심을 불러일으키기는커녕 그들의 증오심을 조금 즐겁게 해줌으로써 더 심술궂게 만들었다.

그러므로 오늘날도 여전히 저 각모[28]들이 말하듯이, 일단

Comenius, 1592~1671)인 듯하다. 위고는 이 재담을 매우 좋아했다. 그러나 이 라틴어 재담은 우리말은 물론이고 프랑스어로도 옮겨놓을 수 없다. Surdus absurdus는 프랑스어로는 Sourd absurde, 즉 '귀머거리 부조리'라는 뜻이다.
27) 라퐁텐의 우화 「두 비둘기」에서 인용한 것 같다.
28) 법관을 가리킨다.

'사회적 제재'가 충족되자, 이제 온갖 개인적 복수의 차례가 되었다. 여기서도 재판소의 대광실에서처럼, 특히 여자들이 폭발했다. 여자들은 누구나 그에게 다소 원한을 품고 있었으니, 어떤 여자들은 그의 심술궂음 때문이요, 또 다른 여자들은 그의 추악함 때문이었다. 그중에서도 후자에 속하는 여자들이 가장 날뛰었다.

"오! 저 악마의 탈 좀 봐!" 한 여자가 말했다.

"빗자루 타고 다니는 놈아!" 또 한 여자가 말했다.

"꼴좋구나, 비참하게 찡그린 상판대기 하며." 세 번째 여자가 뇌까렸다. "오늘이 어제였더라면 누가 너를 광인 교황으로 삼았겠느냐!"

"잘됐다." 노파 하나가 말을 계속했다. "죄인 공시대에서 낯바닥 찡그리고 있는 저 꼴 좀 봐, 교수대에서 찡그릴 날은 언제일꼬?"

"언제나 너는 땅속 100척 아래서 네 그 큰 종을 뒤집어쓸 것이냐, 망할 놈의 종지기야?"

"저런 악마가 삼종기도의 종을 치다니!"

"세상에! 저런 귀머거리가! 저런 애꾸눈이가! 저런 꼽추가! 저런 괴물이!"

"아기 밴 여자가 저 상판을 보면 어떤 약보다도 애가 더 잘 떨어지겠네!"

그리고 두 학생, 장 뒤 물랭과 로뱅 푸스팽은 목청이 찢어지도록 옛 민요 가락을 불렀다.

악한에게는

　교수형을!

추남에게는

　태형을!

　그 밖에도 오만 가지 욕설이 비 오듯 쏟아지고, 야유가, 저주가, 웃음소리가 터지고, 여기저기서 돌멩이가 날아들었다.

　카지모도는 귀는 어두웠지만 눈은 밝았으니, 군중의 분노가 그들의 말 속에서와 마찬가지로 얼굴 위에도 역력히 나타나 있는 것이 보였다. 게다가 돌멩이를 던질 때마다 웃음이 터지는 이유도 알 수 있었다.

　그는 처음에는 잘 견뎌냈다. 그러나 고문관의 채찍 아래 굳어졌던 참을성도 그 모든 벌레들에게 찔리다 보니 차츰차츰 사그라지고 물러서지 않을 수 없었다. 피카도르[29]의 공격에는 별로 꿈쩍도 않던 아스투리아[30]의 황소도 개와 반데리예로[31]에게는 성을 내는 법이다.

　그는 처음에 위협하는 눈으로 천천히 군중을 둘러보았다. 그러나 그렇게 꽁꽁 묶여 있으니, 그의 시선은 상처를 물어뜯는 그 파리들을 쫓기에는 무력했다. 그러자 그는 질곡 속에서 몸부림쳤지만, 그의 격렬한 요동은 널빤지 위에서 죄인 공시대의 낡은 바퀴를 삐걱거리게 할 뿐이었다. 그것을 보고 조롱과

---

29) 말을 타고 창으로 소를 찌르는 투우사.
30) 스페인의 옛 지방 이름.
31) 투우의 등에 칼을 꽂는 투우사.

야유는 더해졌다.

그러자 이 가련한 사나이는 사슬에 묶인 그의 야수의 목고리를 끊어버릴 수가 없어, 다시 조용해졌다. 다만 때때로 격노한 한숨이 그의 가슴의 움푹 들어간 부분을 쳐들어 올릴 뿐이었다. 그의 얼굴에는 수치의 빛도 홍조도 없었다. 수치가 무엇인가를 알기에는 그는 사회 상태에서 너무 멀었고 자연 상태에는 너무 가까웠다. 뿐만 아니라 그 정도로 추악하게 생기면 치욕이란 걸 느낄 수 있을까? 그러나 분노와 증오와 절망으로 말미암아 그 보기 흉한 얼굴은 더욱더 어두워지는 구름으로, 그 외눈박이 거인의 눈에 숱한 번갯불로 터지는 전기를 더욱더 많이 실은 구름으로 천천히 내리덮이고 있었다.

그러나 이 구름은, 나귀 한 마리가 신부를 태우고 군중 사이를 지나갈 때 잠시 걷혔다. 나귀와 신부를 멀리서 보았을 때, 이 가엾은 수형자의 얼굴은 부드러워졌다. 격분으로 굳었던 그의 얼굴에 형언할 수 없는 온화함과 너그러움과 다사로움으로 가득 찬 야릇한 미소가 떠올랐다. 신부가 다가옴에 따라 그 미소는 한결 분명해지고 뚜렷해지고 밝아졌다. 그것은 마치 다가오는 구원자에게 그 불쌍한 사나이가 인사를 하고 있는 것 같았다. 그러나 나귀가 죄인 공시대에 충분히 접근하여 수형자를 알아볼 수 있게 되자, 나귀에 탄 신부는 눈길을 떨어뜨리고, 갑자기 되돌아서서 오던 길로 말을 달려 떠나가 버렸는데, 마치 창피스러운 하소연을 얼른 피하려는 것 같았고, 그러한 몰골을 한 가엾은 사나이가 자기를 알아보고 인사하는 것을 거들떠보지도 않는 것 같았다.

이 신부는 부주교 돈 클로드 프롤로였다.

더 검은 구름이 다시금 카지모도의 이마 위에 떨어졌다. 거기에는 잠시 아직 미소가 섞여 있었으나, 고통스럽고 실망한, 몹시 서글픈 미소였다.

시간은 흘러갔다. 그는 적어도 한 시간 반 전부터 거기에 있었다, 쉴 새 없이 욕설과 학대와 조롱을 받고 돌에 얻어맞아 거의 죽을 지경이 되어서.

갑자기 그는 쇠사슬에 묶인 채 다시금 더욱더 절망적으로 몸부림쳤는데, 하도 격렬하여 그가 올라앉아 있는 형틀이 온통 흔들렸다. 그러면서 그는 그때까지 끈덕지게 지키고 있던 침묵을 깨고 격분한 쉰 목소리로, "물 좀 줘!" 하고 외쳤는데, 그것은 사람의 고함이라기보다는 차라리 짐승의 울부짖음 같았으며, 그 소리는 군중의 아우성을 뒤덮었다.

그 비명은 죄인 공시대의 사닥다리를 둘러싼 파리의 착한 서민들에게 동정심을 불러일으키기는커녕 흥만 더 북돋아주었는데, 여기서 말해 두거니와, 어중이떠중이가 한데 뭉친 이 파리의 서민들은 이때, 이미 독자에게 보인 바 있는 저 무시무시한 거지 떼 못지않게 잔인하고 야수 같았으며, 단적으로 말해서 서민 중에서도 가장 하층에 속하는 자들이었던 것이다. 이 가련한 수형자의 주위에는, 그의 갈증을 비웃는 소리 말고는 아무 목소리도 들리지 않았다. 물론 그때 그의 얼굴에는 새빨갛게 피가 흘렀고, 눈은 겁에 질렸고, 입은 분노와 고통으로 거품이 일었고, 혀는 반쯤 쑥 빠져 있었으니, 그가 기괴망측해 보이고 측은하다기보다는 오히려 불쾌해 보인 것이 사실이다. 여기서 또 말해 두거니와, 설령 군중 속에, 이 고통받는 가련한 인간에게 한 잔의 물을 가져다주고 싶은 생각이 든 자비로운 착한 마음씨를 가진 어떤 남녀 시민이 있었다 하더라도, 죄인 공시대의 불명예스러운 층계 주위는 수치와 치욕의 편견으로 가득 차 있었으니, 이러한 편견은 인자한 사마리아 사람에게도 혐오감을 일으키기에 충분했으리라.

잠시 후에 카지모도는 절망적인 눈으로 군중을 둘러보면서, 한층 더 비통한 목소리로 다시 외쳤다. "물 좀 줘!"

그러자 만장에 폭소가 터졌다.

"이거나 마셔라." 하고 로뱅 푸스팽이 개골창에 흩어져 있던 걸레를 그의 낯바닥에 던지면서 외쳤다. "자, 천한 귀머거리야! 네게 빚을 갚아주마."

어떤 여자가 그의 머리에 돌을 던졌다. "밤중에 그 망할 놈의 종소리로 우리 잠을 깨우더니, 옜다 이거나 받아라."

"야, 이 자식아!" 하고 병신 하나가 협장으로 그를 치려고 애쓰면서 으르렁거렸다. "또다시 노트르담 탑 위에서 우리들에게 방자를 할 테냐?"

"옜다, 이 주발로 물 떠먹어라!" 한 사나이가 그의 가슴에 깨어진 단지를 냅다 던지면서 계속했다. "네놈이 내 여편네 앞을 지나가기만 했는데도 내 여편네는 머리가 둘 달린 아이를 낳았단 말이야!"

"우리 집 암고양이도 발이 여섯 달린 새끼를 낳았다!" 노파 하나가 그에게 기와를 던지면서 소리쳤다.

"물 좀 줘!" 카지모도는 헐떡거리면서 세 번째로 되풀이했다. 이때 그는 천민이 옆으로 비켜서는 것을 보았다. 이상야릇한 옷차림을 한 아가씨 하나가 군중 속에서 나왔다. 그 여자 뒤에는 금 뿔이 달린 흰 새끼 염소 한 마리가 따라오고 있었고, 그녀의 손에는 조그만 탬버린 하나가 쥐어 있었다.

카지모도의 눈이 빛났다. 그것은 간밤에 그가 겁탈하려 했던 집시 여자였으니, 바로 이 순간에 사람들이 자기를 벌하는 것은 그 급습 때문이라는 것을 그는 어렴풋이 느끼고 있었다. 그러나 사실은 전혀 그렇지가 않고, 그가 벌을 받는 것은 불행히도 단지 그가 귀머거리이기 때문이고 귀머거리한테서 재판을 받았기 때문이었던 것이다. 그는 그녀 역시 자기에게 복수를 하려 한다는 것을, 다른 모든 사람들과 마찬가지로 그녀도 자기를 치려고 한다는 것을 믿어 의심하지 않았다.

그는 과연 그녀가 빠른 걸음으로 사닥다리를 올라오는 것을 보았다. 분노와 원통으로 그는 숨이 막혔다. 죄인 공시대를 무너뜨릴 수 있다면 얼마나 좋을까 하고 그는 생각했으리라. 그리고 만약 그의 눈에서 튀는 번갯불이 벼락을 칠 수 있었다면 이 이집트 아가씨는 죄인 공시대 위에 채 올라오기도 전에 산산조각이 나버렸으리라.

그녀는 한마디 말도 없이, 자기에게서 벗어나려고 공연히 몸을 비틀고 있는 수형자에게 다가가, 허리띠에서 물통을 풀어 그 가엾은 사나이의 바짝 마른 입술에 가만히 가져갔다.

그러자 그때까지 그토록 말라 불타고 있던 눈 속에 커다란 눈물방울 하나가 돌더니, 오랫동안 절망으로 굳어져 있던 보기 흉한 얼굴을 따라 천천히 떨어지는 것이 보였다. 그것은 아마도 이 불우한 사나이가 난생처음으로 흘린 눈물이었으리라.

그동안에 그는 물 마시는 것을 잊고 있었다. 집시 아가씨는 안타까운 듯이 입술을 좀 삐쭉거리고, 생긋 웃으면서 카지모도의 뻐드렁니 난 입에 물병 주둥이를 댔다. 그는 꿀떡꿀떡 물을 마셨다. 갈증으로 목이 타는 듯했던 것이다.

가련한 사나이는 다 마시고 나서 그의 검은 입술을 쑥 내밀었는데, 아마도 방금 자기를 도와준 그 아름다운 손에 입을 맞추려 했던 것이리라. 그러나 아가씨는 아마 경계를 늦추지 않고 있었을 테고 간밤의 폭행 미수를 잊지 않고 있었는지라, 마치 짐승에게 물릴 것을 두려워하는 어린애처럼 흠칫 놀란 몸짓으로 얼른 손을 움츠려버렸다.

그러자 가엾은 귀머거리는 말할 수 없는 슬픔으로 가득 찬 원망스러운 눈으로 그녀를 지그시 바라보았다.

발랄하고 순결하고 매력적인 동시에 그렇게도 연약하며, 그토록 비참하고 추악하고 심술궂은 사나이를 도우려고 그렇게도 정성스럽게 달려온 이 아리따운 아가씨는 어디서고 감격적인 광경이었으리라. 죄인 공시대 위에서 그 광경은 숭고하였다.

그 모든 구경꾼들 자신도 그 광경에 감동하여, "좋다! 좋다!" 하고 외치면서 손뼉을 치기 시작했다.

자루 수녀가 '쥐구멍'의 채광창에서 죄인 공시대 위의 집시 아가씨를 보고, "영벌을 받아라, 집시 계집애야! 영벌을 받아라! 영벌을!" 하고 험악한 저주를 던진 것은 바로 그때였다.

5장

과자 이야기의 끝

라 에스메랄다는 얼굴이 새파래져서 비틀거리면서 죄인 공
시대에서 내려왔다. 여은자의 목소리는 아직도 그녀의 뒤를
쫓고 있었다. "내려와! 내려와! 이집트의 도둑년아, 너는 훗날
거기에 다시 올라갈 것이다!"

"자루 수녀가 또 변덕을 부리는구면." 군중은 중얼거렸다.
그러고는 더 이상 아무 일도 없었다. 왜냐하면 이런 종류의
여자들은 사람들이 두려워했고 성스럽게 여겼기 때문이다. 그
러므로 밤낮으로 기도하는 사람에게는 쉽사리 대들려 하지
않았던 것이다.

카지모도를 도로 끌고 갈 시간이 되었다. 그는 풀려 나갔고
군중은 흩어졌다.

그랑 퐁 다리 옆에서, 두 동행자와 함께 되돌아오고 있던

마예트는 별안간 걸음을 멈추었다. "아 참, 외스타슈! 과자는 어떻게 했니!"

"엄마," 아이는 말했다. "엄마가 그 구멍 속에 있는 여자와 얘기하고 있을 때 큰 개 한 마리가 내 과자를 베어 먹었어. 그래서 나도 먹었지 뭐."

"뭐라고," 그녀는 말을 이었다. "네가 그걸 다 먹었단 말이냐, 애야?"

"엄마, 개가 먹었다니까요. 내가 그러지 말라고 했는데 개가 내 말을 안 들었어. 그래서 나도 베어 먹었지 뭐야!"

"말 안 듣는 녀석이로군." 하고 말하는 어머니는 상글방글 웃으면서도 꾸짖었다. "글쎄 말이에요, 우다르드, 이 애는 벌써 샤를랑주에 있는 우리 밭의 벚나무를 혼자서 통째로 먹어 삼킨답니다. 그래 이 애 할아버지는 얘가 장차 장수가 될 거라고 하시지요. 외스타슈, 또 이런 일이 있었단 봐라. 가자, 우리 큰 용사님!"

(2권에 계속)

세계문학전집 **113**

파리의 노트르담 1

1판 1쇄 펴냄 2005년 2월 23일
1판 32쇄 펴냄 2024년 3월 4일

지은이 빅토르 위고
옮긴이 정기수
발행인 박근섭, 박상준
펴낸곳 ㈜민음사

출판등록 1966. 5. 19. (제 16-490호)
서울특별시 강남구 도산대로1길 62(신사동) 강남출판문화센터 5층 (우편번호 06027)
대표전화 02-515-2000 팩시밀리 02-515-2007
www.minumsa.com

© 정기수, 2005. Printed in Seoul, Korea

ISBN 978-89-374-6113-2 04800
ISBN 978-89-374-6000-5 (세트)

세계문학전집 목록

세계문학전집은 계속 간행됩니다.